KB088643

타오르는 화염

THE CONSUMING FIRE

Copyright ⓒ 2018 by John Scalzi

No part of this book may be used or reproduced in any manner whatever without written
permission except in the case of brief quotations embodied in critical articles or reviews.

Korean Translation Copyright ⓒ 2019 by Gu-Fic

Korean edition is published by arrangement with the Ethan Ellenberg Literary Agency
through BC Agency, Seoul.


이 책의 한국어판 저작권은 BC 에이전시를 통한 저작권자와의 독점 계약으로 구픽에 있습니다.
저작권법에 의해 한국 내에서 보호를 받는 저작물이므로 무단전재와 복제를 금합니다.

# 타오르는 화염

## THE CONSUMING FIRE

**존 스칼지** 장편소설 · 유소영 옮김

· The Interdependency Series ·

John Scalzi

←————————————→

### 황제Emperox 그레이랜드 2세

본명 카르데니아 우-패트릭. 상호의존성단 및 무역 길드 성 제국 황제이자 상호의존성단
교회의 수장. 1순위 후계자 오빠의 죽음으로 갑작스럽게 황제의 자리에 올랐다.
플로우 파괴로 인한 문명의 소멸을 막고자 한다.

### 키바 라고스

상호의존성단 제국의 과일 무역 독점권을 가진 라고스 가문의 서열 낮은 후계자이지만
뛰어난 경영능력과 수완으로 언제든 기회를 엿보는 인물. 플로우의 비밀을 아는
마르스 클레어몬트와 우연히 얽힌다.

### 마르스 클레어몬트

상호의존성단 제국에서 홀대받는 행성 엔드의 하급 귀족 클레어몬트 백작의 아들이자
플로우 물리학자. 아버지의 연구를 이어 플로우 파괴에 얽힌 비밀을 연구한다.

### 나다쉬 노하마페탄

상호의존성단 제국 황제를 제외하고 가장 큰 권력과 무역 독점권을 지닌 노하마페탄 가문의
둘째 딸. 명석한 두뇌와 매력을 이용하여 제국을 지배하려는 야망을 키운다.

### 아미트 노하마페탄

노하마페탄 가문의 장남. 그레이랜드 2세와의 정략결혼으로 가문의 지배권을
확장시킬 계획이었으나 의혹에 찬 사고로 숨을 거두고 만다.

### 하티드 로이놀드

플로우 파괴에 대한 제이미 클레어몬트의 과거 연구를 알아채고 독립적인 이론으로 발전시킨
플로우 물리학자. 노하마페탄 가문의 지원을 받아 연구를 진행했다.


### 군다 코르빈

시안 대주교이자 상호의존성단 최고 권력자들이 모인 집행위원회의 명목상 의장.


### 선지자 – 황제 라헬라 1세

상호의존성단 제국의 시초가 된 최초의 황제이자 선지자.
현재는 '기억의 방' 안에서 가상현실로 존재한다.


### 아타비오 6세

상호의존성단 제국의 전임 황제. 그레이랜드 2세의 아버지.
'기억의 방'에서 그레이랜드의 조언자가 되어 준다.


### 제이미스 클레어몬트 백작

엔드 행성의 귀족이자 마르스 클레어몬트의 아버지. 아타비오 6세의 극비 지원으로
진행했던 플로우 연구를 아들에게 물려준다.

# Contents

맥 프랭크와 제시 립에게

오랜 시간이 지난 뒤 렌슨 오닐은 신앙심을 지녔던 시기의 시작도, 끝도 동일한 표현이었다는 얄궂은 우연의 일치를 회상했다.

"아, 젠장! 꺼지라고." 곤레 오닐은 우주선 '위 네버 어그리드 투 디스' 호의 함교에서 남편 탄스에게 말했다.

탄스는 열한 살 난 아들 렌슨에게 함선 동력 관리 방법을 이것저것 가르치다가 자기 워크스테이션에서 고개를 들었다. "왜 그래?" 그는 말했다.

"아까 우릴 추적하지 않았던 황제선 있지?"

"그래."

"그 우주선이 지금 우릴 따라오고 있어."

렌슨은 아버지가 미간을 찌푸리더니 워크스테이션에서 동력제어 화면을 지우고 항행 화면을 불러내는 것을 보았다. 화면에는 쿠마지 행성과, 5주간의 항해 뒤 어그리드 호를 다음 목적지 요기 아카르타까지 데려다 줄 플로우 입구 사이의 모든 우주선 트래픽이 떴다. 대부분의 우주선은 어그리드 호와 마찬가지로 상업 및 무역 용도였다. 두 대는 황제 해군선이었다. 그중 하나 올리비어 브랜시드 호가 약 여섯 시간 뒤, 플로우 입구 바로 앞에서 어그리드 호와 만나게 되는 항로로 방금 접어들었다.

"지불은 다 끝난 줄 알았는데." 탄스는 아내에게 말했다.

"끝났어." 곤레가 말했다.

탄스는 '흠, 그게 아닌 모양인데?' 하는 몸짓으로 워크스크린을 가리켰다.

곤레는 고개를 저었다. "지불은 다 됐어." 그녀는 되풀이했다.

"이번에 해군 사령관이 하나 새로 임명됐습니다." 제나로 파트리지 통신 담당관이 말했다. 그녀는 어그리드 호의 함교 승무원이었다. "삼히르가 식당에서 이야기하는 걸 들었습니다. 화물을 하역할 때 그 사령관을 조심하라는 말을 들었다고 합니다."

"그런데 그 말을 이제야 우리한테 하다니." 탄스는 파트리지에게 말했다.

"죄송합니다. 우리는 식사 중이었습니다. 저는 삼히르가 여기도 말한 줄 알고."

"말할 생각이었습니다." 3분 뒤 서둘러 함교에 나타난 우주선 사무장 삼히르 간이 말했다. 렌슨은 약간 숨을 가쁘게 몰아쉬고 있는 삼히르를 바라보았다. 그는 아버지가 상냥하다가도 어느 순간 돌변하는 함장이라는 평판을 듣고 있다는 것을 알고 있었다.

"죄송합니다. 화물창에서 바빴습니다."

"지금이라도 말해 봐." 탄스가 말했다.

"새 해군 사령관은 위트라는 사람입니다. 어느 모로 봐도 욕심 많은 놈인 것 같습니다. 높은 사람의 배우자와 놀아나다가 허브의 직책에서 전출되었는데, 지금은 여기서 '집안 청소'를 하면서 돌아갈 기회를 노리고 있습니다. 즉 일을 잘하는 것처럼 보이기 위해 이곳 관례에 문제를 일으키고 있는 모양입니다."

탄스는 이 말에 미간을 찌푸렸다. 열한 살인 렌슨는 부모님의 사업에 대해 자세한 건 몰랐지만, 우주선 상황이 여행하는 시스템의 여러 현지 및 황실 소속 법집행기관 사람들과 '좋은 관계'를 유지하는 데 달려 있다는 정도는 알고 있었다. 여기에는 '관례'라는 것도 포함되어 있는데, 렌슨은 이런저런 인물들에게 전적으로 합법의 테두리 안에 들어가지 않는 방식으로 돈이나 기타 향응을 제공하는 것이 관례라는 사실을 최근 알게 되었다.

렌슨은 이 모든 일에 중립적인 입장이었지만 — 그는 부모님이 하는 모든 일이 옳다고 믿을 정도로, 또한 사업에 얽힌 이런저런 성가신 일들을 따분하다고 생각할 정도로 어렸다 — 도대체 왜 그렇게 빙빙 둘러 일처리를 해야 하는지 알 수가 없었다.

"누가 말해 줬지?" 곤레는 간에게 물었다.

"시벨 타캇." 간이 말했다. "페놈 호에서 저와 같은 직책을 맡은 사람입니다." 쿠마지 무역 우주 정거장에서 같은 선창을 사용했던 '댓츠 어 페노메날 뷰' 호를 가리키는 말이었다. 어그리드나 페놈 같은 비교적 소형 우주선은 비용을 절약하기 위해서 우주 정거장의 선창을 공동으로 임대한다. 물건을 우주선에 내리고 싣는 과정에서 서두르다 보면 어쩌다 화물이 다른 우주선에 들어가 있는 일도 생긴다. 렌슨이 다시 생각해 보니, 여기에도 그 '관례'가 있지 않았나 싶기도 했다. "여기 해군에 있는 자기 단골 고객이 지급을 거절한 건이 하나 있다고 했습니다. 요즘 위트의 부하들이 워낙 철저하게 감시를 한다고요."

"우리도 일찍 알았으면 좋았을 거 아니야." 곤레가 말했다.

"죄송합니다." 간은 되풀이했다. "말씀드릴 생각이었습니다. 저는 시벨이 부정 거래에 대해 감시가 심하니 눈에 안 띄도록 주의해야 한다는 뜻으로 한 말인 줄 알았습니다. 해군 우주선이 플로우 입구까지 우리를 추적할 거라고는 상상도 못했지요."

탄스는 파트리지를 바라보았다. "해군 우주선에서는 아무 교신 없고?"

"우리에게 보내는 신호는 없습니다, 전혀." 파트리지는 말했다. "곧 우리 앞길을 가로막게 될 항로로 움직이고 있을 뿐입니다."

"우리는 최대 출력을 내지 않았어." 곤레는 남편에게 말했다. "속도를 더 내면 돼."

탄스는 고개를 저었다. "아직." 그는 워크스크린에 브랜시드 호를 띄웠다. "이건 큰 우주선이야. 질량이 어마어마해. 가속하는 데는 시간이 더 걸리지만, 우리보다 고속을 낼 수 있어. 지금 속도를 낸다 해도, 플로우 입구에 다다르기 전에 우리를 따라잡을 거야."

"이 화물을 싣고 있는 걸 저쪽에 들키면, 우리 모두 낭패인 거야." 간은 말하다가, 자신이 누구한테 이 사실을 알리고 있는지 기억했다. "음, 함장님."

탄스는 멍하니 고개를 끄덕이며 워크스테이션의 키보드를 두드렸다. 렌슨은 아버지가 어그리드 호와 브랜시드 호 양쪽의 항적을 계산하고 있다는 것을 알 수 있었다. 자세한 내용은 이해할 수 없었지만, 탄스는 만족스러운 듯 목에서 끙 소리를 내더니 아들을 쳐다보았다. "내가 뭘 하는지 알겠니?" 그는 렌슨에게 물었다.

"아뇨."

"추측해 봐."

"저쪽 우주선에게서 도망치려고 하는 거요."

"맞아." 탄스는 말했다. "한데 어떻게 도망칠까? 말했듯이, 지금 가속하면 그들은 우릴 따라잡을 거야."

"몰라요." 렌슨은 말했다.

"이런, 생각해 봐, 렌."

랜슨은 생각해 보았다. "기다리는 거예요." 그는 마침내 말했다. 솔직히 그 뒤에는 어떻게 해야 할지 뾰족한 생각이 없었기 때문에, 아버지가 더 자세히 묻지 말아 주었으면 하는 마음이었다.

"맞아!" 탄스는 말했다. "어느 시점에서 최고 동력으로 가속하면, 저쪽 해군 우주선이 최고 속력을 내더라도 우리가 플로우 입구까지 가기 전에 따라잡을 수 없는 시점이 있어. 그 시점은." 그는 곤레를 바라보았다. "앞으로 네 시간 16분 뒤."

"그전에 브랜시드가 가속하지 않는다면."

"맞아."

"그리고 플로우 입구에 도달하는 세 시간 동안 우리 엔진이 최고 가속에 필요한 동력을 감당할 수 있다면."

"맞아."

"지속적인 고중력 가속 때문에 우주선이 젤리처럼 납작해지지 않도록 우리 푸시필드도 버텨 줘야 하고."

"맞아." 탄스는 짜증스럽게 말했다.

"물론 저쪽에서 우리 엉덩이에 미사일을 박지 않아야겠지."

"아, 무슨, 곤레." 탄스는 말했다.

"내 말은, 아직 방심하지 말자는 뜻이야." 곤레는 말했다. 그녀는 아들을 돌아보았다. "그리고 넌 선실로 돌아가거라. 우리는 플로우에 들어갈 때까지 바쁠 거 같다."

"선실에서는 할 일이 없어요." 렌슨은 투덜거렸다.

"왜 없어. 공부나 해."

렌슨은 이 말에 투덜거리며 터벅터벅 자기 선실로 돌아갔다. 고작 청소 도구함 넓이였지만, 청소 도구함 두 개 크기인 부모님 선실 다음으로 이 우주선에서 호화로운 방이었다. 선실에서 태블릿을 켜고 공부 대신 두 시간 동안 만화를 보고 있는데, 갑자기 만화가 저절로 꺼지더니 화면에 교육용 자료가 자동으로 떴다. 바쁘다고 했으면서 내가 뭘 보는지 확인할 여유는 있는 모양이네, 렌슨은 불만스러운 마음으로 다시 투덜거렸다. 마지못해 그는 선지자이자 최초의 지도자, 상호의존성단의 첫 여황제 라헬라에 대한 종교 교재를 읽기 시작했다.

렌슨은 전반적으로 대단히 훌륭한 학생은 아니었지만, 종교 수업은 특히 지루했다. 그나 그의 부모님은 별로 종교적이지도 않았고, 상호의존성단 교회 교리를 다른 어느 교회의 교리 이상 잘 따르지도 않았다. 교회나 기타 종교에 반대하지는 않았지만 — 렌슨은 어그리드 호의 승무원 몇몇이 개인적으로 신앙을 갖고 있다는 것을 알고 있었고, 부모님은 어떤 방식으로도 관여하지 않았다 — 오닐 부부는 종교에 특별한 관심이 없었고, 그런 중립적인 무관심을 아들에게도 물려주었다.

가장 참여하지 않는 종교를 꼽으라고 하면 그 어느 종교보다 상호의존성단 교회라는 점이 오닐 가족의 비종교적 성향을 가장 분명하게 알려 주었다. 렌슨은 다른 종교가 존재한다는 것은 알고 있었지만 구체적으로 자세히 아는 바가 없어서, 거부한다고도 무시한다고도 말할 수가 없었다. 화제가 되는 일도 없었다.

반면 상호의존성단 교회에 대해서는 그나마 약간은 알고 있었다. 성단의 공인 종교이기 때문에 좋은 점은 제국의 모든 아동들이 의무적으로 받아야 하는 교육과정에 필수 과목으로 들어간다는 것이었다. 종교를 믿든 믿지 않든, 관심이 있든 없든, 상호의존성단 교회에 대해, 선지자-황제 라헬라에 대해 배우는 것이다.

음, 그것도 그렇고, 오닐 부부도 표준 달력상 라헬라의 생일에 제정된 '황제의 날'은 다른 모든 사람들처럼 기념했다. 이날은 늦잠을 자고, 선물을 주고받고, 돼지처럼 먹고 마실 수 있는 핑계가 되어 주었다.

그러나 지금 렌슨의 수업은 아쉽게도 '황제의 날'이나 선물, 폭식에 대한 것이 아니었다. 라헬라의 예언, 인류가 정착한 이질적인 여러 시스템들이 상호의존성단이라는 단일한 제국으로 통합

되는 계기를 마련하고 천 년이 지난 오늘날까지 성단의 근간이 된 경제적, 법률적, 사회적 시스템을 건설하는 데 도움을 준, 미래를 꿰뚫어 본 선견지명이 있었던 일련의 선언에 대한 것이었다.

그 모든 것이 죽도록 따분했다. 열 살부터 열두 살 사이의 독자를 대상으로 하는 학습 교재는 예언 자체의 내용이나 그 영향력을 실질적으로 파고 들어가지 않았고, 해석과 토론보다는(솔직히 렌슨은 토론에도 뛰어난 학생은 아니었고 열심히 참여한 적도 없었다) 교육적 사실을 나열한 단순한 선언적 문장들이기 때문만은 아니었다. 예언에 대해 읽으면서 언뜻 느낀, 말로 표현하려고 해도 할 수 없는 기분 때문이기도 했다.

그 기분을 렌슨이 말로 표현할 수 있었다면, 아마도 이런 것이었다. 음, 그러니까, 자기가 신적인 영감을 받았다고 주장하는 일개 인물의, 걸핏하면 잘못 해석되기 쉬운 애매한 주장을 기반으로 사회적, 정치적, 경제적 통제 시스템 전체를 건설했다면 그건 솔직히 별로 영리한 짓이 아니잖아. 안 그래?

부모가 그랬듯 렌슨도 대체로 영적이거나 목적론적, 종말론적 문제에는 관심이 없는 현실적인 성격이었다. 그런 거창한 문제들은, 파이를 베어 물었는데 정확히 뭔지 알 수는 없으나 예상했던 그 파이 맛이 아니라는 것만은 확실해서 음식이라기보다 입안에 있는 것 자체가 기분 좋은지 알 수 없는 어떤 물질과 비슷했다. 예의 때문에 뱉을 수가 없어서 그냥 삼키고 나머지 파이는 냅킨에 싸 버린 뒤 아무 일도 없었던 것처럼 무마해야 하는, 그런 입 밖에 낼 수 없는 불편함을 안겨 주었다.

예언을 읽으면 따분한 것은 물론이거니와 바로 이런, 정확히 뭐라 표현할 수 없는 지적 불만 때문에 괴로운 기분이었기 때문에, 렌슨은 이런 경우 취할 수 있는 논리적으로 유일한 행동으로 대응했다. 그는 태블릿을 손에 쥔 채 잠들었다. 훌륭한 계획이었지만, 갑자기 어그리드 호가 심하게 흔들리는 바람에 렌슨은 침대에서 굴러떨어졌다. 세찬 바람이 몇 초 동안 공기를 빨아들이며 선실을 휩쓸고 나갔고, 선실 문은 쿵 하고 닫혔다.

렌슨은 무슨 일인지 어리둥절해서 바닥에 누운 채 숨을 몰아쉬며, 선실 안에서 울리는 날카로운 쉿 소리에 귀를 기울였다. 문은 쿵 닫혔지만, 공기는 완벽하게 차단되지 않았다. 아까 공기가 반대 방향으로 빠져나갈 때 선실의 환기구가 차단되긴 했지만, 차단 부위 주변으로 공기가 드나들 수 있는 미세한 공간이 있었다.

평생 우주선에서 살아 온 어린이로서, 렌슨은 이 날카로운 쉿 소리가 무엇인지 물어보지 않아도 알았다. 그는 문으로 가서 공기가 완전히 차단되도록 단단히 밀어 닫았다. 이제 선실에서 공기가 새는 유일한 지점은 환기구뿐이었다. 불행히도 우주선 벽 내부에 있는 환기구 차단벽에는 손이 닿지 않았다.

태블릿이 띵 울렸고, 받아 보니 어머니였다. 아들이 살아 있는 것을 확인하고 안도감에 잠시 흐느끼다가, 그녀는 렌슨에게 상황을 설명했다.

"개새끼들이 우릴 쐈어." 렌슨이 어머니의 입에서 이 욕설을 들은 것은 처음이었다. "우리를 따라잡지도 못하고 우리가 신호에 응답도 하지 않으니까, 플로우 입구에 들어가기 직전에, 미사일을 세 방 발사했어. 우리 방어 체계가 막아내긴 했지만, 한 발이 너무 근접한 위치에서 폭발해서 네 선실 근처 동체에 파편이 맞았다. 그 구역을 봉쇄했는데, 한 가지 문제가 있어."

"뭐예요?" 렌슨은 물었다.

"지금 우린 플로우 내부에 있어." 곤레는 말했다. "우주선 주위의 시공 버블을 건드리지 않도록 조심해야 한다는 뜻이야. 혹시 건드려서 균열이 일어나면, 우주선 전체가 위험해질 수 있다."

렌슨은 어머니가 위험을 축소하고 있다는 것을 알았다. 플로우는 우주선이 행성 시스템 사이에서 광속 이상 속도를 낼 수 없는 일반적인 우주 공간보다 더 빠른 속도로 여행할 수 있는 강물과 비슷하다. 그러나 강과 비슷하다고 해서 진짜 강은 아니다. 상상 가능하든 어떻든, 그것은 물질이 플로우에 직접 노출되면 그냥 사라져 버리는 여분의 차원이다. 플로우에서 여행하는 우주선은 약간의 시공을 형성해 주는 에너지 버블로 주위를 감싸야 한다. 이 버블 안에 우주선은 존재하지만, 버블이 터지면 안에 있던 모든 것이 같이 터진다.

"우리가 아주 조심해서 우주선을 수리하고 그쪽으로 가마." 곤레가 말했다.

"엄마, 공기가 점점 줄어들어요." 렌슨은 말했다.

어머니가 냉정을 유지하기 위해 애쓰는 모습이 역력했다. "얼마나 빨리?" 그녀는 물었다.

"지금은 아주 조금씩. 처음에는 많이 빠져나갔는데, 그러다 문이 닫혀서 내가 밀봉했어요. 하지만 아직도 환기구로 공기가 새고 있어요."

곤레는 잠시 태블릿에서 고개를 돌리고 함교에 있는 누군가를 향해 소리쳤다. 이어 그녀는 다시 아들을 돌아보았다. "그것부터 고쳐야겠다. 네 방에 공기를 더 넣어 주마."

"얼마나 걸릴까요?"

"오래 걸리지 않아. 그때까지 용감하게 기다릴 수 있지?"

"그럼요." 렌슨은 말했다.

그러나 두 시간이 지나고 산소가 눈에 띄게 희박해지자, 렌슨도 용기가 바닥나서 약간 울기 시작했다. 세 시간 뒤에는 본격적인 공황발작이 찾아왔고, 탄스 오닐은 아들이 점점 줄어드는 산소를 과호흡으로 더 빨리 소비하지 않도록 태블릿 교신을 통해 갖은 노력을 다 해야 했다.

네 시간 뒤, 평생 처음으로 렌스는 선지자 라헬라에게 기도를 올렸다.

다섯 시간 뒤, 그녀가 강림했다.

렌슨은 미소 짓는 선지자의 모습을 쳐다보았다. 신과 여신, 선지자들이 무심하게 입가만 살짝 올리는 오랜 종교적 도상의 전통에 입각한 평화롭고 잔잔한 미소였지만, 눈에는 웃음기가 없었다. 그럼에도 불구하고 그 미소를 보니 마음이 진정되고 따뜻해졌다.

"무서워요." 렌슨은 선지자에게 털어놓았다. 그녀는 한층 크게 미소 지으며 어떤 언어보다 더 사람을 안심시키는 편안함을 발산했다. 그 미소는 그가 기도했기 때문에 찾아왔다, 그만을 위해 강림했다. 여기 그녀가 와 있는 것은 렌슨 오닐이 살아남을 것이고 그뿐 아니라 위대한 인생을 살게 된다는 증거라고 말하고 있었다. 아니, 렌슨은 그렇게 믿었다(이런 순간 굳이 의심할 이유가 있나?).

렌슨 오닐이 자신의 인생을 상호의존성단 교회에 바치기로 한 것은 바로 그때, 선실에 조용히 누워서 선지자를 쳐다보며 눈을 천천히 깜빡이던 그 순간이었다.

선지자는 교회에 바치는 그의 선물을 흔쾌히 받겠다는 듯 조금 더 그를 보며 미소 지었다.

바로 그때 환기구가 덜걱거리며 열리더니 공기가 선실 가득 밀려들어왔다. 렌슨 오닐은 달콤한 산소를 급히 들이마시며 종교적인 환희 속에서 정신을 잃었다.

"교과서적인 저산소증 증상 같은데." 탄스 오닐은 그날 저녁 늦게 우주선의 작은 병실에서 아들에게 말했다. 앞장서서 아들의 객실로 들어간 탄스는 아들이 코고는 소리를 듣고 마음을 놓았다. 렌스는 병실에서 깨어나자마자 부모에게 기적적으로 찾아온 손님에 대해 말했다. "산소가 부족한 상태였고, 발작 직전에 선지자에 대해 읽고 있었잖아. 그러니 환각을 보는 것도 이상하지 않지."

아들이 살아 있다는 데 가슴을 쓸어내리며 병실 침상 옆에 서 있는 아버지와 어머니를 쳐다보며, 렌슨은 두 사람이 자신의 기적적인 체험을 인정하지도, 이해하지도 못할 거라는 사실을 깨달았다. 그는 그냥 이야기를 그만두기로(이게 어른스럽지, 그때는 그렇게 생각했다) 하고, 아버지에게 동의한다는 뜻으로 고개를 끄덕이며, 위트라는 개자식 이야기로 화제를 돌려 언젠가 꼭 복수하겠다고 맹세하는 부모님의 대화에 귀를 기울였다. 오랜 세월이 지난 뒤, 그는 어그리드 호가 공격당한 뒤 1년 쯤 지나 위트가 정말 우주선 에어록 바깥으로 내동댕이쳐졌다는 소식을 들었다. 그때도 위트는 누군가의 배우자와 바람을 피운 모양이었는데, 렌슨은 어쩌면 자기 부모님과 관련된 다른 요인도 개입하지 않았을까 생각했다.

그러나 위트가 차갑고 어두운 우주의 진공으로 사라졌다는 소식을 마침내 들었을 때는, 렌슨이 더 이상 어그리드 호에 탑승하지 않던 시기였다. 그는 상호의존성단 내에서 명성 높은 시안대학교의 신학대 학생이었다. 우주선에서 자란 남다른 성장배경 때문에 그는 동료 신학생들에게 호기심의 대상이 되었지만, 그것도 잠시였다. 그보다 더욱 호기심을 부추긴 것은 선지자를 목격했다는 증언이었다.

"저산소증 같은데." 늦은 밤 한담 시간에 1학년 룸메이트 네드 클레가 향정신성이 약간 있는 프라도를 한 모금 마시고 렌슨에게 건네면서 말했다.

"저산소증은 아니야." 렌슨은 프라도를 받아 곧바로 오른쪽 학생에게 넘겨주었다.

"아니, 산소가 부족했던 건 맞잖아." 다른 룸메이트 슈라 짐이 병을 받아들었다. "우주선에 균열이 생겼어. 공기가 우주로 빠져나갔고. 몇 시간 동안 선실에서 공기가 계속 빠져나가고 있었고."

"맞아." 렌슨은 인정했다. "하지만 그 때문에 선지자를 봤다고 생각하지는 않아."

"그 때문인 것 같아." 클레가 말했다. 그는 렌슨 쪽으로 손을 뻗어 짐에게서 프라도를 다시 받아들었다.

"그럼 너희 둘 다 라헬라를 본 적이 없단 말이야? 한 번도?" 렌슨은 당황스러운 기분으로 물었다.

"없어." 클레는 말했다. "난 환각으로 도마뱀을 본 적이 있는데, 그때는 약에 잔뜩 취해 있었어."

"그건 달라." 렌슨이 말했다.

"비슷하지." 클레는 병에서 다시 한 모금 마셨다. "이걸 몇 병 더 마시면 다시 볼지도 몰라."

렌슨은 이 문제에 대해 룸메이트들에게 털어놓는 것이 그리 현명한 짓이 아닐지도 모른다고 결론을 내렸다. 신학대 동급생 대부분에게도 마찬가지였다. 동료 신학생들은 대체로 친절하고 착하고 온건하고 이해심 많은 사람들이었고 모두가 현실적이고 실질적 성향을 가지고 있었지만, 그들 중 누구도 평생 라헬라나 다른 어떤 존재에 대해서 종교적인 환희와 열정을 경험한 적은 없었다.

"상호의존성단 교회는 대체로 실용적인 종교지." 입학 초기 한 면담에서 렌슨의 지도교수 휴나 프린 목사가 말했다. 렌슨은 이 문제에 대해 조언이 필요하다고 생각했고, 프린은 지나친 비판을 가하지 않고 그의 문제를 상담해 줄 사람 같았다. "교리 자체에도, 일상적인 실천에 있어서도, 신비주의적인 요소는 없어. 근본적으로 기독교보다 유교에 가까운 종교야."

"하지만 라헬라 자신은 비전을 보았잖습니까." 렌슨은 늘 가지고 다니는 코왈의 《라헬라 1세 예언 주석본》 페이퍼백을 들어 지도교수에게 흔들어 보였다.

"그랬지." 프린은 동의했다. "물론 교회의 가장 중대한 논의 중

하나도 그 비전의 성격에 대한 거야. 그것이 비전이었나, 신과의 실제 교신이었나, 혹은." 그는 이 단어에 힘을 주었다. "전례 없는 규모의 협력과 상호의존에 초점을 맞춘 새로운 윤리체계가 필요하다는 점을 분열된 인류에게 이해시키기 위해 제시한 우화였나."

"교회 역사를 통틀어 늘 격렬한 논의죠." 렌슨은 아주 어렸을 때 읽은 기본적인 텍스트를 떠올리며 탁월한 초기 신학자들이 교회의 영혼을 놓고 절체절명의 전투를 벌이는 광경을 상상했다.

"음, 격렬하다는 표현은 조금 지나쳐." 프린은 말했다. "제5 기독교 교의회에서 첸 주교가 지아니 주교에게 찻잔을 던진 적이 있지만, 그건 비전의 근본적인 성격에 대한 의견 차이 때문이었다기보다 지아니가 첸이 말하는 도중 계속 끼어들어서 참다 참다 폭발한 상황이었어. 전체적으로 초창기 논의는 질서정연했고, 비전을 어떻게 제시하는가 하는 실질적인 문제에 관심이 있었지. 초기 주교들은 카리스마 있는 종교가 상호의존성단의 근본이념에 상충하는 파벌과 분열을 낳는 경향이 있다는 것을 잘 알고 있었어."

"저와 같은 비전을 본 사람도 있었잖습니까." 렌슨은 프린에게 말했다. 기억 속에서 그는 애원하듯이 물었던 것 같았다.

"교회의 역사에는 때로 종교적인 비전을 봤다고 주장하며 파당을 정당화하는 수단으로 이를 이용한 사제나 주교의 기록이 있어. 교회에는 비전을 보았다고 주장하는 사제나 주교라면 모두 거쳐야 하는 조사 과정이 있네."

"어떤 과정입니까?"

"내 기억이 맞다면 비전을 봤다고 주장하는 사제는 이전에 진단

받지 않은 심리적인 문제가 있는지 정신과 검진을 받은 뒤, 치료 후 복직하거나 증상이 계속되면 퇴임하게 되지."

렌슨은 미간을 찌푸렸다. "그럼 교회가 그 사람들을 미쳤다고 선언하는 거군요."

"'미쳤다'는 표현은 지나치고. 교회는 실질적으로 비전이 신성에서 영감을 받기보다는 다른, 보다 덜 극적인 현상의 결과물이라고 본다는 것이 더 나은 표현이겠지. 계속되도록 내버려두었다가 분열이 생길 위험을 감수하기보다는 그 현상에 대응하는 것이 낫지 않겠나."

"하지만 전 비전을 보았지만 정신건강은 멀쩡합니다."

프린은 어깨를 으쓱했다. "내가 듣기에는 저산소증이었던 것 같네만."

렌슨은 이 말을 무시했다. "그럼 황제가 비전을 보았다고 주장한다면요? 황제는 실제 교회의 수장입니다. 그들도 조사를 받아야 합니까?"

"모르겠어." 프린은 어깨를 으쓱했다. "라헬라 이후 그런 일은 없었네."

"단 한 번도." 렌슨은 믿기지 않는다는 듯 말했다.

"즉위 이후 황제는 대체로 교회 문제에 크게 관여하지 않아. 다른 걱정거리가 많지. 자네도 그렇고, 렌슨."

"그러면 제 비전을 그냥 저산소증으로 인한 현상이라고 생각하라는 말씀이군요."

"자네의 비전은 선물로 봐야 한다고 생각해." 프린은 진정하라는 듯 손을 들었다. "어떻게 나타났든 자네가 교회에서 봉사하는 삶을 선택하도록 했고, 그것은 자네에게 축복일 뿐만 아니라 교회에게도 축복일 가능성이 있지 않나. 이미 자네에게 그것은 인생을 변화시킨 사건이었어, 렌슨. 그로 인해 바뀐 진로에 만족하나?"

"네." 렌슨은 진심으로 대답했다.

"그럼 된 거지. 그런 측면에서 볼 때 비전이 신에게서 내려왔는지, 일시적인 산소 부족으로 인한 현상인지 하는 건 중요하지 않아. 중요한 것은 그 귀결이고, 산소가 충분한 상태에서 자네는 교회를 일생의 소명으로 삼았어. 그러니 자네와 나는 그 선택을 최대한으로 활용해야겠지?"

렌슨은 최대한으로 활용하기로 결심했고, 신학 공부에 몰두했다. 저학년 선택 과목 중에는 상호의존성단 교회의 신비주의를 분석하는 내용이 있었지만, 수업 방식은 우습게도 건조하고 딱딱했다. 교회는 금서나 변절자의 저작으로 치부되기 쉬운 기록에 대해 회피하기보다 독자의 수면을 유도하는 어마어마한 분량의 주석을 달아 낭만을 파묻는 방식을 택했다. 견딜 수 있을 때까지 읽다 보니 렌슨의 관심은 서서히, 시간이 흐르면서 급속도로 사라졌다.

렌슨에게는 두 가지 현상이 일어나고 있었다. 첫째는 그저 단순히, 매일 소화해야 하는 신학과 목회 학습이 우선순위를 차지하게 되었다. 예배의 세속적인 주제들과 지역사회 활동에 대해 배우고 시안과 허브에서 자신도 언젠가 맡게 될 사제와 평신도 사역자들의 임무 수행을 바라보고 돕다 보니, 교회의 신비주의적인 측면에 할애할 수 있는 시간과 관심의 양이 줄어들고 있었다. 예배에 쓸

초를 비축하는 업무를 돕고 있으면, 종교의 비의 같은 것들에 계속 얽매어 있기가 힘들었다.

두 번째로 부모님에게서 유전자와 양육 과정을 통해 물려받은, 종교적 열정이 극에 달했을 때조차 완전히 억제되지 않았던 렌슨 자신의 실용적인 본성이 성단 교회의 세속적인 측면에 억눌리기보다 오히려 자극받으면서 서서히 깨어나고 있었다. 렌슨은 교회의 관례와 조용한 통제 체제에 이끌렸고, 그 안에서 편안하게 활동할 수 있었다. 신학교 시절을 거치며, 그는 교수와 동료 학생들이 볼 때 호기심의 대상에서 교회에서 출세할 수 있는 잠재력이 돋보이는 모범적인 신학생으로 탈바꿈했다.

이런 칭찬과 애정의 파도를 자연스럽게 올라탄 렌슨은 사제 서품을 받은 뒤 첫 부임지 브레멘으로(부모님은 공소시효가 만료될 때까지 신중하게 시간을 끌다가 여기로 은퇴해서 편안하게 살고 있었다), 이어 허브로, 다시 시안으로 옮겼고, 결국 상호의존성단의 가장 빈곤한 주민들을 위해 예배를 진행하는 교구에서 주교 직위에 올랐다. 교회의 영적인 측면보다 실질적인 측면이 중요한 직책이었다.

상호의존성단 교회에서 고위직으로 올라갈수록, 처음 교회에 몸담게 된 계기, 선지자 라헬라를 목격했던 사건은 렌슨의, 아니 오닐 주교의 기억 속에서 희미해졌다. 짜릿했던 귀의의 순간은 신앙의 고요한 원천이 되었다가 인생의 중요한 선택을 하게 만든 독특한 사건, 이어 교회 안의 가까운 친구들에게 들려주는 이야깃거리, 교구민들을 위한 일화, 그러다 마침내 칵테일파티에서 누군가를 처음 만날 때 다른 주교의 권유로 별생각 없이 끄집어내는 단

골 화제가 되었다.

"아름다운 순간 같군요." 파티에서 한 젊은 여자가 말했다.

"저산소증이었을 겁니다." 그는 자신을 낮추는 매력적인 말투로 대답했다.

마음속 작은 한구석에서 렌슨은 아무리 시간이 흘렀다 해도 다른 누구도 아닌 자기 자신이, 유일했던 종교적 환희의 순간을 신진대사 과정의 부산물로 전락시킨 것은 부끄러운 일이라는 것을 알고 있었다. 그러나 그는 그 작은 목소리에 대해 자신이 훌륭하게 응답했다고 생각했다. 오판에 의한 순간의 신비주의 대신, 그는 인류 역사상 가장 성공적이고 여러 면에서 가장 지속적인 문명을 지탱한 주춧돌 중 하나인 교회에 대한 실질적인 봉사로 평생을 쌓아 올렸다. 냉소적인 사람들은 교회 역시 황제 통치체제와 단단히 결합된 또 하나의 통치 단계일 뿐이라고 말하겠지만, 렌슨은 그들이 냉소라는 사치를 누릴 수 있는 것은 그들이 조롱하는 체제의 안정성 덕분이라는 것 또한 알고 있었다.

간단히 말해 렌슨의 종교에는, 혹은 인생의 후년에 이른 지금 그의 신앙에는 신비주의적 요소는 거의 없었다. 신앙이 약해졌다는 뜻은 아니었다. 사실 그의 신앙은 그 어느 때보다도 강했다. 그러나 그것은 선지자 라헬라에 대한 믿음은 아니었다. 라헬라에게서 발생한 교회에 대한 믿음, 수 세기를 견디도록 설계되고 함께 자라난 제국 역시 견디도록 돕는 실용적인 교회에 대한 믿음이었다. 그는 상호의존성단 교회와 그 임무, 교회의 규율이라는 따뜻하고 견고하고 근본적으로 세속적 울타리 내에서의 자신의 임무를 믿었다. 그는 실용적인 신앙과 좋은 사이를 유지하고 있었다.

정해진 시간 내에 모일 수 있었던 모든 주교들과 함께 시안 대성당 신도석에 앉아 성단 교회의 명목상 수장인 그레이랜드 2세를 기다리고 있었던 렌슨 오닐 주교는 이런 인물이었다. 웬일인지 황제는 자신의 보다 세속적인 직위인 황제로서가 아니라 시안과 허브의 추기경으로서 성단 교회 핵심인사들에게 연설을 하겠다고 알렸다.

많은 사람이 눈썹을 치켜올렸다. 기억에 남아 있는 어떤 황제도 이런 적이 없었기 때문이었다. 추기경으로서 연설한 마지막 황제는 에린트 3세였는데, 그것은 300년 전이었고 주교를 인구 비례로 더 잘 할당할 수 있도록 교구를 새로 나누는 다소 따분한 주제였다. 현행 교구는 인구 관점에서 완벽하게 합당하다. 그 주제는 아닐 것이다.

게다가 반갑게도 주교들에게 황제로서 무능하다는 평을 받는 그레이랜드 2세는 독립체로서의 교회에 대해 지금까지 특별한 친밀감을 표한 적이 없었다. 황제는 최근 노하마페탄 가문의 반란 기도와 상호의존성단 주변 플로우의 안정성에 대한 이론적 문제 때문에 정신이 없었는데, 두 문제 다 교회나 그 업무 처리, 임무와는 직접적인 관계가 없었다.

황제가 종교 관련 문제로 주교들에게 연설을 한다는 사실 자체가 놀라웠고, 어떻게 보면 건방지기까지 했다. 젊은 황제의 어떤 생각이든 참을성 있게 들은 뒤 공식 피로연에서 가볍게 오찬을 나누고 사진을 찍어서 흥미로운 기억이자 화제로 길이 남기자는 것이 소집된 주교들의 전반적인 분위기였다. 분명 렌슨은 그렇게 생각했다.

그랬기에 그레이랜드 2세가 추기경의 화려한 의장 대신 평사제의 단순한 복장으로 강단 가장자리에 서서 입을 연 것은 렌슨 오닐 주교에게 — 나머지 주교들 역시 — 의외였다. "오래전 우리의 조상이자 전임자였던 라헬라는 비전을 보았습니다. 그 기적적인 비전은 우리의 교회, 이 교회, 우리의 문명 전체를 올린 반석을 낳았습니다. 경이로운 비전. 교회의 임무를, 인류가 벼랑 끝에 선 격동의 시대에 교회는 무슨 역할을 할 것인가를 보여 준 비전. 기뻐하시오, 형제자매들. 우리의 교회는 이 세상과 그 너머에 존재하는 모든 인류의 구원을 위해 영적인 눈을 새로이 떠야 합니다."

렌슨 오닐은 그레이랜드 2세의 말을, 그 의도와 의미를 주의 깊게 들었다. 그리고 그것이 자신이 알고 있는 교회와 그가 개발한 신앙에 무엇을 의미하는지, 오래전 그 좁은 선실에 갇혀 숨 쉬려고 발버둥치면서 최초로 종교와 관계 맺게 된 근원적 사건에 무엇을 의미하는지 생각했다.

미처 스스로 의식할 사이도 없이, 이 결정적인 순간 그가 교회와 신앙에 대해 느끼는 감정을 압축한 표현이 입에서 튀어나왔다.

"아, 젠장, 집어치우라고."

# 1부

THE
## CONSUMING FIRE

# 1장

시작은 거짓이었다.

상호의존성단 및 무역 길드 성 제국의 창립자인 선지자 라헬라가 신비주의적인 비전을 보았다는 역사는 거짓이었다. 이 비전은 인류의 정착지를 통합하는 제국의 건설과 그 필요성을 예언했다. 수많은 정착지는 여러 광년 떨어진 지점에 듬성듬성 위치해 있고, 오로지 강으로 비유되는 메타우주론적 구조인 플로우를 통해서만 서로 연결되어 있다. 플로우를 강으로 비유한 이유는, 애당초 아프리카 초원을 뛰어다니는 데 최적으로 설계된 이후로 크게 업그레이드되지 않은 인간의 뇌는 플로우가 무엇인지 문자 그대로 이해를 못하기 때문에, 그래, '강'이라고 생각하자, 이런 것이었다.

라헬라의 소위 '예언'이라는 것에 신비주의적인 요소는 전혀 없었다. 그것은 우 황가가 꾸며낸 이야기였다. 우주선을 짓는 사업,

용병을 임대해 주는 사업 등 여러 기업 연합체를 소유 및 경영하고 있는 우 가문은 당시의 정치적 기후를 읽고 플로우 입구, 즉 인간의 뇌로 이해 가능한 시공이 플로우와 연결되어 있어서 우주선이 행성을 잇는 강물에 드나들도록 해 주는 지점을 지배하는 작전을 짤 때가 왔다고 판단했다. 우 가문은 통행료를 만들어서 그 징수를 독점하는 사업이 뭔가 건설하는 일이나, 혹은 계약 당사자에 따라 건설한 것을 폭파시키는 일보다 훨씬 더 안정적이라고 생각했다. 필요한 것은 자기들이 통행료 징수원으로 나서는 것을 정당화하는 그럴듯한 이유를 만들어 내는 것뿐이었다.

예언은 우 가문 내 회의에서 제안되고, 수용되고, 문건으로 작성되고, 체계화되고, 에이비 테스트를 거쳐 다듬어졌으며, 이미 자선 사업으로 일반에게 잘 알려져 있고 면도날처럼 날카로운 마케팅과 홍보 감각을 지닌 가문의 젊은 후계자 라헬라 우가 당사자로 정해졌다. 예언은 가문의 프로젝트였지만(음, 정확히 말하자면 가문의 중요한 구성원 몇몇의 프로젝트였다. 아무나 끌어들일 수는 없었다. 사촌 중에는 입이 싸고 술 마시는 일과 지방 간부 노릇에만 유능한 사람들이 많았다) 그 예언을 판 것은 라헬라였다.

누구에게 팔았느냐고? 일반 대중에게, 서로 멀리 떨어져 있고 이질적인 인류의 수많은 정착지들이 단일 정부라는 통합된 우산 아래, 그것도 하필 성간 여행에 통행료를 징수하게 될 우 가문을 수장으로 하여 뭉친다는 개념을 납득시켜야 했던 사람들에게.

물론 라헬라뿐만이 아니었다. 각 행성 시스템에서 우 가문은 현지 정치가들과 대중에게 인정받는 지식인들을 뇌물로 포섭했다.

그리고 이미 제국주의적 방침으로 건설되고 있는 신생 정치 연합체에 주권과 자결권을 던져 줘도 될 만한 설득력 있고 논리적인 이유가 필요한 부류의 사람들을 상대로 정치 사회적인 관점에서 예언을 홍보했다. 그러나 그 정도까지의 지적 허영심이 없는 사람들, 매력적인 젊은 여성에게서 상호의존적인 연합국 이야기를 듣는 것이 더 좋은 사람들, 위협적이지 않은 통합과 평화의 메시지가 그냥 기분 좋은 사람들은? 그런 사람들을 위해 만든 것이 바로 선지자 라헬라라는 새로운 존재였다.

(우 가문은 다른 가문과 대기업을 참여시키기 위해 상호의존성단의 신비주의적인 개념을 팔지는 않았다. 그들에게는 다른 전략을 썼다. 임대료 징수를 국가 건설이라는 이타적인 사업으로 포장하려는 우 가문의 계획을 지지하는 대가로 내구성이 있는 특정 상품이나 용역에 대한 독점권을 준다. 사실상 호황과 불황이 답답하게 순환되는 각자의 현행 사업 대신, 항상 안정적이고 예측 가능한 수익이 끊임없이 들어오는 부문으로 교체하는 것이다. 게다가 플로우 여행에 우 가문이 징수하려는 통행료도 할인해 준다. 사실 그때까지 아무 비용이 들지 않았던 것에 대해 수수료를 받을 계획이었으니, 엄밀하게 말해 할인이라고는 할 수 없었다. 그러나 우 가문은 다른 가문과 회사에게 결코 침해할 수 없는 독점권을 제안하면 욕심에 눈이 멀어 거절하지 않으리라고 계산했다. 이 계산은 대체로 옳았다)

결국 우 가문은 예상보다 짧은 시간에 상호의존성단 계획을 완성했다. 10년 내에 가문과 기업은 각자 독점권과 약속된 귀족 칭호를 얻었고, 매수된 정치가와 지식인들은 시민을 설득했으며, 선지자 라헬라와 빠르게 성장하는 상호의존성단 교회가 나머지 대중을 처리했다. 저항 세력과 이탈자, 반란군은 수십 년간 계속해서 나타났지만, 대체로 우 가문은 적절한 시기와 목표를 잘 포착했다고 할 수 있었다. 문젯거리 처리를 위해서는, 이미 걸리적거리는 자는 누구라도 내쫓아 버리는 공식 유형지로 엔드라는 행성을 선정해 두었다. 새로 태동한 상호의존성단에서 여행하는 데 가장 오랜 시간이 걸리고 플로우 출입구도 단 하나뿐인 정착지였다.

이미 상호의존성단의 공식적인, 영적인 얼굴 노릇을 하고 있던 라헬라는 (정교하게 조율된) 박수 선거를 통해 첫 '황제(emperox)'로 선출되었다. 시장 조사 결과 거의 모든 소비자 집단에서 '황제(emperor)'의 대체어로 신선하고, 새롭고, 친근하다는 평을 받았기 때문에 최종 선정된 젠더 중립적인 칭호였다.

많은 것을 건너뛴 이 간략한 상호의존성단 역사를 보면 아무도 거짓에 문제를 제기하지 않은 것 같다. 수십 억 인구가 정말 무비판적으로 라헬라의 날조된 예언을 받아먹었을까. 그렇지는 않다. 대중 신학이 진짜 종교 행세를 하며 차츰 더 많은 인정과 신도, 존경을 받아가는 모습을 보고 경각심을 느낄 때 누구라도 그렇겠지만, 사람들은 거짓에 의문을 제기했다. 당대에 그 광경을 바라보던 사람들이 황제의 권력에 다가가려는 우 가문의 책략에 눈이 멀었던 것도 아니었다. 많은 초조한 사설들과 뉴스 프로그램, 때로 시행된 입법 조치가 이 책략에 초점을 맞추었다.

우 가문에게 유리하게 작용한 입지는 조직과 돈, 이제 귀족이 된 다른 가문이라는 동맹이었다. 상호의존성단 및 무역 길드 성제국은 돌진하는 사향소, 회의적인 관찰자들은 구름처럼 주변을 웅웅거리는 날파리 떼였다. 그들은 서로 상대에게 큰 손상을 가하지 못했고, 결국 제국은 건설되었다.

거짓이 통했던 다른 하나의 이유는, 일단 상호의존성단이 형성되자 선지자-황제 라헬라가 자신의 비전과 예언은 이제 중단된다고 선언했기 때문이었다. 그녀는 성단 교회 조직의 집행권을 모두 시안 대주교와 주교 회의에 넘겼고, 그들은 이것이 좋은 거래라는 것을 알았다. 그들은 새 종교의 명백한 영적 측면을 주요리가 아니라 양념 정도의 비중으로 밀어내며 빠르게 조직을 건설했다.

달리 말해, 제국의 힘이 가장 취약했던 성단의 결정적인 초창기 내내 라헬라도 교회도 영적인 요소를 지나치게 강조하지 않았다. 라헬라의 후임 황제들은 그녀를 본보기로 삼아 아무도 '선지자'라는 칭호를 사용하지 않았고 극히 형식적인 부분 외에는 교회 업무에 관여하지 않았다. 교회는 마음을 놓았고, 세월이 흐르면서 이는 당연한 관례로 굳어졌다.

물론 교회는 라헬라의 비전과 예언이 거짓이라고 인정한 적이 한 번도 없었다. 무엇 때문에 굳이 그래야 할까? 우선 라헬라와 우 가문은 상호의존성단 교회의 영적 측면이 전적으로 가공된 것이라는 말을 가족 회의석상 밖에서 명시적으로 한 적이 없었다. 라헬라의 계승자들 또한 황제로서나 교회 수장으로서 이를 자백하거나 의심을 공적으로 표명해서 스스로의 권위를 약화시킬 이유가 없었다. 그렇게 되니, 비전과 예언이 교리가 되는 것은 단순한 시간문제였다.

한 가지 이유가 또 있다면, 라헬라의 비전과 예언은 대체로 다

이루어졌다는 점이었다. 이는 상호의존성단의 '예언'이란 것이 광대하긴 하지만 야심과 돈, 어느 정도의 무자비함만 있다면 실질적으로 실현 가능한 것이라는 반증이었고, 우 가문은 이런 것들을 잔뜩 가지고 있었다. 라헬라의 예언은 사람들에게 일상적이고 자질구레한 삶의 방식을 바꾸라고 강요하지 않았다. 그저 꼭대기 중의 꼭대기에 있는 사람들이 예전보다 더 큰 권력과 통제력, 돈을 가질 수 있도록 통치 체제만 교체하자는 것이었다. 닥치고 보니 이것은 그리 대단한 요구가 아니었다.

마지막으로, 우 가문이 틀린 것이 아니었다. 인류는 넓은 영역에 퍼져 있었고, 플로우로 접근 가능한 모든 항성 시스템 중에 자연 상태에서 인간이 생존할 수 있는 행성은 단 하나뿐이었다. 바로 엔드였다. 다른 시스템의 인류는 모두 행성과 달, 혹은 우주 공간에 떠 있는 정착지에 살고 있었고, 고립되어 너무나 연약했으며, 어떤 시스템에서도 각자 생존에 필요한 천연자원을 온전히 생산하지도, 살아남는 데 필요한 물건 모두를 제조할 수도 없었다. 인류는 생존을 위해 상호의존이 필요했다.

그 상호의존을 성취하기 위한 정치적, 사회적, 종교적 구조로서 '상호의존성단'이란 것이 꼭 필요했느냐 하는 점은 대단히 의문스러웠지만, 천 년이 지난 지금에 와서는 쓸데없는 질문이었다. 우 가문은 장기적으로 유지 가능한 정치 사회적 권력으로 가는 길을 설계하고 거짓으로 다른 모든 사람들을 움직여서 이를 성취했다. 결과적으로 우 가문은 대부분의 인류가 고립이나 엔트로피에 대한 걱정, 언젠가 사회가 붕괴해서 모든 인류가 죽고 그들이 아끼는 모든 것이 완전히 뒤집히지나 않을까 하는 존재론적인 공포에 매일 매순간 시달리지 않고 편안하게 살아갈 수 있는 시스템을 창조했다.

거의 모든 사람들에게 거짓은 잘 통했다. 우 가문에게는 굉장한 일이었고, 다른 귀족 계급에게도 상당히 잘된 일이었으며, 다른 모두에게도 대체로 전혀 문제가 없었다. 거짓이 부정적인 결과를 낳으면 사람들은 싫어한다. 하지만 그 반대라면? 일상은 아무 일 없이 계속된다. 결국 사람들은 거짓이 거짓이었다는 사실을 잊어버리거나, 이 경우처럼 종교적 관행의 기초로 성문화시켜 더욱 마음에 들도록 아름답게 갈고 닦는다.

라헬라의 비전과 예언은 의도한 대로 완벽하게 작동한 거짓이었다. 즉 상호의존성단 교회의 교리적 기반으로 계속 남게 되었다는 뜻이다. 일개 선지자의 비전과 예언이. 태초에 선지자가 있었고, 그가 초대 황제에 등극했다. 다른 황제라고 해서 초대 황제의 비전과 예언의 능력을 주장하지 못한다는 구절은 교리 어디에도 없었다. 오히려 교회의 교리는, 상호의존성단 교회의 수장으로서 예언과 비전의 능력은, 선지자-황제 라헬라까지 거슬러 올라가는 혈통을 이은 황제 88인 모두의 천부권이라는 점을 깊이 시사하고 있었다. 라헬라는 성단의 어머니일 뿐 아니라 세쌍둥이 하나를 포함해 일곱 자녀의 어머니이기도 했다.

교리상 모든 황제는 비전을 보고 예언을 할 능력이 있다. 라헬라 본인을 제외하고 지금껏 아무도 그 능력을 행사하지 않았을 뿐이었다.

지금까지는.

△ △ △

집행위원회가 전용으로 사용하는 황궁의 회의장 대기실에서, 집행위원회 위원장 군다 코르빈 대주교는 느닷없이 멈춰 서서 고개를 숙였다. 조수는 깜짝 놀랐다.

"성하?" 조수이자 젊은 사제인 우베스 이시가 불렀다.

코르빈은 말을 걸지 말라는 뜻으로 한 손을 들어 보이고, 잠시 그렇게 서서 생각을 가다듬었다.

"예전에는 이보다 더 쉬웠는데." 그녀는 숨을 몰아쉬며 중얼거렸다.

이어 그녀는 서글프게 미소 지었다. 길 것이 예상되는 하루를, 한 달을, 어쩌면 남은 사회생활 전체를 앞두고 인내와 평정, 고요함을 기원하는 짧은 기도를 올릴 생각이었다. 그러나 입에서는 전혀 다른 말이 흘러나왔다.

음, 요즘은 이런 게 일상이지.

"뭐라고 말씀하셨습니까, 성하?" 이시가 물었다.

"혼잣말을 했어, 우베스."

젊은 사제는 이 말에 고개를 끄덕이고 회의실 문을 가리켰다. "집행위원회 다른 위원님들이 이미 모여 계십니다. 황제 폐하만 제외하고요. 폐하는 정해진 시간에 도착하실 겁니다."

"고맙다." 코르빈은 문을 바라보며 말했다.

"괜찮으십니까?" 이시는 상관의 시선이 가는 곳을 살피며 물었다. 공손하지만 멍청한 젊은이는 아니다. 코르빈은 알고 있었다. 그도 최근의 사건은 다 알고 있었다. 모를 리가 없다. 아무도. 교회를 뒤흔든 사건이었다.

"나는 괜찮아." 코르빈은 조수를 안심시켰다. 그녀는 문으로 걸음을 옮겼고 이시도 따라왔지만, 코르빈은 다시 손을 들었다. "이 회의는 위원들 외에는 아무도 동석해서는 안 돼." 그녀는 이시의 얼굴에서 입 밖에 내지 않은 질문을 읽었다. "솔직한 의견 교환이 이루어질 가능성이 높기 때문에, 회의실 안에서 조용히 진행하는 것이 최선이다."

"솔직한 의견 교환이요." 이시는 의심스럽다는 듯 중얼거렸다.

"그래. 일단은 그렇게 돌려 말하기로 하자."

이시는 미간을 찌푸리더니 절을 하고 옆으로 물러났다.

코르빈은 고개를 들고 이번에는 진짜로 기도를 올린 뒤 문을 통해 회의실로 들어갔다.

회의실은 넓었고 황궁 안에 있는 방답게 지나치게 화려했으며, 취향보다 돈이 많은 황제들이 오랜 세월 동안 미술품 선물이나 후원, 매매를 통해 긁어모은 흉물로 가득 차 있었다. 회의실 안쪽 벽에는 집행위원회에서 활동한 위대한 역사적 인물들을 표현한 벽화가 그려져 있었다. 램버트라는 화가의 그림으로, 배경은 이탈리아 르네상스풍이었고 인물은 초기 상호의존성단 리얼리즘풍이었다. 초창기 위원 시절, 코르빈은 이 벽화를 끔찍한 잡동사니라고 생각했고, 인물의 영웅적인 묘사는 집행위원회의 중요성과 위원회가 일상적으로 처리하는 업무를 거의 우스꽝스러울 정도로 과대평가하고 있었다.

이 위원회를 벽화에 그리는 사람이 있어서는 안 돼, 코르빈은 화려한 의자 열 개가 놓여 있는 긴 탁자로 다가가며 생각했다. 교회 대표 두 명, 의회 대표 세 명, 길드와 길드를 통제하는 귀족 대표 세 명이 여덟 개의 의자를 이미 채우고 있었다. 탁자 한쪽 끝의 빈 의자는 위원장인 코르빈의 자리였다. 남은 빈 의자 하나는 황제 그레이랜드 2세의 자리였다. 지금 코르빈이 앓고 있는 두통의 원인이었다. 의자에 앉는 순간, 그녀는 그 점을 다시 떠올리지 않을 수 없었다.

"황제가 비전을 봤다니 이건 도대체 무슨 개소리요?" 위원회의 최신참인 아산 가문의 자손 테란 아산이 말했다. 현재 살인, 반역, 황제 암살 기도죄로 구금 상태인 나다쉬 노하마페탄을 서둘러 대체한 인물이었다. 코르빈이 판단할 때는 지나치게 서두른 감이 있었다.

코르빈은 비교적 정중한 편이던 나다쉬가 아쉬웠다. 반역자일지는 몰라도 예의범절은 좋았다. 아산에게는 지금처럼 벌컥 폭발하는 것이 표준적인 절차였다. 그는 사회적인 품위가 나약한 자들을 위한 것이라고 생각하는 부류였다.

코르빈은 이 폭발에 대한 반응을 살피기 위해 좌중을 둘러보았다. 혐오스럽다는 표정부터, 앞으로는 이 정도를 무례함의 새로운 최저선으로 예상해야겠지, 하고 피곤하게 체념하는 반응까지 다양했다.

"좋은 아침입니다, 테란 경." 코르빈은 말했다. "기분 좋은 인사로 회의를 열어 주시니 얼마나 고마운지 모르겠소."

"황제가 상호의존성단의 종말과 길드 체제의 멸망에 대해 종교적 망상을 얻었다고 선언한 마당에 인사 따위가 필요하단 말입니까?" 아산은 말했다. "우선순위를 판단하는 감이 제대로 안 돌아가고 계신 것 같습니다, 성하."

"다른 위원을 모욕하는 것은 효율적인 업무 방식이 아닙니다, 테란 경." 위원회의 최고위 의회 의원인 우펙샤 라나퉁가가 말했다. 아산은 위원회에 합류한 순간부터 라나퉁가의 신경을 거스르고 있었다. 이건 대단히 어려운 일이다, 코르빈은 알고 있었다. 라나퉁가는 실용적인 정치가의 본보기 같은 인물이었다. 모든 사람, 특히 자신이 혐오하는 사람과 더욱 잘 지내는 것이 그녀의 철칙이었다.

"반론을 해도 될까요." 아산은 말했다. "지난 달 우리의 친애하는 황제폐하께서는 플로우가, 별 사이를 여행하는 인류의 수단이 붕괴하고 있다고 발표하셨고, 누구 하나 들어보지도 못한 시골뜨기 과학자가 그 주장을 뒷받침하고 나섰습니다. 이 주장은 경제사회적 불안을 야기하고 있고, 다른 과학자들도 이의를 제기하고 있습니다. 한데 그에 대한 대응으로 황제가 지금 신비적 '소통'을 들고 나온 겁니다."

아산은 코르빈을 향해 손짓하며 말을 이었다. "그런데 여기 주교님은 인사치레를 바라시는군요. 좋습니다. 안녕하세요, 주교 성하. 신수 좋아 보이십니다. 인사치레에 시간을 낭비하는 것은 어리석고 쓸데없는 짓이고 게다가 혹시 못 들으셨는지 몰라도 제국의 영도자는 비전을 보고 계신다지 않습니까. 인사는 이 정도로 접어두고 그 비전에 논의를 집중하는 게 어떻겠습니까."

"비전에 대해 반대하는 이유가 무엇이오, 테란 경?" 코르빈은 두 손을 마주 포개며 최대한 유쾌하게 말했다.

"농담하시는 겁니까?" 아산은 의자에서 몸을 내밀었다. "첫째, 황제가 비전을 보았다고 주장하는 이유는 플로우가 붕괴하고 있다는 자신의 주장에 대해 반발이 거세기 때문이라는 것이 명백하지 않습니까. 자신에게 저항하는 의회와 길드를 피해 가려는 겁니다. 둘째, 지금까지 교회가 — 그쪽 말입니다, 성하 — 황제에게 그럴 수 있는 핑계를 부여하고 있습니다. 셋째, 황제가 단순히 간편한 정치적 수단으로 비전을 입에 올리는 게 아니라 정말 비전이라는 걸 보았다면, 우리의 새 황제는 진정 망상증환자이니 그것이야말로 시급한 문제가 아닐 수 없습니다. 언급한 세 지점 모두 의논해야 합니다. 당장."

"교회는 황제에게 핑계를 부여하고 있는 게 아닙니다." 아산 맞은편에 앉은, 위원회에서 두 번째로 젊은 샨트 보들레온 주교가 말했다.

"그래요?" 아산이 쏘아붙였다. "이틀 전 그레이랜드가 대성당에서 연설한 뒤로 교회에서 아무 논평도 못 들었습니다. 뉴스를 놓쳤다 해도 시간은 충분한데요. 지금쯤 뭐라 논평이 나와야 할 것 아닙니까. 반박이라든지."

"황제는 교회의 수장입니다." 보들레온 주교는 유난히 고집 센

아이를 지도하는 말투였다. "어디 외진 탄광 행성에서 반란을 일으킨 하급 사제에게 정신 차리라고 명령해서 해결되는 그런 문제가 아니에요."

"그럼 황제는 다르다." 아산은 빈정댔다.

"사실 다릅니다." 코르빈이 말했다. "황제는 제국의 세속적인 우두머리가 아니라 선지자의 계승자라는 성직으로서 주교들 앞에서 공식 교의를 정식으로 선포하셨소. 그런 맥락에서 우리는 황제의 말씀을 묵살할 수가 없습니다. 반박할 수도 없습니다. 교회가 할 수 있는 최선은 그 선언을 연구하는 겁니다. 해석하는 겁니다."

"망상을 해석한다."

"비전을 해석하는 겁니다." 코르빈은 좌중을 둘러보았다. "상호의존성단 교회는 선지자 라헬라의 비전을 통해 건설되었고, 선지자는 동시에 성단의 첫 황제가 되었습니다. 제국 건설 이래 두 지위는 서로 밀접하게 얽혀 있습니다." 그녀는 아산에게 집중했다. "교리대로 말씀드리자면 그레이랜드 황제는 논란이 될 만한 행동을 한 게 아닙니다. 현재의 성격이 어떠하든 교회는 애당초 영적인 비전 위에 건설되었습니다. 교리상, 시안과 허브의 추기경은 선지자 라헬라와 마찬가지로 교회의 수장으로서 영적인 비전을 볼 수 있습니다. 그 비전은 계시일 수도 있고, 교리에 영향을 미칠 수도 있습니다."

"그럼 우리는 그냥 따르라는 말이군요." 아산은 말했다.

"말씀하시는 '우리'는 누구요?" 코르빈은 물었다.

"우선 길드지요." 아산은 라나퉁가를 가리켰다. "의회도 마찬가지고."

"신성모독 법은 아직 존재합니다." 보들레온이 말했다. "가끔 실제로 적용되는 일도 있어요."

"아, 그것 참 편리하군."

"테란 경의 말에도 일리가 있습니다." 라나퉁가가 말했다. 코르빈은 남을 완전히 무시하지 않고 이렇게 말할 수 있는 라나퉁가가 새삼 존경스러웠다. "교리적으로 옳든 그렇지 않든, 우리가 기억하는 한 어떤 황제도 교회의 수장이라는 종교적 지위를 실질적으로 사용한 적이 없습니다. 게다가 누구도 비전을 보았다고 주장하지 않았고요."

"타이밍이 수상하다고 생각하시는 거요." 코르빈은 라나퉁가에게 말했다.

"수상하다는 단어는 쓰고 싶지 않습니다." 라나퉁가는 언제나처럼 정치적이었다. "하지만 그레이랜드의 현재 정치적 상황도 모르는 바가 아니니까요. 테란 경의 말이 옳습니다. 플로우에 대한 황제의 주장은 정부 기능을 혼란에 빠뜨렸어요. 사람들이 겁을 먹고 있습니다. 예언에 기댈 것이 아니라 과학과 이성에 호소하는 것이 해답입니다."

코르빈은 이 말에 미간을 살짝 찌푸렸다. 라나퉁가는 이 표정을 보고 달래듯 한 손을 들었다. "이것은 교회나 그 교리에 대한 비판은 아닙니다. 그러나 군다, 당신도 인정해야 합니다. 이건 황제가 취할 행동이 아니에요. 최소한 우리가 그 점은 폐하에게 질문해야 합니다. 직접적으로요."

코르빈의 태블릿에서 알림음이 울렸다. 그녀는 소식을 읽고 일어섰다. 좌중도 모두 함께 일어났다. "이제 그럴 기회가 왔습니다. 일어서세요. 폐하가 오셨습니다."

## 2장

그레이랜드 2세가 기다려 온 순간은 길고 솔직히 너무나 지루한 회의가 끝난 뒤 찾아왔다.

"폐하, 이제 우리가 폐하의 그… 비전을 좀 더 논의해야 할 것 같습니다." 대주교 군다 코르빈이 말했다. 황제가 원하든 원하지 않든, 상호의존성단 통치에 대해 황제에게 조언할 임무를 맡은 집행위원회의 수장들이 일제히 고개를 돌려 그녀를 바라보았다.

그 아홉 개의 얼굴에서 그레이랜드는 다양한 감정을 읽었다. 어떤 얼굴에는 걱정이 있었고, 그것은 감사했다. 경멸은, 고맙지 않았다. 다른 얼굴에도 재미있다는 빛, 짜증, 혐오, 혹은 혼란스러운 빛이 떠올라 있었다. 이 모든 감정이 섞인 얼굴도 있었다.

상호의존성단 및 무역 길드 성 제국 황제이자 허브와 연합국의 여왕, 상호의존성단 교회 수장, 지구의 계승자이자 만물의 어머니, 우 가문의 88대 황제인 그레이랜드 2세는 이 모든 얼굴들을 관찰하고, 탁자 너머에 나란히 자리 잡은 표정들을 눈여겨보고, 그녀 자신을 제외하고 알려진 우주에서 가장 강력한 권력자 아홉 명의 감정을 가늠했다.

그리고 웃었다.

황제의 웃음은 그들에게 호감을 불러일으키지 않았다.

"그대들은 우리가 미쳤다고 생각하는군." 그레이랜드는 황제를 가리키는 대명사 '우리(we)'를 사용했다. 현재로서는 사실상 황제 노릇을 하느라 바빴기 때문에 이 대명사를 사용해도 쓸데없는 가식이라는 기분은 들지 않았다.

"누구도 그런 뜻을 표하지 않았습니다." 코르빈이 얼른 말했다.

"그게 사실이 아니라는 건 잘 알겠소." 그레이랜드는 가볍게 대꾸했다. "분명 이 회의석상에서, 우리 면전에서 아무도 그런 뜻을 표하지는 않았지. 그러나 우리가 없는 자리에서 누군가 그런 말을 입 밖에 내고 어쩌면 때로 고래고래 소리치고 있으리라는 걸 모를 정도로 순진하지는 않아."

이 말에 그레이랜드는 여러 쌍의 눈동자가 위원회의 가장 신참 테란 아산에게로 향하는 것을 보았다. 사실 놀랍지는 않았다.

"저희 모두 충성을 다하고 있습니다, 폐하." 우펙샤 라나퉁가가 말했다.

그레이랜드는 라나퉁가를 돌아보았다. "위원회의 충성을 의심할 이유는 없소." 그녀는 친절하게 말했다. 라나퉁가는 걱정스러운 표정을 지었던 사람이었다. "우리에게나, 상호의존성단에나.

그러나 우리는 충성의 대상이 제정신이 아니라고 확신할 때, 그 '충성'이라는 것이 사람을 어떤 방향으로 몰아갈 수 있는지도 잘 알고 있소."

"폐하는 저희의 복종을 바라시는군요." 아산이 말했다. 그는 얼굴에 경멸을 띠었던 인물이었다. 솔직히 말해서 몇 주 전 그 자리를 처음 차지했을 때부터 그는 내내 똑같은 표정을 짓고 있었다.

"우리가 원하는 것은 그대들의 믿음이오." 그레이랜드는 좌중을 둘러보았다. "이 믿음이 당신들에게 어려울 거라는 점도 이해하고 있다고 생각하오. 라헬라 이후 어떤 황제도 지금까지 가르침의 비전을 보았다고 주장한 적이 없지. 천 년 동안 황제들은 예언에서 물러나 있었소. 망상을 본 황제도 그것을 종교의 영역으로 끌고 들어가지 않았어. 제위 말년 알콜성 환각을 경험한 아타비오 2세는 보석을 두른 닭이 황궁을 뛰어다니는 환상을 보았다니." 그레이랜드는 클클 웃었지만 좌중의 누구도 따라 웃지 않았다.

"폐하의 비전 또한 실제 계시라기보다 닭에 가까운 게 아닌가 걱정하는 이들이 있습니다." 아산이 말했다. 그레이랜드는 다른 위원들의 얼굴에 붙은 여덟 쌍의 눈썹이 충격과 놀라움을 다양한 각도로 표현하며 치켜올라가는 것을 보았다.

그레이랜드는 다시 웃었다. "고맙소, 테란 경. 다른 위원들도 이렇게 솔직하게 의견을 표명해 주었으면."

"환심을 사고자 드린 말씀이 아닙니다." 아산은 대꾸했다.

"그렇게 생각하지 않으니 안심해도 좋아." 그레이랜드는 집행위원회 위원장 코르빈을 돌아보았다. "우리는 이것이 성단 전체는 물론 위원회의 걱정거리가 될 거라고 예상했기 때문에, 황실 주치의 퀴 드리닌에게 집행위원회가 호출하면 참석해서 황제의 현재 신체 및 정신 상태에 대해 증언해 달라고 이미 지시해 두었소. 언제든지 원할 때 부르셔도 좋소."

"반가운 말씀입니다." 코르빈이 말했다. "곧 호출하겠습니다."

그레이랜드는 고개를 끄덕이고, 다시 아산에게 주의를 돌렸다. "우리의 비전은 환상의 닭이 아니오, 테란 경. 그런 것과는 전혀 달라. 우리 역시 이런 상황을 원하지는 않았어. 이런 영적인 요소까지 개입하지 않더라도 지금은 충분히 힘든 시기지. 그러나 우리는 황제이고 선지자 라헬라의 직계 자손이오. 똑같은 피가 우리의 몸에 흐르고 있어. 여기는 상호의존성단 성 제국이고, 제국은 천년 동안 우 가문을 제위에 올리는 것이 합당하다고 보았소. 그 이유 중의 하나가 예언이라는 가능성을 열어 두기 위해서였다고 믿는 것이 불합리한 일일까?"

"예언 능력이 유전되는 형질이라는 데 대해 저는 대단히 회의적입니다." 아산이 말했다.

"음, 솔직히 말하자면, 우리 역시 마찬가지야." 그레이랜드가 말했다. "한데 이렇게 됐어. 라헬라와 마찬가지로, 우리는 상호의존성단 교회, 계시를 기반으로 건설된 교회의 수장이오. 라헬라와 마찬가지로, 우주에서 인류가 생존하는 데 있어 거대한 전환기에 계시를 받았소. 라헬라와 마찬가지로, 신민들이 위기를 헤쳐 나갈 수 있도록 인도해야 하는 사명을 띠고 있소."

"폐하의 과학자들은 플로우가 붕괴한다고 주장하고 있고요."

그레이랜드는 미소 지었다. "지난달 엔드에서 허브에 도착한 우주선 명단을 보았소, 테란 경? 우리는 보았소. 명단은 매우 짧았어. 한 대도 없었으니까. 한 대도 엔드를 떠나지 못했기 때문에 한 대도 도착하지 않은 거요. 이곳과 엔드를 잇는 플로우 흐름이 붕괴했소. 내 기억이 옳다면, 도착하지 않은 우주선 중 한 대는 당신 우주선이던데, 정확히 말하자면 당신 집안 소유. 3주 전 엔드에서 도착할 예정이었지. 관세 징수관이 언급하던 기억이 나는군."

아산은 불편한 표정을 지었다. "아직 도착 일정에는 여유가 있습니다."

"엔드에서는 내전이 벌어지고 있습니다." 라나퉁가가 말했다. "이런 점도 우주선의 도착이 늦어지는 데 영향을 미치고 있을 겁니다."

"위원회는 우리 국가 중 한 곳에서만 유독 모든 우주선의 도착이 늦어지는 데 대해 이런저런 진부한 이유를 댈 여유가 있다고 생각하는지 몰라도, 우리는 아니오." 그레이랜드는 말했다. "클레어몬트 백작은 내 아버지의 지시에 따라 30년 동안 플로우에서 데이터를 수집해서 엔드에서 허브로 이어지는 플로우의 붕괴를 시간 단위까지 예측했소. 한 달 안에, 허브에서 테라툼으로 이어지는 플로우가 다음 차례가 될 가능성이 높소. 그리고 클레어몬트 백작의 아들 마르스 경이 기꺼이 귀를 기울이는 모든 이들에게 데이터를 설명했소."

"그러나 의회도, 과학자들도 완전히 납득하지는 못했습니다." 코르빈이 중얼거렸다.

"살펴봐야 하는 데이터가 많고, 불행히도 시간은 그리 넉넉하지 않아." 그레이랜드는 말했다. "안타깝지만 테라툼 플로우가 붕괴하고 나면 그들도 더 잘 납득할 거요."

"붕괴한다면, 그렇겠지요." 아산이 말했다.

그레이랜드는 고개를 저었다. "붕괴하고 나면."

"비전을 통해서 그걸 보았다는 말씀이군요." 아산은 계속 공격했다.

그레이랜드는 이 말에 미소 지었다. "데이터가 있으면 비전은 필요 없소. 그러나 두 경우 다 보려는 마음이 있어야겠지. 이 위원회는 둘 다 보아야 하오. 위원회는 데이터를 이해해야 하고, 믿음을 가져야 해. 둘 다 할 수 없다면, 그래, 테란 경, 그저 단순한 복종도 받겠소. 지금으로서는 그걸로 충분해." 그녀는 일어섰다. 집행위원들도 고분고분 일어섰다. 그녀는 고개를 끄덕여 인사하고 회의실을 나섰다.

△△△

"내가 실수를 했을지도 모른다는 생각이 들어요." 카르데니아우-패트릭은 아버지의 유령에게 말했다.

아타비오 6세, 보다 정확하게 그의 유령은, 아니, 그보다 더 정확하게 아타비오 6세의 생전 기억과 감정, 행동을 기초로 구성된 컴퓨터 시뮬레이션은 고개를 끄덕였다. "그럴 수도 있어."

"고맙습니다." 공적인 자리에서 그레이랜드 2세로 불리는 카르데니아가 말했다. "아버지가 신임 투표를 날려 주시니 의욕이 아주 생기네요."

두 사람은 기억의 방에 있었다. 현 황제만 입장 가능한 넓고 별장식 없는 방이었다. 방 안에는 지위라는 가상현실 조수가 있어서, 요청에 따라 첫 황제 라헬라부터 역사상 모든 황제의 아바타를 불러내 주었다. 카르데니아의 재임이 끝나면, 그녀의 기억과 감정, 행동 역시 다음 황제가 필요할 때 꺼내 볼 수 있도록 저장될 것이다.

다음 황제라는 게 존재한다면. 이 순간 카르데니아에게는 시원한 대답이 생각나지 않는 질문이었다.

"난 네 말에 동의했을 뿐이야." 아타비오 6세는 말했다. "네가 심란한 것 같아서, 동의하면 기분이 나아질 거라고 생각했다."

"유감이지만 이 경우에는 아니었네요. 감정 신호를 읽는 프로그램 능력을 개선해야겠어요."

"음, 그래." 아타비오는 두 손을 마주 잡고 딸이 앉아 있는 앞에 선 채 말했다. "무슨 실수를 했는지 더 자세히 말해 다오."

"비전을 봤다고 이야기하기로 한 계획 말이에요."

"상호의존성단의 종말에 대해서."

"네."

"아. 음, 그래. 어쩌면 그게 실수였는지도 모르지."

카르데니아는 두 손을 들어 올렸다.

"네가 뭘 예상했는지 궁금하구나." 아타비오 6세가 말했다.

"정말요?"

"이 상태로 내가 가능한 한, 그래."

"이유를 말해 주세요."

"넌 라헬라가 했던 것을 재현하려고 하고 있지만, 네게는 라헬라가 애당초 갖고 있었던 조건이 없어. 다른 분야에서 널 도와 줄우 가문의 지원이나 자산이 없고, 귀족 가문들과 협상할 영향력도 없다. 네게 의지가 될 만한 유일한 상대는 상호의존성단 교회뿐인데, 교회도 마지못해 네 편을 들어 줄 거야. 마지막으로 넌 제국을 건설하려는 게 아니지. 제국을 해체하려는 것 아니냐. 천 년 동안 성공적으로 지속되어 온 제국을."

"저도 다 알아요." 카르데니아는 말했다. "난 이미 플로우 하나가 붕괴했고 이어 곧 다른 플로우도 무너질 거라는 점도 계산에 넣었어요. 모든 게 허물어지기 전에 의회나 길드, 심지어 과학자들 집단에서조차 중론을 모을 시간이 없으니까요. 가능한 한 많은 사람을 살릴 수 있는 쪽으로 내가 사태를 앞장서서 끌고 가야 해요. 그러려면 교회를 이용해야 해요. 교회가 교리적으로 반론을 제기할 수 없는 방법을 찾아야 하고요. 예언을 내세워서."

"'교리적으로 반론을 제기할 수 없는 방법'이란 말이 '반론을 제기할 수 없다'는 뜻이 아니라는 건 너도 알잖니." 아타비오 6세는 말했다. "교회는 자신이 봉사하는 종교와 별개의 체제다. 인간으로 가득 차 있어. 인간이 어떻다는 건 알지 않니."

카르데니아는 고개를 끄덕였다. "그건 이해하고 있다고 생각했어요."

"한데 지금은 확신할 수 없다는 거구나."

"네. 교회를 당장 내 편으로 삼을 수 있을 거라고 생각하지는 않았어요. 난 어리석지 않아요. 하지만 좀 더 협조해 줄 거라고 생각했어요. 내가 하고 있는 일이 어떤 건지 좀 더 이해해 줄 거라고."

"교회의 수장들에게 이런 말은 안 했겠지." 아타비오 6세가 말했다.

카르데니아는 코웃음을 치고 아버지를 보았다. "난 그 정도로 멍청하지 않아요. 교회에 대해서라면, 난 비전에 대해 침착하게 자신 있는 태도를 보이고 있어요. 집행위원회도 마찬가지고. 오늘 위원회를 만나서 그들의 믿음이 필요하다고 이야기했어요. 테란 경은 저러다 울화통으로 머리가 터질지도 모르겠다는 생각이 들 정도더군요."

"나는 그를 몰라." 아타비오 6세가 말했다. "그의 아버지를 알지. 아산 가문은 우 가문과 밀접한 정치적 동지다."

카르데니아는 다시 고개를 끄덕였다. "테란 경이 위원회에 선정된 것도 그 때문이겠죠. 길드는 나다쉬 노하마페탄을 애당초 위원회에 넣은 일로 내 비위를 맞춰야 했으니까. 하지만 테란 경이 나다쉬보다 더 나은 인물인지는 모르겠어요. 나다쉬 노하마페탄이라면 어쨌든 자기 자신과 자기 가문을 위해 일을 꾸미고 있다는 게 뻔하잖아요. 그런데 테란 경은 무슨 속셈인지 모르겠어요."

"알아내면 되지." 아타비오 6세가 말했다.

"아직 그럴 위치는 아닌 것 같아요."

"넌 황제다. 언제나 그럴 수 있는 위치야."

△ △ △

테란 아산 경은 시안에 있는 가문 소유 아파트의 자기 방문 잠금장치를 손으로 쓸었다. 지금 그의 방에는 최소한의 물건만 있었다. 대부분의 소지품은 그가 현재 업무를 맡기 전 가문의 현지 사업 총괄 책임자로 주재했던 허브폴의 더 넓은 아파트에 있었다.

아산이 제국 집행위원직에 오른 것은 문자 그대로 몇 세기 동안 위원직을 노리고 있던 아산 가문으로서는 대단한 성취였다. 아산 가문은 우 가문의 협력자로 너무나 유명했기 때문에 그 자리를 얻지 못하고 있었고, 우 가문은 명목상 황제가 다스릴 뿐이었다. 실제로 역대 황제들은 우 가문의 일상적인 사업에 거의 전혀 관여하지 않았다. 그랬다가는 우 가문의 고위 사촌들로 구성된 이사회의 반발이 어마어마할 것이고, 어쨌든 황제에게는 나머지 상호의존 성단을 통치하는 일이 있었다.

그럼에도 불구하고 나머지 길드와 해당 귀족 가문들은 아산-우 가문의 관계가 정치적 안정을 기대하기에는 지나치게 가깝다고 믿었다. 집행위원회가 현직 황제의 정책을 맹목적으로 추종하는 지지 체제로 전락하는 것이야말로 절대 있어선 안 되는 일이었다.

그런데 하필 나다쉬 노하마페탄이 그레이랜드 2세 암살 기도를 한 것이다. 확실한 것은 한 번이지만, 어쩌면 두 번(그 점은 아직 판단 보류였다. 아직 두 번째 재판은 배심원조차 선정하지 못한 상태였다). 게다가 그 과정에서 자기 오빠를 죽였고, 다른 형제의 도움으로 엔드 행성에 반란을 조장했고, 전반적으로 눈에 뻔히 보이는 온갖 반역을 꾀했다.

황제의 비위를 살짝 맞춰 주는 조치가 갑작스럽게 필요해졌다. 이렇게 최초로 아산 가문이 집행위원회에 입성한 것이다. 아산은 가문의 고위 일원으로서 중책을 순순히 맡았다.

아산은 이 일이 아무 쓸모없는 시간낭비라고 생각했다. 그레이랜드는 (여기서 아산은 무의식적으로 미간을 찌푸렸다. 그는 카르데니아 우-패트릭이던 시절 황제를 만난 적이 있었는데, 조금도 깊은 인상을 받지 못했다. 아산이 나이프 저글링이라고는 아무것도 모르듯 그녀는 황제 자격이 전혀 없었다) 위원회를 만나서 그들의 걱정과 조언을 순순히 들었다. 그러나 그 조언을 실질적으로 고려하거나 따를 생각이 없었다. 거의 한 달 전 참석한 첫 회의가 끝날 때쯤 되자, 아산은 황제가 그냥 숙제 해치우는 기분으로 참석했다는 것을 알 수 있었다.

그가 위원회에 입성하기 직전, 그레이랜드가 플로우에 대한 헛소리를 터뜨리고 증거를 가지고 있다는 마르스 경이라는 얼간이를 데리고 나왔기 때문에, 이 점은 더욱 문제였다. 분명히 말해 두지만, 마르스는 위원회 앞에서나 의회 증언석상에서나 아주 설득력 있는 대중 연설가라고는 할 수 없었다. 엔드에서 도착하지 않고 있는 우주선의 수가 늘어나면서 여러 가문들이 걱정하기 시작하고 있었지만(아산의 가문 역시 마찬가지였다 — 소속 파이버 우주선 '앤드 포 디스 기프트 아이 필 블레스드' 호의 도착이 걱정스러울 정도로 늦어지고 있다는 황제의 말은 옳았다), 황제의 수하가 다음 붕괴할 플로우는 노하마페탄 가문의 본거지 행성으로 이어지는 통로라고 선언한 점은 지나치게 공교로운 우연의 일치였다.

아무튼 아직 일어난 일은 아니었다. 그때까지는(만약 그렇게 된다면), 플로우가 붕괴한다는 극적인 설명 말고도 엔드발 우주선이 지연될 이유는 수없이 많았다. 황제가 항해를 동결하고 있을 수도 있다.

여기서 그레이랜드 2세의 실제 속셈이 무엇인가 하는 문제가 대두된다. 언제까지 들키지 않고 일을 벌일 수 있다고 생각하는지, 빌어먹을 '비전'이라는 것은 황제가 바보짓을 벌이는 동안 며칠, 혹은 몇 주나마 시간을 벌 핑계는 아닌지.

이 모든 상황을 감안할 때, 아산은 사무실에 틀어박혀 예전에 하던 일이나 계속하는 편이 나았을 거라고 생각했다.

물론 현재 상황을 자신에게 유리하도록 이용하지 않겠다는 뜻은 아니었다.

아산은 술장으로 가서 텀블러에 얼음을 넣고 위스키를 따른 뒤 우 가문의 이사인 제이신 우에게 보안 통신으로 전화를 걸었다.

"오늘 회의 내용 필요해?" 아산은 물었다.

제이신은 퉁명스럽게 끙 소리를 냈고, 아산은 그레이랜드의 비전에 대한 논의를 포함해 핵심 내용을 알려 주었다.

"젠장." 제이신 우는 넌더리난다는 듯 말했다. "우 가문은 우주선을 제조하고 있어. 그런데 황제는 플로우가 붕괴한다고 떠들고 돌아다니다니. 주문이 평소의 40퍼센트나 감소했어. 자기 가문을 망하게 하려는 수작이 아닌가 말이야."

"원래 가문의 일원은 아니었잖아, 안 그래?" 아산은 중얼거렸다. "모든 걸 물려받을 사람은 레너드였지."

"그래, 벽에 자동차를 들이받기 전까지는 그랬지. 멍청한 놈. 물론, 나다쉬 노하마페탄이 자동차에 손을 써서 그를 죽인 게 아니라면 말이야."

"그녀는 더 이상 문제를 일으킬 수 없잖아."

"아직 살아 있어. 그러니 아직 문젯거리야. 현재로서는."

"현재로서는?" 아산은 물었다.

제이신은 이 물음을 무시했다. "그레이랜드를 단독으로 접견해 보고, 무슨 속셈인지 알아봐."

"도착한 뒤로 만남을 가지려고 노력했어. 하지만 계속 일정이 바쁘다는 이유로 거절당하고 있다고. 자네가 접견을 청하는 게 좋을 거야. 그리고 날 데리고 가라고."

"그건 상례가 아닌데." 제이신이 말했다. "황제는 1년에 한 번 형식적으로 우 가문 이사회에 참석할 뿐, 나머지는 아랫사람들이 다 알아서 해."

"황제가 비전을 봤다고 주장하는 것도 상례는 아니잖아."

제이신은 이 말에 다시 끙 소리를 냈다. "생각해 보지." 그는 통신을 껐다.

아산은 위스키를 한 모금 마시고 두 번째로 전화를 걸었다. 이번에는 제이신의 사촌 데란 우, 역시 우 가문 이사회 일원이었다.

"오늘 회의 내용 필요해?" 아산은 묻고 제이신에게 말한 것과 거의 비슷한 내용을 알려 주었다.

"제이신에게도 같은 이야기 했어?" 데란은 물었다.

"그런 셈이지." 아산은 말했다.

"그의 반응은?"

"우주선 건조에 차질이 생길까 봐 걱정하더군."

데란은 코웃음을 쳤다. "바보라서 그래. 우주선에서 입을 손실은 무기 매매와 경비 업무로 벌충할 수 있어."

"단기적으로는." 아산은 지적했다. "플로우 흐름이 붕괴한다는 황제의 말이 옳다면."

데란은 대수롭지 않은 이야기라는 듯 손짓했다. "그레이랜드는 제정신이 아니야. 곧 가문이 그 점을 깨닫고 조치를 취할 거야."

"그건 무슨 뜻이지?"

"지금 네가 그 문제를 걱정할 필요가 없다는 뜻이야. 나다쉬 노하마페탄이 셔틀을 보내 내 사촌에게 들이받았을 때 일이 거기서 끝났으면 좋았겠지만. 그건 대단한 작품이었어."

"제이신은 그녀가 아직 살아 있다는 게 달갑지 않은 것 같았어. 나다쉬 노하마페탄 말이야. 그레이랜드 말고."

"그 문제에 대한 제이신의 의견은 내가 환히 알아. 다 까놓고 다니니까."

"노하마페탄에게 무슨 일이 생긴다면 황제가 결백해 보이지 않을 거야."

"그렇지." 데란이 말했다. "그 체스말을 그런 식으로 제거하고 싶지는 않아. 이 경우 양쪽 말 다. 그 점도 네가 지금 당장 걱정할 필요가 없어, 테란."

"물론이지."

"그레이랜드와 일대일 만남을 주선해 봐."

"그녀는 날 피하고 있어."

"흠, 그럼 방법을 찾아봐야겠지." 데란은 미소 짓고 통신을 끊었다.

아산도 미소 지었지만, 그것은 혼자만의 미소였다. 그는 술잔을 비우고 오늘 저녁 세 번째, 마지막 전화를 걸었다.

"여보세요?" 반대편 목소리가 응답했다.

"레이디 노하마페탄과 통화하고 싶습니다."

"음, 그분은… 지금 곤란합니다."

"알고 있습니다. 여기 메시지를 남기면 그분께 전달된다는 것도 압니다."

"누구시죠?"

"그분은 이번 회의 내용을 알고 싶어하실 겁니다."

수화기 너머에는 침묵이 흘렀다. 이어.

"말씀하세요."

# 3장

 

칫솔 칼을 지닌 암살자가 방문했을 때, 나다쉬 노하마페탄의 머릿속을 가장 먼저 스친 생각은 '흠, 예상보다 오래 걸렸군.'이었다. 황실 구치소에 갇힌 지 한 달이 지난 시점이었다. 그레이랜드 2세가 이제야 누군가를 보내 그녀를 죽이려 했다는 것은 거의 모욕적이라고 할 수 있었다.

두 번째로 든 생각은 목소리가 되어 입 밖으로 나왔다. "아, 젠장." 이론적으로 칫솔이 갈비뼈 사이를 뚫고 들어올 수 있는지 없는지를 떠나서, 교도소 밖에서 가축을 목 졸라 도살하는 직업에 종사할 것 같은 여자가 날카로운 물체로 자신을 겨누고 있다면 작은 욕설 한 마디 정도 내뱉는 것은 인지상정이다.

솔직히 말해, 이 사건은 안 그래도 일이 잘 풀리지 않았던 한 달의 마무리에 불과했다.

오빠 아미트를 그레이랜드와 엮어 ─ 한 가지 이상의 의미로 ─ 우주선 투어에 보내고 셔틀을 전속력으로 화물칸에 들이받게 했을 때는, 나다쉬 역시 위험부담을 잘 알고 있었다. 알고 있었지만, 감당할 수 있는 위험이라는 것도 알고 있었다. 그 결과로 황제가 화물칸에 뭉개지거나, 우주의 진공으로 빨려 나가거나, 양쪽 다일 거라는 예상은 너무나 지당했다. 셔틀은 충분히 컸고, 충분히 빠른 속도로 돌진했고, 화물칸은 충분히 넓었다. 경보음이 몇 초 빨리 울려서 그레이랜드가 빠르게 차단되는 격벽 밑으로 빠져나올 시간을 확보할 수 있었던 것은 그저 불운이었다.

게다가 황제는 새로 건조된 우주선이 회전력으로 인해 찢어지는 상황에서, 밀봉된 채 공기가 서서히 빠져나가는 통로 구역에서도 살아남았다. 그레이랜드는 셔틀이 들이받았을 때, 우주선이 분해될 때, 산소 부족으로 죽었어야 했다.

즉위식 날 암살 기도는 말할 것도 없었다.

그레이랜드는 문자 그대로 운 하나는 끝내주는 인간이었다.

요즘 나다쉬는 그렇지 못했다.

"자, 정리하면 이렇습니다." 체포된 직후, 나다쉬의 개인 변호사 칼 도릭은 이렇게 말했다. "아미트에 대한 일급 살인, 셔틀 조종사에 대한 일급 살인, 그레이랜드와 아미트의 경호원들에 대한 이급 살인, 나머지 경비대 전부에 대한 살인미수, 우주선 승무원들에 대한 살인미수 ─ 여기 수십가지 죄목이 더 있고요 ─ 황제 살인미수, 그리고 황제 암살 기도, 이건 법적으로 살인미수와 별개의 범죄입니다. 그리고 물론 반역죄도 있습니다."

"그게 다야?" 나다쉬는 물었다.

도릭은 묘한 눈빛으로 그녀를 바라보다 말을 이었다. "일단은 그렇습니다. 노하마페탄 가문은 — 귀하의 가문이요— 현재 여기에 재물손괴죄를 추가해 달라고 청원할 것인지 논의 중입니다. 귀하가 셔틀을 훔친 라고스 가문은 거의 확실히 그렇게 하겠지만, 아직 확정된 것은 아닙니다. 그리고 수사 진행 상황에 따라 여기추가 죄목이 붙을 수 있습니다."

"그럼 형량은 어느 정도지?" 나다쉬는 물었다.

도릭은 말문이 막혔다. "사형이지요, 나다쉬." 그는 마침내 말했다. "전통적으로 반역죄는 그대로 사형이 선고됩니다. 일급 살인죄도 사형을 받을 수 있고요. 이급 살인죄는 종신형. 암살 기도는 보통 종신형. 기타 여러 살인미수는 형량이 약하지만, 검사는이미 제게 동시 집행이 아니라 순차 집행으로 구형하겠다고 알려왔습니다."

나다쉬는 녹색과 회색으로 칠해진 칙칙한 접견실을 둘러보았다. "그럼 최선의 경우가 종신형을 내세까지 몇 곱절 사는 거군."

"그게 최선입니다, 네." 도릭이 말했다. "아주 낙관적인 시나리오입니다."

"협상안은?"

"없습니다. 국가는 귀하가 황제 암살을 기도했다고 믿고 있으니, 본보기를 보이려 할 겁니다."

"흠." 나다쉬는 탁자 위에 두 손을 겹쳐 얹었다. "이건 받아들일수가 없어."

도릭은 뭐라 말하려는 듯하다가 다시 입을 다물었다. 그는 옷매무새를 가다듬고 스타일러스 펜과 패드를 집어들었다. "그럼 '무죄'를 주장하셨다고 적겠습니다."

"당연하지. 나는 결백해."

"모든 죄목에 대해서."

"모든 죄목에 대해서. 내가 사랑하는 내 오빠 아미트를 죽이려 했다니 생각만 해도 불쾌해. 그레이랜드에 대해서는, 그녀의 오빠가 내 약혼자였어. 내 오빠도 그녀와 약혼할 예정이었고. 이런 상황만 봐도 내가 그녀의 죽음을 원할 이유가 없어. 전부 터무니없는 혐의들이야. 난 아무 죄도 없어."

도릭은 그녀를 바라보았다.

"왜?" 나다쉬가 말했다.

"반역죄는 이미 인정하지 않으셨습니까." 도릭이 말했다. "엔드를 점령하기 위해서 해병대를 가득 실은 우주선을 플로우로 들여보내도록 사주하셨어요. 황제에게 귀하가 직접 말씀하셨습니다. 집행위원회 전체가 있는 앞에서."

"흥분 상태의 언급이었어."

"법적으로 '흥분 상태의 언급'이란 그런 개념이 아니라, 흥분 상태에서 자기도 모르게 튀어나온 발언도 증거 능력이 인정된다는 뜻입니다만. 어쨌든 알겠습니다."

"순간 격분해서 허세를 부린 거야." 나다쉬는 단념하지 않고 말을 이었다. "내 오빠의 죽음이 내 탓이라고 해서 흥분했어. 솔직히 그 순간 무슨 소리를 했는지 기억도 잘 나지 않아."

"녹음된 기록이 있습니다."

"그렇겠지. 하지만 자세한 기억이 흐릿해. 그 순간 정말 기억이 온전했는지 심리 검사로 확인할 수 있을 거야."

도릭은 믿지 않는 표정이었다. "그레이랜드는 귀하가 또 누구를 매수했는지 군대를 최상부부터 밑바닥까지 철저하게 수사하라고 지시했습니다."

"난 아무도 매수하지 않았어. 그건 아미트 짓이야."

"아미트."

"그래."

"황제와 결혼할 계획을 세우던 돌아가신 오빠가."

"오빠는 항상 플랜 B를 갖고 있어야 한다고 생각했으니까."

"자살하는 게 플랜 B였을까요?"

"인간은 극적인 일을 벌여." 나다쉬는 말했다. "오빠가 혹시 자신이 죽는 경우 '라헬라의 예언' 호는 즉각 엔드로 출발하라는 지시를 남겼다는 게 수사 과정에서 밝혀질 거야."

"그렇습니까." 도릭은 메모를 했다.

"그럼."

"황제의 말이 맞다면 엔드에서 여기로 오는 플로우는 이미 붕괴했을 테니, 결코 입증할 수 없는 주장이군요."

"그런 말을 믿는다면, 그렇겠지."

"어쨌든 아미트의 계획에 대해 상당히 자세히 알고 계신 것 같습니다."

"나는 그를 조사하고 있었어."

도릭은 패드에서 시선을 들고 눈썹을 치켜올렸다. "반역 음모 말씀이신가요."

"그것도 그렇고, 맞아."

"한데 황제와 집행위원회에, 혹은 관련 사법당국에도 알리지 않으셨군요. 이 경우 여러 군데 해당될 텐데요."

"아미트는 내 오빠였으니까, 칼." 나다쉬는 말했다. "난 확신해야 했어."

"그럼 정리하자면 이 모든 일은⋯." 도릭은 아미트가 저지른 범죄의 어마어마한 규모를 표현하려는 듯 스타일러스를 든 손을 내저었다.

"아미트의 짓이야, 맞아."

"이 주장을 뒷받침해 줄 사람이 있습니까?"

"내 동생 그레니. 그 둘은 아주 가까웠어."

"그레니는 역시 엔드에 있으니, 마찬가지로 그 주장을 입증하기 위해 여기로 소환할 수 없고요."

"그래. 불행히도."

"과연 그렇습니다." 진심과는 상당히 동떨어진 말투였다. 나다쉬는 변호사의 이해력이 빠른 데 대해 흡족했다. "정녕 상반되는 시나리오로군요."

"맞아." 나다쉬도 동의했다.

"수사하려면 시간이 걸리겠습니다. 꼬박 몇 주. 어쩌면 몇 달. 몇 년?"

"시간이 얼마나 걸리든 좋아. 정의를 위해서라면 난 얼마든지 기다릴 수 있어."

"그러시겠죠." 도릭은 잠시 사이를 두었다. "비용은 많이 들 겁니다. 노골적으로 말씀드리자면, 노하마페탄 가문은 귀하의 변호 비용을 감당할 것인지 아직 결정하지 않았습니다."

나다쉬는 고개를 끄덕였다. "받아 적어." 그녀는 긴 숫자열을 읊었다. "그걸 허브폴의 제국은행에 가져가. 길드 하우스 맞은편 지점."

"이 계좌가 귀하의 이름으로 되어 있다면, 이미 압류당했을 수도 있습니다."

"내 이름이 아니야. 당신 이름으로 되어 있어."

"음." 도릭은 말했다. "이런 행운을 진작 알았으면 얼마나 좋았을까요."

"당신한테는 절대 알리지 않으려고 했어." 나다쉬는 말했다. "하지만 이렇게 됐군."

도릭은 고개를 끄덕이고 일어섰다. "기소사실인부절차 때 다시 뵙겠습니다."

"보석을 받아 내." 나다쉬는 말했다.

"다시 말씀드리지만 황제 암살 기도 혐의를 받고 계십니다. 보석으로 나가겠다는 건 지나치게 낙관적입니다."

"어쨌든 노력해 봐."

칼 도릭은 노력했다. 그리 설득력은 없었지만, 그는 악명을 드높이겠다는 야심, 혹은 황제 암살 미수범을 죽이면 가석방이나 감형에 유리하게 작용할까 하는 엇나간 희망을 품은 다른 재소자가 절대적으로 결백한 본 황제 암살 미수 용의자를 살해할 위험이 있다고 변론했다. 부드러운 표현을 쓰자면, 담당 판사는 설득당하지 않았다. 그러나 나다쉬에게 보다 삼엄한 경비가 필요하다는 점은 마지못해 동의했다. 재판 전 구금 기간 동안 독방을 제안했던 판사는 대신 허브폴 밖으로 30킬로미터 떨어진 한네 2세 교도소의 중급 보안동 독방을 배정했다.

이 교도소가 보안이 철저하다고 여겨지는 이유는 시설을 드나드는 지하 여객철도가 없기 때문이었다. 유일한 진입로는 지상에 있었다. 허브는 일정한 방향을 바라보며 공전하는 공기 없는 행성으로 명암경계선이 어느 쪽이냐에 따라 기온이 섭씨 300도, 혹은 영하 200도이기 때문에, 육상 여행은 아무리 좋은 환경이라도 그리 쾌적하지 못했다. 교도소에는 허가된 운송 수단만 접근 가능했다. 허가받지 않은 운송 수단이 접근하면 3000미터 전방에서 경고가 발신되고, 2000미터 전방에서 공격 목표가 되고, 1000미터 전방에서 파괴된다. 오붓한 시간을 즐기기 위해 행성 표면으로 올라가는 사람은 없었다.

도착하고 한 달 동안 나다쉬는 혼자 시간을 보내며 문제가 생기는 것을 피했다. 식사도 독방으로 배달되면 혼자 먹었고, 목욕은 칸막이와 보안 목욕 시설이 있는 의무실을 사용했다. 일주일에 한 번 만나는 도릭이 바깥세상 소식을 전해 주었고, 라고스 가문이 시스템 내 노하마페탄 사업 경영을 맡게 되었다는 소식, 그레이랜드 2세가 다가올 플로우 붕괴를 경고해서 사회적, 정치적 위기를 초래했다는 소식, 최근에는 황제가 상호의존성단 초창기 라헬라처럼 종교적 비전을 보았다고 주장하기 시작했다는 소식도 알려주었다.

후자의 두 행동에 대해서 우주 내 누구보다 맥락을 잘 알고 있는 나다쉬는 변호사에게 자기 생각을 털어놓지 않고 라고스 가문이 노하마페탄 사업을 장악했다는 소식에만 주목했다. "핵심 인물은 누구지?" 그녀는 물었다.

"레이디 키바 라고스입니다." 도릭이 말했다.

"아. 그 여자."

"아는 사이입니까?"

"대학에 다닐 때 그레니를 노리개로 갖고 놀았어. 우리 집안 사업은 어떻게 운영하고 있지?"

"밖에서 볼 때는 별탈 없이 잘 하고 있는 것 같습니다."

"안에서 볼 때는?"

"현재 내부에 있는 사람들은 아무도 저와 이야기를 하고 싶어하지 않습니다."

"음, 무례하군."

도릭은 어깨를 으쓱했다. "당신은 회사 수장을 살해하고 가장 값비싼 최신 우주선을 파괴한 혐의를 받고 계십니다. 보험 적용도 안 되고요. 그 사고 당시 당신이 회사 임직원이었기 때문에, 보험사에서는 보험 사기라고 주장하고 있습니다."

"말도 안 돼."

"비용을 감안할 때, 노하마페탄 가문은 당신이 무죄 판결을 받는 데 대해 일반적으로 이해관계가 있어야 할 겁니다. 그러나 당신은 모든 혐의를 아미트에게 뒤집어 씌우려 하고 있기 때문에….” 도릭은 어깨를 으쓱했다. “협조할 마음이 안 생기는 겁니다. 특히 키바 라고스가 경영을 맡고 있는 지금에는.”

“지금으로서는.”

도릭은 고개를 끄덕였다. “당신 어머니가 사촌 한 사람과 변호사를 잔뜩 테라툼으로 보내 경영권을 되찾아오려고 할 것 같습니다. 그러나 그들은 아직 도착하지 않았고 그레이랜드가 테라툼으로 이어지는 플로우도 붕괴 직전일지 모른다고 했으니, 그 점도 상황을… 한 단계 더 극적으로 만들고 있지요. 저는 이런저런 사람과 서류를 증인으로 소환하겠지만, 말씀하셨듯이 우리는 서두르지 않고 있습니다.”

나다쉬는 다른 문제로 넘어갔다. “재판 일정을 연기하는 건 어떻게 돼 가고 있지?”

“놀랄 정도로 잘 되고 있습니다. 검찰은 논거를 정리할 시간을 더 원하고 있습니다. 최대한 확실한 결과를 얻어내기 위해서겠죠. 저는 필요하면 얼마든지 시간을 들여도 좋다고 했습니다.”

“좋아.”

“더 오래 살아 있겠다는 목적 말고 시간을 끄는 다른 이유가 있습니까?”

“그 이유면 충분하지 않나?” 나다쉬는 말했다.

“충분하지요.” 도릭은 말했다. “하지만 담당 변호사로서 혹시 사건과 관련된 다른 문제가 있는지 알고 싶습니다.”

“왜 그런 걸 묻지?”

도릭은 실제 서류 폴더를 펼치고 실물 종이 한 장을 꺼내 나다쉬에게 내밀었다. "요전 날 밤에 전화를 받았습니다. 내용을 보면 흥미로우실지도 모릅니다."

나다쉬는 말없이 종이를 읽었다. "음, 이 법률적 문제와 특별히 관계된 내용이 없어서, 굳이 검찰측에 알려야 한다는 생각은 들지 않았습니다." 도릭은 말을 이었다. "물론 당신이 관계있다고 하시면, 검찰에도 보내지요."

나다쉬는 도릭에게 종이를 돌려주었다. "관계있는 것 같지 않은데. 아니야. 누가 당신에게 장난을 쳤거나, 특정한 방향으로 유도하고 싶었던 게 아닐까."

"그럴 가능성도 분명 있지요." 도릭은 종이를 받아들었다. "워낙 잘 알려진 사건이라, 터무니없는 메시지가 많이 옵니다."

"비슷한 메시지가 오면 알려 줘."

"알겠습니다."

독방으로 가는 길에 나다쉬는 도릭이 보여 준, 사교상 알고 지내던 테란 아산에게서 온 전갈에 대해 곰곰이 생각했다. 아산은 야심 두둑한 출세주의자이자 스스로를 지나치게 과대평가하는 멍청이였지만, 자기 가문이나 우 가문 내부의 유용한 정보를 여러 번 넘겨 준 바 있었다. 그가 집행위원회에서 나다쉬의 자리를 차지하고 이제 황제와 우 가문 내부의 자기 연줄에 대한 정보를 넘기려 한다는 사실은 대단히 흥미로웠다.

나다쉬는 이 후한 인심이 공짜일 리가 없다는 것을, 어느 시점에서 어떤 방식으로든 대가를 치러야 한다는 것을 알고 있었다.

그러나 그건 나중에 생각할 문제다. 현재 나다쉬의 두뇌는 퍼즐 조각을 바삐 맞추고 있었다.

아니, 퍼즐을 맞추느라 너무 바빠서 칫솔 칼을 쥔 자객이 대략 세 발자국 앞에서 빠르게 다가올 때까지 미처 눈치채지 못했다.

"아, 젠장." 나다쉬는 말했다. 자객은 팔을 뻗어 나다쉬의 목을 낚아채고 그녀의 몸을 갑판에 누른 뒤 나다쉬 뒤에 서 있던 여자의 경동맥을 칫솔 칼로 박았다. 뒤에 있던 여자는 숟가락을 갈아 만든 전혀 다른 숟가락 칼을 들고 나다쉬에게 다가오던 중이었다.

숟가락 칼 여자는 칫솔 칼을 든 다른 자객의 존재와 그 칫솔 칼이 자기 목에 박힌 데 놀라서, 칼을 떨어뜨리고 목에 박힌 칼을 손으로 더듬었지만 별 효과가 없었다. 칫솔 칼 여자는 더듬거리는 두 손을 옆으로 밀어내고 손바닥으로 칼을 더 깊이 박아 넣었다. 숟가락 칼은 숨이 막혀 컥컥거렸다. 칫솔 칼은 숟가락 칼의 죄수복 옷깃을 낚아채고 난간 밖으로 던져 버렸다. 숟가락 칼은 4미터 아래 교도소 아래층 바닥으로 철퍼덕 떨어져 죽었다.

칫솔 칼은 아래층을 내려다본 뒤, 숟가락 칼의 무기를 집어들었다. 그리고 나다쉬 앞에 흔들었다. "칫솔 싸움에 숟가락 따위를 가져 오다니." 그녀는 가장 가까운 감방 안으로 칼을 던져 넣었다.

"뭐라고?" 나다쉬는 어리둥절해서 물었다.

칫솔 칼은 숟가락 칼을 던진 쪽으로 손짓했다. "이자를 누가 보냈는지 알아?"

나다쉬는 정신을 차렸다. "그레이랜드겠지."

"비슷하지만 아니야. 제이신 우가 보냈어."

"좋아." 나다쉬는 말했다. "그럼 당신은 누가 보냈고?"

"난 데란 우가 보내서 왔어. 그에게서 제안이 있어."

숟가락 칼 시체 주위로 모여 든 교도소 경비와 다른 재소자들이 나다쉬를 올려다보고 있었다.

"걱정 마." 칫솔 칼이 말했다. "그건 해결할 수 있어."

"다행이군."

"무슨 제안인지 듣고 싶지 않아?"

나다쉬는 칫솔 칼을 돌아보았다.

그리고 생각했다. 흠, 이것도 예상보다 오래 걸렸군.

"듣고 있어." 그녀는 칫솔 칼에게 말했다. 경비들이 이쪽을 향해 계단을 올라오고 있었다. "빨리 말하는 게 좋겠어."

# 4장

키바 라고스는 빈 창고 한가운데 서서 주위를 둘러보고 가예 파츠를 돌아보았다. "아무것도 없는데 뭘 보여 주겠다고 부른 거야." 그녀는 말했다.

라고스 가문 수석 재판 담당 회계사 가예 파츠는 고개를 끄덕였다. "아무것도 없습니다." 그녀도 동의했다. "그러나 운송할 준비가 되어 있는 노하마페탄 가문 곡식과 기타 화물 수백만 마크어치가 가득 찬 창고를 둘러보고 계신 것으로 해야 합니다."

키바는 이 말에 눈을 깜빡였다. "그럼 화물은 이미 운송이 끝난 건가?"

"그랬을 수도 있는데요." 파츠가 말했다. "만약 그랬다면, 합법적인 절차나 합법적인 구매자를 상대로 한 거래가 아닐 겁니다. 화물은 애당초 여기 오지 않았을 가능성이 더 높습니다. 물건 1000

만 마크어치가 사라진 거죠."

"하지만 장부에는 멀쩡히 기록되어 있고." 키바는 말했다.

"맞습니다. 장부상으로는 모두 여기 있습니다. 허브 반대편 노하마페탄 가문의 다른 창고에도 추가 4000만 마크 정도의 물건이 더 있는 것으로 되어 있습니다만, 사실은 거기도 없습니다."

"대금은 우리가 이미 받았지."

파트는 고개를 끄덕였다. "이 창고에 있는 것으로 되어 있는 상품은 모두 정식으로 주문해서 결제도 끝났습니다. 다른 창고에 있는 것으로 되어 있는 상품들도 마찬가지입니다. 노하마페탄 가문이 — 이제 노하마페탄 사업을 경영하게 된 당신이지요 — 이 4000만 마크어치의 상품에 대해 책임을 져야 한다는 뜻입니다. 하지만 좋은 소식이 있습니다."

"그래? 뭐지?"

"상품의 목적지는 시스템 바깥이었습니다. 황제는 플로우가 붕괴한다고 주장하고 있으니, 법적으로 배송이 완료되기 전에 그렇게 될 가능성도 있지 않겠습니까."

키바는 이 말에 코웃음을 치고 텅 빈 창고를 둘러보았다. "내가 이 일을 왜 이제야 알게 된 거지?"

"이 창고 일 말씀입니까?"

"그래."

파츠는 어깨를 으쓱했다. "이 부정 이득에 관련된 돈은 노하마페탄 가문 이 지역 교역액의 1퍼센트도 채 되지 않고, 물론 가문 전체의 상품 총액에 대비한 비율은 그보다 더 적습니다. 물건은 들어왔다 나가기 때문에, 창고는 오래 비어 있지 않습니다." 그녀는 창고를 향해 손짓했다. "라고스 가문이 노하마페탄의 사업을 접수한 뒤로 회계도 해야 했기 때문에 파악하게 된 겁니다. 며칠 뒤 이 창고와 다른 여러 창고는 다시 가득 찰 겁니다."

"어떻게 이런 일을 숨기고 있지?"

"고객이 몇 주, 몇 달 떨어진 곳에 있으니 가능한 마법이지요. 상품이 도착했을 때 누락분이 있다면, 그걸 감안해서 주문을 조정하거나 이후 배송에서 보상하게 됩니다. 두 경우 다 업무상 손실로 계산되기 때문에 세금이 공제되지요. 그게 아니라 큰 그림을 보려면 회사 전체에 대한 회계 조사를 대대적으로 해야 합니다."

"이득을 보는 것이 노하마페탄이니, 그쪽에서는 그렇게 할 리가 없고." 키바가 말했다.

"아." 파츠의 목소리가 약간 조심스러워졌다. "아직 그 부분에 대한 구체적인 증거는 없습니다."

"나다쉬 노하마페탄이 비용 처리용 현금으로 상호의존성단 반란에 자금을 대고 있는 것 같다는 게 문제지."

"그렇지요." 파츠는 중얼거렸다.

"이 누락분을 우리가 메울 수 있을까?" 키바는 물었다. "노하마페탄과 달리 우리는 플로우 한복판에서 우주선 밖으로 화물을 유실한 척할 수는 없어."

"그건 제 전문 분야죠." 파츠가 말했다. "손실을 메울 수는 있겠지만, 어쨌든 5000만 마크는 손해보는 거지요. 제 부하들을 시켜 지난 10년 동안 회계를 살펴보고 사기극의 규모가 얼마나 되는지 알아보는 중입니다."

"더 있을 거라고 생각하는군."

파츠는 냉정하게 보스를 바라보았다. "레이디 키바, 이 정도 규모의 부당 이득은 그냥 어쩌다 생기는 게 아닙니다. 아마 수조 마크 규모일 겁니다. 어쩌면 수십 조."

"반란은 푼돈으로 벌일 수 없지." 키바가 말했다.

"그렇겠지요."

"그럼 그 돈이 어디로 갔는지는 알아냈나, 최소한?"

"아직. 우리는 노하마페탄 가문의 현지 계좌 외에는 열람할 권한이 없습니다. 가문 구성원의 개인 계좌나 기타 회사와 관련 없는 계좌는 우리 권한 밖입니다. 저는 물론 황실 국세청과 정보를 공유하고 있습니다. 보다 폭넓은 수사는 그쪽에서 할 수 있을 겁니다."

"거기서 찾아내는 돈은 모두 우리가 받아내야 해."

"유감스럽게도 국세청이 그 요청을 들어줄 가능성은 매우 적습니다."

"도둑놈들."

"그렇죠." 파츠도 동의했다. "그러나 아마 노하마페탄 가문이 이미 연체하고 있는 세금과 벌금이 있을 겁니다. 아마 실제 손실액 이상일 가능성이 높아요."

키바는 끙 하며 생각해 보았다. "그러면 그중 얼마나 내가 뒤집어쓸까?"

"뒤집어쓸 사람을 누가 정하느냐에 달렸습니다. 그레이랜드나

세무당국이 당신에게 반감을 갖고 있지는 않겠지만, 이건 거의 모두." 파츠는 다시 손짓했다. "당신이 경영을 맡기 이전에 발생한 건입니다. 하지만 노하마페탄 가문은 시도할 수 있겠지요. 특히 최근 사건들로 미루어볼 때."

"최근 일어난 무슨 사건?"

"음, 회계 감사 도중 발견한 다른 게 있습니다. 태업. 재고 조사, 기계류, 우주선. 모두 지난 달, 라고스 가문이 경영을 맡게 된 뒤에 생긴 일입니다."

"얼마나?"

파츠는 아무 말도 하지 않고 '아주 많이'라고 해석할 수 있는 표정으로 키바를 바라보았다.

"방금 했던 말이긴 하지만, 이걸 이제야 알게 됐다고?"

"새로 부임한 보스 아닙니까. 털어놓지 않으려는 사람들이 있기 마련입니다."

"다른 사람들은?"

"음. 나머지는 당신을 망하게 하고 싶겠지요."

△ △ △

세 시간 뒤 키바는 길드 하우스 자기 사무실에 돌아왔다. 여동생 덕분에 전복한 우주 셔틀이 개가 똥무더기 헤집듯이 밀고 들어오는 바람에 화물칸 1에이커 넓이에 걸쳐 짓뭉개지는 최후를 맞은 아미트 노하마페탄이 쓰던 사무실이었다.

키바가 볼 때 그리 기분 좋은 최후는 아니었다. 하지만 생각해 보면 그보다 더 극악하게 가는 방법도 많다. 아미트는 자신이 죽는다는 것을 알지도 못한 채 죽었고, 최소한 앞으로 몇 년 동안 그의 최후는 사람들의 입에 오르내릴 것이다. 흔해 빠진 뇌졸중이나 심장마비보다는 훨씬 흥미롭다. 사실 아미트의 일생에서 이보다 더 흥미롭다고 할 수 있는 부분이 없었기 때문에, 그가 살다 간 삶을 썩 잘 상징하는 죽음 같지는 않았다.

죽어서 뭉개진 아미트 노하마페탄의 사무실은 허브 시스템 내 가문 사업 수장에게 어울릴 정도로 넓었고, 고상한 실내 장식은 아미트에게 취향이란 것이 있었더라도 본인이 아니라 전문 인테리어 업자의 취향이었을 거라는 냄새를 강하게 풍겼으며, 현대의 회사 중역들이 원하거나 필요로 할 만한 온갖 첨단 장비와 기술 보조 장치가 설비되어 있었다.

단지 '이봐, 네 빌어먹을 여동생이 셔틀을 너한테 처박을 속셈이란다.'라고 경고하는 장치만 없군, 키바는 생각했다. 물론 그런 경보는 특수 전문 장비일 것이다.

키바는 투명한 사무실 유리벽을 통해 저 아래 거리를 내려다보며 생각하고 있었다. 상호의존성단 최대 도시인 — 역사적으로 제국의 수도는 그런 경향이 있다 — 허브의 평소 거리 소음 위로 무슨 시위대로 보이는 인파의 소음이 한 겹 더 깔려 있었다. 너무 높아서 표지판을 읽을 수도 없었고 구호도 또렷이 들리지 않아 무엇에 대한 시위인지 알 수 없었지만 인파는 상당히 열기를 띤 것 같았다.

"레이디 키바." 돌아보니, 아미트 노하마페탄의 보좌관이었고 현재 그녀의 보좌관인 번톤 살라나돈이었다. 키바가 그를 보좌관으로 계속 쓰기로 한 이유는 무능한 성단 반역자 밑에서 일했다는 것이 그의 잘못은 아닌 데다, 키바가 모르고 있지만 몇 주, 몇 달이나 걸려서 직접 배우고 싶지 않은 것들을 알고 있었기 때문이었다. 보좌관은 해고당하지 않은 데 대해 응당 가져야 할 감사의 마음을 갖고 있었고, 한탕 하고 나르려는 뜨내기 꼴이 되지 않도록 노하마페탄 가문의 사업을 운영하는 데 있어 지금까지 실제로 유능했다.

키바는 고개를 유리쪽으로 까딱했다. "시위대는 뭐지?"

살라나돈은 보스 옆으로 다가가서 거리를 내려다보았다. "정확히 말해 시위는 아닙니다. 황제가 상호의존성단의 미래에 대해 비전을 보았다고 선언하지 않았습니까. 저 아래는 황제를 지지하는 사람들일 겁니다."

"허."

살라나돈은 키바를 돌아보았다. "황제를 알현하셨을 때 혹시 그 비전에 대해 무슨 말씀을 하시던가요, 레이디 키바?"

"아니." 키바는 말했다. "날 만났을 때는, 자네 옛 보스의 여동생이 황제가 타고 있던 우주선을 폭파한 사건의 충격에서 아직 회복하는 단계였어. 그렇게 말도 많지 않더군. 나다쉬의 음모를 밝혀내는 데 도움을 줘서 고맙다고 내게 감사했고, 지금부터 이곳 경영을 맡으라고 했어. 그런 뒤에 난 곧장 쫓겨나왔지."

"그래도 황제를 만난다는 건 영광입니다."

"그건 좋았어. 아마 지금쯤 나랑 놀아났던 장난감 녀석이랑 놀아나고 있을 거야."

"네?"

키바는 손을 저었다. "중요한 일은 아냐. 그래, 무슨 일이 있어서 왔나?"

"네, 변호사가 와 있습니다."

"그런 놈은 창밖으로 던져 버려."

"남자가 아니라 여자입니다."

"어쨌든 던져. 그래도 싼 건 마찬가지야."

"저도 그러고 싶습니다만, 이 변호사는 노하마페탄 가문에서 왔습니다."

"그럼 이제 날 위해 일하는 사람이군."

"그게 그렇지 않습니다." 살라나돈은 말했다. "변호사는 테라툼에서 여기까지 왔습니다. 그러니….”

"테라툼이 뭔지, 어디 있는지는 나도 알아. 본사에서 왔다는 뜻이지."

"맞습니다."

"날짜는 맞나?"

"테라툼은 플로우를 통해 허브에서 15일 거리입니다. 그러니, 아슬아슬하게요."

"무슨 용건으로?"

"여기 노하마페탄 재산 경영 문제로 상의할 게 있답니다."

"그럼 그 변호사는 황제한테 가 보는 게 좋을 거야. 황제가 날

이 자리에 앉혔으니까."

"다른 문제도 있는 모양입니다."

"황제한테 가져가라고 해."

"물리칠 수 없습니다. 인감 문서를 갖고 있어요."

키바는 이 말에 미간을 찌푸렸다. "아, 젠장." 인감 문서란 소지자에게 가문 고위급 구성원과 같은 지위를 부여하는 법률 문서다. 법적으로 키바는 이 변호사를 피할 수가 없었다. 이는 노하마페탄 백작을 피하는 것과 동일한 행동이었고, 있을 수 없는 일이다. 아무리 황제의 특별 지시이지만, 법적으로 키바는 현지 이사로서 노하마페탄 백작의 고용인이었다.

"변호사는 지금 대기실에 있습니다." 살라나돈이 말했다.

"좋아." 키바는 말했다. "들여보내. 얼른 끝내 버리자고."

"알겠습니다." 살라나돈은 고개를 약간 숙여 절하고 밖으로 나갔다. 키바는 플래카드를 든 거리의 인파를 다시 내려다보며, 그중 몇 명이 진정한 신도이고 몇 명이 그레이랜드에게 돈을 받고 나온 사람일지 잠시 생각해 보았다. 신비적인 비전 같은 것보다 덜 중대한 주제에 대해서도 돈을 주고 군중을 동원하는 것이 황제의 관례였다. 상호의존성단이 중단되는 위기라면, 화폐가 아무 쓸모없어지기 전에 마지막 한 닢까지 쏟아붓는 게 좋을 것이다.

내게도 나쁜 선택은 아니야, 키바는 생각했다.

옳은 말이었다. 하지만 돈 많은 사람으로서 키바에게 돈은 아무런 동기부여가 되지 않는다는 점이 문제였다. 그녀는 돈을 좋아했고, 자신에게 돈이 있다는 것이 좋았고, 돈 없는 삶이 얼마나 엿 같은지 알고 있었다. 그러나 원하는 것은 문자 그대로 무엇이든 하기에 충분한 돈을 갖고 평생 살아왔기 때문에 그녀는 돈에 대해 의식해 본 적이 없었고, 수중에 지닌 돈의 극히 일부로 자신의 물질적인 욕구를 충족시킬 수 있었다.

대신 키바에게는 두 가지 최우선 취미가 있었다. 섹스, 그녀는 이 활동에 거의 무분별에 가까운(정확히 그렇다고는 할 수 없어도) 열정을 지니고 있었다. 그리고 뭔가 경영하는 일, 본인도 즐겼고 솜씨가 나쁘지도 않았다. 키바는 자신이 언젠가 라고스 가문을 경영할 거라고는 생각지 않았다. 이미 북적거리는 후마 라고스 백작 집안에 뒤늦게 태어난 소생으로 가문의 최고 수장 후계 경쟁에서는 상대가 되지 않았고, 대학 친구 나다쉬 노하마페탄이 본보기를 보여 주었듯이 자신의 경쟁력을 높이기 위해 형제자매를 살해할 생각도 없었다. 그러나 이번의 노하마페탄 기업처럼, 키바에게도 직접 뭔가 경영할 기회가 올 정도로 우주는 충분히 넓다.

어쨌든 당분간은. 노하마페탄이 도로 빼앗아 가거나, 모든 플로우 흐름이 붕괴해서 다 같이 망하기 전에는.

흥미진진한 시기야, 키바는 혼자 생각했다.

문이 열리고, 살라나돈이 키바 또래의 여자와 함께 들어왔다. "레이디 키바 라고스, 이쪽은 마담 세니아 펀다펠로난입니다." 살라나돈이 여자에게 손짓했다.

"레이디 키바." 펀다펠로난이 인사했다.

"그래, 그래." 키바는 방으로 들어오라고 손짓하다가 널찍한 책상 앞 의자를 가리켰다. 살라나돈은 이 광경에 혼자 미간을 찌푸렸지만, 조용히 방을 나갔다. 키바는 책상 위 자기 의자에 앉았다.

"우선 노하마페탄 백작의 찬사를 전하고자 합니다. 백작께서는 이 혼란스러운 시기에 본인의 이곳 용무를 맡아 주셔서 감사하다고 말씀하셨습니다."

키바는 이 말에 눈동자를 굴렸다. "이봐… 당신 이름이 뭐라고 했지?"

"세니아 펀다펠로난."

"이름이 길군."

"그렇습니다, 레이디 키바."

"펀다펠로난, 우리 그냥… 헛소리는 집어치우면 안 될까? 당신은 영리한 사람 같은데."

"고맙습니다, 레이디 키바."

"영리한 사람이니, 노하마페탄 백작이 지금 나에 대해 느끼고 있을 만한 감정 중에서 '감사'는 밑바닥 중의 밑바닥 순위라는 건 나 못지않게 잘 알고 있을 거 아냐. 나는 그 여자의 자식이 반역자이고 한 자식이 다른 자식을 살해했다는 증거를 황제에게 넘겼고, 이제 그 여자의 회사를 운영하고 있어. 백작에게 솔직하게 말해 보라고 하면, 아마 날 창문 밖으로 밀어 버리고 싶다고 할 거야."

펀다펠로난은 이 말에 살짝 미소 지었다.

"그리고 당신이 정말 테라툼에서 왔다면…."

"맞습니다."

"…그렇다면, 거기서 오가는 시간을 감안할 때, 백작은 자식이 사고를 쳤다는 소식을 듣자마자 거의 즉각 당신을 파견했을 거야.

이 경우 백작이 나에 대해 뭔가 '생각'을 했다는 것 자체가 우습지. 노하마페탄 백작은 일단 혼자 '엿됐다'고 중얼거린 뒤에, 첫째, 자기 딸을 거의 확실한 사형 선고에서 어떻게 구해 낼까, 둘째, 나나 자기 회사에서 근무하는 사람 중에 노하마페탄이 아닌 누군가를 한번 떠보자, 곧장 이런 생각을 하지 않았을까 싶은데. 타당한 추론 아닌가?"

펀다펠로난은 아주 잠시 쉬었다 대답했다. "틀리지 않습니다."

"그렇다면 우리 둘 다 시간을 절약하는 차원에서, 제발 본론으로 들어가 줬으면 해."

"좋습니다." 펀다펠로난은 말했다. "이겁니다, 레이디 키바. 제가 대변하는 노하마페탄 가문은 당신이 옆으로 물러나고 저희가 선택한 경영진이 이곳 업무를 도맡도록 배려해 주기를 바라고 있습니다." 그녀는 인감 문서를 들어 키바의 책상에 올려놓았다. "이게 공식 요청서입니다. 비공식적으로, 물러나는 조건으로, 상당액의 보너스가 지급됩니다."

"뇌물 말이군."

"저는 보너스 지급이라고 말씀드렸습니다. 위기 상황을 기꺼이 떠맡아 주신 데 대한 백작의 감사 표현입니다."

"헛소리는 집어치우라고 말씀드린 것 같은데."

"무슨 소리를 하든 마찬가지 아니겠습니까, 레이디 키바."

"음, 최소한 그 말은 맞군." 키바는 인감 서류를 가리켰다. "당신과 백작 둘 다 당신 가문의 업무를 내게 맡긴 건 황제라는 걸 알고 있겠지? 난 내 마음대로 그만둘 수가 없어."

"알고 있습니다. 당신이 자진해서 그만두겠다면, 황제께서 더 쉽게 허락하실 거라는 점도 알고 있습니다."

"확신하지 않는 게 좋을걸."

"왜 그렇습니까?"

"나다쉬 노하마페탄이 우주선으로 황제를 암살하려 한 것도 가문 전체의 명예에 그다지 좋지 않은 일인데, 게다가 우리 회계 감사관이 지난 몇 년 분량의 당신네 장부에서 고질적인 부정 이득 편취를 발견했거든."

펀다펠로난은 고개를 갸우뚱했다. "라고스 가문의 장부는 부정 이득과 사기에서 전적으로 자유롭습니까, 레이디 키바? 적당히 해 먹는 건 드문 일이 아닙니다. 직원이나 경영진, 심지어 때로는 가문의 일원도 손을 대지요. 물론 유감스러운 일입니다만, 드물지는 않습니다."

"노하마페탄에게 경영권을 돌려달라는 이유는 이게 전부인가? 누구나 다 하니까?"

"솔직히 말해, 정말 누구나 다 합니다."

"솔직히 말해, 황제 암살 기도는 아무나 하는 일이 아니야."

"그럼 거절하시는 거군요."

"내 말뜻은 '농담하는 거겠지'야."

펀다펠로난은 어깨를 으쓱했다. "좋을 대로 하십시오. 어쨌든 저희는 귀하의 해고를 요청할 거라는 점도 알아 두십시오."

"행운을 빌어."

"행운은 필요 없습니다, 레이디 키바. 당신의 무능함이 있으니까요."

"무슨 소리야."

"노하마페탄 자산과 상품에 대한 태업이 상당히 늘었다는 것은 알고 계시겠지요."

"들었어."

"그렇다면 이 점이 가문의 업무 수행 능력에 차질을 준다는 것도 마찬가지로 아시겠고요."

"몰라." 키바는 말했다. "태업이 늘었다는 점은 반론하지 않겠지만, 나다쉬 노하마페탄이 막 뽑은 신형 노하마페탄 우주선을 고철로 만든 사건이야말로 그 무엇보다 돋보이는 태업 같은데. 가문의 평판이 손상된 원인을 논하자면, 그 건도 같이 따져야겠지."

펀다펠로난은 미간을 찌푸렸다. "어쩌면 황제는 다르게 보실지도 모릅니다."

"그럴 리가." 키바는 인감 서류를 가리켰다. "그걸 갖고 있으면 황제를 알현할 수는 있겠지만, 황제도 당신네 가문이 자신에게 반란을 일으켰다는 사실을 잊진 않으실걸."

"가문이 반란을 일으킨 게 아닙니다. 구성원 한 사람이 저질렀을 뿐이지요."

"그 논리로 설득 잘 해 봐."

"제가 설득하지 않습니다. 노하마페탄 백작께서 하실 겁니다."

키바는 이 말에 눈을 깜빡였다. "그녀가 여기 온다고?"

"물론이지요." 펀다펠로난은 미소 지었다. "레이디 키바, 날카롭게 지적하셨듯, 노하마페탄 가문의 명성은 최근 몇 번 타격을 입었습니다. 미천한 변호사 한 사람이 와서 해결할 수 있는 문제가 아니지요. 1000명의 변호사라도 안 됩니다. 백작께서 테라툼에서 오셔서 황제와 직접 대화하는 것이 유일한 해결책입니다. 저는 당신과 대화하는 등 몇 가지 비교적 사소한 — 죄송합니다만 — 선결 과제를 정리하러 온 것뿐입니다. 중요한 일은 백작께서 직접 처리할 겁니다."

"그녀는 언제 도착하지?"

펀다펠로난은 손목시계를 흘끗 보았다. 지나치게 극적인 손짓에 키바는 짜증이 일었다. "백작께서 탈 계획이던 우주선이 예정대로 도착한다면, 대략 사흘 후." 그녀는 다시 눈길을 들었다. "그러니 마음을 바꿀 시간도 사흘입니다. 하지만 그리 긴 시간은 아닙니다, 레이디 키바. 전혀 긴 시간이 아니에요."

# 5장

"그래서 정확히 시간은 얼마나 있나?"

마르스 클레어몬트 백작은 평정한 표정을 애써 유지했지만 — 최소한 이 요령은 배워 가고 있었다 — 속으로는 자기 뺨을 손으로 치고 그 손을 얼굴 아래로 끌어내리고 있었다. 지난 한 달 동안 그의 삶은 그 대답을 납득하고 싶지 않은 사람들, 다른 답변을 자기가 아무리 원한다 해도 오로지 이 답이 현실일 수밖에 없다는 것을 이해할 만한 수학적 지식이 없는 사람들을 위한, 같은 질문에 대한 답변의 무한하고 진부한 변주였다.

그러나 지금 이것은 마르스의 업무였다. 그레이랜드 2세 황제 과학 정책 특별보좌관으로서, 임박한 플로우 붕괴를 둘러싼 문제에 대해 '핵심 중요 인사'들과 소통하는 일. 이 인사들 중에는 황실 각료들, 의회 구성원들, 귀족 가문과 그 수행단 대표들, 상호의존성단 교회 주교와 대주교, 기타 교회 성직자들, 과학자, 기자, 고위 유명인사들, '선구적인 사상가들', 유명한 대중 지식인과 이따금 토크쇼 호스트 등이 포함되어 있었고 그 외에도 많았다.

한 달 내내 매일, 하루 종일.

앞으로도 당분간 매일, 하루 종일 그럴 전망이었다.

지금 현재 마르스는 수없이 발표해서 내용이 검증된 발표 자료를 가지고 허브에서 격년제로 열리는 행성지질학 황실 학회 학술대회에 참석해 있었다. 성단 전역에서 플로우를 통해 회원들이 집결하려면 몇 주, 때로 몇 달은 걸리기 때문에 격년제였고, 모든 플로우 흐름은 허브로 이어지기 때문에 장소는 당연히 허브였다.

(지금은 그렇지, 뇌 한구석이 불쑥 말했다. 마르스는 뇌의 그쪽 부분을 다시 구멍 속에 밀어 넣었다)

언뜻 생각하면, 플로우의 붕괴라는 주제에 대해 강연하는 온갖 집단 중에 과학자들이 가장 설득하기 쉬운 대상으로 보일지도 모른다. 마르스는 거의 모든 과학자들이 이해할 수 있는 형태로 조사해서 기호화하고 문서화한, 30년 동안 축적된 데이터를 가지고 있었다. 차트와 그래프, 막대그래프와 각주, 물론 그의 아버지 클레어몬트 백작이 30년 동안 수집한 원 데이터가 빼곡하게 들어찬 디지털 파일도 있었다.

그러나 과학자들은 예외 없이 최악의 청중이었다. 플로우 과학자들이 듣지 않거나 묵살하려 하는 것은 이해할 수 있었다. 어쨌든 이건 자기 분야인데, 변변찮은 귀족이자 우주 한구석의 무명 대학 미미한 교수가 자기 '아버지'가 수집한 자료를 들고 와서 지금까지 그들이 플로우에 대해 알고 있다고 생각했던 모든 것이 완전히 틀렸다는 것을 보여 주겠다니. 이건 지적으로 말해, 사타구니를 한 방 맞는 것과 다름없었다. 솔직히 플로우 과학자들이 시간을 두고 데이터를 찬찬히 검토하고 무시무시한 진실을 깨닫기 전에 공격성 이외의 다른 반응을 보였다면, 오히려 마르스가 놀랐을 것이다.

그러나 적대적인 것은 플로우 물리학자들만이 아니었다. 모든 분야의, 모든 집단의 과학자들이 마르스와 그의 아버지가 수집하고 해석한 데이터에 대해 시비를 걸었다. 마르스는 진심으로 당황했지만 동료 학자들은 모든 새로운 발견을 자기 전공 분야에, 오로지 그 분야에만 관련시켜 해석하게 되어 있고 그렇게 작심한다던, 대학 시절 학과장이 했던 말이 떠올랐다. "손에 망치를 쥐고 있으면, 모든 게 못으로 보이는 법이야." 학과장은 말했다.

표현 자체가 새롭지는 않았지만, 이 현상은 마르스에게 새로웠다. 작은 한 가지를 알면 그 지식이 다른 모든 문제에 보편적으로 적용 가능하다고 생각해서 실제 그 '다른 분야'를 전공한 사람들의 정보를 배제하거나 무시하기까지 하는 과학자들이 상당히 많다는 사실이었다.

마르스는 특별히 그런 문제를 갖고 있지 않았지만 — 워낙 자신이 무엇을 모르는지 아주 잘 알고 있었다. 요즘 같아서는 플로우의 붕괴와 관련 없는 일에는 다 무지한 것처럼 느껴졌다 — 망치를 휘두르며 그의 데이터와 발표에서 못을 찾으려는 과학자가 대단히 많다는 사실은 점점 더 뼈저리게 실감할 수 있었다.

피곤한 일이었다. 이따금 두 손을 들어 올리고 이렇게 말하고 싶었다. 좋습니다, 나나 데이터를 믿지 마세요. 플로우의 붕괴가 닥칠 때 할 말이 없어도 난 책임 안 집니다. 그러나 그는 그레이랜드를 도와 — 상호의존성단의 황제이자, 믿기지 않고 약간 우스꽝스럽기도 한 일이지만 이제 그의 친구가 된 — 문명 전체의 붕괴를 방지할 방법을 찾겠다고 한 약속을 기억하고 있었다.

고집스러운 행성지질학자들로 가득 찬 극장에서 플로우는 당신들이 자기가 붕괴한다고 믿든 말든 관심도 없다고 고함을 지르고 싶은 기분을 꾹 참고, 발표를 할 때마다 단 한 번도 빼놓지 않고 매번 받는 똑같은, 따분한, 기본적인 질문에 수천만 번 꼬박꼬박 대답을 해 주는 것이야말로 그 약속을 지키는 방법이었다.

"그렇지 않습니다." 마르스는 질문한 남자에게 말했다. 특정 종류의 화성암에 대해 상호의존성단 전체에서 탁월한 권위자인 것이 분명한, 잘난 척하는 대머리 남자였다. 마르스는 눈앞 허공에 떠 있는, 상호의존성단 시스템들과 그 사이를 연결하는 모든 플로우를 표현한 도해 쪽을 가리키며 그중 특히 성단의 수도인 허브와 다시 볼 수 없을지도 모르는 그의 고향 엔드를 연결하는 플로우를 지목했다. "말씀드렸듯이, 엔드에서 허브로 향하는 플로우는 이미 붕괴되기 시작했습니다. 엔드에서 시작해서 허브 방향으로 차츰 무너져 내리고 있어요. 제가 타고 온 우주선이 마침 엔드에서 마지막으로 여기에 도착한 우주선 중 하나이고, 몇 주째 엔드에서 새로 도착한 우주선은 없습니다. 데이터로 예측할 때, 앞으로도 도착하는 우주선은 더 이상 없을 겁니다."

"그러면 엔드는 봉쇄되었군요." 다른 과학자가 물었다.

"한 방향으로는 그렇습니다." 마르스는 허브와 엔드 사이를 잇는 다른 플로우를 가리켰다. "반대 방향의 흐름은 지금 아직 열려 있습니다. 우리는 엔드로 우주선을 보낼 수 있어요. 돌아오지 못할 뿐입니다."

마르스는 이어 허브와 테라툼을 잇는 다른 흐름을 가리켰다. "다음으로 붕괴하는 플로우는 이 흐름, 허브와 테라툼 사이의 플로우일 거라고 확신합니다. 이 붕괴는 앞으로 몇 주 내에 일어날 것으로 예상됩니다. 황제는 여기 플로우 입구를 추적 관찰하는 조사선을 투입했고, 흐름의 안정성을 판단하는 특별 드론도 입구 안으로 들여보낼 예정입니다."

"그건 어떻게 하는 겁니까?" 다른 행성지질학자가 물었다.

"음, 복잡합니다." 마르스는 말했다. "플로우 내부 지형은 인간에게 익숙한 시공에 정확히 대응되지 않습니다. 플로우 안에 들어가기 전에 우주선 주위에 작은 시공 버블을 형성하지 않으면, 우주선은 그냥 존재하지 않는 것이 됩니다. 우리가 이해하는 존재 방식으로는요. 보다 자세히 설명드릴 수도 있겠지만 시간이 걸리는데, 두 시간 반 뒤에 허브폴 반대쪽에서 다른 발표 일정이 있습니다." 이 말에 낮은 웃음이 일었다.

"허브에서 테라툼으로 향하는 플로우 흐름이 붕괴되면, 테라툼은 엔드처럼 단절되는 거군요." 무슨 화성암 전문가인가 하는 대머리가 다시 물었다.

"아니요." 마르스는 말했다. 어디서 꿍 하는 소리가 들린 것 같았다. "엔드는 들어가고 나오는 플로우가 단 하나씩이고 그 둘 다 이곳 허브로 이어지기 때문에 엔드, 즉 '끝'이라는 뜻의 이름이 붙은 행성입니다." 마르스는 공중에 뜬 이미지에서 테라툼 시스템이 있는 곳을 가리켰다. "테라툼은 허브와 연결되어 있지만, 다른 시스템과도 연결되어 있습니다. 시락, 멜라카, 파라마리보, 셋입니다. 이제 허브에서 테라툼으로 곧장 가는 대신, 가장 빠른 길은 먼저 멜라카에 갔다가 테라툼으로 가는 것이지요. 그러면 총 여행 기간은 9일 더 소요됩니다."

"그러면 테라툼은 고립되지는 않겠군요."

"아직은 그렇지요." 마르스는 디스플레이 조종 장치로 다가가서 버튼을 눌러 애니메이션을 작동시켰다. "하지만 허브에서 테라툼으로 이어지는 플로우 붕괴는 최초에 불과합니다. 그 플로우가 붕괴된 뒤 곧 더 많은 플로우가 따라 붕괴할 겁니다." 하나둘, 플로우는 디스플레이에서 사라지고 행성 사이에는 더 적은 연결선만 남았다. "3년 내에 몇몇 시스템은 고립될 겁니다." 애니메이션이 계속 흘러갔다. "10년 내에 모든 플로우가 사라집니다."

"플로우 없이 한 시스템에서 다른 시스템으로 가는 방법은 없습니까?" 잠시 후 누가 물었다.

"최소한 몇 백 년 걸려야 갈 수 있겠지요." 마르스가 말했다. "우리 우주선 엔진은 시스템 안에서, 광속보다 극히 느린 속도로 움직이도록 설계되었습니다. 더 빨리 항해하는 우주선을 만든다 해도 — 광속의, 한 10퍼센트 정도 — 가장 가까운 시스템까지 가는데 수십 년은 걸릴 겁니다." 손 하나가 올라갔다. "물론 과학자들이시니 광속보다 더 빨리 여행한다는 것이 물리적으로 불가능하다는 점은 군이 말씀드리지 않아도 아실 겁니다." 손은 얼른 다시 내려갔다.

"정말 확신합니까?" 대머리가 말했다. "내가 플로우 물리학자인 처남에게 오늘 당신을 만난다고 하니까, 당신이 엉터리고 황제를 어떻게 속여먹은 게 틀림없다고 잘라 말하더군요."

마르스는 이 말에 미소 지었다. 이 질문에도 익숙했다. "이해를 못하시는 것 같습니다, 선생님. 저와 제 아버지 — 이건 아버지의 연구입니다 — 는 우리가 틀렸다면 오히려 기쁘겠습니다. 다른 모든 플로우 물리학자들이 누구라도 가져갈 수 있도록 공개한 이 데이터를 검토해서 문제를 찾아내고, 우리가 중요한 정보를 놓쳐서 지금까지 데이터를 잘못 읽고 있었다는 사실을 입증해 준다면 너무나 기쁘겠어요. 과학은 그렇게 하는 것 아닙니까? 동료 과학자에게 가설을 선보이고, 측정값과 관찰 내용과 데이터를 제시하고, 내가 거짓말을 하고 있다는 것을 입증해 달라고 하는 것. 제 아버지와 제가 엉터리였다는 것이 밝혀지고 저는 불명예스럽게 엔드로 돌아가는 것이야말로 최선의 시나리오일 겁니다. 여기는 단 한 가지 문제가 있는데, 이미 말씀드렸습니다."

마르스는 다시 엔드 쪽으로 손짓했다. "우리의 예측과 데이터가 시사하는 대로, 붕괴는 이미 시작되었습니다. 지금은 플로우가 겨우 하나 붕괴되었기 때문에, 우리는 아직 논란을 벌이고 있고 지금쯤 허브에 도착했어야 하는 우주선이 오지 않는 데에 다른 이유가 있다고 왈가왈부하는 것이지요. 몇 주 안에 허브-테라툼 플로우의 붕괴가 일어나면, 플로우 상태에 대한 논란은 끝입니다. 그 일이 일어나면, 우리가 자문해야 할 것은 상호의존성단 국민들의 생존을 돕기 위해 과학자로서 어떻게 할 준비가 되어 있어야 하는 가입니다."

"'과학자로서'라고 말씀하셨지만, 황제는 앞으로 다가올 미래에 대해 비전을 보았다고 주장하고 계십니다." 한 행성지질학자가 불평했다.

마르스는 이 말에 불편한 표정을 지었다. "그런 말씀에는 제가 대답할 수 없습니다. 선제 아타비오 6세의 뒤를 이어 이 주제에 대한 과학적 연구를 더욱 활발하게 진행시키는 것이 그레이랜드 황제의 뜻이라는 점은 말씀드릴 수 있습니다."

"그러나 황제가 신비주의적인 헛소리를 입에 담는 것이 이상하다고 생각하지 않습니까? 사람들을 설득시키는 데 도움이 된다는 생각이 안 드는데요."

마르스는 잠시 사이를 두고 대답할 말을 찾았다. "동료 여러분." 그는 마침내 입을 열었다. "지금까지 저는 데이터가 우주의 활동과 들어맞고, 동료 과학자들의 검토를 거치고, 과학적 연구방법론의 용인된 모든 기준과 제약을 만족시키는 가설에 대해 한 시간 동안 발표했습니다. 그러나 여기 계시는 분들 중 절반 이상이 아직 납득하지 못하고 계시는군요. 여러분은 과학자입니다. 제가 데이터로 여러분 모두를 설득할 수 없다면, 아마 일반 대중을 납득시키기란 더욱 힘들겠지요."

그는 행성지질학자들을 둘러보았다. 청중은 조용했다. "황제가 비전과 계시를 보았다고 주장하는 것을 이해한다고 말씀드리지는 않겠습니다." 마르스는 말했다. "그 주장을 믿는다고는 절대 말씀드릴 수 없습니다. 그러나 저는 황제를 믿습니다. 황제가 자신의 모든 신민들이 앞으로 닥칠 일에 대비하도록 하겠다는 사명감을 지니고 있다는 것을 믿습니다. 관찰 가능하고 입증 가능한 실제 과학이 돕지 못하는 지점에서 '비전'을 보았다는 주장이 도움이 된다면, 그렇다면 저도 비전을 포용합니다. 무엇이 걸려 있는지 생각해 볼 때, 어쩌면 여러분들도 그래야 할지 모르겠군요."

△△△

마르스는 여자를 미처 보기 전에 거기 있다는 것을 느꼈다. 보다 정확히 말하자면 대기하고 있는 승용차로 다가가다가, 자신의 비서 겸 경호원인 나다우 윌트가 퍼뜩 긴장하더니 분명 이쪽으로 다가오고 있는 누군가와 그의 사이를 막아서는 것을 보았다. 고개를 들어보니 마르스보다 약간 나이가 많고 추레한 차림새를 한 여자가 서류 한 묶음을 든 채 다가오고 있었다.

여자는 윌트의 움직임을 보더니 몇 미터 떨어진 지점에서 멈추며 방어적으로 두 손을 들었다. "그 안에서 진실을 말했나요, 클레어몬트 박사?"

마르스는 미소 지었다. 누군가 그를 '박사'라고 부른 것은 오랜만이었다. "플로우의 붕괴에 대해서? 물론입니다."

"아니, 그거 말고요." 여자는 말했다. 짜증스럽고 오만한 말투가 또렷이 튀어나왔다. "당신의 오류가 입증된 데 대해서요."

아, 마르스는 생각했다. 또 시작이군. 지금까지 플로우 붕괴에 대한 발표를 하는 동안, 사실은 플로우가 유령 비행기라는 둥, 황제가 사실 상어와 푸들 중간 정도의 외형을 지닌, 지금까지 알려져 있지 않았던 외계 생명체의 지령을 받아 플로우를 닫아걸고 있다는 둥(그 사람은 그림까지 그려 들고 왔다) 하면서 발표 후에 따라 나와 자기 자신의 과학적인 '이론'을 설명하는 참석자가 늘 한두 명은 있었다. 이런 상황에서 마르스의 대처 전략은 정중하게 월트에게 대응을 맡기고 다음 일정으로 넘어가는 것이었다.

"맞습니다." 그는 정중하게 말했다. "이 경우, 오류가 입증되면 저는 대단히 기쁘겠습니다."

"확실해요? 왜냐하면, 클레어몬트 박사, 당신이 내 오류를 입증했을 때 저는 그리 기쁘지 않았습니다."

마르스는 이 말에 잠시 어리둥절해하다가 문득 깨달았다. 문자 그대로 턱이 아래로 툭 떨어지며 입이 열렸다. "당신은 하티드 로이놀드로군요."

"맞아요."

"노하마페탄에게 플로우 흐름이 붕괴하는 게 아니라 옮겨 갈 뿐이라고 말한 분."

"그래요."

"그건 잘못된 결론이었고요."

"맞아요, 네." 로이놀드는 신경질적으로 말했다. "당신 아버지가 그 문제에 대해 답신을 보내 줬더라면 잘못된 결론을 내리지 않았을지도 모르지만, 그분은 내게 편지를 쓰지 않았어요."

"아버지는 이 연구를 비밀에 붙이라는 황제의 칙명을 받았습니다." 마르스는 말했다.

"그게 핑계겠지요, 네."

"노하마페탄 가문은 당신의 데이터를 이용해서 반란을 꾀했습니다."

"음, 내게는 그럴 계획이라는 걸 말하지 않았어요." 로이놀드는 말했다. "황제가 당신 데이터를 이용해서 그 어처구니없는 '비전'을 꾸며낼 줄은 누가 알았겠느냐고요."

마르스는 방금 나온 학회장 건물을 바라보았다. "어떻게… 오늘 발표를 보셨습니까? 당신은 행성지질학자가 아니잖아요."

"이름표를 하나 슬쩍해서 몰래 들어갔어요." 로이놀드는 대수롭지 않다는 듯 자신을 가리켰다. "생긴 걸 보세요. 다른 행성과학자들이 대단히 맵시 좋은 사람들도 아니고. 눈에 띄지 않았죠."

"마르스 경, 이제 가야 합니다." 월트는 상황을 벗어나는 요령을 알고 있었다. 마르스는 순순히 돌아섰다.

"당신은 옳지 않아요, 클레어몬트 박사." 로이놀드는 다시 한 걸음 다가오다가 월트가 날카로운 눈빛을 보내자 멈췄다. 하지만 물러나지는 않았다.

"무슨 뜻입니까?" 마르스는 물었다.

로이놀드는 마르스의 서류가방을 가리켰다. 안에는 그의 태블릿과 디스플레이 프로젝터, 서류가 들어 있었다. "당신 작업 말이에요. 옳지 않아요. 틀린 건 아닙니다. 전적으로 그렇다는 건 아니지만. 옳지 않아요. 완전히. 불완전합니다."

"불완전하다."

로이놀드는 고개를 끄덕였다. "맞아요."

마르스는 로이놀드 쪽으로 한 걸음 다가갔다. 월트는 깜짝 놀라 긴장했다. "아버지의 데이터는 엔드로 이어지는 플로우 붕괴를 대단히 높은 신뢰도로 예측했습니다. 제가 직접 수식을 점검했죠."

"네." 로이놀드는 말했다. "그건 정확해요. 허브에서 테라툼으로 가는 플로우 붕괴도 정확할 겁니다. 아니, 난 당신이 틀린 건 아니라고 했습니다."

"한데 어떻게 불완전하다는 겁니까?"

"그 부분은 불완전하지 않아요. 당신의 이론이 불완전하다는 겁니다. 당신과 당신 아버지는 플로우 붕괴에 관한 일반 이론을 수립했어요." 레이놀드는 손에 든 서류를 펄럭거렸다. "이건 특수 붕괴 이론입니다."

"무슨 뜻이죠?"

"당신 아버지는 플로우가 언제 붕괴하는지 정확하게 예측하고 있고, 당신은 수식을 점검했습니다. 하지만 당신 아버지는 그 과정에서 플로우가 다른 흐름을 열고 있다는 건 놓쳤어요. 아버지가 놓쳤으니, 당신도 점검하지 못했죠."

로이놀드는 마르스에게 서류를 내밀었고, 그는 다가가서 받아들었다.

"나는 미처 확인하지 못한 몇 가지 부정확한 가정에서 출발했기 때문에 잘못된 결론을 내렸습니다." 마르스가 읽는 동안 그녀는 말하면서 어깨를 으쓱했다. "동료 과학자가 검토했다면 도움이 됐겠지만, 난 다른 사람에게 알리지 않는다는 조건으로 연구비를 받았어요. 다시 점검해 보니 내 과정은 옳았는데, 단지 잘못된 초기 조건에서 시작했던 거예요. 당신 데이터를 입수해 보니, 당신 아버지와 나는 같은 문제의 서로 다른 측면을 연구하고 있었다는 걸 알 수 있었습니다. 관계는 있으나, 거의 상호독립적인 측면. 내 과정에 당신 아버지의 데이터를 대입해 봤어요." 그녀는 서류를 가리켰다. "그 결과가 이겁니다."

마르스는 서류에서 고개를 들고 말없이 로이놀드를 바라보며 눈을 깜빡였다.

"그렇죠?" 로이놀드는 서류를 향해 손을 흔들었다. "물론 전부 기초적인 예상입니다. 그래도."

"마르스 경." 월트가 이번에는 좀 더 힘주어 불렀다.

마르스는 경호원에게 알았다는 눈빛을 보내고 다시 로이놀드에게 돌아서서 서류를 들어 올렸다. "제가 가져도 될까요?"

"당신을 위해서 가져온 거예요."

"어떻게 연락드릴까요? 이 연구에 대해 좀 더 이야기하고 싶은데요."

"표지에 제 연락처가 있어요."

"언제쯤 전화드리는 게 좋겠습니까?"

로이놀드는 어색하게 미소 지었다. "나쁜 시간은 없어요, 클레어몬트 박사. 지금은 적을 둔 곳이 없습니다."

마르스는 미간을 찌푸렸다. "대학에서 가르치실 거라고 생각했는데요."

"음, 네. 내 연구가 상호의존성단을 무너뜨리고 황제를 암살하려는 이유로 반역자에게 이용된다면, 황실 연구 기관에서 자리를 얻는다는 건… 문제가 되죠."

"그들이 당신 데이터를 그렇게 이용한 건 당신 잘못이 아닙니다. 자기들 계획을 당신에게는 알리지 않은 것 아닙니까."

"그렇죠. 하지만, 나도 물어본 건 아니니까요." 그녀는 어깨를 으쓱했다. "어쨌든 지금은 이 주제를 연구할 시간이 많이 있어요. 다음 주에 어떻게 먹고 살지는 막막하지만. 그래도 성단 최소 보조금은 나오겠지요."

마르스는 이 말에 고개를 들었다. "그래요?"

"마지막으로 드린 말씀은 좀 지나쳤네요. 미안해요. 어디쯤 선을 그어야 하는지 난 늘 서툴러요."

마르스는 미소 짓고 로이놀드에게 서류를 돌려주었다. "이렇게 하죠. 전 도시 반대편에서 발표 일정이 하나 더 있습니다. 벌써 늦었어요. 그리 가는 길에 이야기를 더 하면 어떨까요. 발표 마치고 계속하고."

"좋아요." 로이놀드는 서류를 받았다. "정말 오류가 입증되는 건 불쾌하게 생각하지 않으시는군요. 이런 건 예상하지 못했어요."

"말씀하셨듯이, 로이놀드 박사. 전 잘못된 게 아닙니다. 옳지 않았을 뿐이죠."

# 6장

허브에서 테라툼으로 이어지는 플로우가 붕괴했다.

붕괴는 예정보다 빨랐지만, 마르스 클레어몬트가 그레이랜드 2세 황제에게 제시한 오차범위 안이었다. 허브에서 테라툼으로 향하는 플로우 입구를 통과한 마지막 우주선은 붕괴 여섯 시간 전 플로우로 들어간 노하마페탄 파이버 선 '아이 윌 올웨이즈 리멤버 유 라이크 어 차일드'였다. 차일드 호의 함장은 플로우에 들어가기 전 황제 과학 자문위원이 붕괴를 예측하고 있다, 이번에는 엔드에서 허브로 이어진 플로우처럼 한쪽 끝에서 반대쪽 끝까지 하나의 파동처럼 붕괴가 이어지지 않고 흐름 속 무작위적인 지점에서 시작해서 퍼져나갈 거라는 경고를 받았다. 허브 관제탑은 멜라카를 거쳐 테라툼으로 가라고 권고했다.

차일드 호의 함장 다리스 모리아는 행정관 린 버로티놀에게 그레이랜드 2세와 황제 과학 자문위원, 허브 관제탑에 대한 경멸을 표현하고, 예정대로 우주선을 플로우 입구에 진입시키라는 명령을 내렸다.

우주선은 테라툼에 예정대로, 아니, 아예 도착하지 않았다. 차일드 호는 영원히 성단으로 가는 길을 잃었다. 아마도 알려진 인간의 정착지에서 수천 광년 떨어진 지점에서, 붕괴하는 플로우 밖으로 튀어나왔을 것이다. 플로우를 흔히들 강물이나 도로 같은 교통수단의 직선 운반 경로로 상상하지만, 사실 그런 형태와는 비슷하지도 않고 직선조차 아니기 때문이다. 차일드 호가 1초 빨리 플로우를 벗어났다면, 인류의 조상이 거주하던 태양계 인근의 별 시리우스 A에서 1광년 떨어진 위치였을 것이다. 1초 늦게 벗어났다면, 그 위치는 우리 은하의 중심과 훨씬 가까웠을 것이다.

어떤 경우이든, 우주선이 플로우에서 나온 위치는 아주 멀었을 것이다. 허브에서, 테라툼에서, 인류의 정착지에서. 구조의 손길로부터. 생명이 있는 곳으로부터.

'아이 윌 올웨이즈 리멤버 유 라이크 어 차일드' 호는 좌초한다 해도 5년 동안은 불가피한 혼돈과 광기에 빠져들지 않고 승무원의 생명과 안전을 보장할 수 있도록 설계된 우주선이었다. 그러나 상업용 파이버 선 대부분이 그렇듯, 차일드 호는 사실상 5년까지 생명 지원 기능을 유지하지 못했다. 차일드 호의 경우, 허브에서 테라툼까지 화물을 운반하고 돌아오는, 구간당 약 2주가 걸리는 단거리 여행만 계속해서 하고 있었다. 그래서 장기적으로 승무원을 생존시키는 대비는 굳이 할 필요가 없었다. 그럴 필요가 생길 때까지는.

　모리아 함장은 승무원들에게 침착하라고 명령했고, 함 내 질서는 2주간 유지되었다. 이어 2주 뒤 모리아는 죽었고, 차일드 호가 어떻게 되었는지, 어디에 있는지(어디에 있지 않은지), 얼마나 적은 음식과 자원이 선내에 있는지 너무나 잘 아는 승무원들은 차츰 무너지기 시작했다. 한 달 뒤, 장교 대부분을 포함한 승무원 절반이 죽었다. 6주 뒤 승무원의 수는 서른 명으로 줄고 서로 협력하지 않는 세 집단으로 나뉘었으며, 우주선의 시스템이 멈추기 시작했다.

　277일 뒤 마지막까지 살아남은 화물처리반 제인 브리스펠트는 차일드 호와 그 승무원의 우울한 최후에 대해 긴 증언을 녹화하고, 보안실에서 총기를 꺼내 승무원 휴게실로 가서 가장 좋아하던 코미디를 틀고 가장 좋아하던 부분에서 한참 웃다가 총을 발사해서 자살했다.

　태블릿에 녹화된 증언을 보거나 들은 생명체는 단 하나도 없었다. 태블릿 자체는 2년 뒤 건전지가 모두 방전되었고, 50년 뒤에는 충전된다 해도 작동하는 기능을 잃었다. 차일드 호는 50년 뒤 무동력 상태의 차가운 껍질이 되었다. 인간이나, 그런 것이 존재한다면, 다른 어떤 지능 생명체에게도 발견되지 않았다. 우주선은 2000만 년 동안 별 사이를 떠돌아다니다가, 지나가던 적색 왜성의 중력에 이끌려 다시 600만 년 동안 혜성 비슷한 궤도로 공전하다가, 마침내 별 표면으로 추락해서 구성 원자로 증발했다.

　그러나 이 모든 것은 미래의 일이다.

　일단, 허브와 테라툼을 잇는 플로우 붕괴는 간단한 과정을 통해 확인되었다. 탐사용 드론이 플로우 입구로 들어가려고 시도했지만 들어갈 수 없었다. 방금 전만 해도 플로우 입구가 있던 위치에는 일반적인 시공과 진공 외에 아무것도 없었다. 다른 우주선도 플로우 입구가 이동했거나 이동하고 있을지도 모른다는 생각으로 일대를 탐사했다. 그런 일은 거의 일어나지 않지만, 이론적으로는 가능하다. 입구는 움직이고 있지 않았다. 그냥 사라져 버렸다.

테라툼 플로우의 붕괴 소식이 상호의존성단 내 시스템 전체에 알려지는 데는 몇 주, 몇 달이 걸렸지만(허브에서 거의 한 달 거리인 테라툼 자체도 마찬가지였다), 허브 시스템 내에서는 즉각적인 효과가 나타났다:

허브의 주식 및 상품 거래소에서는 주가가 폭락했고 선물이 무너지고 수십 억 마크어치의 가치가 거의 즉시 증발했다. 공매도를 해 놓았던 극소수의 투자자들은 잠깐이나마 어처구니없을 정도로 부자가 되었지만, 곧 거래는 완전히 중단되고 이익과 손실이 동결되었다.

몇몇 상품 회사들은 엔드에서 허브로 이어지는 플로우 흐름의 붕괴로 (이제 거의 확실해졌다) 발생한 손실에 대해 보험을 독점하는 아이엘로 가문에 보상을 청구했다. 실종된 우주선, 화물과 승무원에 대한 보상 청구였고, 총 수십 억 마크에 달했다. 아이엘로 가문은 플로우의 붕괴는 천재지변이라는, 설득력이 없지 않은 이유로 이런 청구를 거의 모두 거절했다.

허브 시스템 전역의 상점과 시장은 필수품을, 이어 남은 물건이라면 뭐든지 사재기하려는 공황 상태의 손님들로 넘쳤다. 당황한

가게 주인과 지배인들은 플로우 하나의 붕괴가 곧장 굶주림과 절망으로 이어지지는 않는다고 고객들을 안심시키려고 애썼다. 하지만 이런 설득도 잘 통하지 않았다.

경찰과 시스템 전역의 보안 인력은 경계 태세를 격상하고 폭동에 대비했다. 다행히 공황 상태는 대체로 쇼핑에 국한되었다. 하지만 아무도 이런 상태가 오래 지속될 것이라고 믿지 않았다.

상호의존성단 교회와 기타 종교의 예배 시설에는 신도들과 새로이 귀의한 신도들, 전혀 신앙심은 없지만 워낙 기이한 상황이라 여기라도 운을 맡겨야겠다고 판단한 사람들이 몰려들어 각자 경험에 따라 기도하고, 명상하고, 이런 곳에서는 뭘 해야 하는지 궁금해했다. 사제들과 목사, 라비, 이맘, 기타 종교 지도자들은 영적인, 실존적인 위기 상황에서 도움이 된다는 것이 기뻤지만, 한편으로는 지푸라기라도 붙잡고 이 상황을 돌파할 수 있기를 바라는 마음으로 시장으로 몰려드는 공황 상태의 쇼핑객과 이 신도들이 신학적으로 동의어라는 것을 알고 있었다.

허브폴에서는 교회에 가지 않는 열성 신도 한 무리가 현지 황제궁 브라이튼 정문에 새롭게 형성되었다. 허브의 모든 신민들은 상호의존성단의 미래에 대한 그레이랜드의 비전을 알고 있었고, 엔드와 테라툼으로 이어지는 플로우 붕괴를 과학적으로 예측한 마르스 클레어몬트 경을 황제가 적극 비호했다는 것도 알고 있었다. 황제의 비전을 진실로 믿든, 속이기 쉬운 사람들을 낚는 책략이나 정신적 불안정의 징후로 믿든, 어쨌든 그들은 황제가 뭔가 계획을 가지고 있다고 믿을 이유가 있었다. 혹은 숭배하고 싶어서, 혹은 기도하고 싶어서, 혹은 교회에 가고 싶지 않다 해도 깊은 목적론적 불안을 안기는 이 순간에 어딘가에 있고 싶어서, 그들은 브라이튼으로 왔다.

그러나 황제는 브라이튼에 없었다. 그녀는 허브 행성과 허브폴시 상공에 떠 있는 거대한 황제 정착지 시안에 있었다. 어떤 이는 황제가 자신 외의 유일한 선지자—황제였던 조상 라헬라와 교신하며 신민과 제국을 구출할 다음 대책을, 다음 선언을 강구하고 있을 거라고 생각했다.

어느 정도는, 전적으로 틀린 생각은 아니었다.

△ △ △

코르빈 대주교는 다음 접견자의 방문이 아주 기쁘다고는 할 수 없었으나, 지금으로서는 거절할 명분이 별로 없었다. 그래서 테란 아산 경은 시안 대성당 단지 내 대주교 사무실로 들어왔다.

"어서 오시오, 아산 경." 코르빈은 충분한 정중함을 갖춘 목소리이기를 바라는 마음으로 인사했다.

아산은 머리를 약간 숙여 인사하고 고개를 돌려 넓고 우아하게 꾸며진 코르빈의 개인 집무실을 둘러보았다. "멋있는 곳이군요." 그는 말했다.

"고맙소." 코르빈은 말했다. "나는 이 교회 수장이니까."

아산은 고개를 끄덕였다. "겸허함을 대단한 미덕으로 삼는 교회는 아니었지요."

"성단 문명 세계 전체의 황제에 등극한 상인 가문의 후예가 건설한 교회이니만큼, 그렇지는 않소. 사실."

"황제에 등극한 상인 가문의 후예 이야기가 나왔으니 말인데, 그레이랜드 2세가 의회에서 연설한다는 소식 들으셨지요."

"들었소." 코르빈은 말했다.

"황제가 이 기회에 계엄을 선포할 거라는 소문이 돌고 있습니다. 총애를 받는 과학자가 테라툼 플로우 붕괴를 예측한 게 현실이 되고 사람들이 공황 상태에 빠졌으니 말입니다."

"아직 공황 상태는 아니지."

아산은 고개를 갸우뚱하고 냉소했다. "그렇습니까."

"그렇소." 코르빈은 말했다. "사람들이 놀라고 겁을 먹은 것은 사실이오. 하지만 방화와 폭동이 일어나지는 않지 않소."

"아직은 그렇지요."

"앞으로도 그렇기를 바라는 마음뿐이오. 밀폐형 정착지에서 화재가 발생하면 고약하니까."

아산은 창밖으로 한 무리의 군중이 모여 있는 시안 대성당 정원을 머리로 가리켰다. "이 위기 상황에 여기 영업은 잘 되는군요."

"날 만나자고 한 이유가 뭐요, 테란 경?"

"황제가 계엄을 선포하면 교회는 어떻게 할 생각입니까?"

"그것 때문에 날 만나러 오셨소?"

"물론 다른 이유도 있습니다만." 아산은 말했다. "집행위원회 길드 대표로서, 저는 귀족 가문과 길드 대변인들에게서 걱정스러운 전화와 서신을 많이 받고 있습니다. 의회 길드 대표 역시 자기 유권자들을 상대로 역시 비슷한 일을 하고 있을 거라고 생각합니다. 하지만 당신의 유권자는 사람이 아니죠, 대주교님. 교회 그 자체지."

"우리에게 신도가 없다는 말이오, 테란 경?"

아산은 군중을 가리켰다. "요즘은 많아졌군요."

"난 당신의 판단에 동의하지 못하겠소."

"그건 상관없지만, 제 질문에는 아직 대답하지 않으셨습니다."

"그 생각은 안 해 봤소." 코르빈은 말했다. "그런 질문을 들어 본 게 문자 그대로 처음이라, 생각해 본 적이 없는 거요. 가상의 상황에 대해 순간적인 판단으로 답하고 싶지 않습니다. 그레이랜드가 아침 식사를 철폐한다고 선언한다면, 경은 어떻게 할 겁니까?"

"저는 아침 식사 찬성론자입니다."

코르빈은 두 손을 들어 올렸다. "내 요점은 그게 아니지 않소."

"무슨 말을 하고 싶으신 건지 압니다." 아산은 대답했다. "하지만 감히 말하건대 대주교님은 제 요점을 놓치고 있습니다. 지금 제가 아침 식사를 금지하는 것 같은 무작위적인 상황을 가정하는 게 아니잖습니까. 황제는 교회의 수장 자격으로 전 성직자 앞에서 비전을 보았다고 선언했고, 당신에게는 조직으로서 황제를 따를 의무가 있습니다." 그는 대성당 정원의 인파 쪽으로 손을 흔들었다. "좋은 전략이었어요, 솔직히. 겁에 질린 사람들이 교회와 대성당에 모여들고, 갑자기 당신이 대표하는 조직은 더 큰 권력을 갖게 된 것 아닙니까, 대주교님. 하지만 그 권력은 유언비어를 퍼뜨려 상황을 만든 황제에게서 빌린 겁니다."

"암시하려는 게 뭡니까?"

"암시하는 게 아니라, 또렷하게 말하고 있습니다. 황제는 당신에 대한 반란을 꾸며서 — 구체적으로 당신에 대한 반란 말입니다, 대주교님 — 두 플로우의 붕괴를 이용해 교회 권력을 자기 자신에게 돌려놓았습니다. 너무나 감쪽같은 솜씨라 아직 당신조차 눈치채지 못하신 모양이군요. 혹시 눈치를 채고도 아무 문제가 없으신 게 아니라면."

코르빈은 이 말에 응답하려고 입을 벌렸지만, 아산은 말을 이었다. "이제 테라툼 플로우가 붕괴하고, 겁을 먹고 약해진 국민들이 안전하다고 약속하는 목소리를 갈구하고 정치적으로 설득당하기 좋은 상태가 되니, 황제는 의회 앞에서 연설하겠다고 합니다. 이런 상황을 고려할 때, 황제가 계엄을 선포할 가능성에 대한 제 질문이 아직도 무작위적인 가상의 상황으로 들리십니까?"

"아닙니다." 코르빈은 잠시 후 대답했다.

"그럼 제 질문으로 돌아가시죠."

"하지만 그 가능성에 개연성이 있다고 생각하지는 않습니다." 코르빈은 아산이 끼어드는 것을 무시하고 말을 이었다. "나는 지금까지 이 황제의 제위 기간 내내 같이 일해 왔소. 황제에 즉위하기 전부터 그녀를 알고 있었고. 그레이랜드에게는 여러 가지 측면이 있고, 테란 경, 그 모든 면이 황제에 적합하지는 않습니다. 하지만 권력 지향적이지는 않아요."

"혹시 그 생각이 틀렸다면?"

"당신이 틀렸다면 어떻게 하실 거요?" 이제 코르빈이 바깥 군중을 향해 손짓했다. "그레이랜드가 상호의존성단 교회에 대해 반란을 일으킨 거라는 당신의 판단은 주교단 앞에서의 연설 이전에도 이후에도 황제는 교회에 대해 어떤 통제권도 행사하려고 하지 않았다는 사실과 배치됩니다. 이 사무실에서 정책과 실천과 교리를 결정하는 건 황제가 아닙니다. 나요. 교구에 사제를 배치하는 건 황제가 아닙니다. 카르닉 주교요. 교회의 사회복지 사업을 관장하는 것도 황제가 아닙니다. 오닐 주교요. 지금으로서는."

"지금으로서는?"

"오닐 주교는 사임을 고민하고 있소. 갑작스러운 신앙의 위기를 이유로. 하지만 누가 그의 자리를 대신하든, 황제가 임명하지는 않을 거요. 내 요점은 이겁니다, 테란 경. 반란을 일으키려면, 권력이 이동해야 하지 않겠습니까. 한데 이동한 권력이 없어요."

"그렇게 말씀하신다면, 대주교님." 아산은 말했다. "이제 전 해답을 얻은 것 같군요. 감사합니다." 그는 고개를 숙이더니 들어올 때와 마찬가지로 사무실을 한 번 둘러보면서 훌쩍 나갔다.

코르빈은 잠시 그 자리에 서서 방금 무슨 일이 있었는지 생각하다가 심란한 기분으로 자기 책상 앞에 앉았다. 그녀는 종을 울려 조수 우베스 이시를 불렀다.

그는 즉각 문간에 나타났다. "네, 성하?"

"오늘 저녁 내 고문들을 소집해 주거라." 코르빈이 말했다. "7시. 필요하면 일정을 비우고 참석하라고 주교들에게 전해."

"회의 주제는 뭐라고 알릴까요?"

"내게 조언이 필요하다. 황제에 대해서."

이시는 더 자세히 물어볼까 싶은 태도로 서 있다가 생각을 고쳤다. "알겠습니다, 성하."

"그리고 우베스?"

"네?"

"저녁 식탁과 다과도 준비하거라. 긴 회의가 될 테니까."

△△△

"코르빈 대주교는 자기가 이용당했다는 암시를 어떻게 받아들였지?" 제이신 우가 물었다.

"물론 인정하지 않았지." 아산은 말했다. "하지만 동의하게 하는 게 목적은 아니었어. 의혹의 씨앗을 뿌리는 것이 목적이었지. 물론 본인도 의혹은 갖고 있더군. 막 즉위한 새 황제가 예언이니 뭐니 하는 꼴이 그 정도 지위에 있는 사람의 눈에 곱게 보일 리는 없지. 자신의 개인적인 권력과 영향력에 대한 위협이니까."

제이신은 툴툴거렸다. 두 사람은 허브폴 길드 하우스에 있는 제이신의 사무실에 있었다. 우 이사회 내에서의 제이신의 지위에 걸맞는 세련된 중역의 품격이 느껴지는 공간이었다. 둘 다 위스키를 따른 텀블러를 들고 있었고, 아산은 이 위스키 역시 그들이 서 있는 사무실 못지않게 중역의 품격을 상징하는 상투적인 소품이 아닐까 생각했다. "때가 되면, 대주교가 동맹으로 필요해, 테란."

"나도 알아, 제이신."

"좋아. 생각보다 빨리 그때가 오고 있는 것 같거든."

"테라툼 플로우의 붕괴 때문이지."

"이 붕괴가 첫 사례에 불과하기 때문이야. 아니." 제이신은 고쳐 말했다. "두 번째 사례지. 하지만 다른 붕괴도 계속 뒤따를 테니까, 플로우가 너무 많이 붕괴하기 전에 준비가 돼 있어야 해."

"네가 반란을 일으킬 준비."

제이신은 얼굴을 찡그렸다. "대놓고 얘기하지 마, 테란. 젠장."

"좋을 대로 불러, 제이신. 어쨌든 너나 나나 그게 필요하다는 걸 아니까. 네가 날 집행위원회에 들어가도록 손을 쓴 게 애당초 그때문이었잖아. 다른 위원들을 설득하라고."

제이신은 그에게 눈길을 주었다. "넌 위원회에서 별로 인기가 없는 모양이던데. '개자식'이란 단어가 너한테 많이 따라붙더군."

"난 원래대로 하는 것뿐이야."

"네가 원래 개자식이었다는 건 사실이지. 존경을 담아서 하는 말이야."

"알아. 내가 내가 아닌 척할 이유가 없잖아. 집행위원회 사람들은 어리석지 않아. 꿰뚫어볼 거라고. 그러니 난 개자식답게 구는 거야. 하지만 핵심을 알고 있는 개자식이지. 그들이 날 얼마나 싫어하는지는 몰라도, 그 점을 부정할 수 없어."

"낙관적이군."

"잘 통하고 있어."

"계속 그렇길 바라자고." 제이신은 텀블러에서 술을 한 모금 마셨다. "나다쉬 노하마페탄은 아직 살아 있어."

"들었어."

제이신은 다시 테란 쪽을 바라보았다. "내가 그녀를 죽일 계획이라고 네가 데란에게 일러바쳤기 때문에 살아난 거 아니야?"

"아니야." 아산은 경멸하듯 말했다. "데란의 사무실이 여기서 바로 세 칸 옆이고, 우 가문은 정보 취급이 놀랍도록 허술해서 그런 거겠지."

"내가 뭔가 계획 중이라고 너한테 넌지시 말했잖아."

"난 아무에게도 이야기하지 않았어. 넌 내가 데란과 통하는 걸 알고, 데란도 내가 너랑 통하는 걸 알아. 데란은 내가 자기 이중첩자라고 생각하지만 사실 난 네 이중첩자라는 게 차이점이지. 네 이중첩자로서 하는 말인데, 네 시도가 실패한 건 잘된 거야."

"나다쉬 노하마페탄은 위험인물이야."

"맞아. 하지만 그녀나 그녀의 가문은 네 적이 될 수도 있고 동맹이 될 수도 있어. 노하마페탄 가문은 지금 오명을 쓰고 있지만, 여전히 강력해. 아직 강력한 친구들이 많지. 그리고 네가 하려는 일을 하려면, 넌 최대한 많은 친구가 필요해."

"나다쉬를 죽이려는 계획에 대해 나한테 일러바친 게 네가 아니라고 했을 때, 그 자식 얼굴 표정을 내가 봤어야 하는데." 데란 우는 30분 뒤 자기 사무실에서 말했다. 그의 사무실은 제이신의 사무실보다 약간 작았지만 실내는 더 화려하게 꾸며져 있었고, 위스키 맛도 더 좋았다.

"음, 그게 말인데." 아산은 말했다. "넌 내가 제이신과 통한다는 걸 알고, 제이신도 내가 너랑 통하는 걸 알잖아. 제이신은 내가 자기 이중첩자라고 생각하지만 사실 난 네 이중첩자라는 게 차이점이지. 네 이중첩자로서 하는 말인데, 이제 넌 노하마페탄 가문을 조심해야 할 때야."

"왜? 지금 나는 나다쉬와 교류하고 있는데. 그녀는 변호사를 통해 자기 가문에 나에 대해 좋은 말을 들려줄 거야. 보답으로 나는 법 집행기관과 보안부서 끄나풀을 통해 그녀에게 불리한 증거를 없애라고 할 거고."

"그리고 나다쉬 대신 죽은 아미트의 음모였다고 몰아갈 거지?"

"그래서?"

"아미트는 백작이 가장 사랑하던 자식이었어. 총애하던 아미트를 죽인 게 다른 자기 자식이라는 걸 뻔히 알고 있는 상황에서 그 자식을 감옥에서 꺼내 주겠다고 아미트에 대한 기억을 더럽히는 건 네가 생각하는 것만큼 현명한 짓이 아닐지도 몰라."

데란은 미간을 찡그렸다. "일리가 있군."

"너라면 이해할 거라고 생각했어."

"대안이 있나?"

아산은 미소 지었다. "네가 황제가 되겠다는 야심을 얼마나 공격적으로 밀고 나갈 수 있느냐에 달렸어."

"그럼 당신이 우 사촌지간 두 명을 서로 적대하도록 속이고 있는 거군요." 노하마페탄 백작의 비서실장 틴다 루엔틴투가 말했다. 허브폴의 가장 호화롭고 보안이 철저한 호텔 라헬린의 황실 스위트룸이었다. 그들이 노하마페탄 가문의 사무실이 아니라 여기서 만난 것은 현재 그 둥지에 시급히 처리해야 하는 침입자가 있기 때문이었다. 라헬린은 품격 있는 곳이었고, 황실 스위트룸은 가구와 장식이 더없이 아름다웠으며, 이미 알콜을 꽤 많이 섭취한 상태인 아산이 조심스럽게 천천히 마시고 있는 위스키는 거의 불가사의할 정도로 훌륭했다.

"정확히 말해 서로 적대하도록 하려는 건 아닙니다." 아산은 말했다. "궁극적으로 어느 쪽을 황제로 밀지 마음을 정하는 동안, 둘 다 자기들이 날 첩자로 이용한다고 생각하게 하고 있는 거지요."

"두 사람이 서로 당신과 나눈 말을 비교해 본다면 들통나지 않겠습니까?" 루엔틴투는 말했다.

"그러려면 15초 이상 같은 자리에 있을 수 없을 정도로 서로를 혐오하는 것부터 그만둬야 할 겁니다. 제 가문은 우 가문과 수 세대 넘는 오랜 세월 동안 가까운 관계입니다. 나는 제이신과 데란 사이의 나이이고, 여기 허브폴에서 둘과 어울리며 자랐습니다. 나보다 그들을 더 잘 아는 가문 바깥사람은 없어요. 그 둘이 갑자기 서로 친해질 위험은 없습니다."

"서로 계속 어긋나는 관점을 그대로 놓아두는 상태가 당신에게 유용하다."

"무슨 내가 일부러 그러는 것처럼 말씀하시는데요." 테란은 말했다. "우리 가문에는 이런 교훈이 있습니다. '우의 일원만큼 우의 일원을 미워하는 사람은 없다.' 그 집안 이사회는 사업상의 문제는 고사하고 점심으로 뭘 먹을까 하는 문제조차 의견 일치를 보는 게 기적이에요. 내가 제이신과 데란을 착각하게 만드는 게 아닙니다. 단지 그들의 관점이 어긋나는 부분을 내 이익에 이용하지 못할 이유가 없는 거지요."

루엔틴투는 고개를 끄덕였다. "그래서 당신이 여기 와 있는 거고요, 테란 경."

"네. 일이 어찌 되든, 그레이랜드는 쫓아내야 한다는 걸 아셔야 합니다. 비전을 본 게 사실이라면 불안정한 인물이고, 비전을 본 게 아니라면 자신이 만들어 내는 데 일조한 위기의 순간에 게임을 하고 있는 거죠. 상호의존성단을 위해 그녀는 물러나야 합니다."

"그렇게 말씀하신다면."

"아, 단순히 나만 그렇게 말하는 게 아닙니다." 아산은 말했다. "그렇게 생각하는 사람이 나뿐만은 아닙니다. 다른 가문들 역시 플로우의 변화, 그리고 황제가 이를 핑계로 벌이는 일이 각자의 사업과 독점에 어떤 영향을 미칠지 초조해하고 있으니까요. 의회는 그레이랜드가 곧 계엄을 선포할 거라고 확신합니다. 그레이랜드가 이제 라헬라를 모방하고 있으니, 교회조차 그녀를 어떻게 다루어야 하는지 애매한 상태죠. 변화가 다가오고 있습니다. 그건 분명합니다. 그 변화가 올 때 꼭대기에 안정이 필요하다는 것은 모두가 동의할 거라고 생각합니다. 황제의 옥좌에 말입니다."

"노하마페탄 가문은 이미 한 번 황제에게 반기를 들었습니다." 루엔틴투가 말했다. "결과는 좋지 않았고요."

아산은 고개를 저었다. "아니죠. 실례지만, 루엔틴투 실장, 노하마페탄 가문이 황제에게 반기를 들었던 게 아닙니다. 가문의 일원이 그랬던 거죠. 그 일원은 현명하지 못한 행동을 했지만, 그쪽에 정당한 불만이 있었다는 것 또한 분명합니다. 황가는 다음 황제가 노하마페탄 가문과 혼인한다는 데 동의했습니다. 한데 황제가 일방적으로 그 합의를 파기했죠. 그래서는 안 되는 일이었습니다. 바로잡아야 하는 잘못이죠. 바로잡을수 있고요."

루엔틴투는 이 말에 한쪽 눈썹을 치켜올렸다. 데란은 말을 이었다. "노하마페탄 가문이 맹약을 맺을 마음이 있다면, 현재 옥좌를 노리는 우 일원 둘 중 하나와 손을 잡고 노하마페탄과 그 친구들의 자원으로 뒤를 받칠 수 있다는 말씀이지요."

"언제?"

"곧 그렇게 될 겁니다. 황제의 과학자가 시간표를 제시했으니."

"당신은 거기서 뭘 얻으려는 거요?" 지금까지 침묵을 지킨 채 소파에 비스듬히 누워 있던 제3의 인물이 물었다.

"무슨 뜻입니까, 부인?"

"나는 멍청한 사람이 아니라는 뜻이야, 테란 경." 노하마페탄 백작이 말했다. "제이신과 데란 우가 이렇게 엮인 이유는 알겠어. 우 가문이 황제가 돼야 하는데, 그들은 이 시점에, 모든 것이 무너져 내리는 이 시점에 황제의 지위를 원할 정도로 어리석기 때문이지. 당신은 우리 노하마페탄 가문이 어떻게 처신해야 하는지 분명하게 암시했어. 둘 중 이 경쟁에서 우위를 점하는 우 일원과 우리 가문이 정치적 연합 세력을 형성해야 한다고. 그런데 내가 궁금한 건 여기서 당신이 얻고자 하는 것이 무엇인가 하는 점이야. 당신은 이미 아산 가문의 사업 담당 책임자잖아. 이미 귀족이야. 가질 수 있는 모든 권력을 다 가지고 있어. 그 외에 원하는 게 뭐요?"

아산은 미소 지었다. "저를 위해서 원하는 게 아닙니다." 그는 태블릿을 꺼내 사진 한 장을 불러냈다. 작은 아이 둘이 카메라를 향해 미소 짓고 있었다. 아산은 사진을 백작에게 보여 주었다.

"귀엽군." 백작은 말했다. "이 일과 무슨 관계가?"

"그중 하나를 다음 황제의 아이와 혼인시키고 싶어서지요."

백작이 아산의 말을 곱씹는 동안, 그녀의 얼굴에 알 수 없는 여러 감정들이 스쳤다. "그렇게 멀리 내다보다니, 야심이 대단하군, 테란 경. 우리 문명이 갑자기 붕괴할 위험에 처한 지금."

"전부는 아닙니다. 대부분일 뿐이지요. 아직 엔드가 있습니다. 아드님 그레니가 지배권을 쟁취하려 하고 있고, 나디쉬가 그를 돕기 위해 해병대를 가득 실은 우주선을 보낸 별 말입니다. 상호의 존성단에서 인류가 장기적인 관점에서 살아남을 수 있는 유일한 별입니다. 당신의 자녀들은 그 별을 점령해서 노하마페탄 가문을 새로운 황가로 만들고자 했습니다. 뭐, 그건 계획대로 되지 않았지요. 그러니 계획 A로 돌아갈 때입니다. 황제와 혼인한다. 제가 그 일을 돕겠습니다."

"당신이 원하는 것은 오로지 옥좌다."

"네, 궁극적으로는요. 먼저 가지십시오. 원하시는 것 아닙니까. 부인."

아산은 노하마페탄 백작이 자신의 비서실장을 바라보자 실장도 거의 눈에 띄지 않을 정도로 고개를 끄덕이는 것을 보았다. 백작의 시선은 그에게 돌아왔다. "좀 더 자세히 말해 보시오, 테란 경."

"우선 어느 쪽 우를 좋아하시는가요, 부인?" 아산은 물었다. "제이신, 아니면 데란?"

# 7장

키바가 아주 쓸 만한 오럴섹스를 한창 받고 있는데, 태블릿이 띵하고 울렸다. 돌아보니 보좌관 분톤 살라나돈이었다. 바쁘기도 하고 온 세상이 불구덩이에 빠지지 않는 이상 방해하지 말라고 미리 보좌관에게 말해 두었기 때문에, 키바는 받지 말까 생각했다. 하지만 온 세상이 불구덩이에 빠졌을 가능성도 있고 오럴은 정신을 완전 집중해야 하는 화려한 쇼라기보다 그냥 쓸 만했기 때문에, 그녀는 태블릿을 들고 음성 전용으로 전화를 받았다.

"세상이 불구덩이에 빠졌나?" 그녀는 물었다. 아래에서 파트너가 묻는 듯한 표정으로 올려다보며 '잠깐 중단할까요?'로 해석되는 눈길을 보냈다. 키바는 계속하라는 뜻으로 손짓했다. 파트너는 다시 하던 일로 돌아갔다.

"황제의 소환을 불구덩이에 해당하는 상황으로 해석하신다면 그렇겠지요." 살라나돈은 말했다.

"뭐? 자세히 말해 봐."

"노하마페탄 백작이 가문 사업의 허브 내 경영권 양도에 관련된 문제로 황제에게 최우선 알현을 요청해서 허락받았습니다. 구체적으로 백작은 당신을 지금 직책에서 물러나게 해 달라고 요청하고 있습니다. 아마 황제께서는 그 문제에 대해 당신의 의견을 묻는 것이 정당하다고 생각하시는 것 같습니다. 레이디 키바."

"소환은 언제지?"

"지금부터 두 시간 뒤입니다."

"그럼 차가 필요하군."

"이미 숙소로 차를 보냈고, 시안 셔틀에도 특별 좌석을 예약했습니다. 황제의 공식 소환을 받으셨기 때문에, 셔틀 좌석 배정과 신원 확인을 최우선으로 받게 됩니다. 도착하면 황실 호위대가 마중 나와 있을 것이고, 간편 보안 절차로 통과하는 데 필요한 서류도 이미 준비해 두었습니다."

"총기는 휴대하지 마라, 알겠어."

"네. 그게 좋을 겁니다." 살라나돈은 말했다. 키바는 그가 자신의 비꼬는 농담을 알아듣는지 아닌지 통 알 수가 없었다. 아마 자기방어에 편하기 때문에 매사를 진담으로 받아들이는 것 같았다.

"우리 셋뿐인가?"

"그 자리에? 아마 노하마페탄 백작은 자기 변호사와 동석할 겁니다. 펀다펠로난이요. 당신도 요전 날 만나셨지요."

"우린 구면이야."

"이쪽도 변호사를 동행하게 할까요?"

"내가 알아서 하지." 키바는 말했다. "내 '영수증' 파일이 업데이트되어 있는지 확인해 줘. 그게 필요할지도 몰라."

"알겠습니다."

"차는 언제 데리러 오나?"

"15분 뒤 아파트 앞으로 갈 겁니다. 더 일찍 도착하기를 바라시지 않는다면."

"아니, 그거면 충분해." 키바는 전화를 끊고, 완벽하게 쓸 만한 오럴섹스에 다시 집중했다.

"그쪽도 아마 메시지를 확인하는 게 좋을 거야." 키바는 섹스를 마친 뒤 파트너에게 말했다.

"왜?" 세니아 펀다펠로난이 물었다.

"두고 보면 알아." 키바는 섹스 냄새를 씻어내기 위해 욕실로 향했다.

"아까 그 전화를 받았을 때 이야기해 줄 수도 있었잖아." 키바가 욕실에서 나오자, 펀다펠로난이 말했다.

"넌 바빴잖아."

펀다펠로난은 손에 든 태블릿을 키바에게 흔들었다. "이건 그 일보다 약간 더 중요해."

"의견 차이지." 키바는 말했다. "어쨌든 그 때문에 늦지는 않을 거야."

"난 셔틀 항구까지 택시를 불러야 하고 셔틀도 타야 해."

"그냥 나랑 같이 가."

"당신과 내가 당신 아파트에서, 같이 택시를 타고 가는 게 전혀 나쁘게 보이지 않을 거라는 거군."

키바는 어깨를 으쓱했다. "백작이 우리가 같이 자는 사이란 걸 모르는 것도 아니고."

펀다펠로난은 눈을 깜빡였다. "뭐?"

"내가 섹스 좋아한다는 걸 백작은 이미 당신한테 말했을 거고, 그러니 같이 자는 동안 무슨 쓸모 있는 이야기 안 하나 싶어 나랑 어울린 거 아니야."

"정말 우리 사이를 그렇게 생각해?" 펀다펠로난은 물었다.

"아니야?"

"음, 맞아." 펀다펠로난은 시인했다. "하지만 당신이 그렇게 생각해서는 안 되는 상황인데."

"내가 섹스를 좋아한다고 해서 멍청하진 않아." 키바는 말했다.

"이게 함정이란 걸 알았다면 왜 나랑…."

"붙어먹었냐고?"

"그래."

"못할 이유가 있나?"

"아무 진심도 없으니까?"

키바는 펀다펠로난을 곁눈으로 슬쩍 보았다. "당신, 연애 잘 안 하지?"

펀다펠로난은 이 질문에 당황했다. "별로 안 그래 보여?"

"이건 그냥 섹스야, 참 나." 키바는 말했다. "청혼하려는 건 줄 알았어? 당신이 제안했고, 꽤 귀여웠고…."

"고맙군." 펀다펠로난은 쌀쌀하게 대답했다.

"…난 마르스 클레어몬트가 황제한테 올라간 뒤로 섹스를 별로 못했으니까. 내가 당신한테 내 사업 이야기를 할 것도 아니고."

"'우리' 사업이지."

"음, 그게 사실 오늘 회의 주제야." 키바는 말했다. "내 요점은, 충분히 안전한 섹스 기회였다고."

"난 그 점에 대해 어떻게 생각해야 할지 모르겠어."

"당신도 즐겼잖아."

펀다펠로난은 미소 지었다. "맞아." 그녀는 사이를 두었다. "내가 이런 짓을 한 건 처음이었어."

"고객이 하라고 한 상대와 섹스한 것."

"맞아."

"어땠어?"

"그럭저럭 괜찮았다?"

"음, 다행이군." 키바는 펀다펠로난의 어깨를 두드렸다. "곧 황제 앞에서 나한테 한 번 더 당하게 될 테니까."

△ △ △

노하마페탄 백작은 온갖 종과 호루라기와 반짝이는 장식 취향이었고, 그래서 황제 알현은 정식 의전용 접견실에서 진행되었다. 셔틀을 착륙시킬 정도로 휑하니 넓은 방이었지만, 알현을 요청하고 받아들인 사람들이 누구인지 감안할 때 건방진 셔틀 농담은 물론 삼가야 할 것이다.

노하마페탄 백작을 보는 순간, 키바는 그녀가 마음에 들지 않았다. 눈에 띄게 화려한 백작의 옷차림은 특히 이 황제 앞이라 더욱 과하게 보였다. 그레이랜드는 즉위식 날 단 한 번 과한 치장을 했지만, 바로 그 자리에서 폭탄이 터지고 가장 가까운 친구가 죽었으니 그날을 패션 측면에서 빛나는 순간이라고 할 수는 없었다. 백작의 고문들도 그레이랜드가 보다 절제된 스타일을 좋아한다고 분명 귀띔은 했을 것이다. 혹시 안 했는지, 그 조언을 무시했는지 몰라도, 백작은 지금 금속성 리본이 가득 든 서랍에서 수류탄이 폭발한 것 같은 차림이었다.

키바 자신은 보다 은은한 분위기였다. 흑색과 금색 정장 차림에 라고스 가문의 상징색인 적, 황, 연청 및 진청으로 구성된 펜던트를 걸고 있었다. 키바는 자신이 정장을 입으면 웨이터나 섹스용 하인처럼 보인다고 생각했지만, 황제를 만날 때 입는 옷차림은 마음대로 할 수가 없었기 때문에 그냥 감수하고 있었다.

키바가 기억하는 대로 황제는 백작이 입은 한심한 흉물보다 키바의 복장과 보다 비슷한, 정교하게 재단된(당연히 그럴 수밖에 없을 것이다) 정장을 선호했고, 색깔은 그레이랜드의 피부색과 어울리지 않는 진녹색이었지만 그럭저럭 멋진 차림새였다. 황제가 되면 뭘 입든 멋있어 보이는 건지도 모른다. 아무 짝에도 보람없는 직업인 만큼, 괜찮은 특전이었다.

키바와 백작, 세니아 펀다펠로난은 — 그날 아침에 키바가 벗겼던 보수적인 고급 정장을 그대로 입고 있었다 — 그레이랜드가 앉을 옥좌가 놓인 연단 앞에 서 있었다. 연단도 옥좌도 그렇게 우스꽝스럽지는 않았다. 이 방에 어울리지는 않지만 그레이랜드의 취향과 어울렸다.

연단 한참 뒤에서 문이 열리더니 그레이랜드가 접견실에 들어왔다. 하인에게 시키지 않고 황제가 문을 직접 열었는데, 키바가 알기로 요즘 이것은 점점 더 관습이 되어 가고 있었다. 황제는 키바와 펀다펠로난에게서 절을 받고 악수를 나누었고, 백작은 보다 우아하게 한쪽 다리를 뒤로 빼고 무릎을 살짝 굽히는 인사를 했다. 이어 그레이랜드는 연단에 올라가서 옥좌에 앉은 뒤 미소 지었다.

"우리는 당신의 말을 들을 준비가 되었습니다, 노하마페탄 백작." 그녀는 말했다. 키바는 황제를 뜻하는 대명사 '우리'의 사용을 주목했다. 그레이랜드가 이 호칭을 사용하는 것을 듣는 기회는 개인적으로 처음이었다. 전에 키바를 만났을 때, 황제는 줄곧 '나'를 사용했다. 하지만 그때 황제는 우주선 공격에서 한창 회복하는 중이었다. 완전히 제정신이 아니었는지도 모른다.

백작은 특유의 무릎 인사를 한번 더 했다. "우선 노하마페탄 가문의 변함없는 충성을 맹세합니다, 황제 폐하. 최근 이 충성심의 진정성을 의심하시기에 충분한 이유가 많았다는 것은 저나 제 가문이 너무나 잘 알고 있습니다. 신뢰를 회복하는 유일한 길은 천천히, 힘들게, 다시 얻는 길뿐이라는 것도 알고 있습니다. 그렇게 하는 것을 제 가문의 임무로 삼겠습니다. 그 임무를 실행하는 차원에서, 보상의 첫 작은 걸음으로, 허브 시스템 내 노하마페탄 가문의 올해 수익 전부를 나파 돌그 재단에 기부하겠다고 약속하겠습니다."

키바는 이 헛소리에 말문이 막힐 지경이었다. 우선 백작은 자기가 현지 기업 수익을 마음대로 좌지우지할 수 없다는 것을 누구보다 잘 알고 있을 것이다. 수익은 키바가 관리하도록 되어 있고, 어떻게 사용할지 결정할 최종 결정권자도 그녀였다. 노하마페탄 허브 사업을 책임지게 된 뒤로, 기업의 모든 수익은 일종의 상임 회계감사 기록으로 국세청이 곧장 열람할 수 있도록 키바가 허락한 계좌에 들어가게 되어 있었다. 백작이 키바의 동의 없이 그 수입을 움직이려면, 황제가 허브 경영권을 노하마페탄에게 돌려주는 수밖에 없었다. 당연히 백작도 키바 못지않게 이 점을 잘 알고 있을 것이다. 이것은 키바를 물러나게 하는 첫 수이거나, 천하의 나쁜 인간으로 만들려는 수작이었다. 어차피 후자 역시 키바를 물러나게 하는 첫 수가 된다.

게다가 황제의 어린 시절 단짝이자 첫 비서실장이었던 나파 돌그는 황제의 즉위식에서 이 재수 없는 노하마페탄 백작의 재수 없는 자식들의 지시를 받은 자가 설치한 것이 확실한, 아직 입증할 수 없을 뿐 그럴 확률은 거의 확실한 폭탄으로 살해당했다. 백작이 당시 그 계획을 알았건 몰랐건, 지금은 확실히 알고 있을 것이다. 그것이 그레이랜드를 죽이려던 폭탄이라는 점도.

그러니 노하마페탄 백작은 지금 황제에게 사실상 이렇게 말하고 있는 셈이었다. "제 자식들이 폐하를 암살하려고 했을 때 우연히 살해당한 친구분의 이름으로 된 자선 단체에, 제가 가지지 않은 돈을 바치는 것으로 충성을 증명하겠습니다."

황제의 호의를 얻기 위한 대책치고는 흥미로운 방법이라고 하지 않을 수 없었다.

백작은 자신이 그레이랜드에게 어이없는 모욕을 가하고 있다는 사실을 의식하지 못하고 있거나, 황제에게 싸움을 걸고 있는 것이 분명했다. 대학 시절의 나다쉬와 그레니 노하마페탄 둘 다를 기억하는 키바로서는 백작이 그렇게 상황 파악을 못 한다고 생각할 수가 없었다. 비록 지금은 반짝이를 뒤집어쓴 닭 같은 꼴이긴 하지만, 어리석은 여자는 아니다.

이것은 백작이 황제에게 시도하는 모종의 시험이 분명했다. 그레이랜드의 상황 파악 능력을 가늠해 보려는 걸 수도 있다. 혹은 자신과 사랑하던 친구를 대놓고 모욕하는 행동에 대해 황제가 어떻게 반응하는지 보려는 것이거나. 자신이 어디까지 모면할 수 있는지, 황제가 자신에게 무엇을 얻어내려 하는지 떠보는 걸 수도 있고, 아예 그레이랜드를 멍청이라고 생각하는 걸 수도 있다.

키바는 펀다펠로난을 흘끗 보았다. 그녀의 얼굴은 예의 바른 무표정이었다. 혹시 이 최근 애인이 백작에게 이런 수를 제안한 걸까 하는 생각이 키바의 머릿속을 잠시 스쳤다. 그럴 것 같지는 않았다. 펀다펠로난의 영혼에 이런 수작을 부릴 정도의 비열함이 있을 것 같지는 않았다. 키바의 시선은 다시 그레이랜드에게 향했다. 그녀는 다 듣고 잠시 생각에 잠겨 있었다.

계속해, 키바는 생각했다. 나한테 이 일에 대해 물어보라고.

"감동적인 약속이오, 백작." 그레이랜드는 말했다. "이것은 그대 영혼을 비추는 거울과 같으니, 알게 되어 우리는 기쁩니다."

'아, 네 속셈 뻔히 보여, 이 나쁜 년아.'를 이렇게 멋지게 돌려 말한 뒤, 황제는 키바에게 주의를 돌렸다. "백작의 허브 시스템 내 사업 책임자로서 레이디 키바가 이 인상적인 제안에 대해 어떻게 생각하는지 궁금하군."

잘 봐, 키바는 생각하고 입을 열었다. "백작의 고결한 의도는 의심할 바 없으나, 폐하, 유감스럽게도 올해 시스템 내 수익은 영에 가까울 것 같습니다."

그레이랜드는 이 말에 눈을 깜빡였다. "그건 왜 그런가, 레이디 키바?"

"만연한 부정 이득 때문입니다. 폐하께서 저에게 허브 시스템 내 노하마페탄 사업 경영을 맡기셨을 때 저는 회계 감사를 실시했는데, 상당 수준의 장부상 불일치를 발견했고 이 모두가 수입과 이익에 영향을 미칠 겁니다. 아직 사례를 다 찾지도 못했습니다. 전체 윤곽을 파악하려면 몇 달이 걸릴 것인데, 그동안 저희는 고객에 대한 보상 절차를 진행하고 폐하의 국세청이 부과하는 벌금을 납부해야 합니다."

"불행한 소식이로군." 그레이랜드는 말했다.

"원하신다면, 폐하께 자세한 보고서를 올리겠습니다." 키바는 싹싹하게 말했다. "국세청에는 이미 보냈습니다."

"고맙소, 레이디 키바. 그렇게 해 주면 대단히 감사하겠소."

"혹시 괜찮으시다면." 키바는 말을 이었다. "이 불운한 문제에 대해 제가 해법을 제안하고 싶습니다만."

"듣고 있소."

"올해 수익 전부를 재단에 내놓겠다고 했을 때 백작은 폐하께 빈손을 내밀 의도가 아니었을 겁니다. 백작의 회계사들은 어디까지나 엉터리 장부에 속은 것이고, 백작도 시스템에 갓 도착하셨기 때문에 제가 현지 사업의 재정 문제까지 보고할 기회가 없었습니다. 이것은 분명 선의의 실수라고 생각됩니다. 솔직히 말해 부정 이득이 이렇게까지 고질적으로 만연하지만 않았어도, 올해는 노하마페탄 가문에게 수익 면에서 성공적인 한 해가 될 겁니다."

"그래서 제안하는 것이 무엇인가, 레이디 키바?" 그레이랜드는 물었다.

"간단합니다, 폐하. 제가 제 회계사를 시켜 부정 이득과 벌금을 제하기 전 지난 12개월 동안의 수익에 해당하는 금액을 폐하께 드리는 것으로 하겠습니다. 백작께서는 노하마페탄 가문 본사의 금고에서 같은 액수를 나파 돌그 재단에 기부하시면 됩니다. 그러면 모두가 행복하지 않겠습니까."

그레이랜드는 고개를 끄덕이고 노하마페탄 백작을 돌아보았다. "백작이 원래의 너그러운 제안에 대해 이 작은 수정안을 받아들인다면, 분명 그러시리라 믿지만, 그렇다면 우리는 이 상냥한 마음의 표현을 기꺼이 받아들이겠소."

어떠냐, 심술쟁이 이중인격자야. 키바는 생각했다. 그레이랜드를 시험하려던 백작은 오히려 자신이 한 방 먹었다는 것을 깨달았다. 황제가 자기 뺨을 때리려던 손길을 그대로 받아 상대의 뺨을 철썩 친 것이다.

노하마페탄 백작은 약 1초 반 가량 놀라 눈을 깜빡였다. 그리고 말을 이었다. "그러지요, 폐하. 그대로 하겠습니다."

"잘됐어." 그레이랜드는 키바를 돌아보았다. "그 금액은 언제 들어오는가?"

"내일이라도 처리할 수 있습니다, 폐하."

"그러면 그렇게 알고 있겠소." 그녀는 다시 백작을 돌아보았다. "이어 당신의 기부금도 나파 돌그 재단에 곧장 들어가는가? 일주일 내로?"

"물론입니다." 백작은 말했다.

그레이랜드는 고개를 끄덕였다. "레이디 키바가 경의 사업 책임을 맡아 준 것이 대단히 행운이시오, 노하마페탄 백작. 이 사소한 문제에 대한 영리한 해결책도 그러하거니와, 조직 내 널리 퍼진 부정과 부패를 발견하다니 얼마나 마음이 놓이시겠는가."

"정녕 그러합니다, 폐하" 백작은 키바 쪽은 쳐다보지도 않고 대답했다.

"허브 시스템 내의 그런 관행이 노하마페탄 조직 전체로 옮겨 갔다면 그것이야말로 얼마나 불행한 일이겠는가." 그레이랜드는 말을 이었다. "그렇다면 국세청과 법무부가 개입하지 않을 수 없겠지." 그녀는 키바를 돌아보았다. "하지만 이 경우는 해당되지 않겠지?"

"아직은 아닙니다, 폐하." 레이디 키바는 말했다. "물론 조사가 아직 끝나지 않았습니다만."

"얼마나 오래 걸리겠는가, 레이디 키바?"

"노하마페탄 사업의 수입 흐름과 장부가 워낙 복잡하고 각 과정에서 이득을 취하는 수법이 교묘해서, 몇 달은 더 걸릴 듯합니다."

"몇 달 더." 그레이랜드는 '달'이라는 단어에 아주 약간 힘을 주었다.

"최소한, 그렇습니다." 키바는 고쳐 말했다.

그레이랜드는 다시 노하마페탄 백작에게 주의를 돌렸다. "여기 당신의 사업 책임자가 현지 조직의 문제를 파악하는 동안, 최고의 예우와 협력을 다 해 주시리라 믿소, 백작."

"네, 폐하. 하지만…."

"왜 그러시오, 백작?"

"…레이디 키바가 대단한 능력을 보여 주기는 했습니다만…."

"백작은 치하에 대단히 후하십니다." 키바가 백작의 허를 찌르며 끼어들었다. "이 일에서 제가 보여 준 능력이란 게 뭐가 있겠습니까. 이런 과실을 찾아내는 것이야 조직을 처음 접하는 새로운 시각만 있으면 됩니다."

"외부인이라서 그렇다는 말이오, 레이디 키바?" 그레이랜드는 물었다.

"아마 필요한 것은 그게 다일 것 같습니다." 키바는 대답했다.

그레이랜드는 손으로 옥좌 팔걸이를 가볍게 두드렸다. "그렇다면 그 외부의 눈이 허브 시스템 내 노하마페탄 사업을 계속 감독하도록 하는 게 최선이겠지. 그리고 물론 레이디 키바는 계속 책임자로서 백작과 직접 연락을 취해 새로 발견한 정보가 있을 때마다 알리고, 우리에게도 알려 주시오."

"물론입니다, 폐하." 키바는 말했다.

"우리는 노하마페탄 가문에 대단한 흥미가 있소, 레이디 키바." 그레이랜드는 말했다. "당신은 그 가문을 위해서나 우리를 위해서 막중한 책임을 지고 있는 것이오."

"알고 있습니다." 키바는 대답했다. 백작을 돌아보니 감탄스러울 정도로 격분을 잘 억누르고 있었다.

"자, 백작, 이제 그대의 딸 이야기를 해 봅시다." 그레이랜드는 말했다.

"네?" 백작은 이 말에 완전히 허를 찔린 기색이었다.

"여기 방문하신 이유가 그것이라고 알고 있는데." 그레이랜드는 말했다.

"사실, 폐하, 저희는 레이디 키바의 일을 의논하러…"

"음, 그 일은 처리하지 않았나. 안 그렇소?" 그레이랜드는 물었다. "그리고 그대의 딸 문제에 관해서는, 우리가 할 이야기가 있소. 들어 주신다면."

백작은 키바를 사업에서 물러나게 하는 문제를 다시 거론하고 싶은 욕망과, 현재 손끝으로 자신을 질질 끌고 다니고 있는 이 황제의 성질을 돋울 가능성 사이에서 잠시, 거의 눈에 띄지 않게 어느 쪽을 선택할지 저울질했다. 백작은 비겁한 탈출을 택했다. "딸 문제를 거론해 주시니 기쁩니다, 폐하."

"그대의 딸은 대단히 중대한 범죄 혐의를 받고 있소, 백작. 살인. 시해 미수. 반역. 만약 유죄가 확정된다면 사형이 따르는 범행이지."

백작의 얼굴이 약간 창백해졌다. "네, 폐하."

"그대의 딸이 이런 상황에 처한 것이 통탄스럽소, 노하마페탄 백작. 한때 우리는 그녀가 황제 후계자였던 오빠 레너드와 결혼해서 우리의 자매가 될 거라고 생각했어. 그가 살아서 아버지의 뒤를 이었다면, 지금 상황은 완전히 달라졌을 거요."

"네, 그렇습니다. 달라졌겠지요."

"나다쉬가 혐의를 받고 있는 범행을 저지르게 된 원인이 무엇인지는 알 수 없소. 거쳐야만 하는 절차를 멈출 수는 없지. 그녀는 재판을 받아야 해. 재판을 받고 유죄 판결이 나면, 벌을 받아야 하오. 우리 모두 법과 정의를 받아들여야 해. 이해하시겠소, 노하마페탄 백작?"

"이해합니다." 백작은 접견실의 정교한 모자이크 바닥을 내려다보았다.

그레이랜드는 고개를 끄덕였다. "나다쉬는 법을 받아들이고, 정의를 받아들이고, 벌을 받아야 하오." 그녀는 되풀이했다. "그러나 내 오빠의 그녀에 대한 사랑을 생각해서, 그대가 가문을 걸고 맹세한 충성심을 고맙게 받는다는 뜻으로, 나는 그대에게 자비를 베풀고 싶소."

백작은 고개를 들었다. "네, 폐하?"

"죽음 대신 생명을." 그레이랜드는 말했다. "지금 혐의를 받고 있는 중범죄 중 어느 하나에서라도 유죄 판결이 나서 사형 선고를 받는다면, 내가 종신형으로 감형해 주겠소. 또한 그녀는 여기 시안, '고요한 물'에서 수형 생활을 하게 될 것이오."

키바는 이 말에 눈을 깜빡였다. '고요한 물'은 교도소라기보다 떠날 수 없다 뿐이지 휴양 시설 같은 곳이었다. 주로 국회의원들이 뇌물을 받은 게 들통나거나 회계사들이 자금을 횡령했을 때 가는 곳이었다. 황제가 거주하는 시스템에 거친 범법자들을 수용할 수는 없기 때문에, 이곳이 시안에 있는 유일한 형무소였다. 자기 오빠를 포함해서 대놓고 수십 명을 살해한 나다쉬를 거기 보내겠다는 것은 어마어마한 자비였다. 아이스크림을 쥐어 주는 것이나 다름없었다.

"당신도 받아들이겠는가, 노하마페탄 백작?"

키바는 백작의 얼굴에 온갖 감정이 스쳐지나가는 것을 보았다. 어떤 표정은 너무 빨리 지나쳐서 정말 봤는지도 의심스러울 정도였다. 이어 백작은 다시 그레이랜드를 똑바로 쳐다보더니 아까처럼 독특하게 무릎 절을 했다.

"물론입니다, 폐하. 감사합니다."

그레이랜드는 고개를 끄덕이고 일어섰다. "오늘은 많은 일을 마무리했다. 기분이 좋소. 이제 허락하신다면, 늦기 전에 다른 약속이 있어서 가 보아야겠소. 노하마페탄 백작, 레이디 키바, 미즈 펀다펠로난." 그레이랜드는 작게 고개를 숙여 보였다. 세 사람도 마주 고개를 숙이고, 황제가 연단 뒤 문까지 가서 완전히 방을 나갈 때까지 절을 그대로 유지했다.

문이 닫혔다.

"당신은 도대체 뭐 하는 사람이지?" 노하마페탄 백작은 펀다펠로난에게 언성을 높였다. 펀다펠로난은 대답하려고 입을 열었지만, 백작은 세상에서 가장 열 받은 앵무새처럼 입구로 쏜살같이 나가 버렸다.

키바는 그 모습을 바라보았다. "왜 저렇게 열 받은 건지 모르겠군." 그녀는 펀다펠로난에게 말했다. "잘된 거 아닌가?"

펀다펠로난은 눈을 가늘게 뜨고 키바를 보았다. "이건 함정이었잖아."

"농담하나?" 키바는 말했다. "당신 상관은 뻔히 그레이랜드를 모욕하려는 계획을 갖고 여기 왔어. 실컷 하고 싶은 말 다 해 놓고 이제 와서 함정이라고 징징거려?" 그녀는 백작이 격분해서 나간 쪽을 턱으로 가리켰다. "이건 함정이 아니었어. 그냥 학살이었지. 당신 보스는 황제가 나약한 인물일 거라고 짐작하는 실수를 했다가 역으로 당한 거잖아. 너무 일방적으로 당한 나머지 당신이 끼어들어 날 없애 달라는 논리를 펼칠 기회조차 없었던 거지."

"당신이 미리 황제하고 말을 맞춘 게 아니라?"

"우린 친구가 아니야. 놀러가서 하룻밤 같이 자면서 서로 머리 만져 주고 남자애 이야기나 하면서 킬킬거리는 그런 사이가 아니라고. 난 오늘 황제를 두 번째로 만났어."

"흠."

"오해하지 마." 키바는 말했다. "방금 황제는 당신 상관을 끝내주게 처발랐어. 백작은 나를 밀어낼 틈이 없었잖아. 당신은 어깃장 놓을 사이가 없었고. 황제는 나와 당신들 업체에서 무슨 일이 일어나는지 관심 있게 지켜보겠다는 뜻을 명확히 했어. 이어 딸이 반역자이자 살인자라는 이야기를 꺼내서 백작한테 한 방 더 먹이고, 평생 딸을 감옥에 처박겠다는 말에 감사한다는 소리를 하게 만들었지."

펀다펠로난은 묘한 눈빛으로 키바를 바라보았다. "방금 있었던 일을 당신은 그렇게 보나?"

"나도 여기 있었잖아. 그러니, 그렇지."

펀다펠로난은 고개를 저었다. "당신은 이해 못 해. 그레이랜드가 나다쉬를 사형 선고 대신 종신형으로 감형하고 시안에 구금하겠다고 한 건 자비를 베푼 게 아니야. 나다쉬가 종신형을 받는다는 말로 한 방 먹인 것도 아니라고. 나다쉬를 인질로 잡아 두겠다고 통보한 거야. 바로 여기 시안에. 백작 가에서 다시 돌출 행동이 나오면 언제든지 손댈 수 있는 곳에. 어떻게 이걸 못 볼 수 있지, 키바? 황제가 오늘 백작을 완전히 적으로 만들었다는 걸 못 볼 수 있느냐고? 노하마페탄 백작은 오늘 그레이랜드의 행동을 절대 잊지 않을 거야. 그리고 절대, 영원히 용서하지 않을 거야."

# 8장

그레이랜드 2세는 정말 늦을지도 모르는 촉박한 일정이 있었지만 — 솔직히 말해 촉박한 일정은 언제나 있었다 — 이번에 늦을지도 모르는 약속은 최소한 그레이랜드 2세 노릇을 하지 않아도 되는 약속이었다. 이번에는 마르스 클레어몬트와 회의가 있었는데, 같이 있는 30분 동안은 카르데니아 우-패트릭이 될 수 있다는 뜻이었다.

회의 일정이 30분이나 된다는 것도 약간은 드문 호사였다. 요즘 황제의 시간을 30분이나 뺏으려면, 국무부장관이나 시안 대주교 정도 되는 사람 아니면 인류의 대규모 정착지 어느 한 곳에 화재가 발생해야 했다. 그러나 마르스 클레어몬트가 30분을 얻어 낼 수 있었던 것은 첫째, 그가 현재 상호의존성단에 영향을 미치는 플로우의 변화에 대해 알아낸 장본인이었고 다른 어떤 플로우 과학자도 그를 따라잡지 못했으며, 둘째, 카르데니아가 그에게 반해서 얼굴만 쳐다보면서 시간을 보내는 것을 좋아했기 때문이었다.

"괜찮으십니까, 폐하?" 비서 오벨레스 아텍이 다음 약속 장소로 인도하며 물었다.

"나는 괜찮아." 카르데니아가 물었다. "왜?"

"갑자기 상기되신 것 같아서 여쭈었습니다."

카르데니아는 이 말에 약간 더 얼굴을 붉혔다. "아무것도 아니야. 노하마페탄 백작이 한 무슨 말을 생각하고 있었어."

"안 좋은 말인가요?"

"더 나쁠 수도 있었지." 카르데니아는 말했지만, 지금으로서는 얼마나 나쁠 수 있었을지 알 수 없었다. 카르데니아는 백작이 회의 결과에 격분했다는 것을 알고 있었다. 자신이 황제를 구워삶아 현지 경영권을 되찾아 올 수 있을 거라고 확신하고 왔을 것이다.

과소평가당하는 게 이래서 좋은 거지, 카르데니아는 생각했다. 상대가 자신을 두뇌 회전이 느릴 것이다, 순진할 것이다, 혹은 적당히 조종하거나 돌아갈 수 있는 장애물 이상의 어떤 존재가 되기에는 사람이 너무 좋을 것이라고 생각한 덕분에 오히려 허를 찌를 수 있었던 것은 최근 이것이 처음은 아니었다. 카르데니아는 처음 황제에 올랐을 때, 사람들이 자신에게 아첨을 하거나 지적으로 으르대서 원하는 입장이나 결정으로 몰아갈 수 있을 거라고 생각하는 데 은근히 불쾌감을 느꼈던 것을 기억하고 있었다.

좋은 일만은 아니야, 의식 한구석이 지적했다. 그것도 분명 사실이었다. 과소평가당하다가 역으로 공격해서 허를 찌르면, 영원히 그 수법은 다시 쓸 수 없다.

나는 황제다. 카르데니아는 생각했다. 다른 수법도 있어.

이것도 물론 사실이었다.

노하마페탄 백작 생각은 그만둬, 의식 다른 부분이 말했다. 우린 마르스에 대해 생각 중이야. 뇌의 이 부위는 아직 열다섯 살 소녀 같았다.

하지만, 음, 마르스. 이것도 수수께끼다.

"어떻게 해야 할지 모르겠어요." 카르데니아는 전날 밤 '기억의 방'에서 아버지 아타비오 6세의 유령에게 말했다.

"섹스를 해." 아타비오 6세는 말했다.

"그건 그렇게 간단하지 않아요."

"간단해. 넌 황제다."

"그래서요? 침대로 오라고 명령해요?"

"그렇게 하는 황제들이 많았어."

"난 안 그래요." 카르데니아는 말했다. "다른 모든 건 접어 두고, 난 그렇게 만들어지지 않았어요."

"그러면 초대를 해." 아타비오 6세가 말했다. "문제의 소지가 덜하지. 대체로 성공률도 비슷하고, 역사적으로 봤을 때."

"얼마나 자주 그렇게 하셨어요?" 카르데니아는 물었다.

"대답하기 전에, 네 아버지의 컴퓨터 시뮬레이션으로서 내게는 지켜야 할 자아가 없기 때문에 전적으로 진실만을 말한다는 점을 다시 한 번 말해 두마. 이런 말을 하는 건, 내가 질문에 대답했더니 네가 기분이 상했던 적이 여러 번 있었기 때문이야. 어쩌면 감정적으로 애착을 갖고 있지 않은 다른 황제에게 물어보는 게 나을지도 모르겠다."

"아버지의 대답이 내 기분을 상하게 할 거라는 건가요?"

"그래, 기본적으로."

"음, 그렇다면 정말 알아야겠는데요."

"항상 그렇게 했어. 황제라는 직책에 따르는 멋진 특권이지."

"아, 세상에." 카르데니아는 얼굴을 두 손에 묻었다. "그 말이 맞아요. 알고 싶지 않았어요."

"네 어머니에게는 통했다."

"특히 그 부분을 알고 싶지 않았다고요."

"그녀의 경우에는 다른 사건들이 이어졌지. 하지만 시작은 내가 그녀를 초대했고, 다른 거의 모든 사람들처럼 그녀도 거부하지 않았어."

"그렇다고 듣는 기분이 나아지지는 않아요."

"나는 누구에게도 강압적으로 대하지는 않았어. 가끔 거절당할 때도 있었지만, 그런 경우에는 두 번 다시 청하지 않았다. 그럴 필요가 없어, 특히 네가 황제라면."

"황제라는 것이 수락 여부에 실질적인 영향을 끼치지 않는다고는 생각하지 않으시네요. 예를 들어, 황제가 자기 인생을 망칠 수도 있으니 허락해야 한다는 압력을 느낀다든지."

"그럴 필요도 없어. 그저 섹스일 뿐인데. 게다가 그 반대 현상도 물론 있다. 내가 황제이기 때문에 섹스하고 싶어하는 사람들도 있었어. 손자 손녀에게 들려줄 이야깃거리를 원했던 거지. 오히려 그 사람들이 나보다 더 원했어."

"오로지 이타적인 마음으로 그들의 소원을 들어준 거군요." 카르데니아는 냉소적으로 말했다.

"아니, 나도 섹스를 원했기 때문에 한 거지. 그렇게 많이는 아니라도."

"앞으로 저한테 다시는 연애 충고를 청하지 말라고 해 주세요."

"그 말을 저장했다가 이 문제가 다시 화제가 될 때 얘기하마."

"고맙습니다."

"그 문제는 접어 두고, 넌 앞으로 결코 황제 아닌 존재가 될 일은 없다는 걸 알고 있어야 한다." 아타비오 6세는 말했다. "네가 관심을 갖게 되는 상대보다 언제나 네가 더 강력할 거야. 네가 혼자 살기 싫거나, 성적인, 감정적인 욕구를 전문가를 통해 충족시키기 싫다면, 이 점이 네 세상의 일부라는 점을 받아들여야 한다."

"황제가 된 후에는 섹스를 한 적이 없어요." 카르데니아는 인정했다.

"건강하게 들리지 않는구나."

"별로 하고 싶은 생각도 없어요. 그것도 문제의 일부죠. 마르스에게 내가 오로지 긴장 완화를 위해 자기를 이용한다고 생각하게 하고 싶지 않아요."

"이 문제에 대해 이야기하는데 내가 적임자인지 모르겠다. 나는 네 아버지의 컴퓨터 시뮬레이션이지, 자격증이 있는 관계 전문 상담사는 아니야."

"상담 정도의 차원은 아니에요."

"네가 그렇게 생각한다면야." 아타비오 6세는 말했다. 카르데니아는 컴퓨터 시뮬레이션이 의구심조차 완벽하게 흉내 낸다는 사실이 은근히 거슬렸다. "그냥 그 사람에게 네가 좋다고 말하는 게 어떠냐. 최악이라도 그냥 싫다는 대답일 뿐이잖니."

"알아요."

"그럼 유형을 보낼 수도 있고."

"아뇨." 카르데니아는 잠시 사이를 두었다. "지금 농담하신 건가요?"

"그래서 네 기분이 더 나아진다면, 그래, 농담이었다."

황제 궁을 지나 개인 주거 구역 쪽으로 향하면서, 카르데니아는 아버지, 아니 컴퓨터 시뮬레이션의 말이 틀리지 않았다는 것을 깨달았다. 어쨌든 마르스와 그녀는 성인이고 성인답게 이 문제에 접근할 수 있다. 혹시 그도 그녀를 좋아하지만 먼저 행동을 취하는 것이 어색한 것이 아닐까. 첫째, 그는 약간 꽉 막힌 모범생 타입이었고, 둘째, 그녀는 어쨌거나 황제이고 아버지가 아니라고 하기는 했지만 황제에게 자기가 반했다는 사실을 알리는 데는 아마도 용기가 필요할 것이다. 이해할 수 있었다. 마르스는 카르데니아가 먼저 손을 내밀기를 기다리고 있을 것이다.

좋아, 그럼 내가 하지. 카르데니아는 자신에게 말했다. 만난 지도 벌써 몇 주나 지났잖아. 때가 됐어. 최악이라고 해 봤자, 그냥 싫다고 하겠지.

카르데니아는 자기 아파트에 들어가서, 부를 때까지 사무실에서 대기하라는 뜻으로 아틱에게 고개를 끄덕이고, 비서가 물러가자 마르스가 기다리고 있을 개인 식당에 들어갔다. 그는 기다리고 있었다.

다른 여자가 같이 있었다.

"당신은 대체 누구지?" 미처 생각할 사이도 없이, 카르데니아의 입에서 질문이 튀어나왔다.

△△△

"우리는 그것을 '소실류(evanescence)'라고 부르고 있습니다." 마르스가 말했다. "우주에서 인류가 있는 이 일대의 플로우 지형 변화에서 발생하는 플로우 흐름 말입니다. 그러므로 우리가 장기적이고 안정적이라고 보아 왔던 흐름이 붕괴하는 동안 — 네, 그건 사실입니다 — 이 다른 흐름들이 생겨나 불확정적인 기간 동안 별 시스템들을 서로 연결하게 됩니다."

"맞습니다." 하티드 로이놀드, 마르스가 약속 장소에 데려온 여자가 말했다. "하지만 '불확정적인'이라는 단어는 그 흐름이 얼마나 열려 있을지 추산할 수 없다는 뜻은 아닙니다. 할 수 있을 겁니다, 아마. 우리가 말하려는 것은 개별 흐름이 단 하루 열려 있을지도 모른다는 뜻입니다. 혹은 몇 주, 혹은 몇 년."

"그렇더라도 익히 알던 흐름에 비하면 빠르게 붕괴하는 셈이지요." 마르스는 말했다. "그래서 그 흐름을 '소실류'라고 부르고 있는 겁니다."

"잠시 나타났다가 사라진다는 거지요." 로이놀드가 말했다.

카르데니아는 최신 발견에 대해 다급하게 자세히 설명하는 두 사람을 보고 멍하니 고개를 끄덕이며 생각을 정리하려고 애썼다. 그녀는 아까 방에 들어올 때 보기 흉한 꼴을 보였고, 마르스도 로이놀드도 이유를 정확히 모르는 것 같았다. 마르스는 로이놀드를 갑자기 데려온 데 대해 사과했지만, 황제의 비서에게 추가 접견인 허가를 받았다. 카르데니아도 손님이 온다는 것을 알고 있는 줄 알았다고 덧붙였다.

얼마든지 가능한 일이었다. 카르데니아는 자기가 어디로 가는지, 다음 일정에는 누구를 만나는지 알고 있을 때는 일정 사이에 태블릿으로 굳이 개인 일정을 확인하지 않았다. 로이놀드가 여기 와 있다는 것은 기본적으로 카르데니아에게 해가 될 위험이 없다는 뜻이었다. 어떤 방식으로든 위협이 될 수 있다고 판단했다면, 보안 팀이 들여보내지 않았을 것이다.

마르스가 로이놀드를 데려온 것은 플로우 물리학자들이 죄다 클레어몬트 백작의 플로우 붕괴에 대한 연구를 파악하느라 꾸물거리는 와중에 그녀가 이미 내용을 환히 아는 유일한 학자였기 때문이었다. 비록 노하마페탄 가문을 위해서였고, 성단을 전복시키려는 음모에 이용당하기는 했지만, 해당 주제에 대한 연구도 해 왔다.

그러나 아무도 로이놀드를 경계하는 것 같지는 않았다. 황실경비대도 그녀의 궁전 출입을 허락했고, 마르스 역시 열기 띤 음성으로 그녀와 대화하며 서로 번갈아 말하고 있었다.

두 사람이 플로우를 주제로 대화하는 모습을 바라보고 있으니,

질투심이 슬그머니 고개를 들었다. 마르스와 로이놀드가 공유하고 있는 공통된 생각들은 카르데니아가 볼 때 마치 첫눈에 반한 사랑 같았다. 누가 봐도 두 사람은 서로 통했다, 아니, 뇌가 서로 통했다. 로이놀드는 마르스보다 약간 나이가 많았지만, 다른 모든 것이 잘 맞는다면 나이는 큰 장애물이 되지 않는다.

지금 두 사람이 하고 있는 이야기 내용에 주의를 기울이는 게 좋을 것 같은데, 짜증난 목소리가 머릿속에서 말했다. 남자 타령은 나중에 해도 되잖아. 카르데니아는 이 목소리를 나중에 찾아내서 알코올로 목을 졸라 버려야겠다고 생각했다.

그녀는 둘 다 말을 멈추라는 뜻으로 한 손을 들어 보였다. 마르스는 곧장 알아들었다. 로이놀드는 계속 지껄이다가 마르스가 어깨에 한 손을 짚자 입을 다물었다. 이 손이 눈에 띄자, 작은 가시가 심장을 찌르는 것 같았다.

"자세한 내용은 여기서 들을 필요가 없어." 카르데니아는 말했다. "그대들이 내게 설명하려 해도 이해하지 못할 것이고, 몇 분 뒤 다른 일정이 있어. 그러니 지금까지 설명한 내용을 이해했는지만 확인해 줘."

"알겠습니다." 마르스가 말했다.

"첫째, 플로우 흐름은 여전히 붕괴하고 있다."

"맞습니다."

"둘째, 이따금 전혀 아무것도 없던 장소에 새로운 플로우 흐름이 생겨난다."

"네."

"셋째, 이 새 플로우 흐름은 단기간만 존재한다. 옛 플로우를 대체하지 않는다."

"네."

"음." 로이놀드가 끼어들었다.

"음, 뭐?" 카르데니아는 물었다.

"우리의 예비 가설에 따르면…." 로이놀드가 말을 시작했다.

"지금 하는 이야기 전부가 모두 예비적이죠." 마르스가 끼어들었다.

"…궁극적으로 장기적인 안정성을 지닌 새로운 플로우 네트워크가 우주의 이 인근에 나타날 가능성이 높습니다. 제가 전에 예측했듯이, 노하마페탄 가문을 위한 연구에서요." 로이놀드는 말을 맺었다.

카르데니아는 어리둥절해서 마르스를 쳐다보았다. "이것이 정확한가?"

"음." 마르스는 말했다.

"이것이 정확하다면, 당신에게 물어볼 질문이 아주 많기 때문이다, 마르스 경. 그 모든 질문이 우호적이지는 않을 것이야. 나는 당신의 예측이 옳다는 가정에 많은 것을 걸었어."

마르스는 한 손을 들고 로이놀드를 가리켰다. "이 맥락에서 '궁극적으로'란 말이 무엇을 뜻하는지 로이놀드에게 물어보십시오."

카르데니아는 로이놀드를 바라보았다. "이 맥락에서 '궁극적으로'란 말이 무엇을 뜻하는가, 로이놀드 박사?"

"지금으로부터 5000년에서 8000년쯤 지난 후를 뜻합니다." 로이놀드는 말했다.

카르데니아는 다시 어리둥절해서 마르스를 보았다.

"아버지와 제가 맞았습니다." 마르스가 말했다. "우리가 알고 있는 플로우 흐름은 곧 붕괴하고 아주 오랫동안 존재하지 않을 겁니다. 우리가 행동하지 않으면 인류 문명 전체를 사실상 종결시키기에 충분한 기간 동안." 그는 로이놀드를 다시 가리켰다. "그녀역시 옳았습니다. 플로우 흐름은 궁극적으로 우주 이 인근에, 지금과 다른 형태로 다시 형성될 것으로 보입니다. 단지 어느 정도의 시간이 흘러야 하는지 잘못 계산했을 뿐입니다."

"아무도 제 수식을 검토해 주지 않았어요." 로이놀드는 말했다.

"우리 둘 다 서로의 연구를 접하기 전에 각자 다른 부분을 놓치고 있었던 겁니다." 마르스는 말을 이었다. "소실류 말입니다. 플로우 흐름이 붕괴하고 있다는 사실은 바뀌지 않습니다. 상호의존성단이 위험에 처했다는 사실 역시 변하지 않습니다. 그런데 대처할 시간을 조금 더 벌었습니다."

"얼마나?"

"전에 없던 장소에 새 플로우가 열리게 되느냐고 물으셨지요." 마르스는 말했다. "맞습니다. 열릴 겁니다. 하지만 다른 효과도 있습니다."

"붕괴된 플로우가 다시 열리기도 합니다." 로이놀드가 말했다. "때로는. 아주 길지 않은 기간 동안."

"하지만 우주선을 보내기에는 충분한 시간이지요." 마르스가 말했다.

"아마도." 로이놀드가 말했다. "상황에 따라."

"우주선이 다시 돌아올 수도 있을 거고요."

"그것 역시 아마도. 상황에 따라." 로이놀드가 말했다.

"여기서 다음 상황이 이어집니다." 마르스가 몸을 내밀었다. "이건 중요한 겁니다."

"아주 중요하죠." 로이놀드가 말했다.

"뭐지?" 카르데니아는 두 사람을 번갈아 보며 물었다. "뭔가?"

"하티드는 이전에 닫혔던 플로우가 곧장 열릴 거라고 예측했습니다. 테라툼 플로우가 닫힌 뒤, 저는 닫힌 플로우 입구가 있던 지점에 드론을 보내 봤습니다."

"그래서?" 카르데니아는 물었다.

"통과했습니다." 로이놀드가 대답했다. "플로우가 다시 열렸어요. 돌아오는 플로우 역시 마찬가지였습니다. 둘 다 다시 작동하고 있습니다."

"하지만 오래가진 않을 겁니다." 마르스가 말했다.

"아니죠." 로이놀드도 동의했다. "둘 다 다시 붕괴할 겁니다. 가는 플로우는 1년 정도. 오는 플로우는 그보다 훨씬 빨리. 아마 석 달 정도요."

"왜 다른가?" 카르데니아가 물었다.

"처음 만나서 말씀드렸듯이." 마르스는 말했다. "가는 플로우와 오는 플로우는 사실 아무 관계가 없습니다. 그리고 여기 이걸 보십시오." 그는 로이놀드에게 고개를 끄덕였다.

"들어오는 플로우는 거의 5년간 열려 있었습니다." 로이놀드는 말했다.

카르데니아는 눈을 깜빡였다. "어떻게 그런 일이 가능하지?"

"플로우는 인간의 일정에 따르지 않습니다." 로이놀드는 말했다. "현재의 플로우 이동은 수십 년 동안 계속되고 있었습니다. 어쩌면 수 세기 동안."

"아니." 카르데니아는 약간 짜증이 나서 말했다. "어떻게 허브 공간에 열려 있는 플로우 입구를 우리가 모르고 있을 수 있었느냔 말이야."

로이놀드는 어깨를 으쓱했다. "찾아보지 않았으니까요. 아무것도 거기서 나오지도 않았고요. 그리고 나가는 플로우 입구는 워낙 오래전에 닫혀서, 아무도 수 세기 동안 생각하지 않았을 겁니다."

"어쩌면 폐하만 제외하고." 마르스는 카르데니아에게 말했다.

그녀는 답답해서 두 손을 들었다. "수수께끼 같은 이야기 그만하고, 제발 명쾌하게 말해 주겠나."

"달라시슬라입니다." 마르스가 말했다. "상호의존성단이 잃어버린 별 시스템. 폐하께서 명칭을 계승하신 이유가 된 별."

카르데니아는 이 말에 뒤통수를 얻어맞은 듯한 충격을 느꼈다.

"폐하에게 물어보세요." 결국 로이놀드는 마르스에게 말했다.

"나한테 뭘 물어보라는 거지?" 카르데니아는 마르스를 바라보았다.

"우리는 거기로 가야 한다고 생각합니다." 마르스는 말했다. "달라시슬라로."

"왜?"

"우리가 잃어버린 시스템이니까요." 마르스는 말했다. "거기서 일어난 일이 상호의존성단의 다른 모든 시스템에도 일어날 수 있습니다. 거기로 가서 모든 것이 어떻게 무너졌는지 알아보고 그들의 실수를 반복하지 않을 방법을 배워야 합니다."

"빨리 해야 해요." 로이놀드가 말했다. "오는 플로우가 다시 붕괴하기 전에."

"하티드가 맞습니다. 우리는 우주선이 필요합니다. 빨리."

"그대가 그 우주선으로 가고 싶다는 거로군." 카르데니아는 말했다.

"물론입니다." 마르스는 미소 지었다. "지난 수백 년 이래 가장 중요한 과학적 탐사가 될 겁니다. 놓치고 싶지 않아요." 그는 로이놀드를 바라보았다. "저희 둘 다요."

△ △ △

자정이 다 되어 가는 시각, 카르데니아는 마침내 속으로 집어치우자를 외치고 마르스 클레어몬트를 호출했다.

"이 탐사에 어떤 과학자가 필요한가?" 그가 아파트에 나타나자, 그녀는 성급히 물었다. 마르스의 아파트는 황궁 직원동 쪽에 약간 떨어져 있었다. 카르데니아는 그도 현금이 있다는 것을 알고 있었지만 — 아버지가 그를 허브에 보내면서 개인 데이터 금고에 보관했던 가문의 재산 상당액을 증여했던 것이다 — 마르스 클레어몬트는 화장실이 딸린 작은 스튜디오에서 아무 문제없이 행복한 것 같았다. 몇 분만 걸으면 여러 겹의 보안을 거쳐 자기 아파트에서 황제의 거처로 올 수 있었다. 두 사람은 황제의 거실에서 약간 사이를 두고 어색하게 서 있었다.

"모든 종류의 과학자가 다 필요합니다." 마르스는 조심스럽게 말했다. 카르데니아는 그가 왜 호출되었는지 모른다는 것을 알 수 있었다. 그녀가 질문을 했지만, 왜 하필 밤 11시 55분에 대답이 궁금했는지도 몰랐다. "플로우 물리학자는 당연하지만, 생물학자, 화학자, 천체물리학자, 일반물리학자, 인류학자, 고고학자 모두 다요…."

"고고학자?"

"달라시슬라는 수 세기 동안 죽어 있었습니다. 이런 종류의 역사를 어떻게 해석해야 하는지 알고 있는 사람이 필요합니다. 법과학자와 병리학자도 필요합니다. 역사가, 특히 달라시슬라와 초기 상호의존성단에 대한 지식이 있는 사람도 필요합니다. 기술자, 당시 컴퓨터와 시스템에 익숙한 사람들도 필요합니다. 지금 당장 생각나는 건 이 정도입니다. 원하신다면 더 자세한 보고서를 쓰겠습니다."

"내가 이 일의 규모를 크게 하고 싶지 않다면?" 카르데니아는 말했다. "조용히, 작게 벌이고 싶다면."

"왜 그러고 싶으십니까?"

"당장 이 사실을, 그대와 로이놀드가 발견한 소실류에 대해 아는 사람이 적을수록, 그대가 없는 동안 내가 모든 것을 설명해야 하는 골칫거리가 적어지니까." 카르데니아는 마르스의 표정을 읽었다. "영원히 기밀로 하고 싶다는 것이 아니야. 이번 탐사에서 달라시슬라에 대해 밝혀진 내용을 모두 파악한 뒤에 공식 발표를 하고 싶다는 거지."

"다른 플로우 물리학자들도 우리가 제시한 데이터를 계속 연구하고 있습니다. 그중에서 어쨌든 알아낼 사람들도 있을 겁니다."

"그들도 당신과 당신 아버지의 데이터를 연구하고 있다고?"

"맞습니다."

"하지만 로이놀드의 데이터는 모르잖아."

"모르지요."

"그러면 해 볼 만한 모험이군."

"그렇게 생각하신다면."

"그렇게 생각해. 내 질문으로 돌아가서. 조용히, 작은 규모로 추진한다면. 과학자는 얼마나 필요할까?"

"그러려면 업무를 이중으로 맡아야겠죠. 플로우 물리학자들이. 우리는 일반물리와 고전물리 훈련도 받았으니까, 그쪽 물리학자가 없어도 감당할 수 있습니다. 병리학자는 기본적인 생물학 전문지식이 있고요. 인류학 지식이 있는 고고학자는 많고, 그 반대도 마찬가집니다. 그래도 당시 컴퓨터 시스템에 익숙한 사람은 필요합니다. 당대 정착지에 대한 지식이 있는 사람도 필요하고요. 어쩌면 이 둘도 결합할 수 있을지 모르겠군요."

"그러면 다섯 명, 혹은 여섯 명."

"그럴 겁니다. 실제 우주선 조종사도 있어야겠지요."

"달라시슬라에서는 시간이 얼마나 필요하지?"

"폐하께서 허락하시는 시간만큼입니다."

"대략의 기준을 말해 봐, 마르스."

"최소한 두 주 정도요."

"거기 갔다가 돌아오는 데는 얼마나 걸릴까?"

"그 시스템에 대해 우리가 갖고 있는 데이터와 역사적인 기록으로 추산할 때, 8일 정도로 추정합니다. 우리는 이 플로우가 예전 플로우를 모방한 새 흐름이 아니라, 다시 열린 흐름이라고 확신합니다. 하지만 사흘 정도 오차는 있습니다."

"그러면 거기까지 가는 데 최대 11일, 달라시슬라에서 두 주, 돌아오는 데 11일. 한 달이 넘는군."

"최대한 서두르자고 말씀드린 것이 그 때문입니다." 마르스는 말했다.

"왜 플로우 물리학자가 두 명이나 필요하지?" 카르데니아는 물었다. "다른 모든 사람들은 업무를 이중으로 맡잖아."

마르스는 이 말에 약간 망설였다. "그건 꼭 필요의 문제라기보다는."

"그러면 뭔가?"

"이건 저희의 발견입니다. 저와 하티드 두 사람의 발견. 저희 둘 다 이 탐사에 참여하고 싶고, 둘 다 그럴 자격이 있다고 생각합니다. 저는 하티드에게 여기 남으라고 할 수 없습니다. 저도 물론 탐사에 참여하고 싶고요. 어쩌면 인력 배정에 있어서는 사치일 수도 있겠지요. 하지만 그럴 여유는 있다고 생각합니다."

"내가 그대에게 남으라고 부탁한다면?" 카르데니아는 물었다.

마르스는 카르데니아에게 아주 희미하게 미소 지었다. "부탁한 다면요?"

"부탁한다면. 명령이 아니야."

"폐하, 황제가 이런 것을 지시할 때 명령 외의 다른 것을 상상한 다면 어리석은 사람이지요."

황제가 누군가를 침대로 오라고 명령하느냐 초대하느냐에 대해, 전날 아버지의 유령과 나누었던 대화가 퍼뜩 스쳤다. "아, 됐어." 그녀는 술을 한 잔 마시려고 바 쪽으로 향했다.

"저는 혼란스럽습니다." 마르스는 잠시 후 말했다.

"나도 마찬가지야." 카르데니아는 텀블러에 얼음을 넣었다.

"혹시 제가 알아야 하는 게 있습니까?" 마르스는 말했다.

카르데니아는 술을 따른 뒤 넉넉히 한 모금 마시고 잔을 내려놓았다. "나는 이런 데 정말, 정말 서툴러."

"뭐에 말입니까?"

"이봐, 혹시 로이놀드랑 눈이 맞은 거야?" 카르데니아는 마르스에게 물었다.

"네?"

"로이놀드랑 사귀는 거냐고? 두 사람이 그러니까." 카르데니아는 텀블러에 든 술을 흔들거리며 손으로 허공을 젓는 시늉을 했다. "애인이냐? 한 쌍이냐고. 연애하는 거냐고."

마르스의 얼굴에 그제야 ─ 이렇게 멍청하고 눈치 없을 수가 ─ 깨닫는 표정이 떠올랐다. "아닙니다. 아니, 애인 아닙니다. 사귀는 거 아니예요."

"정말이야?" 카르데니아는 재차 물었다. "오늘 오후 두 사람이 이야기하는 걸 봤어. 둘이 아주 신이 났던데."

"그건 우리가 이 시스템 전체를 통틀어 상대가 무슨 소리를 하는지 이해하는 유일한 사람들이기 때문이지요. 플로우에 관해서라면. 세상에서 같은 언어를 할 줄 아는 유일한 상대를 만난 것과 같은 겁니다."

"음, 뭐, 내 말도 그 뜻이야." 카르데니아는 술잔을 비웠다. 그녀는 텀블러를 한 번 더 채우러 바로 갔다.

"그 언어는 플로우 물리학입니다. 아주 전문 분야지요. 난해하고요. 연애 같은 건 전혀 아닙니다."

"로이놀드도 그렇게 생각한다고 확신해?"

"그녀가 내게 마음이 있다고요?"

"그럴 수도 있잖아."

"제가 그녀 취향은 아닐 것 같습니다만."

"그녀 취향은 어떤 남자지?"

"수학 기호죠, 주로. 그녀와 같이 시간을 보내 보시면, 그녀가 인간 자체를 별로 좋아하지 않는다는 걸 아실 겁니다."

"그녀는 그대를 좋아해."

"제 두뇌와 같이 일하는 대가로 육체를 상대하는 업무를 받아들이는 거죠. 정확히 같은 게 아닙니다."

카르데니아는 잠시 조용했다. "그럼 두 사람 사이에는 아무 일도 없다."

"문명이 살아남으면, 우리는 플로우 흐름 분포에 관한 클레어몬트-로이놀드 이론의 공동 주창자로 제 아버지와 함께 역사에 남겠죠. 하지만 다른 건, 아닙니다."

"아, 젠장." 카르데니아는 술잔을 바라보다가 갑자기 고개를 들고 다시 마르스를 바라보았다. "내가 이런 데 정말, 정말 서툴다고 이야기했던가?"

마르스는 씩 웃었다. "말씀하셨지요." 그는 카르데니아가 새로 채워 들고 있는 텀블러 쪽으로 손짓했다. "그걸 좀 내려놓으시라고 청해도 될까요?"

"왜?"

"지금부터 할 대화에서는, 술에 취한 상태를 원하진 않거든요."

△ △ △

"그대는 싫다고 했어도 됐어." 침대에서 편안하게 끌어안고 누운 전통적인 자세로, 나중에 카르데니아는 말했다.

"제가 왜 그러겠습니까?" 마르스는 말했다. "당신은 황제십니다. 절 총으로 쏴 죽일 수도 있어요."

카르데니아는 그를 가볍게 때렸다. "내 말이 그거야. 이걸 무슨 명령하고 복종해야 하는 관계처럼 오해하게 하고 싶지 않았어. 그대가 거절할 수 없기 때문에 내가 요구하는 것처럼."

"믿으세요, 오늘 그런 대화를 했는데, 제가 어떻게 당신이 침대로 들라고 명령하는 것으로 생각했겠습니까."

"아, 세상에." 카르데니아는 마르스의 가슴에 얼굴을 묻었다.

"생각나게 하지 마. 절대 잊지 못할 거야."

"전 사랑스럽다고 생각했어요."

"맹세코 난 질투하는 성격이 아니야. 그건 전혀 다른 거라고."

"어떤 겁니까?"

"그가 다른 사람을 좋아하는 것 같아서 슬프고 파이나 먹어치워야겠다, 같은 감정."

"아주 구체적이군요."

"음, 파이는 좋았어." 그녀는 고개를 들어 마르스에게 키스했다. "하지만 이게 더 좋아."

"제가 파이보다 좋다니 기쁩니다."

"빈정거리지 마."

"그럴 리가요."

"여전히 달라시슬라 탐사에 가고 싶나?" 잠시 후 카르데니아는 물었다.

"네, 물론입니다."

"나도 같이 갈 수 있어."

"황제가 갑자기 사라지면 성단이 알아차릴 것 같습니다만."

"그건 그렇지만도 않아." 카르데니아는 말했다. "사무엘 3세는 몇 달 동안 사라지곤 했어. 아무도 그를 별로 그리워하지 않았지."

"사무엘 3세가 누군지는 몰라도 성단의 안녕에 있어 당신이 그 황제보다 더 중요하지 않습니까."

"그럴 수는 있어."

"게다가 최근 일으킨 논란의 양을 생각할 때, 당신이 없어지면 사람들이 분명 눈치챌 겁니다."

카르데니아는 그를 다시 쳐다보았다. "그건 비전을 돌려 말하는 거군. 그렇지?"

"이제 전 입을 다물겠습니다." 마르스는 말했다.

"그래서? 그대는 어떻게 생각하나? 솔직하게."

"그게 중요합니까?"

"그래, 내겐 중요해."

"황제 그레이랜드 2세가 문명 세계와 그 안의 모든 인류가 앞으로 10년 동안 살아남도록 하기 위해 할 수 있는 모든 것을 다 하고 계신다는 게 제 생각입니다. 그렇게 생각하기 때문에, 황제가 비전을 보셨고 그것이 인류의 생존을 돕는다면, 저는 전적으로 찬성입니다."

카르데니아는 다시 마르스에게 키스했다. "고마워."

"과학에 보다 무게중심을 두셨다면, 전 더 기뻤겠습니다만."

"다음에는 그렇게 하지."

마르스는 이 말에 코웃음을 쳤다.

"제국 해군에 대해 어떻게 생각하지?" 카르데니아는 물었다.

"별로 생각을 해 보지 않았습니다만. 왜 그러십니까?"

"해군에서 그대를 데리고 달라시슬라에 갔다 올 우주선 한 대와 승무원, 과학자들을 징발할 생각이니까. 신속하고 조용히 처리할 수 있고, 황제가 해군에 지시한 임무가 있다면 아무도 별다른 질문이 없을 거야. 음." 카르데니아는 고쳐 말했다. "아니, 물론 묻기야 하겠지. 하지만 명령 계통 밖으로 질문이 들어오지는 않아."

"언제 준비가 될까요?"

"일주일 내로 준비하라고 엠블라드 장군에게 지시하지. 가능하면 닷새."

"빠르군요."

"그래." 카르데니아는 마르스의 몸 위로 올라갔다. "그대가 이 탐사에 가야 하고, 난 그대가 최대한 빨리 돌아오기를 바라기 때문이야. '이것'이 무엇이든, 최대한 빨리 다시 하고 싶어."

# 2부

THE
## CONSUMING FIRE

## 9장

칼 도릭은 정확히 여덟 시간 동안 나다쉬 노하마페탄을 교도소 밖으로 데려 나가는 데 성공했다.

"판사가 이제야 정신 감정 심리에 동의했습니다." 도릭은 일주일에 한 번씩 갖는 면회에서 말했다. "저는 현재의 수감 생활이 이미 허약한 정신 상태에 치명적이다, 보안 정신병동으로 이감해야 한다고 계속 주장하고 있습니다. 검사는 당연히 반대하고요, 그래서 판사는 자기가 직접 판단할 수 있도록 당신을 법정에 출두시키라고 명령했습니다. 법학박사 학위가 있고 자신의 중요성에 대해 비대한 자의식을 갖고 있다면, 실제 정신과 의학박사 학위 따위 누가 필요하겠습니까."

"정신병원에 가는 것이 여기 있는 것보다 낫다는 건가?" 나다쉬는 물었다.

"최적의 장소는 아니지요. 하지만 숟가락으로 찔러 죽이려는 사람들이 있는 곳보다는 낫지 않겠습니까."

"내가 우연히 옆으로 지나가는데, 숟가락을 갖고 있던 여자와 칫솔을 갖고 있던 여자가 서로 찔러 죽이려고 했다고 말을 맞추기로 했잖아."

나다쉬는 도릭이 눈동자를 굴리지 않기 위해 얼마나 노력하고 있는지 알 수 있었다. "그러시지요. 그냥 우연히 옆을 지나치는데 사람들이 자발적으로 서로 찔러 죽이려고 하는 곳보다는 나을 겁니다. 칫솔 여자는 어떻게 됐습니까?"

"아직 독방에 있을 거야. 첫 번째 칫솔 칼질이 아니더군."

"재미있는 사람들을 많이 만나십니다, 레이디 나다쉬."

"게다가 난 여기서 당신을 만나고 있어."

도릭은 '이런, 할 말 없군요.'라고 말하려는 듯 손가락 하나를 들어 보였다. "주제로 돌아가서, 이틀 뒤 판사 앞에 출두해야 하는데 절차는 아시지요. 교도관이 와서 수갑을 채우고, 엘리베이터를 통해 지상으로 올라가서, 지상차 안에 체인으로 묶입니다. 귀하의 안전에 대해 제가 난리를 쳐서, 차에는 혼자 타게 되실 겁니다. '혼자'라는 건 치명적이지는 않지만 대단히 고통스러운 전기봉과 전기 충격기를 소지한 무장 경비 셋 외에는 다른 사람이 없다는 뜻입니다. 혹시 아드레날린이 치솟아서 체인을 끊거나 저로서는 상상도 할 수 없는 어떤 방법으로든 열쇠 따는 도구를 호송차에 반입하면 곤란하니 드리는 말씀입니다. 그 말을 하니 기억이 납니다만, 호송이 시작될 때와 끝날 때 두 번 몸수색도 받습니다. 유감이

**163**

지만, 이건 협상이 불가능했습니다."

나다쉬는 어깨를 으쓱했다. "대학 시절엔 더 심한 추행도 당해봤어."

"그 부분은 제가 어떻게 할 방법이 없군요. 어쨌든 판사로 하여금 이 교도소에 계시는 것이 그렇지 않아도 심약한 정신 상태에 더욱 해롭지 않나 진지하게 검토하게 하려면, 어딜 보나 약해 보이는 모습을 연출하시는 게 도움이 될 겁니다."

"내가 충분히 약해 보이지 않는다는 말이군."

"저는 무감각한 표정이 대체로 당신에게 잘 어울린다고 생각하지만, 이번 경우에는 다른 전략을 시도해 보는 것이 좋지 않나 생각할 뿐입니다. 그만두시든지요, 상관없습니다. 원래 모습대로."

나다쉬는 변호사를 바라보았다. "내가 왜 당신을 고용했을까."

"솔직히 저는 모르겠습니다, 레이디 나다쉬. 하지만 앞으로 대략 40년치에 달하는 수임료를 이미 선지급하셨으니 — 말이 나왔으니 말인데, 감사합니다. 아내는 새로 산 식당 가구가 저보다 더 좋은 모양이더군요 — 절 계속 데리고 있는 편이 좋으실 겁니다."

"두고 보지."

"다시 주제로 돌아가서, 정신 감정 심리가 하루 종일 걸리지 않는다는 가정하에, 아마 그렇겠습니다만, 판사는 사건 하나에 15분 이상 할애하는 경우가 거의 없기 때문에, 무장 경비를 대동하고 제 사무실의 회의 공간을 사용하시도록 준비했습니다. 회의 몇 건을 잡아 놨는데, 그중 하나는 어머님 노하마페탄 백작과의 만남입니다."

나다쉬는 이 말에 눈살을 찌푸렸다.

"마음에 안 드십니까?" 도릭은 말했다. "백작님은 일정에서 제외할 수도 있습니다. 그렇게 했다가는 제게 당연히 그분의 불벼락이 떨어지겠지만, 제 고객은 당신이지 백작님이 아니지요."

"아니." 나다쉬는 말했다. "어머니 영지 말고 명목상 내 영지에서 만나는 게 나아."

"약속을 잡지 않으면, 안 만나시는 겁니다."

"당신이 그렇게 믿고 있다니 좋은 일이야."

"어머님을 만날 때 특별한 요구사항이 있으십니까?"

"방에 들여보내기 전에 숟가락 칼과 칫솔 칼을 갖고 있는지 몸수색을 해."

"농담인지 알 수 없으니, 일단 적어는 두겠습니다." 도릭은 적었다.

"정말 몸수색을 하려 들었다가는, 어머니 경호원이 당신을 창밖으로 던져 버리겠지."

"알려 주셔서 감사합니다." 도릭은 메모를 지웠다.

"다른 건?"

"다른 거라니요?"

"그거."

도릭은 나다쉬를 몇 초 동안 멍하니 바라보다가 그제야 그녀가 무슨 말을 하는지 깨달았다. "아, 그거요. 음, 유감이지만 친구들에게 부탁하신 인품에 대한 추천서는 받기가 힘들었습니다. 몇몇 친구분은 절 아예 피하시는 것 같더군요. 아직 노력 중입니다. 다른 이야기지만, 돌아가신 당신의 친애하는 오빠 아미트에 대해 대단히 흥미로운 정보가 여러 군데서 올라오고 있습니다."

"그런가."

"네, 당신 오빠는 몇몇 지하 세계 거물들에게 가문의 우주선 일부에 대한 보험 사기가 가능한지 물어보고 다닌 모양입니다. 횡령했던 집안의 자금을 들키기 전에 채워 놓아야 했던 것 같습니다. '수십 억 마크에 달하는 우주선을 파괴하는' 사기극으로 해결하지 못할 일은 없겠죠."

나다쉬는 고개를 끄덕였다. "내가 뭐라고 했지?"

"거의 믿기지가 않을 지경이었습니다." 도릭은 말했다.

나다쉬는 이 말에 미소 지었다. 그녀가 데란 우와 합의한 것이 범죄 음모이고 자신 역시 허리까지 구덩이에 빠져 있다는 것을 모르는 척하려는 도릭의 말장난은 불쌍하고 약간 한심했지만 피치 못할 행동이기는 했다. "어머니 말고 또 누구하고 회의가 있지?"

"테란 아산 경이 만남을 요청했습니다."

"무슨 목적으로?"

"집행위원회의 특정 위원에 대해 의견을 묻고 싶답니다. 몇몇 사람들과 마음이 잘 안 맞는 모양이지요."

"그건 그 자식이 재수없는 놈이라서 그런 거고."

"저도 그렇게 추측합니다. 하지만 위원회에서 그의 위치를 감안할 때 관계를 유지하는 게 좋을 사람이지요." 도릭은 이 마지막 말을 하면서 사실 테란 아산은 유용한 도구이니 뼈다귀나 하나 던져 주는 게 어떠냐는 뜻으로 나다쉬에게 한쪽 눈썹을 치켜세웠다.

나다쉬는 끙 소리를 냈다. "만남은 최대한 짧게 해 줘."

"알겠습니다. 그리고 레이디 키바 라고스의 사무실에서 연락이 와서 혹시 시간을 내실 수 있느냐고 물었습니다."

"맙소사. 왜?"

도릭은 수첩을 보았다. "회계 문제에 대해 질문이 있는 모양인데요."

"집안 사업 회계 문제는 아미트가 맡았어. 내 일이 아니야."

"레이디 키바의 사무실은 그렇게 말씀하실 것을 예상하고 혹시 당신이 유용한 조언을 해 줄 수 있지 않겠느냐고 했습니다."

도대체 이 여자가 무슨 속셈인 거지? 나다쉬는 생각했다. 그녀와 키바는 대학 시절 전혀 가깝지 않았고, 심지어 같은 기숙사에서 지내면서 키바가 그레니와 뒹굴던 동안에도 마찬가지였다. 둘 다 서로의 일에 관여하지 않는 것이 평화롭게 지내는 길이라는 사실을 본능적으로 이해했다. 그런데 이제 키바는 나다쉬의 사업에 온통 끼어들고 있었고, 나다쉬는 이 상황이 대단히 마음에 들지 않았다. "이미 일정을 잡은 건 아니겠지."

"아뇨, 허락을 기다린다고 말해 두었습니다."

"그러면 회의는 됐어. 우리 장부에 무슨 짓을 하고 있는지 몰라도, 난 그 일에 관여하기도 싫고 근처에도 가기 싫어. 무슨 뜻인지 알겠나?"

"레이디 키바가 당신 회사의 회계를 들여다보는 상황 때문에 문제가 생기지 않도록 최선을 다하겠습니다." 도릭은 건조하게 말했다. 이 지시가 그냥 회의 하나 거절하는 것을 넘어 보다 폭넓은 상황에 대한 것이라는 점을 이해한다는 뜻이었다. 이어 그는 시계를 보았다. "오늘 면회 시간이 다 됐습니다. 이틀 후 다시 뵙지요, 레이디 나다쉬. 그때까지 칫솔과 숟가락을 피하세요. 슬픈 표정도 연습하시고."

"그리 연습은 필요 없어." 이건 어쨌든 사실이었다. 심각한 일로 악취미의 농담을 하건 말건, 무표정이건 어쨌건, 교도소 생활은 나다쉬에게 영향을 끼치고 있었다. 이 생활을 하루 종일, 매일, 평생 해야 한다고 생각하면 그리 달갑지 않았다. 판사 앞에서 정신쇠약 연기를 조금 해야 한다면, 기꺼이 시도할 생각이 있었다.

무슨 수를 쓰든, 여기서 나가야 한다.

△ △ △

"내 말은, 생선 맛이 아니었다는 거야." 공기가 없는 허브의 육상을 덜컹덜컹 달리는 차 안에서, 경비 한 사람이 다른 한 사람에게 말했다. 두 경비는 30분 전에 먹은 음식 이야기를 하고 있었다. 세 번째 경비는 자리에 무너져서 코를 골고 있었다. 나다쉬는 세 번째 경비가 부러웠다.

"당연히 생선 맛 맞아." 다른 경비가 대꾸했다. "생선에서 생선 맛이 나지. 그래서 '생선'이라고 하는 거 아니야."

"맞아. 한데 내 말은 대부분의 생선 같은 생선 맛이 안 났다고."

"그럼 '보통 생선' 같지가 않았다는 말이군."

"내 말이 그거야."

"그래도 생선 맛은 맞아. 그냥 맛이 다를 뿐이지."

"아니, 내 말을 못 알아듣잖아." 첫 번째 경비는 이렇게 말하고, 보통 생선 같은 생선 맛 논쟁에 나다쉬를 끌어들일 생각인지 그녀를 돌아보았다.

말 걸지 마, 말 걸지 마, 건방진 놈 말 걸지 마, 나다쉬는 속으로 씩씩거리며 제발 멍청이가 입을 다물어 주기를 기원했다.

"그럼, 당신은 이 생선에 대해 어떻게 생각해." 경비가 입을 여는데, 바로 그때 끔찍한 쿵 소리가 나더니 호송차는 공중에 날아올라 옆으로 거칠게 굴렀다. 나다쉬가 그 순간 생각할 수 있었던 것은 자신이 마지막으로 세상에 남긴 말이 생선 양식에 대한 아무 짝에도 쓸모없는 토론이 되지 않아 얼마나 다행인가 하는 것뿐이었다.

몇 초 뒤 그녀는 자신이 죽어 가지는 않는다는 것을 깨달았다. 그녀는 호송줄로 묶이고 체인에 감긴 채 지금은 천장이 된 트럭 옆면에 매달려 있었다. 체인이 놀라울 정도로 잘 버텨 주어서 죽지는 않은 것이 다행이었지만, 나직하지만 세찬 휘파람 소리가 들리는 것으로 미루어 공기가 호송차 객실에서 빠져나가고 있다는 것을 알 수 있었다. 곧 호흡 곤란으로 죽게 된다는 뜻이었고, 이 점은 그다지 좋지 않았다.

아래를 내려다보니, 세 번째 경비는 도저히 살아 있을 수 없는 각도로 목이 꺾인 채 구겨져 있었다. 자다가 갔군, 나다쉬는 생각했다. 운도 좋지. 다른 둘은 멍한 정신으로 원래 옆면이던 바닥에 쓰러져 있었다.

"마스크가 필요해!" 나다쉬는 그들에게 소리쳤다. "이봐! 내 말 들려? 마스크가 필요해!"

그중 하나가 — 생선이 보통 생선 같지 않다고 했던 쪽 — 혼란스러운 표정으로 그녀를 쳐다보더니 고개를 끄덕이고 벽에서 긴급 산소 마스크를 찾기 시작했다.

"거기가 벽이 아니야!" 나다쉬는 말했다. "네 발 밑에 있어!"

경비는 몇 초가 지나서야 겨우 이 말을 알아듣고 지금은 바닥이 된 벽의 상자에서 구급 산소 마스크를 찾아냈다. 그는 먼저 마스크를 쓰고, 두 번째 경비에게 하나 건네고, 세 번째 경비에게는 마스크가 필요하지 않다는 것을 확인한 뒤 나다쉬에게 마스크를 주었다. 그녀는 수갑을 찬 손으로 힘들게 마스크를 썼다.

"당신은 가만 있어." 경비는 말했다. 이렇게 수갑을 차고 체인에 묶여 있는데 가만히 있지 않으면 어떻게 하라는 거지, 나다쉬는 어처구니가 없었다. "무전 연락을 해야 해."

그때 다시 어마어마한 쿵 소리가 들리고, 호송차 뒷문이 날아가면서 경비 셋 모두 공기가 없는 허브의 상공으로 빨려나갔다. 나다쉬는 마스크가 얼굴에서 날아가지 않도록 필사적으로 붙잡았다. 시야가 부옇게 흐려지기 직전, 그녀는 경비 1과 경비 2의 마스크가 얼굴에서 벗겨지고 둘 다 동시에 숨을 헐떡이며 얼어 죽어가는 광경을 보았다.

즉시 추위가 피부에 매섭게 스며들어왔다. 이론적으로 허브폴의 지상 도로는 절반은 밤, 절반은 낮으로 영구히 유지되는 이 행성에서 온대 기후에 해당했지만, 양쪽의 기온 차가 500도에 달한다면 '온대 기후'도 상식과 다를 수밖에 없다. 여기서 '온대'란 '동상이 생길 정도로 춥다'는 뜻이었다.

나다쉬의 얼굴에 불빛이 비치더니, 우주복 차림의 두 사람이 달려들어서 수갑과 체인, 호송줄을 잘랐다. 나다쉬는 천장에서 그들의 품 안으로 떨어졌다. 투명하고 큼직한 풀 보디수트가 곧장 그녀의 몸을 감싸더니, 주위에 온기와 산소가 가득 찼다. 나다쉬는 잠시 온기를 즐기며 서 있다가 부서진 호송차에서 빠져나갔다. 밖으로 나가자 경비 셋의 주검과 호송차의 잔해가 한눈에 들어왔다. 차량은 운전자가 직접 수동으로 운전하고 있었다. 차량 형태로 미루어 볼 때, 운전자도 경비와 같거나 더한 꼴일 것이 분명했다.

나다쉬는 에어록이 달린 밀폐 저장함 같은 곳까지 질질 끌려갔다. 에어록 안에 던져졌고, 문이 잠겼다. 에어록 안에 압력이 차자 내부로 이어지는 문이 열리더니, 두 사람이 나다쉬를 끌어들이고 대신 머리 없는 시체를 내보낸 뒤 다시 사이클을 시행하기 위해 문을 밀폐했다. 이 과정을 끝내자, 그들은 다시 나다쉬에게 주의를 돌려 풀 보디수트를 몸에서 벗기고 산소 마스크를 얼굴에서 떼어냈다.

망가진 호송차에서 나다쉬를 여기로 데려와서 보디수트를 벗기는 데까지, 전 과정에 걸린 시간은 60초도 채 되지 않았다.

"레이디 나다쉬." 누군가 그녀에게 말했다. 돌아보니 우주복 차림의 테란 아산 경이었다. "만나서 반갑습니다."

"여기서 뭐 하는 거요?" 나다쉬는 물었다.

"구출 작전 지휘죠." 아산은 말했다. 나다쉬는 입을 벌려 뭐라 말하려 했으나, 아산이 한 손을 들었다. "잠시 그 생각은 접어 두시고." 그는 준비 사이클이 완전히 끝난 에어록으로 다가갔다. "어머님이 안부 전하셨습니다."

"그래요?"

"곧 만나게 되실 겁니다." 아산은 작게 경례를 해 보이고 문 밖으로 사라졌다.

△△△

테란 아산 경은 거짓말을 하지 않는다. 그는 탈옥 작전이 순조롭게 진행되는 것이 너무나 기뻤다.

이것이 그의 계획이었다. 노하마페탄 백작을 설득한 것은 바로 그였다. "들어보십시오." 그는 태블릿 화면에 지도를 띄워 백작에게 보여 주었다. "허브폴의 이 일대 도로에는 경비 시설이 많지 않고, 쉽게 조작할 수 있습니다. 이미 제가 데리고 있는 해커들에게 손을 보라고 해 뒀어요. 지상 경비 시설이 모두 꺼진 상태로 5분 시간을 벌 수 있습니다."

"호송차 자체에 따라다니는 드론은 어떻게 합니까?" 틴다 루엔 틴투가 말했다. 백작부인의 비서실장이 계속해서 대화를 진행하고 있었다. "드론이 교도소에 보안 영상을 계속 보낼 텐데요."

"맞습니다." 아산은 동의했다. "그 영상은 얼마든지 전송 상태가 좋지 않거나 위조될 수 있어요. 해당 드론의 암호화 키만 알아내면 되는데, 그걸 제가 갖고 있습니다. 드론 관리 책임자는 보안

보다 돈을 더 좋아하거든요."

"그리고 위성 감시도 있습니다." 루엔틴투는 말했다.

아산은 미소 지었다. "그건 손대기가 더 어렵더군요. 위성 자체에 접근할 수 있는 사람이 필요했으니까요. 즉 군대 말입니다. 좋은 소식은 제이신과 데란 우 중에 백작께서 제이신의 편에 서기로 하셨다는 겁니다. 백작의 호의에 대한 보답 차원에서 제이신이 돕기로 했습니다."

"군용 위성에서 탈취 장면을 숨겨야 합니다. 위성 영상에 나타나지 않으면, 수상하게 보이지 않을 테니까."

"위성 영상에는 나타날 겁니다, 물론. 호송차 폭발을 숨길 수는 없습니다. 하지만 우리는 폭발을 위조하고 호송차가 실제보다 더 천천히 달리는 것처럼 보이도록 할 겁니다. 우리가 이미 현장에서 떠나고 한참 뒤에야 저쪽에서 위성 영상을 볼 수 있도록 말입니다. 드론과 보안 카메라에도 같은 시뮬레이션을 보낼 겁니다. 우리가 거기 있는 장면은 아무도 못 볼 테니까 추적하는 사람도 없을 겁니다. 우리가 보여 주고 싶은 장면만 보여 주는 거예요. 저쪽에서는 호송차가 비극적으로 폭발하는 장면만 보게 되겠죠."

"나다쉬가 사라진 건 알게 되지 않겠습니까."

"그건 해결했습니다."

"어떻게?"

아산은 비서실장 대신 백작을 똑바로 쳐다보았다. "자세한 내용은 알고 싶지 않으실 것 같습니다."

"얼마나 걸릴까요?" 루엔틴투는 물었다.

"인력이 다 갖춰지면, 현장에서는 4분 이내입니다. 물론 그 앞뒤로 시간이 더 걸리겠지만, 그 4분은 누구의 눈에도 보이지 않는 겁니다."

"성공할 거라고 확신하시고요."

"백작님과 제이신 우의 도움이 있다면, 네."

"우리에게서 뭘 원하시지요?"

"백작님의 동의와, 돈이지요."

"얼마나?" 백작이 물었다.

"백작님, 이건 신속하게 해치워야 하는 일이고, 잘 끝내야 합니다. 돈을 아끼는 건 선택지가 아닙니다."

아산은 백작의 동의를 얻었고, 자신과 제이신 우의 연줄을 통해 경비 장치에 접근할 수 있었고, 불가능한 일을 마술처럼 빠르게, 순조롭게 해치울 수 있는 돈을 얻었다. 물론 아산도 어마어마한 돈에 낯선 사람은 아니었다. 그는 허브 시스템 내 가문의 최고 경영자였다. 어떤 인류 문명은 역사상 한 번도 경험해 본 적이 없을 정도로 큰돈이 매일 그의 사무실을 거쳐 갔다. 그러나 일상적인 매일의 상업 활동과, 솔직히 어처구니없을 정도의 현금을 불법 행위에 쏟아붓는 지출 사이에는 어마어마한 차이가 있다.

가문의 최고 경영자이자 집행위원회 구성원으로서 이런 일을 벌인다는 것이 아산 개인에게 한층 무게감을 더하는 상황이었다. '살인을 저지르고도 빠져나간다'는 고대의 표현이 여러 번 그의 머릿속에 떠올랐다. 그는 살인을 저지르고 빠져나가고 있었다. 게다가 탈옥. 최소한 일곱 건의 기타 중범죄.

짜릿했다. 아산은 평생 이렇게 살아 있다는 느낌이 들어 본 적이 없었다.

수감자를 탈취하는 순간 자신이 그 자리에 있어야 하는 것은 당연했다. 그것은 고위험 고보상의 임무였고, 그는 백작에게도 그렇게 말했다. 어마어마한 역량을 요하는 작전 전체를 면도날 같은 오차범위에서 틀림없이 수행해 내는 데 자신의 명예가 달려 있다는 기분까지 들었다. 임무를 수행할 용병 팀 대장도 이미 만나 보았고, 그녀 역시 아산이 동행해서 탈취극의 마지막 몇 분과 작전의 총 마무리를 감독한다는 데 동의했다.

물론 루엔틴투는 옳았다. 나다쉬의 시체가 호송차에서 발견되지 않으면, 아무도 이것이 끔찍한 사고라고 믿지 않을 것이다. 노하마페탄 가문이 돈과 권력을 갖고 있다는 것을, 규칙이란 지침이자 기껏해야 선택할 자유에 불과하다고 믿는다는 사실을 모르는 사람은 없었다. 나다쉬의 시체가 사라진다면, 허브폴 경찰부터 황실 수사국에 이르기까지 죄다 수사에 나설 것이다.

그래서 아산은 자신에게로 추적 불가능한 중개인을 통해 은밀하게 자신이 원하는 것을 수소문했다. 나다쉬와 키, 몸무게, 피부색이 같은 여자였다. 아산은 자신이 살인을 원하는 게 아니라는 점을 분명히 했다. 그랬다가는 눈에 띌 것이고 달갑지 않은 시선을 끌게 된다. 그러나 혹시 죽은 여자가 '우연히' 나타난다면, 아산에게 귀띔해 달라.

오래 걸리지 않았다. 보상금을 받은 법의관은 중개인을 통해 여자는 살인 피해자가 아니라 욕조에서 미끄러져서 죽었다고 알렸다. 여자는 독신이었고, 가까운 친구도, 직계 가족도 없는 떠돌이였다. 그녀를 그리워할 사람은 아무도 없었으며, 법의국 파일에서도 하필 실수로 기록이 지워졌다.

신원이 누구이든, 여자는 아산이 준비한 목적 외의 세상에는 더이상 존재하지 않았다. 시체는 머리와 지문이 제거된 상태로 탈옥 작전 현장에 배달되었다. 순환기는 세척되었고, 혈액은 파라핀 캡슐로 목과 손가락 끝에 저장해 둔 산소 선택 가능한 DNA 파괴촉매로 대체되었다.

시체는 미인이었고, 폭죽처럼 공중에 날아오를 것이다. 나다쉬와 같은 키와 몸무게의 시체는 발견되겠지만, 모두 계획대로 진행된다면 거의 재로 변해 있을 것이다. 그렇지 않다 해도, 남은 잔해로 나다쉬 노하마페탄인지 누구인지 신원을 파악하는 것은 불가능할 것이다.

아산은 우주복 차림으로 용병들이 여자의 시체를 경비의 시체와 함께 호송차 잔해 안에 집어넣는 모습을 바라보았다. 이런 다음 내부 구조적인 문제로 배터리 팩이 폭발했을 경우 연소되는 것과 정확히 똑같은 방식으로 트럭 전체를 한 번 더 태울 것이다. 배터리 팩은 연소하는 데 산소가 필요하지 않기 때문에 공기가 없는 행성에서 사용하기 편하다. 배터리는 그 자체를 연료삼아 연소하는데, 확실하게 하기 위해 '폭파시킬' 것이다. 시체가 보다 완전하게 타도록 약간 돕는다는 차원에서.

누군가 어깨를 두드렸다. 용병 대장이 통신 회로를 확인하라고 신호를 보내고 있었다. 아산은 확인했다. 전원을 켜는 것을 잊고 있었다.

"미안해." 그는 회로를 통해 말했다.

"보안 전화를 우주복으로 연결하겠습니다." 그녀가 말했다. "백작입니다."

아산은 고개를 끄덕였다. 전화가 연결되자, 그는 통화 프라이버시를 위해 대장을 등지고 돌아섰다. "아산입니다."

"테란 경." 백작이 말했다. "작전은 어떻게 됐지?"

"계획대로 정확히, 시간에 딱 맞췄습니다. 2분 뒤 여기를 뜰 예정입니다."

"대단한 계획이군."

"감사합니다, 백작. 도와드릴 수 있어서 기쁩니다."

"큰 도움이 되었소. 하지만 더 이상은 그대의 도움이 필요 없을 것 같아, 테란 경."

무슨 뜻인지 물어보려는데, 그때 칼이 오른쪽 신장을 뚫고 들어와서 오른쪽으로 배를 갈랐다. 아산의 우주복에 있던 공기가 그의 피와 함께 즉각 진공으로 새어나가기 시작했다. 신장에 칼을 꽂은 채 돌아서 보니, 작전 지휘관은 다른 칼 한 자루를 들고 있었다. 이 칼은 아산의 위를 뚫고 들어가서 마찬가지로 오른쪽을 갈랐다. 아산의 우주복 내부에 있던 대량의 산소가 체내에서 손실된 산소를 메우기 위해 헬멧으로 쏟아져 들어갔다. 아산이 아직 백작의 말을 들을 수 있다는 뜻이었다.

"그대는 나와 우 사촌 사이에서 중간자 역할을 하려 했지." 백작은 말했다. "한데 생각해 보니 내가 왜 중간자가 필요한가 말이야. 그래서 두 사람을 만나봤어. 당신이 자기들을 갖고 놀았다는 걸 양쪽 다 좋아하지 않더군. 우린 대신 셋 다 행복할 수 있는 대안을 마련했어. 이 작은 탈옥 작전이 실패해서 당신까지 도중에 죽은 것처럼 꾸미면 더욱 효과적이라는 데도 의견을 모았고. 나다쉬의 변호사가 당신과 공범으로 일을 벌인 걸로 덮어씌우기로 했어. 아주 자세히. 당신 비디오 계획도 약간 수정했지. 지금 약간 다른 장면을 송출하고 있을 거야."

아산은 뻣뻣하게 땅에 쓰러졌다.

"음, 이제 산소가 거의 다 떨어졌을 텐데, 테란 경, 그러니 작별 인사를 해야겠군. 이용당해줘서 고마워. 당신이 할 일은 마지막으로 하나 남았어."

가볍게 부스럭거리는 소리와 함께, 아산은 누군가 자신의 몸을 들어 올려, 옮기고, 호송차 안에 던지는 것을 느꼈다.

마지막으로 그가 본 것은 자신이 그토록 자랑스러워했던 머리 없는 여자의 시체였다. 추위 속에서 시체의 손가락은 수축해서 뻣뻣하게 손바닥 쪽을 향하고 있었다. 아산은 그 손이 자신의 몸을 뒤집으려는 것 같다고 생각했다.

미처 웃음을 터뜨리기 전에, 그의 몸은 타올랐다.

# 10장

"나다쉬 노하마페탄이 죽었다니 무슨 뜻인가?" 그레이랜드 2세는 황실경비대 대장 히버트 림바에게 물었다. 다음 일정으로 서둘러 인도되기 전에 정확히 5분 시간을 내서 아침 차를 마시다가, 그녀는 잔을 내려놓았다.

"오늘 아침 탈옥 기도가 있었습니다." 림바가 말했다. "보안 영상을 보니, 일이 끔찍하게 잘못된 것 같습니다. 레이디 나다쉬를 탈출시키려던 자를 포함해서, 현장에 있던 모든 사람이 죽었습니다. 그리고 폐하, 탈옥을 꾸민 자는 테란 아산 경이었던 것으로 보입니다."

"뭐야?"

"수사할 단서가 별로 남아 있지 않지만 — 호송차 배터리가 터져서 내부가 거의 전소했습니다 — 이미 확보한 증거가 결정적입니다. 테란 경은 레이디 나다쉬의 개인 변호사와 최근 대단히 자주 연락을 취하고 있었습니다. 저희는 허브폴 경찰과 교정당국, 수사국과 계속 협조 중입니다. 나다쉬의 변호사를 소환해서 뭐라고 하는지 들어볼 생각입니다."

그레이랜드는 고개를 끄덕였다. "누가 노하마페탄 백작에게도 알렸나?"

"황실수사국이 백작에게 알리고 진술을 듣는 임무를 맡은 것으로 알고 있는데, 저도 그쪽에서 그 영광을 맡아 주어 기쁘게 생각합니다." 사실상 영광은커녕 정말 골치 아픈 상황이라는 뜻을 슬그머니 암시하는 말투였고, 그레이랜드도 그 점을 반박할 수가 없었다.

"내가 조의를 표하는 서한을 보내야겠군." 그레이랜드는 말했다. 림바는 이 말에 작게 묘한 소리를 냈다. 그레이랜드는 눈치챘다. "왜 그러나?"

"레이디 나다쉬는 폐하를 암살하려 한 혐의를 받고 있습니다. 조의를 표하는 서한은 솔직하지 않아 보일 겁니다. 노하마페탄 백작은 아무 저의가 없는 상황에서도 모욕당했다고 느끼고 원한을 품는 사람으로 알려져 있습니다. 레이디 나다쉬와 테란 경의 죽음에 대한 소식을 들었다고 공적으로 언급하고, 이번 사건에 정의가 실현되지 못해 안타깝다는 정도만 말씀하시는 것이 좋을 것 같습니다."

"그 말이 맞아, 그게 낫군." 그레이랜드는 말했다. "고마워."

"알고 계셔야 할 작은 문제가 하나 더 있습니다, 폐하. 폐하께서 이번 일에 관여하셨다는 소문이 이미 돌고 있습니다. 테란 경이 혼자 독자적인 이유로 저지른 짓이 아니라, 폐하께서 그에게 대신 레이디 나다쉬를 암살하라고 사주한 게 아닌가 하는 소문입니다. 황제 암살을 주도한 것이 나다쉬가 아니라 아미트 노하마페탄이라는 증거가 점점 더 많이 나오고 있기 때문입니다."

"터무니없어. 특히 아미트가 암살 기도를 계획했다는 부분은."

"그가 자금 문제로 지하 세계의 인물들과 거래를 했다는 보도가 나오고 있습니다. 무엇보다도."

"나는 문자 그대로 아미트가 죽기 몇 초 전에 그와 같이 있었어." 그레이랜드는 말했다. "나는 독심술사가 아니지만, 살해당하기 바로 직전 그의 표정은 나를 살해하거나 자기 우주선을 파괴하려는 계획을 갖고 있는 사람이라고는 절대 생각할 수가 없었어."

"지당하십니다, 폐하."

그레이랜드는 이 대답에 눈을 아주 약간 가늘게 떴다. "그대도 그 보도가 사실이라고 믿는 것은 아니지?"

"저는 누군가 레이디 나다쉬의 황제 암살 혐의에 최대한 많은 의혹을 불어넣고자 조직적인 노력을 하고 있다고 믿습니다. 이 일이 터지기 전이었다면, 전 아마 레이디 나다쉬의 변호 팀이 정황을 설명할 수 있는 다른 가능성을 조합해 보고 합리적인 의심을 제기하는 등 사력을 다하고 있다고 생각했을 겁니다. 하지만 이런 일까지 터지고 나니, 저는 뭔가 다른 게 있는 건 아닌가 염려스럽군요."

"그건 음모론이야."

"동의합니다. 그러나 모든 음모론이 근거 없는 망상에서 시작되는 건 아닙니다, 폐하. 때로는 조직적으로 유포되는 허위 정보의 일부일 수도 있습니다. 또한, 이렇게 말씀드려서 송구스럽습니다만, 조직적인 허위 정보 유포를 부추길 이유를 폐하께서 최근 만들기도 하셨습니다."

"내 비전 이야기로군."

"네, 무엇보다도 그렇지요. 전 지금 비전에 의혹을 제기하려는 것이 아닙니다, 폐하. 단지 그것이 폐하에게 유용한 만큼 동시에 해가 되는 방식으로 물을 흐리기도 한다는 말씀을 드리는 것입니다. 그러나 솔직히 말해 그보다는 오히려 곧 있을 폐하의 의회 연설에 관해 돌아다니는 소문이 더 걱정스럽습니다."

"아." 그레이랜드는 말했다. "내가 상호의존성단 전역에 계엄을 선포할 거라는 소문 말이군."

"맞습니다."

"언론 담당관들이 이미 그 소문은 잠재운 걸로 알고 있는데."

그레이랜드는 나무라는 듯한 림바의 한숨 소리를 들었다기보다 느꼈다. "폐하, 계엄을 실제로 선포하기 전에 곧 선포한다고 미리 예고를 기대할 사람이 누가 있겠습니까."

"무슨 뜻인지 알겠다, 히버트. 하지만 계엄령 선포는 내 의회 연설 주제에도 들어 있지 않아. 나와 내 뜻을 전달하는 사람들이 그 점은 매우 분명히 해 두었어. 그 외에 뭐라고 더 말해야 할지 모르겠군."

"그게 소문의 요점입니다. 근거가 전혀 없기 때문에, 아무 대책도 효과가 없다는 점 말입니다. 진실로도 방어할 수 없고, 소문을 퍼뜨리는 자들은 그 점을 알고 있습니다."

"그대는 누군가 나에 반해 이 모든 일을 계획하고 있다고 믿고 있군."

"폐하는 황제이십니다. 폐하에게 반하는 세력은 언제나 있습니다. 원래 그 직업이 그런 겁니다."

"무슨 목적으로?"

"여러 가지가 있겠지요. 제가 사람을 시켜 알아보고 있습니다. 이런 말씀을 드린 것은 걱정하거나 편집적인 망상을 가지라는 뜻에서가 아닙니다, 폐하. 단지 바깥 상황을 알고 계시면, 메시지를 다듬을 때 도움이 될 거라는 뜻에서입니다."

"그래. 그 말이 맞아." 그레이랜드는 찻잔을 들어 한 모금 마셨다. 그리고 잔을 내려놓은 뒤 다시 림바를 쳐다보았다. "레이디 나다쉬가 정말 죽었다고 믿나?"

"이 시점에서는 우리가 믿지 않을 이유가 없습니다."

그레이랜드는 미소 지었다. "그대는 질문에 직접 답변하지 않는 재주가 있어."

"'저' 역시 믿지 않을 이유가 없습니다." 림바는 말했다. "현장에서 발견된 시체가 법과학적인 방법으로 신원을 확인하는 것이 거의 불가능할 정도로 탔다는 점도 알고 있습니다. 온통 재와 변성된 뼈뿐이었습니다. 아주 편리하지요."

"내가 이 문제에 대해 얼마나 편집적으로 피해망상을 해야 할까, 히버트 경?"

"폐하는 그래서는 안 됩니다. 피해망상은 제 일입니다. 제게 맡겨 두십시오. 저와 제 부하들이 진실을 밝혀 낼 겁니다. 그것이 무엇이든."

"고맙소." 그레이랜드는 말했다. 림바는 절을 하고 물러갔고, 곧장 오벨리스 아텍이 다음 약속 장소로, 그리고 또 다음, 다음, 다음으로 황제를 데려가기 위해 들어왔다.

단지 이번에 아텍은 황제를 데리고 나가지 않았다. "코르빈 대주교가 잠시 하실 말씀이 있다고 합니다. 테란 아산에 관련된 일인 것 같습니다."

"일정은?"

"다음은 환영 인사가 몇 건 있습니다. 그 일정은 취소하지요."

그레이랜드는 미간을 찌푸렸다. "취소하지 마. 그냥 뒤로 미뤄. 점심 식사 일정이 30분 있잖아. 거기 넣어."

"식사는 하셔야지요, 폐하."

"가끔 점심 한 끼 정도 걸러도 돼, 오벨리스. 단백질 바나 가져와. 네가 한 무리 데리고 나갔다가 다른 무리 데리고 들어오는 사이에 얼른 입에 넣을 수 있잖아."

아텍은 이 말에 미소 지었다. "대주교를 지금 들여보내겠습니다." 그녀는 나갔다.

그레이랜드는 찻잔을 비우고 가만히 미간을 찌푸렸다.

나다쉬 노하마페탄의 죽음에 대해 온갖 모순된 감정들이 오가고 있었다. 우선, 인정하지 않을 수 없었지만, 그녀는 안도감을 느꼈다. 나다쉬는 즉위 직후부터 문자 그대로 거슬리는 인물이었다.

나다쉬뿐만이 아니었다. 노하마페탄 가문 전체가 내내 그녀에게 불쾌한 뒷맛으로 달라붙어 있었다. 나다쉬는 음모로, 아미트는 매력 없는 둔감함으로. 이제 노하마페탄 백작은 그 지칠 줄 모르는 분노로.

그레이랜드는 백작과의 만남을 다시 떠올려 보았다. 백작을 한 방 먹이려는 의도였다는 것은 부정할 수 없었고, 그녀는 성공했다. 그러나 나다쉬를 사면하고 제국 교정 시설 중에서 별 네 개에 해당하는 곳에 수감하겠다는 제안으로 올리브가지 또한 내밀었다. 그레이랜드는 이 작은 호의에 상대가 감사할 거라고 생각했다. 한데 백작은 황제 앞에서 분노를 숨기지조차 못했다. 그레이랜드는 자신이 어디에선가 실수를 저질렀다는 것을 알 수 있었지만, 도대체 무엇이 실수인지 이해할 길이 없었다.

나다쉬의 죽음은 무엇보다 그 모든 상황을 깨끗하게 지웠다. 이제 그녀가 어딘가에서 음모를 꾸미고 있다는 걱정은 하지 않아도 된다. 더 이상 백작이 딸 때문에 분노하는 일도 없을 것이다.

마음 놓지 마, 짜증스러운 뇌의 한 부분이 말하고 있었다. 그 말이 아마 옳을 것이라는 점도 인정해야 했다. 림바는 황제가 나다쉬를 죽였다는 소문이 이미 퍼지고 있다고 했다. 얼토당토않은 소문이었지만, 그 점이 중요하지 않다는 림바의 말도 옳았다. 특히 노하마페탄 백작 같은 인물에게는 그럴 것이다. 그레이랜드가 딸에게 자비를 내린 순간 화를 낼 수 있다면, 백작은 아마 황제가 자기 딸을 죽였다는 의혹 앞에서는 분노의 화산일 것이다.

나다쉬 노하마페탄의 죽음에 대해 느낀 두 번째 감정은 슬픔이었고, 그레이랜드는 이 감정이 혼란스럽고 약간 화가 났다. 나다쉬가 황제를 그리 높이 평가하지 않았던 것은 분명했다. 그레이랜드는 자신이 아직 카르데니아 우-패트릭이고 오빠 레너드가 황태자이던 시절 나다쉬를 단 한 번 만났다. 레너드와 처음 사귀기 시작하던 나다쉬는 카르데니아를 훑어보고, 황태자 남자 친구의 사생아 여동생을 대할 때 필요한 최소한의 예의가 어느 선인지 가늠하고, 딱 그 정도만 보여 주었다. 카르데니아는 그날 나다쉬와 같이 있을 때 왜 은근히 기분이 나쁘고 불쾌한지 이해할 정도로 감정적인 세련미가 없었다. 지금조차 이 감정은 약간 불안했다.

어쩌면 바로 그것이 슬픔의 원인일 것이다. 나다쉬가 조금만 더 친절했더라면, 조금만 더 현명했더라면, 혹은 아주 조금이라도 더 인간적으로 좋은 사람이었더라면, 그녀와 카르데니아는(지금 빈 찻잔을 앞에 놓고 다음 일정을 기다리고 있는 영광의 그레이랜드 2세 역시) 친구, 어쩌면 그보다 더한 존재가 될 수 있었을 것이다. 속내를 털어놓을 수 있을 정도로 신임하는 사이가.

지금조차 나다쉬는 그레이랜드에게 있어 긍정적인 특성을 상징했다. 그녀는 영리하고, 자신감 있고, 아름답고, 그레이랜드가 늘 자기 자신에게서 보지 못하던, 지금도 마찬가지인 그 모든 것이었다. 그런 인간의 우정과 믿음을 얻을 수 있었다면, 그녀에게는 너무나 큰 의미가 있었을 것이다. 나다쉬가 그녀를 만날 수가 없어서, 만날 가치가 없다고 느꼈기 때문에 그 기회를 잃었다는 것은 그저 순전한 비극이었다.

친구를 만들 기회를 놓쳤어, 그레이랜드의 뇌는 말했고, 그것도 사실이었다. 그녀는 세상을 떠난, 사랑했던 나파를 생각했다. 나다쉬가 원하기만 했다면, 그녀 역시 그런 존재가 될 수 있었다. 나파를 생각하니 성적이거나 로맨틱한 의미에서가 아니라 가장 아끼는 친구, 나를 이해하는 유일한 존재를 잃어버렸다는 측면에서 가슴이 찢어질 듯이 아팠다.

마르스도 널 이해하잖아. 열다섯 소녀 같은 뇌의 한쪽이 말했다. 아, 뭐. 어쩌면 그럴 수도 있다. 함께 보낸 첫날밤을 떠올리자, 나른한 행복감이 가슴을 따뜻하게 해 주었다. 서로 우스꽝스러울 정도로 쑥스러워하다가 어느 순간 갑자기 어색함을 벗어 버리자, '세상에, 이게 무슨 일이야, 정말 잘 될까.'에서 '세상에, 정말 잘 되잖아, 끝내준다.' 같은 생각들이 정신없이 떠오르더니, 이어 아무 생각도 나지 않고 그저 행복감과 만족감이 두 사람을 감쌌다. 나파를 잃은 뒤 처음으로, 예상은 했지만 전혀 기대하지 않았던 영역에서 전혀 다른 방식으로, 그레이랜드는 다시 온전한 자신이 되었다고 느꼈다.

마르스가 그 역할을 해 주었다. 나파도 그 역할을 해 주었다. 그레이랜드의 성격을 보완하는 그 모든 장점들로 미루어 볼 때, 나다쉬 역시 그런 존재가 될 수 있었으리라.

그러나 나다쉬는 역시… 나다쉬였다. 그녀는 그 모든 장점을 합쳐 놓은 것과는 다른 존재였다. 황제라는 지위와, 그 지위가 노하마페탄 가문에 해 줄 수 있는 것들 외에, 그레이랜드가 줄 수 있는 것들을 전혀 원하지 않는 존재.

오벨리스 아텍이 코르빈 대주교를 이끌고 정원에 다시 들어왔다. 코르빈은 대주교의 정식 예복 차림이 아니라 단순하고 보수적인 정장을 입고 있었다. 그레이랜드는 이 옷차림에 미소 지었다. 코르빈은 그레이랜드의 수수한 옷 취향은 자신도 익히 눈여겨 보았다는 메시지를 보내고 있었다.

그레이랜드는 나다쉬와 노하마페탄 가문 전체를 머릿속에서 밀어내며 미소 띤 얼굴로 손님을 맞으러 일어섰다. 나다쉬는 이제 죽었다. 그녀가 자기 자신과 가문을 위해 원했던 모든 것은 과거형이었으며, 그녀가 어떤 인간이었는지, 그레이랜드에게 어떤 존재가 될 수 있었는지 하는 문제도 이제 과거로 흘러갔다. 나다쉬의 죽음에 안도감과 슬픔을 느낀 것도 잠시, 그레이랜드는 이제 코르빈을 상대하기 위해, 지금 닥친 진짜 문제를 해결하기 위해 감정을 옆으로 밀어놓았다.

안녕, 나다쉬, 그레이랜드는 생각했다. 부디 이제 평화를. 네가 계속 죽어 있었으면 좋겠어.

# 11장

하루 동안 용병들과 함께 은밀한 곳에 숨어 있기도 너무 지루해서 일일이 설명하거나 다시 생각하기도 싫을 즈음, 나다쉬는 어머니의 개인 파이버 선인 '유 캔 블레임 잇 올 온 미' 호에 올라탔다.

행성 시스템에서 다른 시스템으로 이동할 때 파이버를 사용하는 것은 거의 양심이 없다 싶을 정도의 사치였지만, 반면 어머니는 달리 주거지가 없었다. 파이버가 백작의 집이었고, 테라툼 상공 궤도에 정지해 있을 때도 마찬가지였다. 백작은 테라툼이나 행성의 최대 도시 바산타푸르로 내려가는 일이 없었다.

음, 그게 합의였지. 나다쉬는 생각했다. 아버지는 테라툼을 가진다. 어머니는 나머지 우주 전체를 가진다.

나다쉬는 블레임 호의 개인 아파트에 편안히 틀어박혔다. 이 아파트는 어머니가 나다쉬를 위해 항상 우주선에 상비하는 주거 공간이었다. 워낙 거대한 우주선이라, 원한다면 가장 가까운 친구 200명에게 아파트를 마련해 줄 수도 있었다. 사실 늘 여행하는 친구들과 하인들, 기타 수행원들도 잔뜩 있었다. 그녀는 백작이고, 노하마페탄 가문의 수장이고, 항상 타인의 관심이 필요한 나르시시스트였다. 이런 이유 때문에 백작은 항상 마을 하나를 끌고 돌아다녔다. 그러나 마을 사람들은 백작과 백작의 주거 공간 반대편에 분리되어 있었다. 백작이 거주하는 쪽 고리에 있는 생활 공간은 백작과 그 자녀 셋만을 위한 곳이었다.

이제 두 명 남았지. 나다쉬는 생각하고 한숨을 쉬었다. 아직 어머니와 대화를 나눌 준비가 되어 있지 않았다.

그러나 해야 한다. 어머니는 현재 블레임 호에 없었다. 반역자, 살인자, 황제 암살범인 자기 딸이 탈옥을 시도하다 실패하는 바람에 경비 셋과 운전자, 아산 테란 경과 함께 잿더미가 되었다는 끔찍한 소식을 듣기 위해 허브폴에 내려가 있었다.

아산이 현장에 있었다는 사실은 언론을 들뜨게 하는 자극적인 소식이었다. 반역자 나다쉬 노하마페탄에게 홀딱 반한 아산 경이 어리석은 변호사를 중개자로 탈옥을 계획했다는 흥미진진한 플롯은 누구나 좋아했다. 변호사는 가족들이 동물원에 가서 모형 기린과 털이 긴 수달을 구경하는 동안 건물에서 떨어져 죽었다.

나다쉬는 이 생각에 입술을 내밀었다. 불쌍한 도릭. 자기가 어떤 일에 얽히는지도 몰랐고, 백작의 경호원들이 그 유리창 밖으로 밀어내는 순간조차 결국 아무것도 모르고 갔을 것이다. 도릭이 자기 아내에게 그 돈이 어디 있는지 이야기했다면, 그리고 수사당국이 찾아내지 못한다면, 적어도 그의 가족은 별탈 없이 살아갈 것이다.

아직 아무도 나다쉬가 살아 있을지도 모른다는 의혹을 제기하지는 않은 것 같았다. 탈출 현장에는 시체 두 구가 있었고, 남은 유골은 신원을 파악하기 어려운 상태였다. 예를 들어 아산의 시체는 그가 자랑스러워하던 티타늄 인장이 박힌 반지로 알아볼 수 있었다. 나머지는 거의 다 녹고 불에 타서 재로 변했다. 나다쉬가 아직 살아 있다는 것을 아는 유일한 사람은 그녀를 빼낸 용병들과 블레임 호의 승무원들뿐이었는데, 용병들은 아마도 그리 멀지 않은 미래에 역시 치명적인 무기에 당하게 될 것이고, 승무원들은 제 목숨과 생계가 달려 있기에 나다쉬의 존재에 대해 입을 열 리가 없었다.

아, 물론 지금 현재 허브폴에서 어마어마한 난리를 일으키고 있을 백작도 빼놓을 수는 없다. 나다쉬는 이 탈출극이 끔찍한 실패가 아닐 가능성을 시사하는 단서가 혹시 있는지 샅샅이 찾아 헤매고 있을 현지 및 황실 수사관들을 위해 이를 갈며 옷을 곱게 차려입고 있을 어머니를 떠올렸다.

찾으라고 해, 나다쉬는 생각했다. 그녀는 안전했고, 어느 곳보다 집이라고 부를 수 있을 만한 곳에 있었다. 침대는 말할 수 없을 정도로 푹신했고, 이불은 따뜻하고 부드러웠으며, 음식은 천하진미였고, 샤워실에서는 얼마든지 뜨거운 물이 나왔고, 옷가지는 늘 똑같은 오렌지색이 아니었다. 나다쉬는 아주 큼직한 샌드위치로 자축하고, 40분 동안 샤워를 하고, 이불을 산더미처럼 뒤집어쓴 채

**191**

거의 하루 종일 잤다.

일어나 보니, 어머니가 침대 옆 의자에 앉아 있었다. 백작은 나다쉬가 자는 동안 바라보고 있었다. 언제부터 보고 있었는지 알 수 없었고, 언제쯤 따뜻한 어머니다운 태도에서 전혀 다른, 그리 점잖지 못한 상황으로 변할지 궁금했다.

그녀는 몸을 일으킨 후 어머니에게 미소 지었다. "안녕, 엄마."

노하마페탄 백작은 딸의 뺨을 세게 때렸다.

"그건 네 오빠를 죽인 대가다."

이어 백작은 나다쉬를 다시 때렸다.

"이건 무슨 대가죠?" 나다쉬는 물었다.

"체포된 대가."

나다쉬는 뺨을 문질렀다. "아미트 일 때문에 더 화내실 줄 알았는데요."

"당연히 그 일로 아주 화가 나 있어." 백작은 말했다. "내가 가장 아꼈던 자식인데."

"알아요. 그레니도 알았고."

"난 그걸 비밀로 하지 않았어."

"그러시지 그랬어요. 다른 부모들은 그렇게 하는데."

"난 네 오빠를 사랑했어. 지금 황제에게 잘 어울리는 배우자가 됐을 거다. 언젠가 옥좌에 노하마페탄이 올라갔겠지."

"말씀드려야겠는데, 엄마, 그런 일은 없었을 거에요."

"얼마든지 그렇게 만들 수 있었어."

나다쉬는 유감스럽게 미소 지었다. "새 황제 만나 보셨어요? 마

**192**

음대로 다룰 수 있는 사람이 아니에요."

"그건 나도 알게 됐다."

"나도 그랬어요." 나다쉬는 말했다. "진작부터. 그녀가 아미트와 결혼하지 않을 것이 분명해졌고, 그때가 다시 시도할 시기였어요. 우 사촌들은 많다고요. 우리가 일이 되게 만들 수 있었어요."

"황제를 제거하기 위해 아미트를 죽일 필요는 없었어."

"다른 상황이 좀 꼬이기도 했고요."

"엔드를 점령하겠다는 그 어리석은 계획. 그래, 나도 알고 있어." 백작은 나다쉬의 표정을 읽고 말했다. "너와 아미트, 그리고 그레니. 너희가 자금을 조달하기 위해 장부를 조작하면서 안 들키도록 뒤처리를 제대로 한 줄 알았니. 그 키바 라고스라는 인간이 우리 회사 장부 10년치를 들추고 있어. 넌 집안 전체를 위험에 빠뜨렸다."

"그건 대부분 아미트가 한 일이에요." 나다쉬는 말했다. "장부 조작은 오빠가 했다고요."

"하지만 하라고 시킨 건 너잖아. 영리한 건 너지, 나다쉬. 넌 언제나 그랬어."

"엄마가 이렇게 만들었는데 어떡하라고요."

"너무 영리해서 레너드 우 하나 제대로 간수하지 못했지."

나다쉬는 끙 소리를 내며 침대에 다시 쓰러져 베개로 머리를 덮었다. "그 이야기는 또 듣기 싫어요."

백작은 베개를 치웠다. "넌 임무가 있었어. 황제 배우자가 되는 일. 나도 원했다. 황제도 원했고. 성사시키려고 몇 년 동안 노력했던 일이었어. 한데 네가 그걸 손에 쥐고 놓쳐 버렸어."

"마지막으로 말하지만, 엄마. 내가 놓친 게 아니예요. 레너드가 온갖 사람들과 놀아나는 게 너무 좋아서 한 사람한테 정착할 수 없다고 결정한 거라고요."

"네가 알아서 했어야지."

"했어요. 그와 대화를 했다고요. 자식을 갖는 상대가 나라는 것만 지켜 주면, 넌 원하는 대로 놀아나도 좋다고 말했어요. 그도 그걸 원하는 줄 알았고요. 이익을 교환하는 정략결혼. 그런데 알고 보니 그는 나를 질투하게 만들고 싶었던 거예요. 그 비슷한 장난이요. 그는 일부일처와 진정한 사랑을 원했고, 동시에 움직이는 모든 인간과 놀아나고 싶어했어요. 어쨌거나 놀아날 작정이었는데 내가 군이 섹스를 허락해 주고 일부일처를 하자니까 열 받은 거죠. 돼지 같은 자식이었어요."

"어쨌든 설득할 수 있었어."

"정말 그렇게 믿었다면, 엄마, 그를 죽이지 않으셨어야죠."

백작은 어깨를 으쓱했다. "너를 속상하게 했잖니. 난 화가 났어. 어쨌든 네 말이 맞아. 그와 맺어질 기회가 점점 줄어드는 판에, 혹시라도 그가 다른 사람과 결혼할 위험을 무릅쓸 수는 없었다."

나다쉬는 어머니를 어안이 벙벙한 얼굴로 바라보았다. "방금 내가 그를 설득할 수도 있었다면서요!"

"나는 네 말에 동의한 거야. 너도 좋아할 줄 알았는데."

나다쉬는 눈을 감았다. "휴, 엄마는 정말 피곤한 사람이에요. 제발 다른 이야기나 하죠."

"결혼."

"같은 주제잖아요."

"같은 주제지만, 상대는 달라."

"무슨 말씀이세요?"

"제이신 우."

"그가 왜요?"

"그와 결혼하는 걸 생각해 봐."

"그는 이미 결혼했잖아요."

"그건 사소한 거고. 아직 아이가 없잖니, 그게 유용하지."

"무엇에 유용해요?"

"우리는 그를 황제로 올릴 생각이다."

나다쉬는 일어나 앉았다. "그는 계승 서열에도 없어요."

"우 가문이잖니. 그레이랜드가 없어지면, 계승 서열 같은 건 아무 문제가 되지 않아. 남은 건 협상뿐이다."

"황제가 되고 싶은 다른 우 가문의 후계도 있을 거예요."

"진지한 경쟁자는 하나뿐이야. 데란 우. 이미 그건 처리했다."

"어떻게?"

"데란은 제이신이 황제에 오르는 것을 지지하고 자기 지지자들도 설득하기로 했어. 보답으로 황제가 되면, 제이신은 데란에게 우 가문의 지배권을 독점하게 할 거야. 더 이상 가문을 마비시키는 이사회 따위 헛짓거리는 없다."

"다른 사촌들도 다 동의할 거라는 거죠."

"일이 성사되고 나면, 이미 그들은 반대할 입장이 아니야. 너도 곧 제이신과 데란을 만나게 될 거다. 그들이 이 계획에 얼마나 진지한지 직접 판단해."

"그리고 제이신은 나를 배우자로 삼는다고요."

"그래, 그건 그도 이미 동의했어."

"그는 감옥에서 날 암살하려 했어요."

"그때는 너라는 사람을 몰랐잖니."

"내가 이미 죽은 사람으로 되어 있다는 사소한 문제도 있고요."

"그건 바로잡아야지. 이미 조처를 취하는 중이야. 네가 이미 시작했잖니. 네가 모든 책임을 아미트에게 뒤집어씌우려고 했다는 거 안다. 데란 우가 내게 알려 줬어. 그래서 계속하라고 했다."

나다쉬는 진심으로 충격을 받았다. "방금 엄마가 가장 아끼던 자식이 아미트였다고 했잖아요."

"맞아. 그 사실은 변하지 않아. 하지만 그는 죽었고, 우린 살아 있는 네가 필요해. 상대적으로 범죄에 덜 연루된 상태로. 제이신은 네게 옥좌를 제의하고 있는 거야."

"무슨 대가로?"

"뻔하잖니. 그레이랜드를 물러나게 하는 데 협조하는 대가로."

"물러난다는 건 애매한 동사예요, 엄마."

"황제를 죽일 필요는 없어." 백작은 말했다. "고립시켜서 유배를 보내는 걸로 충분할 거다."

"어떻게 그렇게 할 계획인데요?"

"이미 제 입으로 그 비전인가 뭔가 하는 헛소리를 퍼뜨리고 있잖니. 교회를 소외시키고, 이제 의회도 소외시키려 하고 있다. 몇

몇 귀족 가문은 이미 황제에게 등을 돌리고 있어. 시간문제다. 거기에, 우리가 황제의 핵심 동맹을 몇몇 제거하면 돼. 키바 라고스부터 시작해서. 그녀도 어차피 우리한테 골칫거리니까."

"키바 라고스는 어떻게 제거해요?"

"그건 내가 걱정하마, 나다쉬."

"그레이랜드는 사실 라고스와 그리 가깝지 않아요." 나다쉬는 말했다. "그녀를 제거하는 건 황제에게 타격이라기보다 오히려 도움이 될 걸요."

"황제에게 타격을 입힐 방법은 또 있어."

"뭐요?"

백작은 잠시 입을 다물었다. "그레이랜드가 널 인질로 잡아 놓을 계획이었다는 거 알고 있니?"

"어떻게요?"

"사형 선고 대신 시안에서 수감 생활을 하도록 감형해 준다고 했어. 항상 황제의 손이 닿는 곳에. 혹시 내가 허튼짓을 하면 네가 대신 죽는다는 협박이었지."

나다쉬의 얼굴에 재미있다는 듯한 쓴웃음이 떠올랐다. "엄마가 어떤 사람인지 모르는군요. 우리 가문에 대해서도."

"그게 요점이 아니야. 문제는 제가 보기에 내가 사랑하는 것 같은 사람을 손에 쥐고 있으면 나를 움직일 수 있다고 생각한 게 요점이지. 내가 사랑하는 사람을 통해 나를 통제할 수 있다고."

나다쉬는 어머니의 문장 구성에 주목했지만, 아무 말도 하지 않았다. "그래서 이제 엄마는 어떻게 할 거예요?"

"그레이랜드가 내게 주려던 그 느낌 그대로 돌려줄 거다. 황제가 가장 아끼는 사람들을 건드릴 수 있다는 걸 보여 줄 거야."

"황제가 아끼는 사람은 누구죠?" 나다쉬는 물었다. "본때를 보여 주기에 충분할 정도로 아끼는 사람은?"

## 12장

마르스 클레어몬트는 올리비어 브랜시드 호가 조명을 켜고 옆에 떠 있는 구조물의 동체 외부를 비추는 모습을 바라보았다.

"달라시슬라를 보고 싶다고 하셨지요." 킨타 로르 함장이 그에게 말했다. 그녀는 함교의 스크린을 가리켰다. "저겁니다."

"저거군요." 마르스도 따라 말했다. 브랜시드 호는 달라시슬라의 동체 극히 일부만 비추고 있었다. 주 정주 구역은 몇 킬로미터 길이의 긴 원통 모양이었고, 한때 이 구조 안에는 인간과 그들의 삶이 가득 차 있었을 것이다. 달라시슬라 정주지 구조 너머에는 대략 인류의 고향 지구 태양계의 해왕성 크기 정도 되는 거대한 행성 달라시슬라 프라임이 떠 있었다.

"아직 여기 있다니 놀랍습니다." 로르 함장이 말했다.

"플로우 흐름이 붕괴했을 때, 궤도가 안정되어 있었습니다." 마르스는 말했다.

"800년 전입니다. 비자연적인 구조물의 궤도가 꾸준히 안정 상태를 유지하기에는 긴 시간 아닙니까. 다른 달의 중력이 궤도를 간섭할 수도 있고요. 지나치는 혜성의 중력에 영향을 받을 수도 있고. 운석이 충돌하거나 손상 부위의 기체 손실 때문에 이탈할 수도 있습니다. 아니, 실제로 이탈했을 겁니다. 여기 클러퍼가." 로르는 함교 승무원 한 사람을 가리켰다. "사실 달라시슬라의 궤도는 더 이상 안정 상태가 아니라는군요. 행성 쪽으로 끌려가고 있답니다."

마르스는 미간을 찌푸렸다. "그게 우리에게 영향을 미칠까요?"

"우리가 백년 뒤에도 이곳에 있다면요. 그런 일이 없기를 바라야죠."

마르스는 이 말에 고개를 끄덕이고 스크린을 다시 보았다. 겉보기에 달라시슬라는 다른 여러 우주 내 인류의 대형 정주지와 근본적으로 다를 것이 없어 보였다. 회전을 통해 표준 중력 비슷한 것을 확보할 수 있는 인류의 대형 정주 구조물은 모두 여섯, 혹은 일곱 개로 분류된다. 달라시슬라는 수 세기 동안 설계에 큰 변경 없이 유지되고 있는 오닐 실린더 수정형이었다. 능률적이고, 비교적 단순하며, 잘 작동했다.

작동시킬 인력과 자원이 있을 때 이야기다. 그 둘 중 뭐라도 없으면, 문제가 생긴다.

"동체는 죽었습니까?" 마르스는 로르에게 물었다.

"죽었어요." 로르는 대답했다. "오래전에. 오는 길에 온도를 측정했습니다. 여기 바깥 온도와 크게 다를 바가 없어요. 내부도 바깥처럼 차갑습니다. 우주복을 입은 채로 탐사하셔야 할 겁니다."

마르스는 고개를 끄덕였다. 그의 소규모 과학자 팀은 이 일과 상관없이 우주복을 입을 예정이었다. 800년은 긴 시간이다. 뭔가 감염시키거나 감염되고 싶은 사람은 없었다. "해병 파견대가 같이 들어가도 되겠지요."

"파견대와 같이 들어가십시오." 로르는 말했다. "저 공간이 죽었다고 해서 여러분이 죽을 위험이 없는 건 아닙니다."

"물론입니다."

"실제 현장 탐사 임무는 처음이시죠?" 로르는 마르스를 빤히 바라보며 물었다.

"맞습니다."

"어떤 기회든 현장 경험도 전무하시고요."

"사실 그렇습니다. 저는 플로우 물리학자입니다. 그건 고차원 수학이지요. 연구를 위해 현장에 나갈 필요가 없습니다."

로르는 고개를 끄덕였다. "당신이 대장입니다, 마르스 경. 우리는 그렇게 명령을 받았습니다. 그러나 여기에 황실 해병대 과학자 팀이 있다는 걸 명심하십시오. 모두 현장 경험이 있습니다. 해병대도 있고요. 그들은 직업이 현장 업무죠. 조언을 해도 될까요?"

"그럼요."

"그럼 드리지요. 이 임무는 당신이 대장이 맞습니다. 그러나 팀원이 이야기할 때는 귀를 기울이시는 게 현명할 겁니다. 셰릴 병장과 그 부하들이 어디로 가라, 어디는 가지 말라고 하면, 그 말을 들으세요. 잘 들으면 안전할 겁니다. 우리 모두 고향에서 멀리 떨어진 곳에 와 있습니다, 마르스 경. 모두 우리 별로 돌아가야죠."

"고맙습니다, 로르 함장. 제 계획도 그와 다르지 않습니다."

"좋습니다." 로르는 말했다. "특별히 멍청한 분으로 보이지는 않습니다만, 혹시 모르니."

마르스는 이 말에 씩 웃었다.

로르는 스크린 쪽으로 고갯짓을 했다. "구조물을 육안으로 검사하는 과정이 두 시간 뒤에 끝나면, 그쪽 팀 차례입니다. 달라시슬라는 동력이 없는 상태이기 때문에, 아마 동체 표면의 접근 포트를 통해 들어가셔야 할 겁니다."

마르스는 고개를 끄덕였다. "그럴 계획이었습니다. 황실 문서 보관소에서 구조물 설계도를 입수했습니다. 그리로 들어가야 한다는 것은 알고 있었어요. 접근 포트로 들어가는 것이 가능하다면, 컴퓨터 네트워크가 있는 통제실까지는 그리 멀지 않습니다."

"아직도 이 시스템에 전원을 넣을 수 있다고 생각하십니까?"

"사실, 아니요. 800년은 긴 시간이지요. 하지만 시도는 해 볼 만합니다. 어쨌든 그렇게 되면 시간이 많이 절약될 겁니다. 많은 의문도 풀릴 거고요."

"저는 이곳의 마지막 순간을 기록한 녹음을 들었습니다." 로르는 말했다. "폐허가 아닌 곳이 있다면 놀랍겠지요."

"그렇습니다." 마르스도 플로우 시스템이 붕괴한 몇 년 뒤, 달라시슬라에서 전송된 마지막 전파의 녹취록을 읽고 녹음을 들었다. 짧은 녹음은 그저 죽음, 질병, 폭군, 파괴뿐이었다. 긴 녹음을 들고 나니 도대체 사람들은 어디가 잘못되었던 걸까 하는 의문으로 밤잠을 이룰 수가 없었다.

그 대답은 아마도 간단할 것이다. 무슨 짓을 해 봐도 운명은 정해져 있다는 것을 알게 되면, 보통 장기적인 의사결정 능력이 곧장 증발해 버린다. 마르스는 그들을 탓할 수 없었지만, 상호의존 성단 전체가 달라시슬라와 같은 운명에 처해 있다는 현실 앞에서 다른 선택지를 찾을 수밖에 없었다.

로르는 마르스의 등에 손을 얹었다. "팀원들을 준비시키세요. 그리고 마르스 경."

"네?"

"저기서 뭔가 좋은 것을 찾기를 바랍니다. 우리 모두를 구할 수 있을 무언가를."

△ △ △

달라시슬라는 죽은 상태였고, 정착지의 동체 표면에 설치된 에어록을 여는 모든 메커니즘 역시 마찬가지였다. 에어록을 여는 데는 해병대 기계반 개미스 이등병 같은 사람의 시간과 노력이 필요했다. 브랜시드 호에는 필요한 공구가 있었지만 — 필요할지도 모른다는 것을 알고 있었기에 챙겨왔다 — 로르의 부하들은 목표 지점 근처에서 이미 열려 있는 출입용 에어록 하나를 발견했다. 갑자기 마르스와 그의 팀의 걱정거리가 하나 줄어든 셈이었다.

"너무 좋아하지 마십시오." 마르스와 나머지 임무 팀과 함께 우주복을 갈아입으며, 셰릴 병장이 말했다. "이건 에어록 안쪽에 닫힌 격벽이 한 겹 있다는 이야기에 불과합니다. 네트워크 통제실까지는 갈 길이 멉니다."

최신 디자인과 기술로 제작된 우주복은 가볍고 신축성이 좋았다. 구멍이 생기거나 찢어져서 진공이 형성될 위험도 없고, 발에는 자기장이 있고, 산소통을 평균 15시간 동안 사용할 수 있을 정도로 효율적인 산소 공급 장치가 장착되어 있었다. 이 우주복을 입고 있으면 안심할 수 있지만, 물론 그것도 한계는 있었다. 마르스는 우주복이 문제가 될 정도로 임무가 오래 걸리지 않기를 바랄 뿐이었다. 헬멧에는 완전 녹화 시스템이 달려 있었다. 우주복 안에서 듣고 보는 모든 것이 기록된다.

이 임무의 탐사 팀은 소규모였다. 마르스와 해군 컴퓨터 과학자이자 달라시슬라 같은 곳에서 사용하던 고대 컴퓨팅 시스템을 전공한 역사가 제네티 핸튼, 셰릴 병장, 이등병 개미스와 이등병 라이튼. 아무도 이번 출동에서 네트워크 통제실까지 갈 수 있을 거라고 생각하지 않았다. 이번 출동은 주로 격벽을 뚫고 통제실까지 접근하는 통로를 확보하는 것이었다.

그런데 지난 800년 사이 누가 이 일을 먼저 해 놓은 것 같았다.

"이걸 보십시오." 개미스가 말했다. 우주복 차림의 정찰 팀은 이등병이 내려놓은 디스플레이 주위에 모였다. 개미스는 디스플레이를 확인하며 에어록 안쪽 공간으로 드론을 진입시키고 있었다. 드론의 시야를 통해 입구 너머 정착지 저 안쪽에 설치된 격벽들이 모두 위나 밖으로 억지로 잡아당겨 열려 있거나 완전히 파괴되어 있는 광경이 들어왔다.

"누가 정말 들어가고 싶었던 모양인데." 핸슨이 말했다.

"나오고 싶었거나." 라이튼이 말했다.

"얼마나 멀리 들어갈 수 있지?" 셰릴은 개미스에게 물었다.

개미스는 잠시 멈추고 드론이 들어가 있는 달라시슬라 이쪽 구역 삼차원 지도를 불러 드론의 시야 디스플레이 옆에 띄웠다. "드론 위치는 여깁니다." 개미스는 지도에서 복도를 가리켰다. "우리 목적지는 여기, 거리는 약 1킬로미터 반입니다." 개미스는 드론으로 돌아가서 앞으로 전진시키고 복도를 확대해서 살펴보았다. "솔직히 병장님, 처음 지나온 격벽 몇 개 뒤에는 죽 직선입니다. 달라시슬라의 이 구역은 기압 손실로 봉쇄되었던 것 같지 않습니다."

"그렇다면 이 구역에서 공기가 빠져나가기 전에 달라시슬라가 동력을 잃었다는 이야기군."

"아마도요." 개미스는 계속 드론을 조종했다. 드론의 시야는 빛의 파장 몇 개를 — 일반적인 인간의 시력 범위 위, 아래, 그 사이를 — 합친 흑백 화면이었다. "혹은 오작동이 있었을 수도 있고요, 그 외에도 수백 가지가 넘는 다른 원인이 있을 수 있습니다. 앗." 개미스는 공중에 떠다니는 잔해를 피해 드론을 옆으로 움직였다. "자동 충돌 감지 기능을 설치할 걸 그랬군요."

"중력도 없군요." 마르스가 말했다.

"네, 없을 겁니다. 안 그렇습니까?" 개미스가 말했다. "정착지는 더 이상 회전하지 않습니다."

"이 시점에는 한쪽 방향만 바라보고 있다는 말이 옳겠지요."

"음, 네, 그렇지요. 기술적으로 말하자면."

"시체도 없군." 셰릴이 말했다.

"네, 병장님?" 개미스는 상관을 돌아보았다.

셰릴은 모니터를 가리켰다. "구조물 안쪽으로 1킬로미터는 들어왔는데, 아직 시체를 전혀 보지 못했어."

"여기는 아직 서비스 구역입니다, 병장님. 동체 구조 자체를 손볼 일이 있을 때만 사람이 내려오는 곳입니다. 시체가 있다면, 대부분 거주 구역에 있을 것 같습니다."

"그래도 이상해."

"저는 800년 된 미라부터 보지 않아도 돼서 좋은데요." 개미스는 드론을 좀 더 조종하다가 문간에서 멈췄다. "여깁니다. 달라시슬라의 네트워크 통제실입니다. 아니, 그중 하나요. 우리는 그냥 자기장 부츠를 신고 천천히 걸어 들어가면 됩니다."

"격벽을 뚫는 공구는 괜히 가져왔군." 셰릴이 말했다.

"쓸모가 없지는 않을 겁니다." 개미스가 대답했다. "이건 정착지의 작은 한 구역일 뿐입니다. 다른 구역은 아마 봉쇄되어 있을 겁니다. 두고 봐야죠. 하지만 일단 이 단계는 운이 좋습니다."

"음, 실컷 즐겨." 핸튼이 말했다. "내부에 진입하면, 내가 네트워크 센터의 동력을 일부라도 회복할 수 있는지 점검하지. 행운을 벌써 다 써 버린 건지도 몰라."

△△△

마르스는 우주복이 마음에 들지 않았다. 헬멧을 쓰자마자 코가 간지럽기 시작했고, 무의식적으로 코를 긁으려다가 헬멧에 세 번이나 손가락을 부딪혔다. 세 번째로 손을 부딪힌 뒤 갑갑해서 한숨을 쉬자, 핸튼이 통신 회로 너머에서 그 소리를 들었다.

"곧 익숙해질 겁니다." 핸튼이 말했다.

"저도 그랬으면 좋겠습니다." 마르스는 짜증스럽게 말했다.

개미스가 예상했듯이, 네트워크 통제실까지 걷는 속도는 느렸다. 우주복 발에 붙은 자기장 덕분에 일행은 갑판에서 떨어지지 않았지만, 그래도 혹시 한 사람이라도 헛디뎌 허공으로 날아갈까 봐 서로 몸을 묶어 연결한 상태였다. 캄캄한 공간에서 헬멧에 붙은 램프에 의지한 채 자석으로 바닥에 붙어 조심스럽게 걸으려니 힘들었다. 통제실 문에 도착했을 때쯤에는 마라톤을 완주한 기분이었다.

"보십시오, 이게 필요했다니까요." 개미스는 들고 온 장비함에서 문을 벌리는 하드웨어를 꺼냈다. 중력이 없어서 개미스와 라이튼 두 사람이 나르기는 편했지만, 사용하는 것은 힘들었다. 관성 때문에 공구가 제멋대로 튀었다.

개미스와 라이튼은 문 벌리는 공구를 제자리에 놓았다. 밀폐된 해치가 마법처럼 열렸다. 열리는 순간 끼익 하는 소리가 들려 마르스는 깜짝 놀랐지만, 이내 발을 통해 들리는 소리라는 것을 깨달았다. 소리는 바닥을 따라 전달되어 우주복 안으로 들어왔다.

통제실 안으로 들어가는데, 문에 난 자국이 눈에 띄었다. 개미스 이등병에게 자국을 가리키니, 그는 고개를 끄덕였다. "전에 먼저 시도한 사람들이 있습니다."

"얼마나 오래된 자국인지 알 수 있을까요?" 마르스는 물었다.

"아니요." 개미스는 대답했다. "500년 전일 수도 있고, 지난 주일 수도 있습니다. 하지만 아마 지난 주는 아니겠지요."

통제실 안에서 다들 서로를 묶은 줄을 풀었다. 라이튼이 천장을 향해 뭔가 던지자, 갑자기 통제실이 환한 빛으로 가득 차고 그림자가 광원을 중심으로 뻗어 나갔다.

"빛이 있으라." 그녀는 핸튼을 돌아보았다. "여섯 시간 정도 유지됩니다."

"충분해." 핸튼은 장비함으로 가서 작은 컴퓨터 모듈과 휴대용 키보드, 작은 큐브 전원을 꺼냈다. 그는 전부 다 워크스테이션으로 옮겼다.

"거기 꽂을 전원 코드도 있습니까?" 개미스가 농담을 던졌다.

"필요 없어." 핸튼은 전원 큐브를 켰다. 모니터가 빨간색으로 세 번 반짝이더니 파란 빛으로 고정되었다. "문서 보관소에서 찾아봤어. 여기 워크스테이션에는 인덕션 플레이트가 있어. 여기 전원을 공급하기만 하면 켜져."

"그게 그냥 단말기면, 별 쓸모 없을 텐데요." 라이튼이 말했다.

핸튼은 고개를 저었다. "대체로 단말기로 사용되었지만, 캐시 메모리가 있어. 정착지에서는 여분을 좋아하기 때문에, 용량도 상당히 넉넉해. 주 컴퓨터 시스템이 꺼진다 해도, 주 운영 체제는 이런 단말기들에 들어 있는 정보로 기본적인 기능을 유지할 수 있어. 최소한 주 컴퓨터 시스템을 복구할 때까지."

"한데 우리가 시스템에 들어갈 수 있습니까." 개미스가 말했다.

핸튼은 자기가 가져 온 컴퓨터 모듈을 두드렸다. "전원만 켜진다면, 여기 몇 가지 장난감이 있어. 800년 된 보안 장치가 현대의 크래킹 기법을 대적하는 거야. 상당히 유익한 시간이 되겠지."

"만약 안 된다면?" 마르스가 물었다.

"여기 다른 워크스테이션도 많으니까요."

마르스는 고개를 끄덕이고 통제실을 둘러보았다. 넓은 원형이었고, 불을 밝히자 날카로운 그림자가 드리워서 약간 음산한 분위기였다. 곡선을 그리는 한쪽 벽에는 창문 하나와 다른 방으로 통하는 문간이 있었고, 문간 너머에는 검은 철제 상자가 줄줄이 고요하게 놓여 있었다. 정착지의 프로세싱 핵심, 혹은 그중 하나일 것이다. 워크스테이션은 물론이고, 이 정도 크기의 정착지라면 이런 방이 여러 군데 있을 수 있다. 여분의 시스템이 많아야 생명을 살릴 수 있다.

적어도 한동안은. 정착지의 다른 모든 것들도 그렇겠지만, 이 검은 상자 안의 컴퓨터 역시 유통기한이 한참 지났을 것이다. 작동시키려면 핸튼이 가져 온 전원 큐브 이상이 필요할 것이다.

동력 시스템 작동이 중지되었을 때 달라시슬라는 어떠했을까. 정착지는 여러 원자로와 태양열에서 동력을 공급받았다. 이런 발전 시스템 역시 다른 시스템과 마찬가지로 기계적 고장이 발생할 수 있고, 동력 전달망도 마찬가지다. 잘못될 수 있는 방법은 수없이 많다. 마르스는 시스템을 유지하는 지식 기반이 사라지기 전에 시스템이 먼저 죽었을 거라고 생각했지만, 확신하기는 어려웠다.

세상이 무너지고 있으면, 과학자들이 희생양이 되기 마련이다.

"아, 그렇지." 핸튼이 말했다. "깨어난다." 마르스는 돌아보았다. 워크스테이션이 살아나서 진단 화면이 부팅되고 있었다.

"놀랍군요." 개미스가 말했다.

"시스템은 대체로 고체 상태 부품이야." 핸튼은 메뉴를 훑어보았다. "대부분 안정 상태의 재료로 만들어져 있지. 일반 소비자용이 아니라 산업용. 정착지를 건설할 때는 겉보기에 그럴듯한 것보다 튼튼한 걸 써야지."

"그렇겠지요. 하지만 800년 동안이나."

"우린 운이 대단히 좋은 거야." 핸튼도 동의했다. "하지만 그 행운의 일부는 설계에서 나왔어. 자, 여기." 그는 탭 하나를 활성화했다. 기억 장치 구조가 떴다. "로컬 데이터 파일 전부. 가상 환경에서 열어 볼 수 있도록 지금 내 컴퓨터로 복사하고 있어."

"그 안에 뭐가 있지?" 셰릴 병장이 물었다.

"아주 많아요." 핸튼이 말했다. "뭘 원하십니까?"

셰릴은 마르스를 돌아보았다. "지휘하십시오, 마르스 경."

마르스는 생각해 보았다. "달라시슬라가 언제 동력을 잃었는지 알고 싶습니다. 같은 환경에 처한 다른 정착지에 어떤 상황이 발생할지 예측하는 데 도움이 될 겁니다."

핸튼은 고개를 끄덕였다. "여기 접속 로그 파일이 있습니다."

"워크스테이션 접속만?"

"그 기록도 있습니다, 네. 그리고 이 통제실 전체에 대한 접속 기록 같은 것도 있군요. 이게 관리자 워크스테이션이었던 모양입니다."

"그럼 이 안에 전부 있겠군요?"

"전원만 연결된다면, 네."

"열어 보시죠."

핸튼은 파일을 열었다. "음." 그는 1분 뒤 말했다.

"뭡니까?" 마르스는 물었다.

"말씀드린다 해도 안 믿으실 것 같습니다만." 핸튼이 말했다.

"해 보세요."

"이해하기 쉽게 정렬을 바꿔 보죠." 핸튼은 잠시 키보드를 두드리다가 마르스를 스크린 쪽으로 불렀다. "방금 이 데이터를 스프레드시트에 입력했습니다. 연도별로 로그인 횟수를 합산해 주죠. 자, 이게 플로우가 붕괴하기 바로 전년도입니다. 매일같이 사람들이 접속했을 테니 로그인 기록이 수천 건 있지요. 이건 붕괴한 해, 비슷합니다. 그다음 해도. 이후 20년간을 죽 살펴보면 로그인 횟수는 점점 줄어듭니다. 무슨 일이 벌어졌는지는 몰라도, 상당히 심각한 상황이었겠죠. 23년 뒤, 모든 것이 정지합니다. 정말 심각한 일이 벌어진 게 언제인지 궁금하시다면, 이게 바로 그해입니다."

"23년이라면 그리 긴 기간이 아닌데." 셰릴이 말했다.

"아니죠." 핸튼이 말했다. 그는 계속 스크롤했다. "자, 이게 과연 전부인가. 아니, 50년 뒤를 보십시오." 그는 로그인 기록을 가리켰다.

"누군가 살아 있군요." 마르스가 말했다.

"한 명 이상인 것 같습니다. 자, 여길 보세요." 핸튼은 스크롤을 계속 내렸다. "300년 전까지 몇 년에 한 번씩 로그인 기록이 있습니다. 그러다 여기." 이후 20년 동안 로그인 기록은 대단히 많았다. "누군가 달라시슬라의 시스템을 온라인으로 살린 겁니다. 최소한 그중 일부 시스템이라도."

"일시적으로요." 마르스가 말했다.

"20년은 일시적이라기에는 상당히 긴 기간이지만." 핸튼은 말했다. "그러다 그 20년이 지나고, 같은 일이 벌어집니다. 로그인 기록은 줄어들고 다시 정지합니다. 이번에는 7년 뒤에."

마르스는 다시 스크린을 주시했다. "하지만 완전히 정지한 건 아니군요."

"네." 핸튼은 동의했다. "다시 몇 년에 한 번씩이요, 거의 300년 동안에." 그는 계속 스크롤했다. "여기. 여기. 여기. 그리고 계속됩니다."

"언제까지요?" 개미스가 물었다.

"30년 전까지." 핸튼이 말했다. "이것이 마지막 로그인입니다. 누군가 바로 이 통제실에 마지막으로 들어온 시점이지요."

"그런데, 이게 어떻게 가능할까요?" 라이튼이 물었다. "이곳은 돌멩이처럼 차갑게 죽은 상태인데."

"나도 어떻게 가능한지는 알 길이 없어." 핸튼이 말했다. "그냥 파일의 기록을 읽고 있을 뿐이야. 하지만 컴퓨터 시스템이 완전히 망가지지 않은 이유는 알 수 있어. 부팅을 할 때마다 진단 프로그램을 가동해서 시간이 흐르면서 생기는 소소한 문제들을 처리한 거야." 그는 워크스테이션을 가리켰다. "지금도 하고 있습니다."

"그럼 달라시슬라는 살아 있군요." 마르스는 말했다.

"달라시슬라는, 아닙니다." 핸튼이 말했다. "라이튼 말이 맞아요. 여기는 죽었습니다. 여기 온 사람은 아마 이 정착지에 있는 자원을 사용하는 데 컴퓨터 시스템의 도움을 받았을 겁니다. 그러나 누군가 우주의 이 인근에 아직 살아 있어요. 아니, 살아 있었습니다. 30년 전까지."

마르스의 귀에 목소리가 들렸다. 브랜시드 호에 남아 있는 로이놀드였다. "마르스, 거기 있어?"

마르스는 핸튼과 워크스테이션에서 물러나 로이놀드의 목소리를 더 똑똑히 듣기 위해 귀에 손을 댔다. 이번에도 헬멧이 거추장스러웠다. "듣고 있어. 달라시슬라에서 아주 흥미로운 사실을 발견했어, 하티드."

"시스템에 누군가 살아 있다는 증거를 발견한 거지?"

"그래, 맞아." 마르스는 말했다. "어떻게 알았어?"

"로르 함장이 승무원들을 시켜 인근에 소규모 정착지들이 있는지 수색했어."

"찾았어?"

"많았어. 서른 곳 정도."

"그리고?"

"모두 달라시슬라처럼 죽은 상태였어. 달라시슬라처럼 차갑게 식은 상태. 나머지 우주 공간과 같은 온도였고."

"그래." 마르스는 어리둥절했다.

"그런데 다른 게 있었어. 정확히 말하면 정착지가 아니야. 테너라고 하는 쪽이 가까워."

"우주선이군."

"맞아." 로이놀드는 말했다. "그 테너가 문제야, 마르스. 그건 따뜻해."

## 13장

"이건 화해의 선물." 세니아 펀다펠로난은 회의 약속으로 키바 라고스의 사무실에 들어서며 말했다. 그녀는 책상 위로 키바에게 물건 하나를 건넸다. 키바는 받아 들었다. 금갈색 토파즈 보석이 박힌 녹슨 은 세선 세공 팔찌였다.

"말하지 마." 키바는 말했다. "어디 장터에 가서 활쏘기 상을 받았군. 이 팔찌와 봉제 코끼리 인형 둘 중에서 골랐겠지."

"고른 건 아니야. 코끼리는 내가 가지고 있어."

"그래, 근데 이건 왜 나한테?" 키바는 팔찌를 책상에 내려놓으며 물었다. "황제와 면담한 뒤로 날 만나지 않았다고 당신에게 화난 거 아니야. 우린 데이트를 한 게 아니잖아."

"이건 내가 보내는 게 아니야." 펀다펠로난이 말했다. "노하마 페탄 백작의 선물이야. 테라툼은 토파즈로 유명해. 사람들이 잘 모르긴 하지. 노하마페탄 가문의 독점 분야가 옥수수와 쌀이고, 호악 가문은 자기들이 판매하는 토파즈가 어디서 왔는지 말하지 않으니까."

"그래서 백작이 내게 이 선물을 왜 보내는 거라고? 소문을 듣자 하니, 백작은 내가 몹시 싫으신 모양이던데."

"백작은 당신을 믿고 있어. 단지 첫 단추를 잘못 뀐 것뿐이야. 마침 따님이 돌아가시는 사고도 있었으니, 관계를 재정립할 시기가 아닌가 생각하시는 것 같아." 펀다펠로난은 팔찌를 가리켰다.

"팔찌는 마음의 징표야. 물질적으로는 미미하지만 — 기껏해야 1000마크 정도 될까 — 나다쉬가 어릴 때 쓰던 물건이야. 백작은 두 분 관계의 새로운 출발을 바라는 자신의 마음을 당신이 부디 믿어 주기를 바라고 있어."

"흠." 키바는 팔찌를 다시 집어 들고 들여다보았다. 물건은 훌륭했다. "당신이 백작에게 제안한 거지?"

"왜 그렇게 생각하지?"

"당신이 노하마페탄 백작을 만나 본 적이 있는지 없는지는 모르겠지만, 악어만큼이나 감정이 메마른 분이잖아. 그 사람이 자기 딸 생각에 마음이 약해져서 이 물건으로 다친 영혼을 치유하는 전령사 노릇을 해 달라고 당신을 여기로 보냈을 리가 없지."

"당신은 백작을 과소평가하는 것 같은데."

"그럴 리가."

"인간 영혼이 완벽할 수 있다는 사실을 믿지 않는군."

"애당초 영혼이란 게 있는 사람이라야 완벽하게 가꾸지."

"심술궂군, 키바 라고스." 펀다펠로난은 말했다.

키바는 어깨를 으쓱했다.

"백작에게 당신이 선물을 거절했다고 전해야 할까?"

"그래. 날 미워할 이유를 백작에게 한 가지 더 드리게 됐군, 어쩌지."

펀다펠로난은 미소 지었다. "그럼 백작에게는 당신이 기쁘게 받고 감사인사를 전해 달라고 했다고 말하지."

"그래, 내가 할 법한 말이야."

"백작님이 팔찌를 선물로 보냈다는 말이 백작다웠듯이."

"당신 제안이었지?"

"팔찌가 당신에게 어울릴 것 같다고 한마디 했을 수는 있겠지."

"왜 그랬을까. 난 장신구를 잘 두르지 않는데."

"당신이 그 팔찌를 찬 모습을 내가 보고 싶어서."

키바는 팔찌를 찼다. "어때?"

"나쁘지 않아." 펀다펠로난은 잠시 후 말했다.

"좋아." 키바는 팔찌를 벗고 다시 탁자 위에 올려놓았다. "선물을 주고받는 감상적인 의식이 끝났으니, 이제 본론으로 들어가. 빨리 싫다고 대답하고 각자 일상으로 돌아갈 수 있도록."

"백작은 여기 허브 시스템 내의 노하마페탄 사업 관리자 직책을 다시 생각해 달라고 부탁했어."

"좋아."

"정말?"

"그럼." 키바는 대꾸하고 머릿속으로 숫자를 1까지 세었다.

"자, 다시 생각했어. 백작의 부탁에 대한 내 답은 '개소리 마'야. 이미 난 백작에게 한 번 거절했어. 백작은 이 건을 황제한테 가져가서 거절당했고. 황제는 거절했을 뿐만 아니라, 내가 계속 경영자로서 시스템 내 사업 관행을 조사할 수 있도록 노하마페탄 가문에게 전폭적으로 협조하라고 분명하게 말했어. 그건 그렇고, 그협조는 아직 내가 받은 바가 없는데 슬슬 열 받기 시작하는군."

"그 문제는 내가 백작에게 전달하지."

"그렇게 해. 내가 개소리 말라고 했다는 부분도 빠뜨리지 말고전해. 표현 자체를 정확히 전달하라고. 그리고 당신이나 백작 중누구라도 이 사무실에 다시 찾아와서 말 그대로 전 우주의 지배자가 내게 맡긴 일을 그만두라고 귀찮게 굴면, 그때는 정말 열 받을거라는 점도 전해."

펀다펠로난은 눈을 깜빡였다. "지금은 열 받은 게 아니고?"

"당신은 내가 열 받은 걸 아직 못 봤어."

"기억해 두지."

"백작도 마찬가지야. 그리고 백작이 날 열 받게 하면, 이 따위우정팔찌 아무리 갖고 와 봤자 도움이 안 될 거야."

"그 입장을 다시 생각할 만한 이유는 전혀 없고?"

키바는 고개를 갸우뚱했다. "또 뇌물 이야기를 하려고?"

펀다펠로난은 두 손을 펼쳤다. "돌아가서 할 수 있는 방법은 다써 봤다고 보고해야 하니까."

"또 뭐가 있지?"

"그게 다야."

"정말이야? 아직 은근한 협박까지 가지도 않았는데."

"은근한 협박은 없어."

"백작이 상태가 안 좋군."

"자제의 죽음을 애도하고 계시는 중이니까. 올해 두 번째로."

"그랬던가." 키바는 다시 팔찌에 시선을 두었다가 펀다펠로난을 바라보았다. "나중에는 뭐할 거야?"

"바빠."

"그 뒤에는?"

"난 항상 바빠."

"당신이 그렇게까지 바쁘지는 않다는 걸 내가 아는데."

"무슨 말을 하려는 거야?"

"놀러 오라고."

"내가 당신을 피하고 있는 건 아닐까."

"그게 잘 안 되는 모양이지. 내 사무실까지 찾아온 걸 보니."

"난 업무 중이잖아."

"선물을 가지고."

"다른 사람이 준 거야."

"당신이 고른 거지."

"맞아."

"나중에 내 집으로 와. 당신을 위해 차고 있을 테니까. 다른 건 별로 안 두르고."

"좋아."

"그런데 당신은 왜 그 사악한 인간들을 위해 일하는 거야?" 이후 평균보다 나은 섹스를 끝낸 뒤 침대에 누운 채, 키바는 펀다펠로난에게 물었다.

펀다펠로난은 짜증스러운 얼굴로 키바를 돌아보았다. "노하마페탄 가문은 사악하지 않아."

"최근 일어난 시사적인 사건에 대해 일깨워 드려야 하나."

"좋아." 펀다펠로난은 말했다. "노하마페탄 가문의 몇몇 사람들은 사악할 수도 있겠지."

"형제 살해, 살인, 암살 기도, 횡령. 의심스러운 남자 취향. 한 명만 예를 들어도 이 정도야."

"사악해. 그래, 사악했어."

"어쨌든 사악하지. 죽었을 뿐."

"난 그녀를 위해 일하지도 않았어."

"당신은 그녀의 어머니를 위해 일하지. 그녀가 그 사악함을 어디서 물려받았을 것 같나?"

"난 엄밀하게 말해 백작을 위해 일하는 것도 아니야. 난 가문을 위해 일해."

"그 가문을 운영하는 사람이 백작, 당신 상관, 그녀의 가족이잖아. 거리를 두려고 애쓰는구만."

"나는 변호사야. 그게 내 직업이라고. 이봐, 키바. 난 노하마페탄 가문의 개별 구성원들이 완벽한 천사라거나, 심지어 품위 있는 인간이라고 강변하려는 건 아니야. 하지만 난 가문을 위해 일해. 일상적인 차원에서 노하마페탄 가문은 그럭저럭 평균적으로 품위를 지키는 귀족 집안이야."

"글쎄올시다."

펀다펠로난은 팔꿈치를 괴고 몸을 일으켰다. "그럼 라고스 가문은 어떨까, 음? 내가 당신을 만나기 전에 당신 가문에 대해 작은, 어떻게 말하는 게 좋을까, 뒷조사를 했다는 것 정도야 놀라운 일은 아닐 거야. 라고스 가문이 고질적으로 위반하고 있는 노동법과 안전 관련 법규에 대해 잠시 알려 드릴까? 고작 지난 2년 동안 라고스 가문이 부정 관행으로 길드에 소환된 게 몇 번이더라? 라고스 가문이 '분쟁 해결'이라는 항목으로 따로 분류해 놓고 있는 연간 예산이 몇 마크였지? 당신들은 배상금 항목을 예산에 따로 만들어 놓고, 비용이 3년 연속 그 예산을 초과하는데도 관행을 바꾸지 않고 있지. 그런데 이제 당신도 그렇게 해야 할 거야."

"노하마페탄 가문에 대해 같은 뒷조사를 하면 나도 비슷한 위반 내역 정도는 알아낼 수 있어."

"바로 그게 내가 말하려는 요점이야." 펀다펠로난은 말했다. "가문은 사업이야. 대변인이 필요해. 완벽하지는 않지만, 오로지 악도 아니라고."

"하지만 당신 보스는 맞아."

"격렬한 내전에서 도망치는 난민을 우주선에 태워 주는 대가로 수백만 마크를 받아냈던 여자가 하시는 말씀이라 너무 찔리는데."

키바는 새삼 그녀를 돌아보았다. "이야, 뒷조사 잘했네."

"왜 그랬어?"

"돈이 필요했으니까."

펀다펠로난은 씩 웃고 키바 위로 몸을 굴렸다. "그것 봐, 진정한 사악함이란 그런 거라고, 키바 라고스."

"한데 당신은 여기 나랑 같이 있잖아."

펀다펠로난은 키바를 깔고 일어나 앉았다. "내가 나쁜 사람들을 좋아하나 보지." 그녀는 키바의 손목을 잡고 은과 토파즈 팔찌를 빼내 자기 손목에 꼈다. 그리고 손을 들어 살펴보았다.

"당신한테 어울려." 키바가 말했다.

"내 피부색과 어울리네." 펀다펠로난도 동의했다. 순간 그녀의 몸은 침대 옆으로 획 날아갔다.

△ △ △

"이봐." 몇 시간 뒤, 키바가 말했다.

펀다펠로난은 쿨럭거리면서 뭐라 말하려 했지만, 키바는 그녀의 손을 움직였다. "힘들이지 마. 목에 관을 삽입했어. 지금은 호흡기 전체가 망가진 상태야. 나머지 부분도 마찬가지고. 당신은 총에 맞았어. 내 침대에서."

그녀는 눈을 커다랗게 뜨고 필사적으로 주위를 두리번거렸다.

"진정해, 진정. 진정하라고." 키바가 말했다. "당신은 괜찮아. 안전해. 아니, 괜찮지는 않아. 여러 번 거의 죽다가 살아났으니까. 하지만 지금 죽지는 않아. 그리고 안전해. 내가 도움을 청했어."

키바는 손을 들어 주위를 한번 쓸었다. "브라이튼 궁의 황제 개인 병원에 온 걸 환영해."

편다펠로난의 커다랗게 뜬 눈이 거의 접시처럼 휘둥그렇게 변했다.

"걱정 마. 돈은 내가 내니까."

이 말에 편다펠로난의 눈은 약간 줄어들었다.

"무슨 일이 있었는지 설명해 주지." 키바가 말했다. "당신은 가슴에 총을 맞았어. 총알은 몸을 뚫고 나와서 미닫이 유리문에 맞았고. 내 집은 17층이니까, 이건 우연한 사고일 리가 없겠지. 아마도 나를 쏘려다가 대신 당신을 쏜 것 같아. 당신이 죽기를 바라는 사람보다는 내가 죽기를 바라는 사람이 많을 테니까, 당신 상관을 포함해서. 당신이 듣기에도 그럴 가능성이 높겠지?"

편다펠로난은 보일락 말락 고개를 끄덕였다.

"오늘 밤 날 만난다고 노하마페탄 가문의 누구에게라도 말한 적 있나?"

편다펠로난은 이 말에 가만히 키바의 얼굴만 바라보았다.

"당신에게 화나지 않았어, 세니아. 당신이 날 일부러 함정에 빠뜨렸다고 생각하지는 않아. 하지만 날 만난다는 이야기를 노하마페탄 가문의 누구에게라도 했다면, 내가 알고 있어야겠어."

편다펠로난은 고개를 끄덕였다.

"당신이 준 팔찌를 내가 차겠다고 했다고 누구에게 말했나?"

다시 끄덕.

키바는 미소 지었다. "그래서 당신이 꾸민 일이 아니라는 걸 안다는 거야. 당신이 계획에 가담했다면, 그 팔찌를 자진해서 찼을 리가 없지. 난 죽었을 거고. 당신은 오늘 밤 내 목숨을 구했어, 세니아. 나 대신 총알을 맞은 거야."

펀다펠로난의 눈이 가늘어졌다.

"그래, 알아. 당신은 반대 결과를 원했겠지. 그래도 어쨌든 고마워. 내 집에서 죽지 않아 준 것도 고맙고. 당신을 좋아하거나 해서 이런 말을 하는 게 아니야. 누가 내 집에서 살해당하면 부동산 가격에 그리 좋지 않으니까."

눈은 다시 돌아왔다.

"너무 빠른데. 좋아. 됐어. 음, 이렇게 하면 어떨까. 첫째, 당신은 그 직장을 그만둬야 해. 사악한 당신 상관이 당신을 총으로 쏘았을 가능성이 농후하니까. 그래, 백작이 날 겨냥했다는 건 아는데, 당신이 같이 있는 자리에서 날 저격했다는 건 당신이 같이 죽는 상황이나 내 머리가 터지는 꼴을 당신 눈으로 보게 되는 상황이 백작에게는 아무렇지도 않았다는 뜻이야. 둘째, 노하마페탄 가문의 일을 그만둔다면, 라고스 가문에서 새 일자리를 주지. 그래, 노동 관행이 그리 깨끗하진 않지. 당신이 그걸 바로잡도록 도와주든가. 셋째, 당신이 무슨 일을 하든, 이것보다는 나은 대접을 받을 가치가 있다는 걸 기억해. 넷째, 당신은 아직 내 화난 모습을 본 적이 없다고 내가 말한 적 있지?"

펀다펠로난은 고개를 끄덕였다.

"음, 이제 보게 될 거야."

△△△

키바는 노하마페탄 백작의 비서실장 틴다 루엔틴투의 코를 간질였다. 루엔틴투는 자다가 쿵쿵거리며 코를 손으로 때리더니 옆으로 돌아누웠다.

키바는 이 쓰레기가 가볍게 코를 고는 모습을 잠시 더 지켜보았다. 그러다 루엔틴투의 호텔방 욕실로 가서, 방금 그리 윤리적이지 못한 호텔 부지배인에게 어마어마한 돈을 지불하고 얻은 만능 객실 열쇠를 내려놓고, 세면대에서 밀봉한 유리잔의 포장을 뜯고, 물을 잔에 채우고, 다시 침대로 돌아와 루엔틴투의 귀와 얼굴에 물을 끼얹었다. 잠에서 깬 루엔틴투는 물을 뱉으며 정신을 차렸다.

"아, 잘됐군. 이제 깼어." 키바는 말했다. "안녕, 나는 키바라고 스야." 그녀는 루엔틴투의 얼굴을 주먹으로 가격했다.

우지직 소리가 나면서, 루엔틴투의 코에서 피가 터졌다. 그녀는 헉 하며 손을 얼굴에 갖다댔다. 손가락에 피가 묻어났다. 그녀는 키바를 올려다보며 물었다. "왜?" 키바가 오른손으로 다시 코를 대뜸 때리자, 그녀는 다시 비명을 질렀다.

"이런, 미안해. 질문이 있었나?" 키바는 물었다. 그녀는 찡그리며 손을 털었다. 방금 이 나쁜 년의 코를 때리다가 손가락 하나가 부러진 것 같았지만, 그런 내색을 해서 상대에게 만족감을 주고 싶지 않았다. 키바는 손을 다시 위로 올리고 가격할 준비를 했다. "어디 해 봐. 질문 다시 해 보라고. 더러운 똥덩어리 같으니."

루엔틴투는 입을 다물었다. 그러자 키바는 다시 주먹으로 얼굴을 때렸다. 루엔틴투는 베개 위에 쓰러졌다. 사방이 피투성이였고, 부러진 코에서 호흡이 씩씩거리며 새어나왔다.

"이제 인사를 끝냈으니, 내가 왜 여기 왔는지 설명하도록 하지." 키바는 말했다. "오늘 밤 내 친구가 ─ 당신 상관의 부하 직원이기도 해, 이 쓰레기야 ─ 내 눈앞에서 저격당했어. 내 몸 위에 올라타고 멋진 장신구를 선보이고 있다가, 눈 깜짝할 사이 가슴에 구멍이 나서 2미터 옆 바닥으로 날아갔다고. 목숨을 건진 건 기적이었어."

"무슨 말을 하는지 모르겠어." 루엔틴투는 씩씩거리는 호흡 사이로 말했다.

"어디 개수작을." 키바는 말했다. "난 지금 당장 널 침대에서 끌어내서 발코니 밖으로 밀어 버릴 수도 있어. 그 뒤에 무슨 일이 나한테 생기든 상관 안 해. 그러니 어디 네가 하늘을 날 수 있는지 시험해 보고 싶거든, 무슨 말을 하는지 모르겠다는 개소리 한 번 더 해 보라고."

루엔틴투는 입을 다물었다.

"우리 둘 다 그 총알이 누굴 맞히려던 건지 알고 있어." 키바는 말을 이었다. "그런데 총알은 나 대신 세니아 펀다펠로난이 맞았단 말이야. 음, 좋아. 방금 얼굴을 때린 건 노하마페탄 백작 대신이야. 내 겨냥도 백작 못지않게 형편없지? 차이점이 있다면, 세니아는 그런 대접을 받을 이유가 없었어. 반면 당신은 전혀 다른 이야기고. 노하마페탄 백작이 사고를 치면, 당신이 뒤처리를 한다는 걸 내가 잘 알아.

자, 넌 이렇게 해. 그 망가진 얼굴로 네 상관이 자고 있는 6층 위로 올라가서, 백작을 깨워. 실패했다고 이야기해. 그리고 내일 아침 일찍 날이 밝으면 내가 길드 하우스의 내 사무실로 갈 거라고, 멋진 책상 뒤에 있는 멋진 의자에 앉아 향기로운 차를 마시면서 백작의 사업을 완전히 망쳐 버릴 거라고 전해.

나는 백작의 가문을 네 부러진 코처럼 망치는 데 남은 평생 일 분일초도 빼놓지 않고 모조리 바칠 거다. 그 탐욕스러운 가족에 대해 이미 갖고 있는 정보만으로도 노하마페탄 가문의 독점을 빼앗고 남은 일당들을 하나도 남김없이 감옥에 처박아 버리는 방안을 길드가 심각하게 고민하도록 할 수 있어. 그냥 심심풀이로 돌아다니면서 얻은 정보가 그 정도라고. 내가 진짜 마음을 먹으면 무슨 일이 벌어질지 상상해 봐."

"아니면." 루엔틴투가 말했다.

"뭐?"

"'아니면'이라고 했어." 루엔틴투의 코피는 멎었다. 시트로 얼굴을 닦자, 얼굴도 시트도 엉망이 되었다. "누군가 갑자기 들어와서 협박을 하면, 항상 '아니면'이 따르잖아. '내가 원하는 걸 내놔, 아니면 네 집을 무너뜨리겠다.' 이런 식으로. 당신은 협박을 했어, 레이디 키바. 이제 '아니면' 뒤에 나올 말을 듣고 싶어."

"코는 어때?" 키바는 물었다.

"좀 나아."

키바는 이 말에 고개를 끄덕이고 루엔틴투의 코를 다시 주먹으로 쳤다. 루엔틴투는 다시 침대 머리받이에 무너졌다.

"그게 '아니면'이다." 키바는 말했다. "백작이 알아듣도록 잘 전해. 허브폴에서 꺼지라는 말도 잊지 말고. 우주선 크잖아. 지금부터는 거기서 자라고 해."

# 14장

우주선은 테너 선처럼 컸고, 테너 선 같은 고리를 갖고 있었다. 테너와 달리 고리는 회전하지 않아서, 내부의 사람과 물건들을 벽 안쪽 면에 고정시키는 힘을 발생시키지 않았다. 동체 전체에 조명이 간헐적으로 들어왔다. 우주선의 동력과 시스템이 간헐적으로 작동한다고 추측할 수 있을 것이다. 우주선은 '따뜻'했지만, 주변 우주에 비교할 때의 이야기였다. 고리 한쪽 면을 제외하면, 우주선 전체는 섭씨 0도에서 2도 정도 높은 온도였다.

홍미로운 점은 우주선 자체가 아니라, 그 주위를 둘러싼 물체들이었다. 폭 30미터가 채 되지 않는 작은 원통 모양의 물체 수십 개가 비슷한 물체 하나, 혹은 여럿과 서로 케이블로 연결되어 있었고, 이 물체들은 우주선과 연결된 한 점을 중심으로 회전하고 있었다. 브랜시드 호의 승무원 상황실에서 케이블을 보던 마르스는 그 표면에서 무언가가 움직이고 있는 것을 깨달았다. 기계식 도르래와 연결된 작은 컨테이너였다. 도르래는 원통형 물체 쪽으로 컨테이너를 잡아당겼고, 곧 컨테이너는 원통 안으로 들어갔다.

"이걸 우리가 실제로 보고 있는 게 맞아요?" 컨테이너가 사라지는 것을 보고, 질 시브가 물었다. 그녀는 해군 언어학자로서 인류학 학위도 갖고 있어서, 엠블라드 장군이 이번 임무에 적합하다고 판단한 학자였다.

"그럼요, 보고 있어요." 해군 생물학자 플렌 기센이 대답했다. "우리 눈을 믿느냐 마느냐가 진짜 문제지."

"아니, 어떻게 여기서 사람이 살아 있을 수 있죠?" 시브가 물었다. "플로우가 붕괴된 지 얼마나 지났나요?"

"800년." 로이놀드가 말했다. 그녀는 마르스 옆에 서서 모니터를 보고 있었다.

"어떻게 사람이 저렇게." 시브는 모니터를 가리켰다. "800년 동안 살아 있을 수 있나요?"

"800년 동안 저렇게 살지는 않았을 겁니다." 제네티 핸튼이 말했다. "우리는 30년 전 달라시슬라에 사람이 있었다는 증거를 발견했어요. 이 일대 다른 정착지를 살펴볼 시간이 있다면, 아마 그중 일부에 사람이 살고 있거나 최근 누군가 방문한 흔적을 발견할 수 있을 거예요. 아니, 비교적 최근에."

"그럼 최소한 30년은 인간이 저렇게 살고 있었다는 이야기잖아요." 시브가 말했다.

"그런 것 같습니다." 핸튼이 말했다.

"30년 동안 어떻게 저렇게 살죠?"

"모르죠."

"다른 선택의 여지가 없기 때문에 저렇게 사는 거죠." 로이놀드가 갑갑한 듯 말했다. "당연한 이야기잖아요. 우리가 할 일은 그 이유를 찾는 겁니다. 어떻게 사는지도 알아보고."

"그럼 우리가 저기로 가 볼까요?" 핸튼이 마르스에게 물었다.

마르스는 생물학자 기센을 돌아보았다. "그럴까요?"

"저들이 누구든지, 여기 달라시슬라에서 천 년 가까이 고립되었던 사람들입니다." 기센이 말했다. "저들이 평생 접한 사람의 숫자는 많아야 몇 백 명일 거예요. 많은 수가 아니죠."

"혹시 같은 공기를 마시면, 우리의 질병이 저 사람들에게 감염되어 죽을 수 있다는 뜻이군요." 로이놀드가 말했다.

"그 반대일 수도 있고요. 이 제한된 환경에서 박테리아와 바이러스가 어떻게 돌연변이를 일으켜 진화했는지 모르잖습니까. 그냥 다가가서 끌어안을 수는 없다는 뜻입니다. 서로를 파괴하는 길일 수도 있어요."

"그럼 가지 말자는 데 한 표." 마르스가 말했다.

기센은 고개를 저었다. "그런 뜻이 아닙니다. 가 봐야죠. 저 사람들이 누구건, 이건 과학의 기적입니다. 문명 세계가 멸망한 이후 800년 동안 살아남은 사람들이에요. 이야기를 해 봐야 합니다. 하지만 조심해야 한다는 거죠."

"우주복을 입고 가 보죠." 핸튼이 말했다.

"당신은 굳이 갈 필요 없어요." 시브는 핸튼에게 말했다. "해킹

해야 하는 컴퓨터 시스템은 없잖아요."

"있을 수도 있지요." 핸튼이 대답했다.

로이놀드는 마르스를 돌아보았다. "꼭 가야 하는 사람은?"

"시브와 기센은 꼭 필요합니다." 마르스가 말했다. "머타 엘스한테도 한 번 물어보죠." 그녀는 브랜시드 호의 의사였다. "그리고 로르 함장은 최소한 해병 몇 명을 데려가라고 할 겁니다. 당신도 같이 가도 돼, 하티드."

"왜 내가 가고 싶어할 거라고 생각해?" 로이놀드는 물었다.

"지난번 탐사에는 내가 갔잖아." 마르스가 말했다.

"그 탐사야말로 내가 가야 했지. 내가 사람을 별로 안 좋아하는 거 알잖아."

"미안해."

"괜찮아." 로이놀드는 우주선으로 다시 주의를 돌렸다. "그런데 어떻게 들어갈 거야? 그냥 현관으로 접근해서 노크를 해?"

"저기." 핸튼이 스크린을 가리켰다. "저거 보입니까?"

"뭐 말입니까?" 마르스가 물었다.

"고리의 불빛 중 하나가 깜빡이기 시작했어요."

마르스는 우주선을 바라보았지만, 문제의 빛은 거의 알아볼 수 없을 정도였다. "좀 확대할 수 있나요?"

"그러죠." 핸튼이 말했다.

"아무렇게나 깜빡이는 것도, 일정하게 깜빡이는 것도 아니에요." 시브는 잠시 후 말했다. "긴 깜빡임이 있고, 짧은 깜빡임이 있어요. 이건 암호예요."

핸튼은 잠시 빛을 바라보다가 태블릿을 꺼내 검색창을 열었다. "뭔지 압니다." 그는 말했다. "다른 모든 통신 장비가 고장났을 때 사용할 수 있는 제국 해군 우주선 구조 신호가 있어요."

"우주선 조명을 사용해서요?" 로이놀드는 믿기지 않는다는 듯 말했다. "우주선 사이의 평균 거리를 생각해 볼 때, 상당히 낙관적인 신호 체계로군요."

"내가 언제 효과적이라고 했습니까." 핸튼은 짜증스럽게 대꾸했다. "그냥 그런 게 있다고요. 어쨌든 우주선만을 위한 건 아닙니다. 육상과 해상 교통 수단에 다 사용할 수 있어요."

"그 체계는 800년 동안 똑같다는 말이군요." 마르스는 말했다.

"그럴 리가요." 핸튼은 태블릿을 돌려 마르스에게 보여 주었다. "그러나 제가 가져온 탐사 참고 자료용 데이터베이스 중에 800년 전 암호키도 있습니다."

"잘하셨습니다." 마르스가 말했다.

"일반적으로 우주선에 상비하는 대용량 다운로드 중 일부분일 뿐인데, 칭찬은 제가 받도록 하죠." 핸튼이 말했다. "이제 제가 여기 집중할 시간을 1분만 주십시오."

"독립적인 세 가지 메시지가 있습니다." 몇 분 뒤 핸튼은 말했다. "첫 번째는 '통신 불능'."

"그건 우리도 알아요." 로이놀드가 말했다.

핸튼은 손을 들었다. "두 번째는 '시스템 위기'."

"세 번째는?" 마르스가 물었다. "'도움 바람'."

△△△

달라시슬라 인들은 키가 작으면서도 몸이 길었는데, 마르스가 생각하기에는 영양 부족과 저중력의 결과인 것 같았다. 옆에 서 있는 엘스 박사가 그중 한 사람을 의무실로 데려가 검사해 보고 싶어한다는 것을 뻔히 알 수 있었다. 그녀를 탓할 수는 없었다. 그 입장이라면, 마르스 역시 그렇게 하고 싶었을 것이다.

그러나 지금 당장 그가 원하는 것은 상대의 언어를 이해하는 것이었다.

로르 함장은 경호원 없이 보내 달라는 마르스의 요청을 거부했고, 과학자를 모두 보내는 것도 모험이라고 생각했다. 결국 마르스, 엘스, 시브, 라이튼 이등병이 우주복을 입고, 셔틀을 타고, 달라시슬라 인 중 한 사람이 수동으로 에어록 해치를 열어 줄 때까지 그 옆에서 기다렸다. 달라시슬라 인은 아주 구식이고 여기저기 기워서 몸에 잘 맞지 않는 우주복 차림이었다.

네 사람이 우주선 안에 들어가자, 달라시슬라 인은 에어록을 다시 닫고 공기가 들어올 때까지 기다렸다. 이어 그는 안쪽 문을 열고, 우주복을 벗어서 에어록 옆에 놓아두었다. 달라시슬라 인은 거의 나체였고, 성별을 분간할 수 없었으며, 브랜시드 호에서 온 탐사원들도 우주복을 벗을 거라고 생각하고 기다리는 것 같았다. 그들이 우주복을 벗지 않자, 달라시슬라 인은 좋을 대로 하라는 듯 어깨를 으쓱하더니, 극미중력을 켜고, 네 사람에게 따라오라고 손짓했다. 그들은 자기장이 형성된 발로 무겁게 갑판을 밟으며 따라갔다.

우주선 내부는 다 허물어지기 직전이라고 표현할 수도 있었고, 800년 된 우주선치고는 훌륭하다고 생각할 수도 있었다. 모든 부품 하나하나는 임시변통으로 땜질된 상태였다. 분명 다른 정착지와 우주선의 부품을 가져다 붙인 프랑켄슈타인 같은 우주선이라고 할 수 있었다. 이렇게 오랫동안 살아남기 위해 쓰레기를 뒤지지 않을 수 없었을 것이다.

브랜시드 호 탐사원들은 여기가 일반적인 우주선과 비슷했던 시절에는 식당이었을 것 같은 공간으로 안내되었다. 안에는 식당까지 그들을 안내한 사람과 크게 달라 보이지 않는 달라시슬라 인 수십 명이 있었다.

그들은 인간이었지만, 마르스가 전에 본 적이 없는 인간이었다. 그들은 상호의존성단의 그 어떤 인류 집단과도 다른 의미에서 우주와 우주선의 생명체였다. 수십 억 성단 시민들도 물론 우주에서 살아가고 있다. 그러나 그들은 온전한 중력과 대기가 있는 정착지에서 살고 있고, 모든 필수품과 사치품을 누리고 있다. 그들은 우주 '안'에서 산다. 그들은 지금의 달라시슬라 인처럼 우주'의' 존재는 아니다.

이것이 우리의 미래다. 온몸을 오싹 휩쓸고 지나가는 전율이 우주복 밖으로 눈에 띄지 않았기를 바라며, 마르스는 생각했다.

그들을 식당으로 안내한 달라시슬라 인은 동족들 사이로 사라졌고, 다른 달라시슬라 인 하나가 몸을 펴고 마르스의 팀을 향하더니 뭐라 말하기 시작했다. 마르스는 그가 하는 말을 전혀 알아들을 수가 없었다.

"질?" 마르스는 상대가 말을 그치자 언어학자에게 말했다.

"상호의존성단 표준어입니다." 시브가 말했다. "과거의. 일종의 모음 변환이 일어나고 있군요."

"이해할 수 있습니까?"

"그럭저럭." 시브는 서 있는 달라시슬라 인에게 한 발짝 다가가 자신을 가리켰다. "인간." 그녀는 마르스를 가리켰다. "인간." 그녀는 엘스와 시브에 대해서도 똑같은 동작을 했다.

달라시슬라 인은 쉽게 알아듣고 뭐라 말했다. 누가 녹음해서 거꾸로 재생한 뒤 그 소리를 발음해서 다시 거꾸로 재생하는 과정을 수십 번 반복하면 '인간'이 될 만한 소리였다. 시브는 방 안의 여러 물체에 대해 같은 과정을 반복해서 달라시슬라 어에 해당하는 단어를 알아냈다. 이어 그녀는 마르스의 귀에는 전혀 언어처럼 들리지 않는 무슨 소리로 달라시슬라 인에게 말했다.

달라시슬라 인은 고개를 끄덕이고 기다렸다.

"잠깐, 방금 뭐라고 한 겁니까?" 마르스는 물었다.

"이런 뜻이었어요. '천천히 말해라, 당신 언어는 우리에게 어렵다.'" 시브는 말했다. "곧 소통할 수 있을 거예요."

달라시슬라 인은 이번에는 한층 천천히 다시 말하기 시작했고, 마르스는 조금 알 것 같은 단어처럼 들리는 소리들을 구별할 수 있을 것 같았다.

"이쪽은 추크이고, 그는 — '그'가 맞는 것 같아요 — 이들의 함장, 여기는 달라시슬라의 유민들이에요." 시브는 말하고, 추크에게 계속하라는 뜻으로 고개를 끄덕였다. "이 우주선은 지난 100년 간 달라시슬라 유민들의 고향이었고요." 다시 설명이 이어졌다. "예전에는 우주선이 더 많았지만, 다른 우주선과 정착지는 시간이 지나면서 작동을 멈췄어요. 이들은 정착지에서 정착지로, 우주선 에서 우주선으로 옮겨 다니면서 필요한 것들을 구해서 살아남았 다는군요." 다시 이어지는 설명. "하지만 더 이상 그렇게 할 수가 없대요."

"왜?"

그녀는 귀를 기울였다. "추진 시스템이 망가졌다는 것 같은데." 시브는 말했다. "우주선을 추진시킬 동력은 충분하지만, 조종할 능력이 없어요." 다시 달라시슬라 인의 설명. "우주선 시스템을 일부 돌릴 동력은 있지만, 더 이상 우주선을 수리하기 위해 자원 을 얻던 다른 정착지까지 갈 수가 없다는군요. 우주선은 주위 공 간으로 부서져 나가고 있고, 언젠가 완전히 작동을 멈출 거예요."

"얼마나?"

시브는 물었고, 추크는 다른 달라시슬라 인을 바라보았다. 그가 대답했다. "추진 시스템이 고장난 게 18개월 전." 시브가 말했다. "이 사람은 수석 엔지니어인데 1, 2년 뒤에는 핵심 시스템이 거의 멈출 거라고 생각해요."

"여기 수석 엔지니어도 있어요?" 라이튼이 말했다.

"이렇게 오랫동안 우주선을 유지했잖아요." 마르스가 말했다. "당연히 수석 엔지니어가 있겠죠. 멍청한 사람들이라고 생각하지 말아요, 라이튼."

"죄송합니다." 그녀는 말했다.

추크는 시브에게 뭐라 물었고, 시브는 대답했다. "방금 무슨 말을 했는지 묻는군요."

"알려 줬어요?"

"네." 추크는 뭐라고 말했고, 시브는 귀를 기울였다. "자기들은 멍청한 사람들이 아니다, 그냥 필사적일 뿐이라는군요. 도움이 필요하다고 해요."

"어떤 종류의 도움이요?" 마르스는 물었다.

"일단 추진 시스템과 기타 기술적 지원. 음식, 미안해요, 음식이 아니라 식량 자원. 재배할 수 있는 것. 의약품. 정보. 신기술."

추크는 마르스를 보며 한 단어를 말했다. 마르스는 시브를 돌아보았다. "방금 이 사람이 '전부 다'라고 한 거 맞죠?"

"그럴 거예요, 네."

"그런 것도 당연하죠." 마르스는 잠시 침묵에 잠겼다.

"왜 그러세요?" 시브가 물었다.

"이 사람들은 우릴 만나서 놀란 것 같지 않아요." 마르스는 말했다.

"무슨 뜻이죠?"

마르스는 방 안에 모여 있는 달라시슬라 인들 쪽으로 손짓했다. "이 사람들은 최소한 100년 동안 이 우주선에서 살았습니다. 그전에도 어느 정착지에서 근근이 살아남았을 거고요. 여기로 오는 플로우는 800년 전에 붕괴되었죠. 수백 년 동안 고립된 삶을 살다가 갑자기 발견된다면, 당신은 어떻게 반응하겠어요?"

"난 정말 모르겠어요." 시브가 말했다.

"난 오줌을 지릴 겁니다." 라이튼이 말했다. 시브는 그녀를 묘한 눈빛으로 바라보았다.

"저 사람들이 우리를 신이나 되는 것처럼 우러러봐야 한다고 생각하세요?" 엘스 박사가 물었다.

"아니요." 마르스는 말했다. "하지만 나라면 이런 반응도 보일 것 같지 않아요." 그는 시브를 돌아보았다. "물어보세요."

"뭐라고요?"

"우리를 만나게 된 게 전혀 놀라워 보이지 않는 이유를 물어보세요."

시브는 질문을 던졌고, 대답을 듣자 눈을 깜빡였다.

"뭐라고 했습니까?" 마르스가 물었다.

"마지막으로 우주선이 왔을 때 항상 말하길 더 많은 우주선이 뒤따라온다고 했다는군요."

"네?" 마르스는 말했다.

추크는 다시 말했다. "마지막 우주선은 300년 전에 왔고, 그 승무원들은 여기 머물렀답니다. 자신을 포함해서 모든 승무원들에게 그들의 피가 흐르고 있다고 해요. 우주선의 함장은 언젠가 더 많은 우주선이 따라온다고 항상 말했답니다. 그래서 우릴 보고도 놀라지 않았던 거예요. 우릴 기대하고 있었다고. 기다리고 있었다고. 마침 꼭 필요할 때 찾아와 주었으니 감사하다고."

## 15장

군다 코르빈 대주교는 미술에 대해 다시 생각하고 있었다.

구체적으로 말해, 그녀가 생각하는 것은 '애드미러블(admirable, 감탄스러운—옮긴이) 프리토프'가 제작한 '집회에서의 라헬라' 상이었다('애드미러블'은 프리토프의 실제 이름이 아니라, 그의 작품을 잔뜩 소장하고 있던 수완 좋은 딜러가 작가 사후 홍보 수단으로 사용한 명칭이었다). 시안 대성당에서 멀지 않은 황실 미술관에 걸려 있는 히폴리타 물톤의 동명 회화를 보고 조각한 작품이었다.

그림 속에서 라헬라는 정계와 재계의 주요 인사들에게 강설하고 있었고, 청중은 감동하여 사소한 의견 차이를 모두 접어 두고 상호의존성단을 주창하게 될 예정이었다. 물톤이 상상한 이 장면의 라헬라는 평온한 얼굴과 특유의 무표정을 지닌 미인이었다. 정치가들과 재계 인사들은 연설에 푹 빠져서 마네킹이 말하고 있건 말건 아무 상관없었다.

프리토프의 조각은 이 순간을 다르게 포착했다. 라헬라의 자세는 물톤의 회화와 정확히 동일했지만, 얼굴 표정은 판이했다. 거기에는 평온함과 무표정 대신 약삭빠름, 날카로운 인지능력, 그리고 오랜 세월 수많은 예술 논문과 학술지에서 거듭 지적해 온 냉소가 있었다. 물톤의 라헬라는 종교의 성화였다. 반면 프리토프의 라헬라는 자신의 계획을 추진하려는 진취적인 여성이었다.

둘 중 물톤의 라헬라가 보다 유명했다. 프리토프의 조각이 비교적 한산한 작가의 고향 수마디야 성단 교회 대성당에 보존되어 있는 반면, 물톤의 작품이 여기 황실 미술관에 걸려 있는 이유였다. 그러나 코르빈은 이 그림을 별로 좋아하지 않았다. 대주교이자 사실상 교회의 수장이었지만, 무표정의 성화 앞에 서면 코르빈은 기분이 오싹했다. 이 그림은 라헬라를 비인격화하고, 덜 인간적으로, 한층 필연으로 보이게 했다. 필연성을 부여하는 것은 상호의존성단 교회에 어울렸지만 — 어느 교회이든 마찬가지일 것이다 — 직업상, 성향상 성단의 역사에 식견이 높은 코르빈은 그 탄생에 필연 따위 없었다는 것을 알고 있었다.

예를 들어, 두 작품이 기념하고 있는 저 유명한 집회에서, 정치가와 재계 인사들은 그림처럼 경이감에 푹 빠진 채 라헬라를 응시하지 않았다. 그들은 라헬라의 어리석음을 비웃고 조롱했다. 방을 나선 뒤 곧장 상호의존성단 건설에 착수하지도 않았다. 성단이 완성되는 데는 오랜 세월이 걸렸고, 숭고하다기보다는 대단히 세속적인 거래가 오간 수많은 밀약이 필요했다. 물톤의 회화는 오래전

세상을 떠난 코르빈의 전임 시안 대주교 중 하나가 의뢰해서 제작한 사후 선전물이었다. 물론 집회의 진실이 역사 기록물에서 지워진 것은 아니었지만, 사람들은 물톤의 그림을 더 좋아했다. 누군가 집회에서의 라헬라를 떠올리면, 대다수는 물톤의 그림 같은 장면을 상상했다.

코르빈이 조각을 더 좋아하는 것은 이 때문이었다. 그녀는 집회 당시 라헬라의 실제 표정은 물톤의 묘사보다 프리토프 쪽에 더 가까웠을 거라고 생각했다. 여러 번 했던 생각이었지만, 코르빈은 라헬라가 신적인 존재였다면 얼마나 좋을까 생각했다. 그렇다면 최소한 신을 불러서 도대체 무슨 생각으로 저 정치가들과 사업가들에게 연설하기로 했는지 물어볼 수 있을 것이다. 라헬라의 '예언'은 실제로 무엇이었는지, 코르빈이 인생 40년 가까운 세월을 바친 교회에 있어 그 예언이란 것이 어느 정도 인도자 역할을 해야 하는지.

차라리 단 하루만 황제가 되어 볼 수 있다면. 황제의 몸에 다른 모든 상호의존성단 신민들에게 금지된 장치가 삽입된다는 것은, 이 장치를 통해 생전의 모든 생각을 기록하여 후임자가 참고할 수 있도록 사후에 재구성한다는 것은 공공연한 비밀이었다. 황제궁에는 이를 보존하는 방이 따로 있었다. 이 기록 체계가 라헬라까지 거슬러 올라가는지는 몰라도, 만약 그렇다면 코르빈은 선지자의 디지털 유령에게 묻고 싶은 신랄한 질문들이 있었다.

라헬라의 기억이 그 방에 있다면, 그레이랜드는 분명 내가 묻고 싶은 그 질문을 했겠지, 코르빈은 생각했다.

코르빈이 지금 프리토프의 조각을 생각하고 있는 것은 바로 그 때문이었다. 라헬라처럼, 그레이랜드 2세 역시 집회에서 연설할 예정이기 때문에.

명목상으로는 그레이랜드가 시안 정착지의 유일한 대표자 자격을 갖고 있는 상호의존성단 의회에서 연설할 예정이었지만, 황제는 의회에 참석하지도, 한 표를 던지지도 않는 게 전통이었다.

그러나 그 자리에 참석하는 것은 의회뿐만이 아니다. 의회 방청석은 성단의 대가문 친족들이 서로 자리를 얻으려고 싸우는, 시안에서 가장 인기 있는 자리다. 코르빈은 표를 얻기 위해 싸울 필요가 없었지만 — 황제 연설 전에 대주교가 공식적인 축복을 내려달라는 이유로 초대되어서, 승낙했다 — 다른 주교들이나 교회 성직자들은 대가문들과 마찬가지로 방청하고 싶으면 경쟁해야 했다. 어쨌거나 상호의존성단의 핵심 권력자들이 — 정치 세력, 재계, 종교계 — 거기 다 모이는 것이다.

그게 언제가 될지 몰라도, 코르빈은 고쳐 생각했다. 연설을 한다는 것은 기정사실이었지만, 황제는 아직 정확한 날짜를 정하지 않았다. 언론 담당관으로부터 '가까운 시일 내에'라는 표현이 나온 것이 전부였다. 그레이랜드는 무엇인가를 기다리고 있었고, 그 '무엇'이 무엇인가 하는 점이 분분한 추측을 낳고 있었다.

라헬라의 경우와 달리 의회에서 연설하게 될 그레이랜드 2세는 이미 황제이고, 알려진 우주에서 최소한 명목상으로는 가장 강력한 인물이었다. 코르빈은 이것이 언뜻 생각하는 것처럼 과연 유리한 위치인지 알 수 없었다. 회의론자 앞에서 연설할 때의 라헬라는 카리스마 있는 괴짜 입장이었을 것이다. 반면 그레이랜드는 위험인물로 간주되고 있다. 코르빈은 그레이랜드가 플로우 붕괴로 인해 더 엄격한 질서 유지가 필요하다는 핑계로 이 의회 연설에서 계엄을 선포할 거라는 소문이 있다는 것을 잘 알고 있었다. 그렇게 되면 황제는 나다쉬 노하마페탄을 처리한 것처럼 계엄법에 따라 정적을 신속하게 해치우는 일에 착수할 것이다.

코르빈은 이 소문을 들었을 때 눈동자를 굴렸지만, 급히 찾아온 틴다 루엔틴투를 만난 뒤로 더 이상 회의적일 수 없었다. 노하마페탄 백작의 비서실장은 무거운 무게를 얼굴로 막아낸 것 같은 행색으로 경황없이 나타났다. 괜찮으냐고 묻자 루엔틴투는 발코니 문틀에 걸려 넘어졌다고 했지만, 엉터리 핑계라는 것은 뻔했다. 그러나 루엔틴투는 그 일에 대해 더 이상 언급하고 싶지 않은지, 곧장 코르빈에게 상호의존성단 교회를 두 종파로 분립시키는 것이 어떻겠느냐고 제안했다.

"무슨 명분으로 내가 그런 일을 한단 말이오?" 코르빈은 신성모독이라고 곧장 루엔틴투를 꾸짖지 않았다. 교회 성직자로서 당연한 권리지만, 상황을 쓸데없이 복잡하게 만들기 때문에 그런 경우는 거의 없었다.

"당연히 교회의 지속을 위해서지요." 루엔틴투는 말했다. "백작은 대주교님께서 최근 주교단 회의를 소집해서 황제와 그 비전, 그 비전이 성단 교회 통치에 가지는 의미에 대해 토의한 것을 알고 계십니다. 그중 적지 않은 수가 교회의 온전한 존속을 위해 종파의 분립을 주장한 것도 알고 있습니다."

코르빈은 루엔틴투가 말한 장시간의 토의/고함 난투극을 기억했고, 그 주교들 중에서 회의 내용을 누설한 사람이 있다는 사실에 짜증이 났다. 누군지 몰라도 나중에 찾아야겠다. "몇몇이 그랬지요." 코르빈은 말했다. "하지만 그 회의는 자유로운 지적인 토론으로 진행된 자리였소. 거기서 어떠한 정책도 입안할 의도가 없었고, 앞으로도 그럴 거요."

"그렇겠지요. 하지만 가능하지 않습니까."

"요점을 말씀하시오, 레이디 루엔틴투."

"종파의 분립을 지지하시면, 협력하는 사람들이 있을 거라는 말씀입니다."

"노하마페탄 백작에게는 정말 죄송하나, 교회는 그런 협력자를 지닌 것으로 비쳐야 할 이유가 없소."

"그 말씀은 유감스럽지만, 저도 왜 그렇게 말씀하시는지는 이해합니다. 그러니 밖으로는 우리와 함께하는 것으로 보이지 않아도 된다고 말씀드리면 마음이 놓이실 겁니다. 또한, 보다 실질적인 동맹도 대주교님과 함께할 겁니다."

"'함께한다'는 건 정확히 무슨 뜻이오?"

"일단 이전 교회의 부동산을 계속 유지할 수 있도록 새 교회에 재정적, 물질적 지원을 제공한다는 것부터 말씀드리지요."

"그렇다면 그건 단순한 분립이 아니라 반란이군."

"굳이 그렇게까지 할 필요는 없습니다만. 하지만 아주 많은 사람들 — 의회와 대가문, 그리고 네, 교회 — 이 황제에게 퇴위를 여쭙는 것이 필요 불가결하다는 데 의견을 같이하고 있습니다."

"퇴위를 여쭙는다, 참으로 예의바른 표현이 아닌가."

"폭력을 동원할 필요가 없습니다." 루엔틴투가 말했다. "노하마페탄 백작은 이 황제에 대해 폭력을 사용한다는 것이 얼마나 무용한지 지금 누구보다 잘 아는 분입니다. 그 누구보다 뼈저린 대가를 치렀습니다. 자제 두 분이 죽었고, 세 번째는 엔드에 있어서 다시는 볼 수 없지 않습니까. 그러나 충분한 압력을 가한다면, 폭력은 얼마든지 피할 수 있습니다. 적절한 시기에. 적절한 장소에서 말이지요."

코르빈은 그제야 무슨 뜻인지 깨닫기 시작했다. "의회에서 황제가 연설할 때. 당신들은 뭔가 계획하고 있군."

"우리가 계획하는 게 아닙니다." 루엔틴투는 말했다. "하지만 계획이 있는 것은 분명합니다."

"나에게 이 계획을 털어놓는다는 것은 당신들 입장에서 어마어마한 모험이야." 코르빈은 말했다. "나는 집행위원회에 있소. 이 황제와 가까워."

"가까우시지요, 네. 모험 맞습니다. 몇 분 전에 절 신성모독으로 체포하실 수도 있었습니다. 당신은 독립적인 권력을 갖고 계십니다, 대주교님. 교회는 이 황제에게 빚이 없어요. 또한 새 황제가 제위에 오르면, 공식적으로 황제의 집무실을 교회와 독립시키고 현 시안 대주교를 시안과 허브의 새 추기경으로 승진시키는 결정을 내릴 수 있지 않을까요."

"거기까지 계획을 세워 두었군."

"이번에도 노하마페탄 가문의 계획은 아닙니다. 하지만 계획이 있다는 건 알고 있습니다."

"하지만 나를 유혹하기 위해 여기 와 있는 건 당신이오, 레이디 루엔틴투."

"유혹하러 온 게 아닙니다, 대주교님. 단지 이런 가능성이 있다는 점을 일깨워 드리고, 현명한 판단력에 호소하는 것뿐입니다. 지금은 격랑의 시기이고, 플로우가 붕괴하면 상황은 더욱 불확실해질 겁니다. 우리 모두 분명 암흑의 시대로 향하고 있습니다. 황제는 선의를 갖고 있으나, 앞으로 상호의존성단에 닥칠 미래를 헤치고 우리를 인도할 분은 아닙니다. 누군가 다른 사람이 그 일을 해야 합니다. 더 빨리 결단을 내릴수록 모두에게 좋습니다."

코르빈은 미소 지었다. "우습군. 최근 같은 주제로 날 찾아온 내 지인과 비슷한 말씀을 하고 계시오."

"다시 이야기를 해 보십시오. 어쩌면 같은 이야기를 할지 모릅니다."

"그럴 수 없소. 그는 죽었거든."

루엔틴투는 대주교가 누구를 뜻하는지 몰라 잠시 침묵을 지켰지만, 곧 알아들었다. "불운한 일입니다."

"그에게는 분명 그랬지." 코르빈은 말했다.

"제가 말씀드린 내용을 잘 생각해 보십시오, 대주교님." 루엔틴투는 말했다. "많은 일들이 벌어질 거고 교회는 이 상황에서 역할을 하게 될 겁니다. 그 역할이 무엇이고 교회의 미래가 어떻게 될 것인가는 당신에게 달려 있습니다. 황제는 곧 연설을 할 겁니다. 바로 그날, 남은 시간은 그때까지입니다."

흠, 코르빈은 루엔틴투가 물러간 후 생각했다. 그레이랜드가 예상했던 것과 정말 똑같군.

"그들은 곧 당신을 찾아갈 겁니다." 테란 아산이 변을 당한 뒤 의논하러 황제를 찾았을 때, 그레이랜드는 코르빈에게 이렇게 말한 바 있었다. 아산 문제와 향후 집행위원회의 운영에 대해 잠시 이야기를 나눈 뒤, 코르빈은 곧 있을 연설에 대해 아산과 나눈 대화, 이어 그로 인해 주교 회의를 소집했다는 것까지 황제에게 털어놓았다. 그레이랜드는 고개를 끄덕이며 귀를 기울인 뒤 그 수수께끼 같은 선언을 했다.

"그들이요?" 코르빈은 물었다.

"무슨 음모처럼 들리지 않기를 바라오. 하지만 아산 경이 나다쉬 노하마페탄을 구출하려다 죽었어. 물론 노하마페탄 백작은 자신이나 자기 가문이 연루되어 있지 않다고 주장할 거요. 하지만 테란 경은, 성격이 어떠했든, 이렇게 용병으로 일을 벌일 사람이 아닙니다."

"이 일이 뭔가 더 큰 계획의 일부라고 생각하시는군요."

"내 비전 이야기에 힘 있는 사람들이 많이 놀랐을 겁니다." 그레이랜드는 말했다. "놀랄 일은 아니지. 비전은 불안하고 질서를 깨뜨리는데, 힘 있는 사람들은 질서가 어지럽혀지는 것을 원치 않으니까. 자기들이 원하건 원하지 않건, 혼란은 찾아온다는 걸 이해하지 못해. 내 비전은 나중에 올 혼돈을 방지하기 위해 지금 질서를 흘트리고 있습니다. 그러나 그들에게는 아무 도움이 안 되지. 그래서 그들은 자신들이 알고 있는 질서를 유지하기 위해 뭔가를 계획하고 있어요."

"그게 뭡니까?"

그레이랜드는 코르빈에게 미소 지었다. "아, 당신도 그 정도는 알 겁니다."

"반란."

그레이랜드는 다시 고개를 끄덕였다. "혹은 그 비슷한 것. 나다쉬의 어설픈 암살 기도 같은 것 말고. 뭔가 더 크고, 더 우아하고, 반격할 수 없는 것. 물론 그들은 반란을 위해 당신이 필요할 거요. 당신과, 교회가. 그러니, 그래, 그들은 거래를 가지고 당신의 의사를 타진하러 찾아올 겁니다."

"저를 찾아오면 그들이 누구인지 폐하에게 귀띔해 달라는 뜻입니까?"

놀랍게도 그레이랜드는 이 말에 어깨를 으쓱했다. "당신에게 찾아온 사람의 이름을 내게 알려 준다, 그다음엔 뭘 할까? 수사를 하거나, 체포해야겠지. 히버트 림바는 이미 당신과 나를 포함하여 모든 사람을 속속들이 조사하고 있소, 그게 그의 임무니까. 내가 그들을 체포하려 들면, 단 한 사람밖에 잡아들이지 못할 거요. 나머지는 테란 경에게 했듯이, 연줄을 완전히 끊고 흔적도 없애겠지. 동시에 음지에서 하던 일을 계속할 거요. 그러니, 아니, 대주교, 누가 찾아왔는지 내게 알릴 필요는 없습니다. 이미 나도 알고 있거나, 누구건 상관없을 테니까."

"그러면 제가 어떻게 하기를 원하십니까?"

그레이랜드는 미소 지었다. "상호의존성단 교회가 어떤 교회가 되도록 하고 싶은지 자신에게 물어보세요."

"무슨 말씀이신지 모르겠습니다."

"아니, 아실 거요." 그레이랜드는 말했다. "아니면, 생각해 보면 아시게 될 겁니다."

"알겠습니다." 코르빈은 반신반의하며 대답했다.

그레이랜드는 웃었다. "수수께끼같은 선문답을 하려는 게 아닙니다! 그저 지난 천 년 동안 당신과 같은 입장에 처한 전임 대주교가 없었다는 거요. 내가 멋대로 비전을 선포하고 다니지 않습니까. 이제 내가 이러고 있으니, 교회가 나 같은 인물을 그래도 포용할 수 있을지 당신이 결정해야 한다는 뜻입니다."

"선지자."

"아, 내가 거기까지 갈 수 있을지는 나도 모릅니다." 그레이랜드는 말했다. "하지만, 맞아요."

코르빈은 이 말에 미소 지었다.

"포용할 수 있다면, 동맹이 필요할 때 어떻게 해야 할지 당신이 알게 될 거요. 포용할 수 없다면, 그때도 어떻게 해야 할지 당신이 알 거라고 생각합니다. 어느 쪽이든, 나는 사과하고 싶소."

"무엇에 대해서요?"

"골치를 썩이는 데 대해." 그레이랜드는 말했다. "내가 판에 박은 대로 행동했다면 당신에게는 훨씬 수월했겠지. 미안해요."

"사과 받아들이지요." 코르빈은 말했다. 그러다 불쑥 말했다. "어쨌든 그들은 당신을 노렸을 겁니다."

그레이랜드는 다시 미소 지었다. 그 미소를 떠올리니, 코르빈은 왜 프리토프의 조각이 생각났는지 알 수 있었다. 그림 속의 그 순간, 라헬라와 그레이랜드는 같은 미소를 짓고 있었다.

# 16장

"어떤 종류의 우주선을 찾아야 합니까?" 로르 함장은 말했다.

"이런 우주선." 마르스는 말했다. "규모만 약간 더 큰 걸로요."

"그러면 범위가 좁아지는군요."

"달라시슬라 인들은 그 우주선에 고리가 없었다고 했습니다. 그러니까 파이버나 테너는 아닙니다. 아마 브랜시드 호처럼 중력 효과를 내는 푸시필드 기술은 있었을 겁니다. 하지만 우리 우주선보다는 커요. 승무원 정원이 200에서 250 정도였다고 했습니다."

"그러니까 다시 말하자면." 로르는 말했다. "300년 전에 나타났다는 신화 속의 우주선, 고리가 없고 승무원 200명이 탑승할 정도로 큰 우주선을 찾고 있는 거군요."

"이건 신화가 아닙니다." 마르스는 말했다.

"신화처럼 들립니다."

"기센 박사가 달라시슬라 인의 유전자 형을 분류했습니다. 결과가 어땠는지 알아요?"

"근친교배?"

"아니. 물론, 그렇죠. 하지만 상황을 감안할 때 그렇게 심하지는 않습니다."

"다행이군요." 로르가 대꾸했다.

"기센 박사는 역사적으로 달라시슬라 인의 유전자형에 부합하지 않고 상호의존성단 인류의 DNA와도 별 연관이 없는 유전자 요소를 발견했어요."

"그게 무슨 뜻입니까?"

"천 년이 넘는 세월이 흘렀기 때문에, 상호의존성단의 인류는 지구에서 온 인류와 차이점이 확연히 보일 정도로 달라졌다는 뜻이지요. 특정인의 직접적인 혈통을 분류하는 것은 어렵지 않습니다. 이 사람들의 혈통 중 상당 부분이 달라시슬라 계통이 아니에요. 상호의존성단 계통도 아니고."

"함부로 말하고 싶지는 않습니다만, 이 사람들 안 보셨습니까?" 함장은 말했다. "우주방사선을 거의 차단하지 못하는 우주선에서 최소한 지난 100년을 생존했습니다. 아마 DNA가 상당히 변형됐을 겁니다."

"기센이 그 부분도 변수에 넣었습니다. 그래도 뭔가 다른 게 들어 있다고 해요."

"불길하게 들리는군요."

"불길한 소식이 아니라, 중요한 소식입니다. 누군가 '다른' 사람이 여기 온 거예요, 함장. 성단에서 여기로 통하는 플로우가 붕괴하고 한참 지나서. 우리가 오기 오래전에. 달라시슬라 인들은 그 우주선이 아직 여기 어딘가 있다고 합니다."

"지금쯤 부품을 모조리 해체해서 뜯어 왔겠지요."

마르스는 고개를 저었다. "부품을 조달하기 편하지 않았던 모양입니다. 설사 뜯어 쓰기 쉬웠다 해도, 그 우주선에 있는 것들은 여기 우주선이나 정착지에는 호환이 안 됐다고 해요. 그 사실 역시 시사하는 바가 있지 않습니까."

함장은 고개를 저었다. "그래도 전 계속 유령을 쫓으라는 기분입니다."

"어쨌든 이 일대에 있는 인간이 만든 물체를 모두 목록으로 작성할 것 아닙니까. 내가 부탁하는 것은 달라시슬라 인들의 묘사와 약간이라도 비슷한 물체를 찾으면 말해 달라는 것뿐입니다. 우리가 상호의존성단 외부에서 인류 문명의 흔적을 발견한 지도 천 년이 넘었습니다. 확인해 볼 가치가 있다고 생각해요."

함장은 고개를 끄덕였다. "확인해 보지요. 기적을 기대하지는 마십시오. 절 귀찮게 하지도 마시고."

"그러지요."

"전혀 다른 이야긴데, 우주선 순회를 위해 달라시슬라 인 한 사람을 데려오셨다는 거 알고 있습니다."

"추크, 저쪽 함장, 네. 허가해 주서서 고맙습니다."

"우리에게서 바이러스가 감염될 수도 있다고 걱정하지 않았던가요."

"자기 우주복을 입고 있고, 탑승 전에 멸균했습니다."

"800년 된 우주복 아닙니까."

"그건 새로 도착한 우주선에서 구했다고 하더군요."

"그렇던가요?"

"아니요." 마르스는 말했다. "그냥 붕괴 전 상호의존성단 표준 우주복이었습니다."

"우주선 순회는 어떻게 하고 있습니까?"

"중력에 익숙하지 않아서 피곤한 모양입니다. 여러 장소를 들를 때마다 의자에 앉도록 하고 있어요. 내부 시설 전부가 실제로 내부에 있는 우주선을 보는 게 흥미롭답니다. 산소가 다 떨어질 때가 됐는데 말을 안 해 주는 거 아니냐고 아직 기술 팀 승무원들에게 묻고 있을 겁니다."

"우리가 하는 말은 알아듣나요?"

"네, 함장. 대부분. 나보다 더 많이 이해하는 것 같습니다. 사실 정말 지적으로 뛰어난 사람들입니다. 이런 곳에서 살아남으려면 머리가 좋아야겠지요."

"다들 그렇게 말하더군요." 함장은 말했다. "그래도 제 눈에는 아직 작은 난쟁이 같습니다."

"그 말은 맞아." 로이놀드가 나중에 식사를 하며 마르스에게 말했다. "나도 그 사람들 무서워."

"어쨌든 당신은 사람을 다 싫어하니까. 자기 입으로 그렇게 말해놓고."

"맞아. 하지만 이 사람들은 더 싫어."

"그건 편견이야."

"나도 알아." 로이놀드가 말했다. "그래서 멀찍이 떨어져 있는 게 배려하는 거야."

"전에 이야기했던 다른 건 어떻게 됐지?" 마르스는 그녀에게 물었다.

"여기서 다른 곳으로 통하는 또 다른 플로우가 열린다는 이야기?" 로이놀드는 어깨를 으쓱했다. "그건 전적으로 가능해. 상호의존성단 인근 우주에는 다차원적 지형상의 특이점 때문에 다른 곳보다 열 배 더 많은 플로우가 있지만, 이것이 우리 성단 인근에만 존재하는 현상이라거나 다른 곳에서 상호의존성단 공간으로 통하는 플로우가 아예 없을 거라는 근거는 없어. 애당초 인간이 이 공간으로 온 것도 플로우를 통해서였으니까."

"그런데 혹시 그 증거를 찾았느냐고."

"아직은, 하지만 얼마든지 찾을 수 있어." 로이놀드는 말했다. "우리가 가져 온 탐사기로 이 일대 지형을 측량해서 데이터를 최신 모델에 입력하고 있지만, 현재 플로우 흐름 외에 다른 건 아직 안 보여. 데이터를 더 확보하면 더 많은 것을 알아내게 될 거야. 당신이 신나서 돌아다니는 동안 난 일하고 있었어."

"신나서 돌아다녔다니."

"좋을 대로 표현해. 내 말뜻은, 플로우 물리학 탐사를 한 건 아니잖아. 지금까지 그건 내가 다 했어. 그건 그렇고, 논문을 쓸 때가 되면 그 점을 분명히 해 둘 거야."

"그게 공정한 것 같군."

"당신이 더 이상 학계에 있지 않다는 게 여기서 분명해지지. 아직까지 교수라면 제1 저자가 되겠다고 난리칠 텐데."

"여기로 통하는 다른 플로우가 있다는 증거를 얻으려면 데이터가 얼마나 더 필요할까?"

"그건 정확히 말하기 어려운데, 여기로 들어오고 나가는 플로우가 얼마나 오래되었느냐에 많은 것이 달려 있어. 이 양상은 그리 놀라운 건 아니야. 이 모델은 개별 플로우를 예측하는 데 있어서 시작과 끝의 오차가 20년은 돼. 우리가 예측한 거대 규모의 플로우 변동도 시작과 끝에서 오차가 2000년은 되고."

"그래도 난 신경이 쓰이는데." 마르스가 말했다.

"우리가 살아 있을 때 일어날 일은 아니니까, 너무 걱정 마."

"흥미로운 인생 철학이군."

"그렇지도 않아." 로이놀드는 말했다. "이봐, 혹시 그 우주선을 찾으면 정확히 어디서 왔는지, 정확히 언제 우리 공간에 도착했는지 단서를 찾아봐. 그 데이터가 전부 있으면, 과거를 분석해서 어쩌면 모델을 만들 수 있어."

"어디서 왔는지 알아내면, 모델을 만들 필요도 없어." 마르스가 말했다. "우주선이 어디서 왔는지를 이미 알고 있는데, 뭐하러."

"모델이 있으면, 이 특정 플로우가 가까운 시일 내에 다시 나타날지 예측할 수 있잖아."

"그게 중요해? 여기서 나가는 플로우는 두 달 내에 붕괴할 거야. 우리한테는 소용없어."

"우리한테 말고, 멍청아." 로이놀드가 말했다. "달라시슬라 인들에게."

"달라시슬라 인?"

"그래, 그들에게. 어쩌면 그들은 이렇게 필사적인 넝마주의 인생에서 벗어나고 싶을 수도 있잖아. 상호의존성단으로 돌아가는 플로우가 붕괴하기 전에, 그들의 우주선을 수리해서 작동시킬 수 있다고 생각하는 게 아니라면."

"저 우주선의 추진 시스템을 살펴봤습니다." 마르스가 새로운 소식이 있나 찾아가자, 브랜시드 호의 수석 기술자 바이노 준 중령이 말했다. "망가졌고, 고칠 수 없어요. 우리가 여길 떠나기 전에 지금 제가 가진 것, 혹은 저들이 가진 걸로는 수리가 불가능합니다."

"가까운 정착지에 유용한 부품이 있는지 살펴보는 건 어떨까요?" 마르스는 물었다.

"무엇 때문에? 설계를 확인하세요. 정착지의 추진 시스템이나 항행 시스템은 일반 우주선과 작동 원리가 비슷하지도 않습니다. 플로우 출입을 위해 가속하거나 행성 간 여행을 하기 위해서가 아니라, 회전 속도와 궤도 위치를 유지하기 위해 달린 거예요. 미리 말씀드리지만, 이미 가까운 곳에 있는 우주선 동체들은 다 확인해 봤습니다. 이미 다 꺼내 썼더군요."

"그럼 저 사람들은 어쩔 도리가 없군요."

"우리가 여기 도착했을 때 이미 도리가 없었습니다. 그냥 시간을 조금 벌어 주는 것에 불과해요. 생명 유지 장치와 동력 시스템을 임시방편으로, 하지만 지금 상태보다는 낫게 재건하도록 돕고 있습니다. 가기 전에 그 고리도 다시 작동하도록 수리해 줄 수 있을 것이고, 그러면 농업 경작이 개선될 겁니다. 씨앗을 나눠 주기 위해 우리 우주선에 있는 신선한 과일도 모조리 쪼개고 있어요. 감자와 순무, 기타 뿌리채소도 죄다 넘기고 있습니다."

"그건 상호의존성단 법 위반인데요." 마르스는 말했다. 친구이자 예전 애인이었던 키바 라고스가 생각났다. 누가 자기 가문에 돈을 내지 않고 감귤류 씨앗을 나눠 주었다는 말을 들으면 범인을 찾아 가죽을 벗길 사람이었다.

"불만이 있으면 여기 와서 세금을 거둬 가면 됩니다." 준은 말했다. "그러려면 서둘러야겠지요."

"저 사람들을 우리와 같이 데려가는 건 어떨까요?" 마르스는 준을 만나고 와서 로르 함장에게 말했다.

"달라시슬라 인들?" 로르는 말했다.

"물론이지요."

"어디 실을 겁니까, 마르스 경?"

"좀 비좁게 가도 됩니다."

"그럴 수가 없습니다. 이 우주선에는 승무원 50명, 해병 10여 명, 거기다 과학탐사 팀까지 타고 있습니다. 경의 선실은 이미 청소함 크기 아닙니까. 유감이지만 제 선실도 마찬가집니다. 사람이 차지하지 않은 공간이 손바닥만큼이라도 있으면 거기에는 이미 짐이 들어차 있습니다. 달라시슬라 인은 몇 명이나 됩니까?"

"200명 정도."

"다시 묻습니다. 그들을 어디 실을까요? 말 그대로 이 우주선에는 공간이 없습니다."

"화물창도 있지 않습니까."

"네." 로르는 말했다. "사람들이 바닥에 앉지도 않는다고 가정하면, 가능하기는 하겠군요. 여기 또 한 가지 중요한 문제가 있습니다, 마르스 경. 달라시슬라 인은 일반적인 중력에 노출된 적이 없습니다. 1그램의 3분의 1 정도에 익숙한가요?"

"그쪽 선실이 그 정도였습니다, 네."

"그러면 익숙한 몸무게의 세 배 정도에 노출되는 셈입니다."

"우리 푸시필드를 가볍게 하면 안 될까요."

"성단에 도착할 때까지는 견디겠지요. 제가 아는 한 일상적으로 중력의 3분의 1만 가동하는 정착지는 없습니다. 그들이 허브에 산다는 것은 당신이나 제가 거대 가스 행성에 사는 것과 마찬가지일 겁니다. 마지막으로, 설사 화물창에 넣어서 3분의 1 푸시필드 안에서 성단까지 데려간다 해도, 어떻게 그 사람들을 격려해서 아무 방어 기제도 없는 질병에서 보호할 겁니까? 반대로 어떻게 그들의 질병으로부터 우리를 보호해요? 화물창의 환기 시스템은 우주선의 나머지 공간과 연결되어 있습니다. 화물창을 소독할 때만 환기구를 닫지요. 200명의 난민을 데리고 출발해도 도착할 때는 그만큼 살아 있지 않을 겁니다, 마르스 경."

"그들은 여기 남아 있는다 해도 죽습니다."

"아니요." 함장은 말했다. "저 망가진 우주선을 타고 여기 남는다면 죽겠지요. 우리가 수리를 도울 수 있습니다."

"이해가 안 돼요."

로르는 미소 지었다. "언젠가 이런 대화를 하게 될 줄 알고, 마르스 경, 제 말에 반대하실 줄 알고, 이미 달라시슬라 인들이 겪는 문제를 요약한 기밀 서신을 우편 드론으로 엠블라드 장군에게 띄웠습니다. 제국 해군에는 최근 퇴역한 우주선 몇 대가 있는데, 그 중 최소한 한 대가 파이버 선입니다. 낡았다는 것 말고는 아무 문제가 없는 우주선이지요. 하지만 추크 함장과 그 승무원들이 타고 있는 그 우주선만큼 낡지는 않았어요. 해군이 파이버 선 해체 비용을 절약하는 데 관심을 보일지도 모릅니다. 특히 당신이 친구 황제 폐하에게 비슷한 전갈을 보낸다면."

"그거 좋은 생각이군요." 마르스는 머릿속에서 계산을 해 보았다. "보내려면 시간이 빠듯하겠는데요."

"함장들은 이런 이야기를 하기 싫어합니다만, 컴퓨터로만 조종해서 플로우를 드나드는 것도 가능합니다. 특히 승무원이 없을 경우에는."

"알겠습니다."

"내가 그런 말을 했다고 아무한테도 말하지 마세요. 에어록 밖으로 던져 버리겠습니다, 마르스 경."

"비밀은 절대 지키겠습니다."

"마음이 놓이는군요. 그리고 협조해 주시니 드리는 말씀입니다만, 마르스 경, 마침 잘 오셨습니다. 안 그러면 제가 찾아다녀야 했을 텐데요. 들려드릴 소식이 있습니다."

"뭡니까?"

"말씀하신 그 우주선 말입니다. 찾은 것 같습니다. 여기서 아주 멀리 떨어져 있어요."

△ △ △

"또 우주선 탐사, 또 에어록." 개미스 이등병은 이렇게 말하고, 수수께끼의 우주선 에어록을 장비로 열었다. 마르스, 제네티 핸튼, 셰릴 병장은 허공에 떠서 안으로 들어갔고, 개미스는 에어록 바깥 출입문을 다시 닫았다. 그는 안쪽 문을 열었고, 일행은 모두 공기가 들어오는 소리와 느낌에 놀랐다.

"아직 공기가 있군." 셰릴 병장이 말했다.

"헬멧 벗을까요, 병장님?" 개미스가 물었다.

"그건 추천하지 않겠어." 핸튼이 말했다. "영하 270도 공기를 들이마시고 싶지 않다면."

"갑시다." 마르스는 불편한 자기장 신발을 무겁게 옮기며 일행을 에어록에서 이끌었다.

"묘하군요." 우주선 동체를 세로 방향으로 걷다가, 셰릴이 말했다. "모든 격벽이 열려 있습니다. 아무것도 잠겨 있지 않아요."

"그리고 아무도 없습니다." 개미스가 말했다. "얼어붙은 시체 한 구도."

"추크 함장이 이 우주선 승무원들은 모두 달라시슬라 생존자와 합류했다고 했습니다." 마르스는 말했다. "이 우주선은 폭력으로 종말을 맞은 게 아니에요. 아마 그냥 세운 거겠죠."

"달라시슬라에서 이렇게 먼 지점에다." 핸튼이 말했다. 우주선은 달라시슬라 프라임의 가장 큰 달인 달빅을 뒤쫓아가는 궤도상 라그랑주 점에 멈춰 있었다. 브랜시드 호의 승무원은 달빅이 달라시슬라 프라임의 반대쪽에서 나온 몇 시간 전에야 우주선을 발견할 수 있었다. 달라시슬라 정착지 자체는 큰 달의 중력과 달라시슬라 프라임의 강력한 자기장을 피하기 위해 달빅보다 훨씬 멀리 떨어져 있었다. 셔틀이 여섯 시간 동안 죽어라 날아서 도착하는 거리였다. 이 우주선이 공전 궤도를 따라 달라시슬라 프라임 반대쪽으로 다시 들어가는 것도 몇 시간밖에 남지 않았다.

"멀기 때문에 여기 세운 것 같군요." 마르스가 말했다.

"우주선도 그렇지만, 함교도 숨겨 놓은 것 같습니다." 개미스가 불평했다. "평면도가 있으면 쉬울 텐데."

"찾았어." 앞서 가던 셰릴이 말했다. 개미스는 이 말에 끙 소리를 냈다.

함교는 은밀할 정도로 작고 어두웠으며, 항행용 워크스테이션으로 보이는 장비에서 단 하나의 조명이 빛나고 있었다.

"불이 켜져 있군." 핸튼은 가리켰다. "이 우주선에는 아직 동력이 있어요. 이렇게 오랜 세월이 지났는데."

"난방기도 찾아보죠." 개미스가 말했다.

마르스는 워크스테이션으로 다가가 그 안에 박혀 있는 작은 불빛을 유심히 바라보았다.

마르스의 눈이 다가가자 불이 반짝 빛났다. 그는 깜짝 놀라 한 걸음 물러났다.

함교의 조명 전체가 들어왔다.

"무슨 일이지?" 셰릴이 주위를 둘러보았다.

"어떻게 한 겁니까?" 핸튼이 마르스에게 물었다.

"그냥 조명 하나를 봤습니다."

"음, 이제 그러지 마세요."

"이미 늦었어요."

우주선 내부 어딘가에서 나직한 진동음이 들려왔다. 우주선이 깨어나는 소리였다. 마르스는 뭔가 어깨를 누르는 감각을 느꼈다. 푸시필드, 혹은 아주 비슷한 것이 켜져서 중력 비슷한 효과를 내고 있었다.

"흠, 전 예감이 별로 안 좋습니다." 개미스는 방을 나가려고 돌아섰다.

문간에 누군가 서 있었다.

개미스는 기겁을 해서 외마디 비명을 지르고 무기를 들어 올렸다. 셰릴도 같은 태세를 취했다.

문간에 서 있는 사람은 그러지 말라는 듯 한 손을 들었다.

"잠깐." 마르스가 말했다. 개미스와 셰릴은 물러서지 않았지만 제자리를 지켰다. 마르스는 문간의 사람에게 다가갔고, 상대는 같은 자세로 손을 든 채 그가 다가오는 것을 바라보았다.

마르스는 문간의 사람 바로 앞에 서서 그의 손을 찔러 보았다. 마치 아무것도 없는 것처럼 손가락이 손을 뚫고 지나갔다.

실제로, 사람은 거기 없었기 때문이었다.

"개미스, 총을 쐈다면 벽에 총알이 박혔을 거야." 마르스가 말했다.

"영상입니까?" 개미스가 물었다.

"그렇든가, 유령이겠지."

"대단하군요." 셰릴이 말했다. "누구죠?"

마르스는 문간의 영상을 다시 돌아보았다. "그건 아주 좋은 질문이네요."

"여러분의 악센트와 문법은 내게 낯설지만, 이제 알아듣겠습니다." 영상은 말했다. 마르스에게도 상대의 억양이 낯선 것은 마찬가지였지만, 완벽하게 알아들을 수 있었다. "달라시슬라인과 비슷하게 말하지만, 아주 똑같지는 않군요."

"저는 표준 성단 어법입니다." 마르스가 말했다.

"표준. 네." 영상은 말하더니 고개를 약간 갸우뚱했다. "혹시 상호의존성단에서 오셨습니까? 저는 달라시슬라 인들 외에는 거기 사람을 만난 적이 없어요. 혹시 그렇다면 반갑습니다."

"저는 상호의존성단 출신입니다. 우리 전부 다."

"잘됐군요."

"저는 마르스 클레어몬트 경, 엔드에서 왔습니다."

"귀족이라니. 의외로군요. 아무 소용이 없는데도 아직 저를 겨누고 있는 저 두 분은?"

"셰릴 병장과 개미스 이등병." 마르스는 두 사람에게 무기를 내리라고 손짓했다. 둘 다 마지못해 내렸다. "그리고 저쪽은 제네티 핸튼, 컴퓨터 전문가입니다."

"맞습니다. 하지만." 핸튼은 말했다. "당신을 보고 있으니, 제가 별로 전문가 같지 않군요."

"제가 유령이 아니라 컴퓨터 영상이라고 생각하는군요, 핸튼 씨?"

"핸튼 박사."

"핸튼 박사, 실례했습니다."

"당신은?"

"저는 둘 다라고 하는 게 정확할 겁니다." 영상이 말했다.

"그러면 당신은 누구, 혹은 무엇인가요?" 마르스는 물었다.

"제 이름은 토마. 토마 레이놀드 셰네버트. 아니, 죽기 전의 제 이름입니다. 벌써 지금으로부터 300년 전이군요. 세상에. 저는 지금 여러분이 서 계시는 이 우주선 오베르뉴 호의 소유주였습니다. 지금은 제가 오베르뉴 호 자체라고 말할 수 있겠군요. 제가 인간에서 어떻게 우주선이 되었는가 하는 건 긴 이야기니까, 다음에 천천히 하기로 하죠. 이의가 없으시다면, 저는 아직도 토마스라고 불리는 것을 좋아합니다. 혹시 원하신다면, 무슈 셰네버트로 부르시지요."

"안녕하십니까, 무슈 셰네버트." 마르스가 말했다.

"안녕하세요, 마르스 경. 클레어몬트 경이라고 부를까요?"

"마르스 경이라고 부르시면 됩니다. 클레어몬트 백작은 제 아버지입니다."

"백작. 그러시군요."

"이건 정말 기묘하군요." 핸튼이 말했다.

"그렇습니다." 셰네버트는 마르스에게 말했다. "전 앞으로 완전히 깨어날 기회가 전혀 없겠거니 생각하고 잠들었습니다. 최소한

의 유지 기능 외에, 이 우주선은 3세기 동안 휴면 상태였어요. 그러나 이제 다시 깨어났고, 손님들까지 계시는군요. 왜 여기 오셨는지 말씀해 주시겠습니까?"

"저는 이 우주선이 궁금했습니다." 마르스가 말했다.

"어떤 점이 궁금하셨는지?"

"일단, 어디서 오셨습니까?"

"그건 간단합니다. 퐁티유에서 왔습니다."

"거기는 어디지요? 지구입니까?"

셰네버트는 이 말에 미소 지었다. "아니, 그럴 리가요, 마르스 경. 이제 사실상 지구에서 왔다고 할 수 있는 건 더 이상 없지 않습니까?"

뭐라 대답하려는데, 마르스의 귀에서 띵 소리가 울렸다. 브랜시드 호가 몇 광 초 떨어져 있기 때문에 녹음 상태로 전송한 로르 함장의 전갈이었다.

"문제가 생겼다. 다른 우주선이 플로우 입구에서 나왔다. 저쪽은 우리 위치를 파악하고 다가오고 있다. 신호를 보내 봤지만 답이 없다. 적선으로 간주하고 있다."

"이거 들리십니까?" 개미스가 말했다. 메시지는 팀 전체를 향해 전송되었다. 셰릴이 조용히 하라는 뜻으로 손짓했다.

"브랜시드 호로 돌아오지 말라." 로르는 말을 이었다. "상대 우주선이 적대적이라면, 여러분의 셔틀은 쉬운 목표물이 될 뿐이다. 우리는 상대를 유인하기 위해 동력을 높여 달라시슬라 우주선에서 멀어지고 있다. 시브 박사와 라이튼은 아직 달라시슬라 인들과 같이 있다. 필요 불가결한 경우, 브랜시드 호는 이대로 플로우 입구로 들어가 허브로 돌아갈 예정이다. 그런 상황이 되면, 달라시슬라 우주선으로 피난하기 바란다. 구조대를 파견하겠다. 응답하지 말라. 추가 교신이 있을 때까지 통신 중단. 행운을 빈다." 메시지는 끝났다.

"브랜시드 호에 방어 기능이 있습니까?" 마르스는 셰릴에게 물었다.

"브랜시드 호는 한때 해군 요격기였습니다." 셰릴이 대답했다. "지금은 운송용으로 사용되지만요. 전투 공격용으로 무장하지는 않았습니다. 방어용 무기만 장착되어 있습니다. 그게 답니다."

"그 우주선이 적대적이라면, 브랜시드 호는 공격하기 수월한 상대일 텐데." 핸튼이 말했다.

"로르 함장은 기꺼이 싸울 겁니다." 셰릴이 말했다.

"제 질문은 그런 뜻이 아닙니다."

"우주선이 공격당하고 있습니까?" 셰네버트가 대화를 지켜보다 마르스에게 물었다.

"아직은. 하지만 곧 그렇게 될지도 모릅니다."

"공격해 오는 상대가 달라시슬라 인들은 아니지요."

"아닙니다." 마르스는 300년 동안 휴면 상태였던 셰네버트가 최신 소식을 모를 거라는 생각이 들었다.

"그럼 누구지요?"

"우리도 아직 모릅니다."

"대단한 도움을 드릴 입장이 아니어서 유감이군요." 셰네버트는 말했다. "저는 중력과 생명 유지를 위해 저장한 동력을 사용하고 있지만 — 곧 이 내부는 여러분이 지내기에 충분할 정도로 따뜻해질 겁니다 — 엔진을 가동하려면 몇 시간 걸립니다."

"우리가 도울 일이 없을까요?"

"고맙습니다만, 없습니다. 우주선의 기계 구역은 완전 자동화 상태고, 그건 제가 우주선이 되기 전부터 그랬습니다. 여러분은 방해가 될 뿐입니다."

"이 우주선은 곧 달라시슬라 프라임의 반대편으로 돌아갈 겁니다." 핸튼이 말했다. "어쨌든 브랜시드 호와 연락이 끊길 거고요."

"브랜시드 호에 무슨 일이 생기면, 우린 끝장이에요." 개미스가 말했다.

"여기 계셔도 됩니다." 세네버트가 말했다.

"대단히 고맙군요." 개미스는 냉소적으로 대꾸했다. "샌드위치는 있습니까?"

"조용, 이등병." 셰릴이 말했다. 개미스는 입을 다물었다. 셰릴은 마르스를 돌아보았다. "하지만 틀린 말은 아닙니다."

마르스는 고개를 끄덕였다. "셔틀에는 뭐가 있지요?"

"모두가 닷새 동안 먹을 단백질 바, 물은 아마 사흘분."

"제게 물이 있습니다." 세네버트가 말했다.

"음식은 없겠지요." 마르스가 말했다.

"유감이지만, 없습니다. 있다 해도, 300년이나 지난 터라 못 먹을 상태일 겁니다."

"그렇다면 물은 얼마든지 있는데, 식량은 여전히 닷새분이군요." 세릴이 말했다.

"달라시슬라 인들이 식량은 줄 겁니다." 마르스가 말했다.

"자기들 먹을 것도 모자란 사람들입니다. 그들을 감염시킬 위험을 감수하고 우주복을 벗어야 하고요."

"달라시슬라 인들은 어떻게 됐습니까?" 세네버트가 물었다.

마르스는 세네버트에게 달라시슬라 인에 대해 무엇을, 어떻게 말해야 할지 생각했다. "복잡합니다." 그는 마침내 입을 열었다. "지난 300년 세월이 그들에게는 그리 평온하지 못했습니다."

"아. 저런."

"엔진이 다시 온라인 상태로 돌아올까요?" 마르스가 물었다.

"그럴 겁니다." 세네버트가 답했다. "저는 잠들어 있었지만, 오베르뉴 호는 시스템 정기 점검을 해 왔으니까요. 우주선의 모든 시스템이 정상적으로 가동되는 상태입니다."

"무기는?" 세릴이 물었다.

"이건 전투함이 아닙니다. 미사일이나 기타 물리적인 무기는 없고, 있다 해도 3세기가 지났으니 지금 와서는 믿을 만한 무기라고 할 수 없겠지요. 하지만 퐁티유를 출발하기 전에 광선 무기 한 세트는 장착할 이유가 있었습니다."

"무슨 이유로요?" 개미스가 물었다.

"그냥 퐁티유를 떠나야 할 상황이 벌어지면 갑작스러울 거다, 추적자가 있을 것이라고 예측했다고만 말씀드리지요. 추적자들은 나를 생포하지 못하면 산산조각 내려들 것이라고."

"무슨, 범법자였습니까?"

"누구한테 묻느냐에 따라 그 대답은 다를 겁니다. 개미스 이등병." 셰네버트는 말했다. "하지만 물어볼 사람이 이제 다 죽은 상태지요."

"광선 무기." 셰릴은 물었다. "무기는 작동합니까?"

"엔진이 가동되면요. 물론 엔진을 거쳐서 가동되지는 않습니다. 동력만 끌어 쓰지요."

"이 우주선으로 그 우주선을 추적하자는 겁니까?" 마르스는 셰릴에게 물었다.

"이것이 내 우주선이라면 그렇게 하겠습니다만." 셰릴이 말했다. "내 우주선이 아니잖습니까."

모두가 셰네버트를 돌아보았다.

"음, 이건 아주 갑작스럽군요." 셰네버트가 말했다. "300년 동안 잠들어 있다가, 깨어나서 우주선에 탄 낯선 분들 네 명을 만나고, 겨우 15분 뒤에는 전투 참여 요청을 받다니. 이건 한시적인 접대와는 대단히 다른 상황인데요."

"거절입니까?" 개미스가 물었다.

"'생각해 보겠다'입니다." 셰네버트는 마르스를 돌아보았다. "엔진이 살아나려면 최소한 여섯 시간은 더 걸립니다, 마르스 경. 그동안 현재 상황에 대해 제게 알려 주시는 게 어떻겠습니까?"

"많은 일이 있었습니다." 마르스는 말했다.

셰네버트는 고개를 끄덕였다. "지난 300년 분량만 알려 주시면 됩니다."

## 17장

　나다쉬는 어머니가 이렇게 흥분한 모습을 오랫동안 본 적이 없었다. 키바 라고스가 틴다 루엔틴투를 감자 포대처럼 두들겨 팬 것도 이유 중 하나였지만, 그것은 불쌍한 루엔틴투의 일신의 안위보다 라고스가 백작에게 자기 행성에서 꺼지라는 메시지를 보냈기 때문이었다. 백작은 실제로 곧장 행성을 떠나 블레임 호로 돌아왔다.

　그러나 이것은 사소한 이유였다. 제이신과 데란 우가 나다쉬를 만나고 자기들이 벌인 이 흥미진진한 음모를 백작에게 설명하기 위해 극비리에 블레임 호로 찾아온 일이 더 컸다. 나다쉬의 두뇌는 여기서 '흥미진진한'이라는 단어에 냉소적으로 방점을 찍고 있었다. 지금까지 그녀에게 이 음모는 '흥미진진하다'와는 거리가 멀었기 때문이었다. 사실 그레이랜드 2세를 몰아내자는 이 음모에서 그녀가 맡은 유일한 역할은 결혼하는 것뿐이었다.

이 점이 나다쉬의 신경을 거슬리게 했다. 자신이 계획에 주도적인 역할을 맡는다면, 결혼하는 것도 아무 불만이 없었다. 과거 황태자 레너드 우와 관련된 계획이 그런 것이었다. 나다쉬는 눈을 똑바로 뜨고 전적으로 계획에 동의하며 적극적으로 참여했다. 레너드 자신이 그녀에게 구애하는 것처럼 생각하도록 유도하고, 매혹시키고, 즐거운 시간을 보내고, 섹스를 하고, 그의 모든 기술을 잘 보완해서 실용적인 정략결혼 이상의 감정적인 결합이 있다고 착각하게끔 했다.

그것은 나다쉬가 평생 가면을 써야 한다는 뜻이었다(아니, 최소한 레너드가 살아 있는 한 평생). 한 남자에 대한 사랑 같은 감정의 가면을. 나다쉬는 자신과 노하마페탄 가문이 그 결혼에서 얻어 낼 수 있는 모든 것의 대가로 기꺼이 그렇게 할 의지가 있었다. 게다가 그녀는 레너드를 '싫어하지' 않았다. 그는 깊이가 없고 그다지 지적이라고 할 수 없는 두뇌의 소유자였으며 — 아미트가 그를 그렇게 좋아했던 것이 그 때문이었다. 두 사람은 동류였다 — 워낙 색을 밝혀서 나다쉬도 그 점은 완전히 싹을 자를 수 없으니 감안하고 살아야 한다는 것을 알고 있었을 정도였다. 그러나 그는 끔찍하거나 잔인한 사람은 아니었다. 적절하게 예의를 지킬 줄 알고 다정했으며, 그런 모습을 보여야 하는 때와 장소를 분간할 줄 알았고, 다루기 쉬웠다. 그 정도라면 나다쉬도 쉽게 해냈을 것이다.

그런데 어느 날 갑자기 그는 다정하지도, 다루기 쉽지도 않은 존재로 변해서 약혼을 파기하겠다고 했다. 개인적으로 감수해야 하는 어마어마한 치욕은 상당하다 해도 견딜 수 있었지만, 노하마페탄 가문 역시 비슷한 지위 하락을 감당해야 했다. 그들과 거래하는 다른 모든 가문들은 한 세대 안에 노하마페탄의 후예가 황제에 등극한다는 것을 기정사실로 알고 있었다. 물론 이름은 '우'겠지만, 나다쉬가 황제의 아내가 되면 노하마페탄이 뒷전에 물러앉아 있을 거라고 생각하는 사람은 아무도 없었다. 모두가 그에 따라 행동했다.

그러나 만약 나다쉬가 차인다면, 그 모든 것이 허사가 된다. 다른 가문들은 나름대로 필사적인 옥좌 경쟁을 시작할 것이다. 황제의 결혼은 거의 언제나 어떤 방식으로든 정치적 결합이다.

약간의 사랑이 개입한다면, 그것도 좋다. 예를 들어 아타비오 6세는 배우자인 글레나 코스투를 대단히 아꼈지만, 애당초 결혼한 이유는 투자 실패로 황제 개인 계좌가 파산하는 위기에서 코스투 가문이 그의 어머니 제티안 3세를 구해 주었기 때문이었다. 그러나 황가의 혈통을 극도로 중요시하는 제국에서 가문의 지위를 상승시키는 유일한 방법은 우 가문과 결혼하는 길뿐이었다. 모든 결혼은 정치적이었다. 그리고 정치라는 장에서 나다쉬가 밀려난다면, 노하마페탄 가문 또한 마찬가지였다.

결국 공식적으로 약혼 취소 발표를 하기 전, 레너드가 그 경주에서 벽에 차를 들이받았을 때 문제는 해결되었다. 그는 죽었고 다른 황제가 들어서게 되었으며, 카르데니아 우-패트릭이라는 내성적이고 무심한 황제에 대해 알려진 사실들을 감안할 때 나다쉬가 그 배우자가 될 가능성은 극히 낮았다. 그러나 노하마페탄 가문은 여전히 황제 배우자 일순위였다.

나다쉬는 어머니가 그 암살극 뒤처리를 해낸 솜씨에 늘 감탄해왔다. 사고는 흠잡을 데 없이 완벽했기 때문에, 황실경호대 전체와 수사국 등 의심을 품은 사람들도 잔해에서 수상한 단서를 전혀 발견하지 못했다. 백작은 나다쉬에게 자신이 실행할 거라거나 이렇게 처리한다, 언제 끝난다는 말을 한 적이 없었다. 사건 당시 백작은 이 시스템에도 없었다.

레너드가 죽었을 때 나다쉬는 다른 모든 사람들과 마찬가지로 충격을 받았고 경악했다. 5분 동안. 이어 대체 어떻게 해치웠는지 궁금했다. 나다쉬는 지난 며칠 전까지 그 사고가 당신의 음모였다는 것을 알고 있다고 어머니에게 단 한 번도 노골적으로 털어놓은 적이 없을 정도로 영리했다. 이야기한 유일한 이유는 원래 계획상 그녀 자신도 같이 죽게 되어 있었기 때문이었다. 고통스럽지는 않았을 것이다.

어머니의 대답은, "당연히 내가 했지, 꼭 해야 하는 일이었어." 였다.

요점은, 나다쉬가 레너드 우를 목표로 삼은 순간부터 그가 경주장 벽에 부딪혀 박살 난 순간까지, 그녀는 사건의 주요 참여자였다. 아내가 되는 것이 그녀의 목표였다. 하지만 목표의 주체는 다름 아닌 그녀였다.

하지만 이번에 그녀는 그저 제공되고 있을 뿐이었다.

"똑바로 서." 백작은 손님을 기다리며 선 채로 딸에게 말했다.

"난 꼿꼿하게 서 있어요." 나다쉬는 말했다.

"구부정해 보인다."

"그게 중요한가요, 어머니? 난 이미 사고 판 물건 아닌가요?"

"그래, 맞아." 백작은 말했다. "하지만 물건을 아직 집으로 들고 가지는 않았잖아. 반송될 수도 있어. 전에도 그런 일이 있었다. 그러니까 똑바로 서."

나다쉬는 한숨을 쉬고 등을 약간 더 꼿꼿하게 폈다. 백작은 만족해서 다시 문으로 주의를 돌렸다.

제이신과 데란 우는 다섯 살 차이였으나, 두 사람을 나란히 보니 10년 이상 차이가 나는 것 같았다. 나다쉬보다 열 살 이상 많은 제이신은 덩치가 크고 피부에 탄력이 없었으며, 빵 반죽처럼 흐물흐물한 얼굴, 부스스하다고밖에 표현할 수 없는 헤어스타일이었다. 얼굴에는 지능이 엿보였지만 호기심은 보이지 않았다. 보수적인 남자라는 것을 알 수 있었고, 신중하다기보다 현실적이고 용의주도한 성격으로 보였다. 자기가 원하는 방식대로 일을 처리하기를 바라고, 언제나 그렇게 해 온 인간이었다. 침대에서는 젖은 물주머니 같을 게 분명했다.

데란은 잘 가꾸었으나 과하게 신경 쓰지 않은 멋진 헤어스타일이었다. 정장은 몸에 잘 맞았고, 몸매도 훌륭했다. 지적이고 상대에 대한 관심이 반짝이는 얼굴이었다. 그의 시선은 방 안을 유심히 훑어보면서도 나다쉬와 백작을 무시하지 않았다. 걸음걸이에는 에너지가 넘쳤다. 그 역시 보수적인 남자라는 것은 분명했지만, 그의 보수성에는 '원래 이렇게 하는 거야'라는 고집 이상의 체계성과 기풍이 있었다. 데란은 결과가 같다면, 원하던 대로 자신이 꼭대기로 올라간 상태로 현상 유지를 할 수 있다면, 방법에 있어서는 얼마든지 융통성을 발휘할 사람이었다. 나다쉬는 그가 침대에서 우선 그녀를 만족시키고 자신의 만족도 놓치지 않을 사람이라고 생각했다.

당연히 나는 젖은 물주머니 쪽이지, 나다쉬는 생각했다.

백작은 데란에게 따뜻하지만 형식적인 인사를, 제이신에게 보다 극진한 인사를 건넸다. 백작이 누구를 더 중요하다고 생각하는지 누가 봐도 뻔했다. 데란은 이 점이 재미있는 것 같았다.

"제이신, 그리고 이쪽은 내 딸 나다쉬." 백작은 말했고, 나다쉬는 다가가서 손을 내밀었다. 제이신은 매우 사무적으로 그 손을 잡았다.

"레이디 나다쉬. 반갑습니다."

"만나뵙게 되어 기쁩니다, 제이신 경." 나다쉬는 말했다.

"음, 제가 사과드릴 게 있습니다." 제이신이 말했다.

"사과라니요?"

"감옥에 계실 때 제 부하 중 하나가…."

"아, 네. 그러고 보니, 숟가락 암살범."

"돌아볼 때, 그 일은 최선의 판단이 아니었습니다."

"제이신 경께서는 가문에 가장 이익이 될 것으로 생각되는 행동을 하신 것뿐입니다." 나다쉬가 말했다. "지금도 마찬가지고요. 그 부하가 경이 희망한 만큼 유능하지 못했다는 것은 제게 감사한 일이나, 가문에 대한 충성의 감정은 존중합니다."

"그렇다 해도, 제 사과를 받아 주십시오."

"친애하는 제이신." 나다쉬는 애착과 친근감을 표현하기 위해 '경'이라는 호칭을 뺐다. "우리가 황제와 그 배우자가 되려면, 과거의 사소한 앙금부터 가장 먼저 버려야 마땅하겠지요. 사과하실 것은 아무것도 없습니다. 앞으로 우리가 함께 성취할 것만이 있을 뿐입니다."

"그러면, 좋습니다." 제이신은 미소 짓더니 다시 노하마페탄 백작을 돌아보았다. 약간의 친밀감을 보탠 따뜻함을 보여 주었다고 생각했던 나다쉬는 이 태도에 당혹스러웠다. 그 모든 노력이 아무 소용이 없다니. 데란을 돌아보니, 그는 얼굴에 옅은 냉소를 띠고 있었다. 최소한 그는 나다쉬가 무엇을 노렸는지, 그것이 어떻게 허사로 돌아갔는지 알고 있었다.

네 사람이 자리에 앉아 음모에 관련된 이야기를 나누기 시작하자, 제이신은 전적으로 업무, 노하마페탄 백작의 계획에만 관심이 있다는 것이 너무나 확실해졌다. 백작은 자세히 설명했다. 제이신은 귀를 기울이며 적절한, 그러나 특별하지는 않은 대꾸나 부연설명을 곁들였다. 그렇게 10분도 채 지나지 않아, 이 계획과 그 준비에 있어 데란과 나다쉬는 잉여라는 사실이 분명해졌다. 가끔 그녀와 데란도 이런저런 아이디어로 맞장구를 쳤다. 백작과 제이신은 잠시 알겠다는 표현을 할 뿐, 계속 둘만 계획 이야기를 이어갔다. 이렇게 30분이 흐르자, 나다쉬는 마실 것이 필요했다.

데란이 그녀와 함께 바로 향했다. "별로 쓸모가 없는 인물이 된 기분이시지요, 저도 그렇습니다."

"'쓸모'는 흥미로운 표현이네요." 나다쉬는 위스키를 한 잔 따랐다.

"글쎄요, 모르겠어요." 데란은 서로에게 몰두해서 이야기를 나누고 있는 백작과 제이신 쪽을 흘끗 보았다. "혁명이 일어나고 우린 그저 가만히 앉아 그 과실을 따먹을 수 있다니 좋은 거겠죠."

"따먹을 수 있을 때까지." 나다쉬는 두 번째 잔에 위스키를 따라 데란에게 건넸다.

"고맙습니다." 그는 나다쉬 쪽으로 잔을 들어 보였다. "따먹을 수 있을 때까지."

"아멘." 나다쉬는 그를 쳐다보고 술을 한 모금 마신 뒤 결단을 내렸다. 그녀는 어머니를 돌아보았다. "데란이 우주선 구경을 하고 싶다는군요. 제가 안내할게요."

"그래라." 백작은 대답하고, 다시 제이신과 토론하기 시작했다.

데란은 나다쉬를 돌아보았다. "제가 우주선 구경을 하고 싶다고 했나요?"

"네, 그래요." 나다쉬는 대답했다. "특히 어떤 구역을."

△ △ △

"어쨌거나, 고마워요." 자신도 만족하고 데란 역시 분명히 만족시킨 뒤, 나다쉬는 말했다.

"천만에요." 데란은 말했다. "저도 고맙습니다."

"이거 말고." 나다쉬는 대꾸했다.

"아. 그렇게 나빴나요."

"나쁘지 않았어요. 감옥에서 숟가락에 찔려 죽지 않게 해 주신 일 말이에요."

"아, 그거요." 데란은 말했다. "그건 아무것도 아니었습니다. 당신을 구한 건 가문의 전 보안 직원이었어요. 이혼한 후에 아주 잊기 힘든 일에 얽혀서 인생이 꼬였지요. 교도소에서 정신 차리고 다시 사람이 됐습니다. 솔직히 그녀에게는 잘된 일이었어요. 내가 임무를 주니까 좋아하더군요. 다시 직장 생활을 하는 느낌이 들었다고."

"상대를 칫솔로 제대로 뭉개 놨어요. 아마 몇 년 더 살아야 할 텐데요."

"아뇨. 형량은 달라지지 않아요. 정당방위로 나올 겁니다."

"날카롭게 간 칫솔을 소지하고 있었는데요."

"감옥이잖습니까. 다들 그렇게 합니다."

"난 안 그랬어요."

"그래서 숟가락으로 목이 따일 뻔했잖아요."

"할 말 없군요. 그런데 그때 왜 날 돕겠다고 하셨나요?"

"제이신이 당신을 죽일 계획을 갖고 있다는 걸 알고 있었는데, 당신 가문과 더 척을 지는 것이 우리에게 좋을 게 없다고 생각했기 때문입니다."

"그런가요?"

"당신에게 호의를 베푸는 것이 우리 가문에게 이득이 될 거라고 생각했고요."

"다른 건?"

"빨리 새 황제를 세워야 할 것이다. 새 황제에게는 배우자가 필요할 거라고 생각했기 때문이기도 합니다. 두 번째로 기회가 생겨 무한히 고마워할 집안. 게다가 당신은 이미 품질 검사도 끝난 상태였고요."

"지금 막 아주 확실히 하셨지요."

"전 사실 제가 검사당한 쪽이었다고 생각합니다만, 뭐, 네."

"용서하세요. 난 감옥에 있었던 터라. 한동안 못 했어요."

"믿으세요. 용서할 건 아무것도 없습니다."

"하지만 당신은 이제 황제가 될 사람이 아닌데요. 그보다 못한 위치로 만족하셨습니다."

"첫째, 내가 황제가 될 가능성은 어차피 희박했습니다. 제이신은 완고하고 느리지만, 추진력이 있고 나보다 먹이사슬에서 약간 위에 있어요. 경쟁을 했다면 아슬아슬한 싸움이었겠지만, 그가 이미 결승점에 도착했습니다. 우 가문 전체의 지배권도 나쁘지 않습니다. 괜찮은 위로상이에요."

"유감이군요." 나다쉬는 말했다. "나도 이런 상황에 익숙해질 수 있었는데."

데란은 씩 웃었다. "당신은 포기할 필요 없습니다."

"이런 일은 그렇게 돌아가지 않아요. 나는 내 장난감을 가질 수 있고, 제이신도 원한다면 자기 장난감을 가질 수 있겠죠. 하지만 실제 위협이 될 인물들은 그냥 둘 수 없어요."

"내가 위협이 될 거라고 생각하는군요."

"당신은 틀림없이 위협이 될 거예요. 그렇기 때문에 당신에게 우 가문을 맡긴 거죠. 가문을 운영하고 당신이 밀려났다고 열 받은 사촌들을 달래느라 바빠서 앞으로 30년 동안 책상에서 고개조차 들지 못하도록 해 두려는 거 아닌가요."

"그렇게 들으니 별로 좋은 일 같지 않군요."

"실제 좋은 일이 아닙니다. 최소한 당신이 가질 수 있었던 것, 모든 것에 비하면."

데란은 잠시 침묵을 지키다가 침대에서 일어나 앉았다. "당신이 왜 신경쓰는지 모르겠어요. 제이신은 당신에게 완벽합니다. 야심만만하지만 상상력이 없어요. 당신이 어떤 방향이든 가리키기만 하면, 그는 거기 가서 모든 것을 자기 방식대로 부술 거예요. 노하마페탄 가문이 황제에게서 원하는 건 그런 것 아닙니까?"

"그건 우리 가문이 원하는 거죠." 나다쉬는 말했다. "내 어머니가 원하는 것. 그녀가 제이신을 쳐다보는 눈빛 보세요. 어머니는 조종하기 편한, 괜찮은 물건은 딱 보면 알아요."

"당신은 그런 걸 원하지 않습니까?"

나다쉬는 몸을 일으켜 데란의 무릎에 올라 앉은 뒤 다리로 그의 몸을 감쌌다. 그녀는 팔로 그의 목을 감고 잘 가꾸었으나 과하게 신경 쓰지 않은 뒷머리를 만지작거리기 시작했다. "어쩌면 내가 원하는 건 내가 군이 태엽을 감고 방향을 알려 주지 않아도 되는 사람 아닐까요. 자기 계획과 이익을 위해 나를 이용하는 데 그냥 동의하기보다는, 내가 제공하는 것의 진가를 알아보는 사람. 내게 우울해질 정도로 따분한 아이들을 낳게 할 위험이 없는 사람. 섹스를 할 줄 알고 내게 즐거움을 줄 줄 아는 사람."

데란은 이 말에 다시 씩 웃었다. 나다쉬는 몸 아래에서 그가 꿈틀거리는 것을 느꼈다. 회복 기간이 짧다는 것은 그녀에게 흡족한 일이었지만, 아직 한참 할 말이 남아 있는 지금은 아니었다.

"어쩌면 데란 우, 내가 원하는 건 나와 내 가문의 단순한 도구에 머물지 않고 실제 황제가 될 수 있는 사람 아닐까요. 그레이랜드는 여러 면에서 잘못되었지만, 모든 것이 변하고 있다는 그녀의 말은 틀리지 않아요. 그 변화에 대응할 수 있는 사람이 필요해요. 그레이랜드는 그 일을 할 깜냥이 안 돼요. 게다가 제이신을 봐요. 나는 그가 앞으로 10년 동안 세상이 다르고, 혼란스럽고, 위험하게 돌아갈 거라는 사실을 진정으로 이해하지 못하고 있다는 데 내기라도 할 수 있어요. 내가 찌르고 밀 수는 있겠지만, 그가 움직이는 속도와 거리에는 한계가 있겠죠. 방해가 되는 모든 것을 무너뜨리겠지만, 절대 우리가 원하는 곳에는 다다르지 못할 거예요. 그러니 어쩌면 내가 원하는 건 내가 뒤에서 미는 게 아니라, 나의 도움을 받아 거기 다다를 수 있는 사람 아닐까요."

"'뒤에서 미는 게 아니다'라는 표현은 그리 노하마페탄답지 않군요."

"난 기꺼이 그렇게 노력할 생각이 있어요."

데란은 나다쉬에게 미소 지었다. 그의 얼굴에 아주 잠깐 인간적인 뭔가가 스쳤다. 극히 미세한 불확신이었다. "당신은 날 모릅니다." 그는 말했다. "나도 당신을 몰라요. 전혀 낯선 사람에게 너무 많은 걸 원하고 계십니다."

"나는 당신보다 더 아는 바가 없는 당신 사촌과 결혼할 계획이에요. 어쨌든 데란, 핵심은 명확히 하죠. 이건 정치적 결합이에요. 간단해요. 우리는 최소한 그 점을 이해할 정도로는 서로를 잘 알아요."

"그럼 우주선을 구경시켜 주겠다던 건 나와 거래를 하고 싶었던 거로군요." 데란이 말했다.

"아니, 섹스를 해야 했기 때문에 그렇게 말한 거죠." 나다쉬가 말했다. "하지만 난 당신에게 거짓말은 하지 않아요, 데란. 당신이 워낙 구경을 잘 해주셨기 때문에 당신에게 정치적 거래를 제안하는 것이 더욱 흥미로워졌어요."

"칭찬으로 받겠습니다."

"그럼요." 나다쉬는 말했다. "하지만 내 제안을 받아들일 건지 이제 알려줘요. 싫다면, 목을 축이게 해 줘서 고맙구요. 받아들인다면, 우리는 이제 일을 해야 해요."

"당신 어머니와 내 사촌을 배신할 계획을 짜자."

"아뇨." 나다쉬는 말했다. "그 두 사람은 지금 하는 일을 계속해 주어야 해요."

# 18장

오베르뉴 호가 달라시슬라 프라임의 반대편으로 돌아가기 직전, 마르스는 하티드 로이놀드에게서 암호화된 텍스트 메시지를 받았다.

접근하는 우주선이 우호적이지 않다는 것은 분명해. 우리는 플로우 입구에 드론을 띄웠는데, 드론은 저격당했어. 승무원은 전원 제 위치에 대기 중이고, 우리는 모두 대피한 상태야. 전투를 벌여야 할 거야. 로르 함장이 전망이 좋지 않다고 생각하는 건 분명해. 저들의 정체가 무엇이든, 누군가 보낸 거겠지.

함장이 내게 이 메시지를 보내라고 지시했어. 혹시 일이 잘못되면, 전원을 끈 드론에 이번 임무 관련 자료를 모두 넣고 당신이 찾을 수 있도록 시간 지연 트랜스폰더를 붙일 거라고 했어. 그 안에는 당신이 흥미를 가질 만한 나의 새 연구 결과도 들어 있어. 달라시슬라 인들을 위한 우주선 요청 전갈은 이미 보냈다고 했어. 상황이 그렇게 되면, 탐사 팀원들은 그 우주선이 도착할 때까지 두 주 정도만 버티면 돼. 꼭 필요할 때만 숨을 쉬고.

거짓말은 하지 않겠어. 고향에 있을걸 하는 마음이야. 아니면 차라리 당신과 같이 그 마지막 탐사 팀에 합류했었어야 했는데. 평생 내성적이던 성격이 이렇게 발목을 잡을 줄이야.

하지만 어쨌든 고마워. 내가 당신을 찾아갔을 때 굳이 신경 쓰지 않아도 되는 상황이었는데. 당신은 내 말에 귀를 기울여 줬지. 나를 믿어 주고 우정을 주었어. 당신의 그 점이 좋았어. – H

오베르뉴 호가 행성 반대편에서 나왔을 때, 브랜시드 호는 사방으로 퍼져 운집한 파편의 구름이 되어 있었다.

△ △ △

"이게 그 우주선입니다." 핸튼이 말했다. 그는 오베르뉴 호의 조종 화면에서 허브로 이어지는 플로우 입구를 향해 움직이는 점하나를 가리켰다.

"분명 그게 맞겠지요." 셰릴이 물었다.

"맞아요. 시스템 이 근처에 달라시슬라 프라임의 궤도가 아니면서 이렇게 빠르게 움직이는 건 그것뿐입니다." 그는 화면의 다른 점을 가리켰다. "여기가 허브로 돌아가는 플로우 입구입니다. 이 우주선의 현재 속도로 여기 도착하려면 스무 시간이 걸립니다. 현재 가속하고 있지 않는데, 그 점이 흥미롭군요."

"왜 그게 흥미롭다는 겁니까?" 마르스가 물었다.

"지금은 엔진을 사용하지 않고 있다는 뜻이니까요." 셰릴이 말했다. "지속적으로 엔진을 사용한다는 것은 지속적으로 가속한다는 걸 뜻합니다. 한데 이 우주선은 관성으로 움직이고 있어요."

"엔진이 망가졌을 수도 있겠군요." 마르스가 말했다.

"그럴 수도."

"아니면 별로 바쁘지 않을지도." 개미스가 말했다.

"어쩌면." 셰릴이 말했다. "하지만 우리는 여기로 오는 길에 가속해서 플로우 입구로 들어갔습니다. 돌아갈 때도 함장은 그럴 계획이었어요. 이 플로우 입구는 곧 닫히지 않습니까." 그녀는 마르스를 돌아보았다. "입구가 얼마나 오래 열려 있을지 예측하신 것이 만에 하나 틀렸을 수도 있습니다. 너무 기분 나쁘게 듣지는 마시고요."

"전혀요." 마르스는 말했다.

"로르 함장은 여기 필요 이상 1분도 더 있을 생각이 아니었습니다. 돌아가는 길에는 최대한 빨리 가속했을 겁니다." 셰릴은 우주선을 나타내는 점을 가리켰다. "이 사람들이 멍청하지 않다면, 똑같이 행동하고 있을 겁니다. 그러니 이러고 있는 데는 이유가 있을 거예요."

"전부 추측 아닙니까."

"나쁜 추측은 아니야." 마르스가 말했다. "엔진이 고장났다면,

브랜시드 호가 타격을 입혔다는 이야기지. 절룩거리면서 고향으로 돌아가는 거라고."

"어쨌든 고향으로 돌아갈 생각 같군요." 핸튼이 말했다. "그건 저쪽의 장 생성기가 아직 작동한다는 뜻입니다."

"엔진이 완전히 망가지지 않았다면." 셰릴이 말했다. "엔진이 완전히 망가지면 장 생성기를 작동할 동력도 얻지 못합니다."

"무슈 셰네버트." 마르스는 영상을 돌아보았다.

영상은 미소 지었다. "내가 여기 있다는 것을 언제쯤 기억하실까 생각하고 있었습니다, 마르스 경."

"이 우주선을 저희들이 조종해도 될까요?"

"저 우주선의 진로는 달라시슬라 프라임 옆을 지나치게 됩니다. 우리가 현재 위치에 머무른다면, 저쪽이 행성을 지나칠 때 우리는 반대쪽에 있게 되지요. 오베르뉴 호의 엔진과 동력은 이제 완전 가동할 수 있습니다." 셰네버트가 조종 화면 쪽으로 고갯짓을 하자, 화면이 꺼졌다. 핸튼은 깜짝 놀랐다. 이어 진로 방해 경로를 그린 새로운 화면이 떴다.

"저쪽에서 가속하지 않는다면, 열 시간 뒤에 따라잡을 수 있습니다." 셰네버트가 말했다. "저쪽이 가속한다면 상황이 달라지지만, 저 우주선 기능이 제게 알려 주신 브랜시드 호와 비슷하다면 최소 열여덟 시간 뒤에 따라잡을 수 있습니다. 저 우주선이 플로우 입구에 도착하기 한참 전이지요."

"한 방 먹여 줍시다." 개미스가 말했다. "저들이 브랜시드 호에 한 것처럼."

셰네버트는 마르스에게 말했다. "동의하십니까, 마르스 경?"

"아니요." 마르스는 대답했다.

"네?" 개미스는 이 말에 벌컥 화를 냈다. "저놈들이 우리 승무원들을 죽였어요. 이에는 이로 돌려주는 게 공정하지 않습니까."

마르스는 고개를 저었다. "시체는 아무 소용이 없어."

"무슨 말씀인지 모르겠습니다."

마르스는 셰네버트를 돌아보았다. "당신은 이해하시지요."

"그런 것 같습니다, 마르스 경." 셰네버트가 답했다.

"할 수 있을까요?"

"저 우주선이 어떤 상태인지, 제 스캔과 시각 기능으로 얼마나 알아낼 수 있는지에 달렸습니다. 미리 말씀드리지만 그러려면 가까이 접근해야 합니다."

"어느 정도 가까이?"

"설명해 드리면 그리 내키지 않으실 겁니다."

△ △ △

"우리가 여기 있는 걸 아는 것 같군요." 핸튼은 상대 우주선이 1000킬로미터 거리에서 오베르뉴 호를 향해 미사일 한 쌍을 발사하는 것을 보고 말했다.

미사일이 이쪽으로 날아오는 동안, 셰릴은 오베르뉴 호의 센서에 포착된 미사일의 형태를 육안으로 확인했다. "벌집처럼 생겼군요. 탄두가 다수 있습니다. 목표물에 도착하기 직전에 폭발할 겁니다."

"무례하군요." 세네버트는 말하고, 미사일이 100킬로미터 전방에 올 때까지 기다렸다가 빔을 쏘았다. 미사일은 소리 없이 허공에 기화했다.

"당신 빔은 사범위가 100킬로미터군요." 핸튼이 말했다.

"저쪽 우주선이 그렇게 생각하도록 하고 싶었습니다, 네." 세네버트는 말했다. "상대가 우리를 쏘아 맞히기 위해 미사일을 발사했다고 생각하지 않습니다. 우리가 어떻게, 언제 반응할지 알고 싶었던 겁니다. 이제 알아냈다고 생각하겠죠."

"경험이 많으시군요."

"추적당하면서 연습했다고 말씀드렸잖아요."

"실제로 빔은 어느 정도 먼 거리까지 유효한가요?" 마르스는 물었다.

"이렇게 멀리는 안 됩니다." 세네버트는 말했다. 그는 추적하고 있는 우주선의 시각적 형태를 조종 화면에 띄웠다. 1000킬로미터 약간 안 된 거리에서 보니, 우주선은 그저 또렷하지 않은 쐐기 모양 같았다. 오베르뉴 호는 달라시슬라 시스템의 황도면에 대해 위쪽 방향에서 상대를 향해 접근하고 있었다. 상공에서 덮치는 사신이군, 마르스는 생각했다.

"이 우주선에 대해 알아낸 것 있습니까?" 세네버트가 물었다.

"파딩급 우주선처럼 보입니다." 셰릴은 잠시 후 대답했다.

"저는 무슨 말인지 모르겠습니다."

"요격기라는 뜻입니다." 셰릴은 말했다. "소규모 승무원, 빠르고, 비교적 중무장한 우주선. 대체로 해적선과 밀수선을 상대하도록 설계된 우주선입니다. 상대한다는 말은 '파괴한다'는 뜻이죠."

"여기 왜 왔는지는 의문의 여지가 없군요." 마르스가 말했다.

"그 해답은 이미 나왔지 않습니까. 재미있는 것은, 이 우주선들이 퇴역하면 상당수가 해적들에게 팔린다는 점입니다. 토벌하러 나온 해군 우주선보다 더 빨리 도망가거나 맞서 싸우려는 거죠."

"그게 통합니까?" 세네버트가 물었다.

"해군은 그냥 더 큰 우주선을 보냅니다."

"미사일이 또 날아옵니다." 핸튼이 말했다.

이번에 상대는 미사일을 일찌감치 쏘았다. 작은 미사일 중 하나가 오베르뉴 호에서 10킬로미터 거리까지 왔을 때, 세네버트는 다시 파괴했다.

"아직 갖고 노는 거지요?" 개미스가 물었다.

"그렇게 생각하는 쪽이 마음이 편해진다면, 맞습니다." 세네버트가 말했다.

"그렇게 말씀하시면 마음이 편하지 않지요."

"죄송합니다."

오베르뉴 호가 200킬로미터 거리까지 접근하자, 상대 우주선은 입자 빔을 쏘았다. 빔은 10분의 1초가량 오베르뉴 호를 스쳤다가 사라졌고, 상대 우주선에서 작은 파편 한 무더기가 풀썩 일었다.

"아슬아슬하군." 개미스가 말했다.

"방금 뭡니까?" 마르스는 세네버트에게 물었다.

"상대 우주선에서 어떤 장비가 빔 무기인지 알아내기 위해, 상대가 포격할 때까지 기다리고 있었습니다. 알아낸 뒤에, 제가 쏘아 제거한 겁니다. 빔 무기와 비슷하게 생긴 다른 장비들도 모두 없앴습니다. 만약을 위해서요."

"미사일 또 옵니다." 핸튼은 조종 화면을 가리켰다.

"상대가 가진 모든 방어 체계가 제거되지는 않습니다." 세네버트가 말했다. "잠시 기다려 보세요."

50킬로미터 거리까지 접근하자, 상대 우주선의 세세한 형태가 조종 화면에 나타났다.

"충분히 가까워졌나요?" 마르스가 물었다.

"거의." 세네버트가 말했다.

40킬로미터.

"곧 부딪힙니다." 마르스가 말했다.

"다 됐습니다."

30킬로미터. 확대 기능을 사용하지 않았는데도, 우주선은 조종 화면에서 차츰 커지고 있었다.

"전 조금 초조합니다." 마르스가 말했다.

"곧." 세네버트가 말했다.

"미사일." 핸튼이 말했다.

"아슬아슬했군요." 세네버트는 1초 후 말했다. 미사일 파편 하나가 오베르뉴 호에 부딪히는 소리가 들렸다.

10킬로미터.

"지금." 세네버트는 엔진이 아니라 그 오른쪽 위 부위 동체를 향해 빔을 발사했다. 빔은 동체에 구멍을 뚫고 우주선 안쪽을 휘

저었다. 공기와 증기, 작은 파편들이 쏟아져 나왔다. 상대 우주선을 들이받아 둘 다 박살나지 않도록 거리를 유지하기 위해 기계를 조정하는 소리가 오베르뉴 호 내부에서 웅웅 들렸다.

"이게 답니까?" 개미스가 물었다.

"충분합니다." 셰네버트는 마르스를 돌아보았다. "에너지가 저 우주선 내에서 어떤 경로로 전달되는지 파악하려면 가까이 접근해야 했습니다. 엔진은 이미 손상된 걸로 추정했기 때문에, 그쪽은 굳이 시도하지 않았고요. 중앙 에너지 교환 경로처럼 보이는 부위에 빔을 쏘았습니다. 그 경로의 작동이 멈추면, 엔진과 동력 시스템은 폭발을 막기 위해 보수가 될 때까지 멈출 거라고 추측했습니다."

"보수는 얼마나 걸릴까요?" 마르스는 물었다.

"음, 제가 파괴시켰으니 수리는 불가능합니다. 이 시점엔 아마 응급 동력원에 의지해서 우주선 시스템을 돌리고 있을 겁니다."

"당분간 생존하는 데 충분한 정도이지, 장 생성기를 돌릴 정도는 안 됩니다." 셰릴이 말했다. "시공 버블 없이 플로우 입구로 들어가면, 그대로 망합니다."

"그래도 아직 플로우 입구로 향하는 경로로 움직이고 있어요." 핸튼이 말했다. "아홉 시간 15분 뒤 도착합니다."

"어떻게 할까요?" 개미스가 말했다.

"단백질 바나 하나씩 먹으면서 저쪽의 연락을 기다리죠." 마르스는 말했다.

플로우 입구에 도착하기 네 시간 전, 신호가 왔다.

"미확인 우주선, 이쪽은 '프린세스 이즈 인 어나더 캐슬' 호다."
무선 통신 너머로 목소리가 들려왔다. 핸튼은 셰네버트에게 통신
에 사용될 가능성이 가장 높은 주파수 대역을 알려 주었고, 셰네
버트는 신호가 잡힐 때까지 주파수를 계속 점검하라고 오베르뉴
호에게 지시해 두었다. "캐브 폰소드 함장이다. 응답하라."

"응답한다, 프린세스 호." 마르스가 말했다. "여기는 오베르뉴
호다. 나는 마르스 클레어몬트 경."

한참 침묵이 흘렀다. "마르스 클레어몬트 경이라고 했나."

"그렇다."

이번에는 한층 더 긴 침묵이 흘렀다.

"뭐야?" 개미스가 말했다.

"마르스 경, 당신이 우주선을 망가뜨려서 우리는 표류 중이다."
폰소드 함장의 목소리가 되돌아왔다. "주 동력이 없는 상태이고,
응급 동력도 바닥을 보이고 있다."

"알겠다." 마르스는 말했다. "귀 우주선의 현재 진행 방향은 플
로우 입구로 곧장 향하고 있으며." 그는 셰네버트가 마침 타이머
를 띄워 둔 조종 화면을 확인했다. "세 시간 52분 뒤에 도착한다.
장 생성기가 없는 현재 상태로 플로우 입구에 들어갈 경우, 여러
분은 즉각 존재하지 않게 된다."

"음, 그렇다." 폰소드는 말했다. "그 정보는 우리도 알고 있지

만, 감사한다.”

“천만에.”

“마르스 경, 당신은 우리 우주선을 망가뜨렸으나 의도적으로 완전히 파괴하지는 않았다.”

“맞다, 폰소드 함장.”

“의도가 무엇인지 알고 싶다, 마르스 경.”

“음, 함장, 그 대답은 전적으로 당신에게 달려 있다.”

“설명해 달라.”

“왜 올리비어 브랜시드 호를 파괴했나?”

“사주를 받았다.”

“누구한테서?”

“모른다. 중개자에게 고용되었는데, 의뢰인의 신원은 알려 주지 않았다. 나는, 음, 대단히 특수한 청부 업계에서 일한다. 고용주가 누구인지 항상 알고 일하는 것은 아니다.”

“고맙다, 폰소드 함장. 망각을 즐기시길.” 마르스는 셰네버트를 돌아보았고, 그는 고개를 끄덕였다.

“이쪽 소리를 막았습니다.” 셰네버트가 말했다.

“고용주에 대해 거짓말을 하는 겁니다.” 셰릴이 말했다.

마르스는 고개를 끄덕였다. “곧 알게 되겠지요.”

5분 뒤 폰소드는 다시 회선에 돌아와서 마르스를 찾았다. 마르스는 셰네버트에게 고개를 끄덕였고, 그는 다시 소리를 열었다. “무슨 일인가?”

“마르스 경, 우리는 중개자에게 고용되었다. 우 가문의 대변인이다."

마르스는 이 말에 미간을 찌푸렸다. "황제의 가문이 당신을 고용했다고?"

"아니, 황가가 아니다. 무역 길드를 운영하는 우 가문. 황제의 사촌 가계다."

"우 가문이 누구의 중개 역할을 맡은 거지?"

"나도 대변인에게 물어보았다. 전에도 우 가문과 일한 적이 있지만 ─ 그 때문에 그들이 내게 연락한 것이다 ─ 그들이 중개자로 나선 건 처음이었다. 우 가문은 항상 주 의뢰인이었다. 대변인은 말하려 하지 않았지만, 나는 알려 주지 않으면 절대 일을 맡을 수 없다고 했다. 워낙 시간에 민감한 일이고 우 대변인은 다른 선택의 여지가 없어서 내게 절대 비밀을 지킨다는 맹세를 받고 알려 주었다. 의뢰인은 노하마페탄 백작이다."

"그런데 애당초 노하마페탄이 어떻게 브랜시드 호의 탐사 임무에 대해 알고 있었지?"

"우 가문에게서 들었다고 했다. 우 가문은 어느 장군에게서 알게 되었다고 들었다. 해군은 우 가문과 원래 밀접하다. 무기와 우주선을 전부 우 가문에서 사들이니까."

"말이 안 돼. 우 가문은 노하마페탄과 가깝지도 않은데."

"나는 대가문의 관계는 모른다, 마르스 경. 시시콜콜한 소문 이야기를 할 시간이 없다. 누구와 계약을 맺었느냐고 물어서 답한 것뿐이다."

"좋아, 하지만 노하마페탄 백작이 왜 브랜시드 호를 공격하려고 한 건가?"

"그렇지 않다." 폰소드 함장은 말했다. 마르스는 답답해서 다시 소리를 끄려고 했지만, 폰소드는 말을 이었다. "백작은 우주선에는 관심이 없었다. 실제 목표물을 없애는 수단이었을 뿐이다."

"실제 목표물이란?"

잠시 침묵이 흘렀다. "당신이다, 마르스 경. 노하마페탄 백작은 당신이 죽기를 원했기 때문에 우리를 보내서 브랜시드 호를 공격하게 했다."

마르스는 믿기지 않아서 얼어붙었다. 오베르뉴 호 조종실에 있던 모든 사람들의 시선이 그에게로 집중되었다.

"들리는가?" 폰소드는 말했다. 마르스는 거의 1분 동안 침묵을 지키고 있었다.

"왜?" 마르스는 물었다.

"이유는 듣지 못했다. 당신이 죽어야 한다는 지시뿐이었다. 브랜시드 승무원들이 항복하면 살려 주어도 된다는 뜻이냐고 물었더니, 브랜시드 호는 허브로 돌아와서는 안 된다고 답했다. 그래서 우주선을 파괴하느냐, 장 생성기를 파괴하느냐 둘 중 하나를 선택할 수밖에 없었다. 즉 승무원들은 여기 조난해서 굶주림이나 질식으로 천천히 죽을 수밖에 없다는 뜻이다. 나는 빠른 길을 택했다. 그게 더 인도적인 것 같아서. 마르스 경, 브랜시드 호는 처절하게 싸웠다. 애당초 그들이 우리 우주선에 가한 손상이 아니었더라면, 당신이 우리를 따라잡을 수는 없었을 것이다."

"그러면 달라시슬라 인들은?"

"누구, 마르스 경?"

"이 시스템에 사는 사람들 말이다, 함장."

"누구 이야기를 하는지 모른다. 나는 브랜시드 호에 집중하고 있었고, 정신없이 바빴다. 아직 여기 살아 있는 사람이 있다고? 800년이 지났는데?"

"그래."

"모르고 있었던 것이 차라리 다행이군. 우리가 여기서 한 일을 증언할 사람들이 살아 있다면 곤란했으니까."

"한데 당신들이 죽이러 온 목표물 단 한 사람이 살아 있다니."

"나도 이 기막히는 상황은 알고 있다, 마르스 경. 선택의 여지가 없었다는 말을 하는 것뿐이다. 나도, 내 승무원들도 여기서, 이런 식으로 죽고 싶지는 않다."

"브랜시드 호 승무원들에게 그런 선택의 여지를 주지 않았으면서, 나한테는 달라는 건가?"

"마르스 경, 당신이 선택의 여지를 줄 거라고 생각하지 않았다면, 난 입을 열지 않았을 것이다."

"잠깐만." 마르스는 셰네버트를 바라보았고, 그는 고개를 끄덕이며 교신을 끊었다. 마르스는 의자에 무겁게 주저앉아 두 손에 얼굴을 묻고 흐느꼈다.

"이건…." 핸튼이 입을 열었지만, 마르스는 한 손을 들어 제지했다. 핸튼은 입을 다물고 불편한 표정을 지었다. 방 안의 모두가 비슷한 표정이었다.

잠시 후 마르스는 셰네버트에게 고개를 끄덕였고, 그는 다시 통신을 재개했다. "이 모든 걸 법정에서 증언해야 해, 폰소드 함장."

"그것이 내 승무원들을 살릴 수 있는 길이라면, 마르스 경, 방금 했던 모든 이야기를 당신이 선택한 어떤 판사 앞에서든 되풀이하겠다."

"판사 앞에서 이야기하지는 않아, 함장. 황제 앞에서 말해야 한다. 직접 대면하고. 나도 그 자리에 있겠다."

긴 침묵이 흘렀다. "알겠다, 마르스 경. 지금부터 공식적으로 프린세스 호를 당신에게 넘기겠다. 당신이 지휘하라."

마르스는 고개를 끄덕이다가 폰소드 함장이 청각 교신을 통해 이 동작을 볼 수 없다는 것을 깨달았다. "고맙다, 함장. 내 동료 셰네버트 씨가 곧 오베르뉴 호에 조종을 넘기는 기술적인 문제를 당신과 상의할 것이다. 준비하도록." "그러지. 빠를수록 좋다."

"알겠다." 마르스는 셰네버트에게 고개를 끄덕였다. "알아서 할 수 있습니까?"

"이미 그 문제로 폰소드 함장과 이야기 중입니다."

마르스는 잠시 이 말에 어리둥절해하다가 셰네버트가 가상현실 영상이라는 사실을 상기했다. 가상현실 영상은 원하는 만큼 얼마든지 자신의 모습을 만들어 낼 수 있을 것이다. 그는 알았다는 뜻으로 고개를 끄덕였다.

"프린세스 호에서 특별히 가져오면 좋을 물건이 있을까요?" 셰네버트가 물었다. "승무원 외에 말입니다. 승무원은 총 일곱 명이랍니다."

"소규모군요." 셰릴이 말했다.

"우리는 더 적지요."

"그쪽 우주선 기록을 최대한 많이 가져오도록 하십시오." 마르스는 말했다. "그리고 폰소드가 우 가문과 거래한 증거가 있으면 뭐든지."

"현금 거래 아닐까요." 개미스가 말했다.

"아마 그렇겠지만, 그래도 최대한 많은 증거가 필요해."

"식량도 가져올 수 있는 만큼 최대한 필요합니다." 개미스가 세네버트에게 말했다. "저쪽에 있는 건 전부 다. 벌써 단백질 바는 신물납니다."

"저 우주선을 구할 방법이 있을까요?" 마르스는 물었다. "달라시슬라 인들이 전부 다 뜯어서 사용할 수 있을 텐데."

"폰소드 함장 말로는, 프린세스 호에 식량과 승무원을 여기로 실어 나를 작은 셔틀이 있답니다." 세네버트가 말했다. "물건을 옮겨 싣는 데 얼마나 오래 걸리느냐, 원격 조종이 가능하느냐에 따라, 셔틀을 이용해서 프린세스 호를 플로우 입구로 가는 경로에서 빗나가도록 밀 수 있을 겁니다. 셔틀과 프린세스 호 둘 다 손상된다는 점을 염두에 두십시오."

"아예 없는 것보다는 낫겠죠."

"이 경우는 문자 그대로 그렇겠죠." 세네버트도 동의했다. "이후 셔틀 손상이 크지 않으면, 그 셔틀이 프린세스 호를 달라시슬라 인들 쪽으로 밀고 가도록 프로그래밍 할 수 있는지도 알아보겠습니다. 그러면 그 사람들이 두 우주선 다 사용할 수 있겠지요."

"브랜시드 호에서 타고 온 셔틀도 그들에게 남겨 주고 싶은데요." 마르스는 말했다. "어쨌든 여기 있어 봐야 쓸모가 없으니까. 달라시슬라 프라임 옆에 세워 놓고 싶지는 않습니다."

"돌아가서 시브와 라이튼을 데려와야 합니다." 셰릴이 말했다. "그들을 여기 두고 갈 수는 없잖아요."

"셔틀이 원격으로 달라시슬라 우주선까지 가도록 제가 프로그래밍 할 수 있습니다." 핸튼이 말했다. "거기서 시브와 라이튼, 브랜시드 호에서 드론에 남긴 데이터를 싣고 허브로 가는 플로우 입구로 돌아오도록 하죠."

"우 가문이 브랜시드 호가 어디 있는지 알았다면, 돌아올 가능성도 있다는 것을 알고 있을 겁니다." 셰릴이 말했다. "브랜시드 호가 프린세스 호와 싸워 이길 수도 있었으니까요."

"그럼 허브 쪽 플로우 출구에서 누군가 우릴 기다리고 있을지도 모른다." 마르스가 말했다.

"저라면 그러겠습니다." 셰릴이 말했다. "제가 그들 입장이라면 말이죠."

"우리는 브랜시드 호로 돌아가는 게 아니잖습니까." 개미스가 말했다.

"그건 아니지만, 달라시슬라에서 이어지는 플로우 출구로 나가는 거니까." 셰릴이 말했다. "내가 그들이라면, 거기서 나오는 모든 우주선을 프린세스 호까지 포함해서 전부 다 격추시킬 거야. 증인이 적으면 적을수록 좋은 거니까."

마르스는 생각해 보고 셰네버트를 돌아보았다. "폰소드 함장에게 혹시 메시지 드론이 있는지 물어보세요."

"있답니다." 세네버트는 잠시 후 답했다. "브랜시드 호를 파괴한 뒤 보낼 예정이었으나, 우주선을 플로우 입구까지 운행하느라, 그런 뒤에 우리와 싸우느라 바빠서 잊어버렸답니다."

"폰소드 함장에게 나를 확실히 죽이고 브랜시드 호도 파괴했다, 달라시슬라 정착지에서 약탈할 것이 있으니 한 달 정도 있다가 돌아간다는 내용의 편지를 보내라고 하세요. 이 우주를 언제 떠날지 특정한 날짜를 가짜로 알리라고." 마르스는 셰릴을 돌아보았다. "우 가문이 사람을 시켜 프린세스 호까지 격추시킬 계획이라면, 따라서 날짜를 옮기겠지요."

"교활하군요." 셰릴이 말했다.

"산산조각 날 수는 없지요." 그는 다시 세네버트를 돌아보았다. "당신은 드디어 상호의존성단을 방문하게 됐습니다."

"잠깐, 이 우주선을 타고 상호의존성단으로 돌아갈 생각입니까?" 세네버트가 말했다. "안 됩니다. 제겐 장 생성기가 없어요."

그들은 일제히 세네버트를 응시했다.

"농담입니다." 그는 말했다. "당연히 있지요."

"당신의 유머 감각에는 문제가 많군요." 방 안의 모든 사람들이 가벼운 심장마비에서 회복한 뒤, 마르스가 말했다. "반죽음 상태로 세월을 보낸 게 영향을 끼친 모양입니다."

"전 원래 이랬습니다." 세네버트는 말했다. "제가 왜 죽었다고 생각하십니까?"

# 3부

THE
## CONSUMING FIRE

# 19장

브랜시드 호가 상호의존성단 공간으로 귀환이 예정되어 있던 시각 바로 전, 우주선과 그 승무원이 지키지 못하게 된 약속 시간 직전, 플로우 두 개가 추가로 붕괴했다.

첫 번째는 말로우에서 케알라케콰로 가는 플로우였다. 이 두 시스템은 인구가 적고 서로 무역이 드물었으며, 직접 플로우 여행은 한 달 걸리는 반면 베일라간을 경유해서 돌아가면 여행 시간을 열흘이나 단축할 수 있었다. 플로우 흐름 내에서의 시간은 두 시스템 사이의 거리와 상관없다. 플로우의 복잡성을 어느 정도나마 이해하는 사람은 극소수에 불과하다는 사실을 상기시키는 좋은 예였다.

따라서 말로우에서 케알라케콰 사이의 플로우를 사용하는 합법적인 운송이나 여행은 드물었다. 대신 밀수업자나 해적, 기타 해군 요격기나 현지 세관 집행관을 피할 수 있다면 시간이 조금 더 걸리는 것은 개의치 않는 사람들이 즐겨 이용했다. 플로우가 사라졌을 때, 실종으로 접수된 합법적인 무역선이나 운송 수단은 없었다. 실종된 우주선 여덟 대와 그 안에 탄 사람 1000명은 모두 개인 여행이나 무등록, 혹은 불법 여행이었다. 여행 일정을 기록한 서류도 없었고, 선하 증권도 없었고, 발송지와 목적지 기록도 없었다. 그저 사라졌을 뿐이었다. 애당초 이 경로를 이용했다는 사실이 알려져 있지 않았기 때문에, 고객과 의뢰인, 가족들도 그들이 어떻게 되었는지 영영 알 길이 없게 되었다.

두 번째 플로우는 그렇게 미미한 통로가 아니었다. 구엘프 시스템과 세게드 시스템은 둘 다 상호의존성단의 인구 및 경제적 핵심 중 하나로 일컬어지는 시스템이었다. 플로우의 성격상 그 붕괴에 대한 클레어몬트 백작의 연구와 변화 일정 예측은 아직 구엘프 시스템에 알려져 있지 않았기 때문에, 주민들에게 아무런 예고 없이 갑작스럽게 플로우가 붕괴했을 때는 두 시스템 간의 무역과 여행이 한창 분주하던 시기였다.

충격은 어마어마했다. 인구 수만 명이 사라졌고, 그중엔 승객 만 명을 실은 '얼루어 오브 더 스타즈', '오아시스 오브 더 스타즈' 여객선 두 대도 포함되어 있었다. 시가 10억 마크에 달하는 화물이 증발했다. 원래 구엘프에서 세게드로 가는 여행은 7일 여덟 시간이 걸렸지만, 이제 다른 경로로 돌아가려면 한 달 이상이 걸렸다.

세게드에서 구엘프로 돌아가는 길은 계속 열려 있었지만, 비슷한 플로우 붕괴에 대한 두려움 때문에 세게드발 교통편은 모조리 멈췄다. 구엘프는 플로우 붕괴의 원인을 찾을 때까지 다른 플로우 입구 세 곳으로 이어지는 여객 우주선 운행을 모두 중단했다. 붕괴 원인은 한 달 후 교역 손실이 수십 억 마크에 달한 뒤에야 허브에서 전해졌다. 이 사건은 구엘프의 문화적 영혼에 완전히 치유되지 않을 상흔을 남겼다.

이 두 플로우의 붕괴와 더불어, 마르스와 로이놀드가 그레이랜드에게 설명했던 소실류 현상 역시 뚜렷하게 나타나기 시작했다. 외쿠시와 아티보니트 시스템 사이에 플로우 하나가 눈에 띄지 않게 생겼다가 일주일 뒤 예고 없이 다시 사라졌다. 두 시스템 사이의 통행 시간이 플로우 자체가 지속한 시간보다 긴 5주였기 때문에, 아무리 모험심 많은 우주선도 어차피 이 일시적인 플로우 입구에 들어서지는 못했을 것이다.

더 짧은 플로우는, 엔드와 노인키르헨 사이에 겨우 15분 존재하기도 했다. 짝을 이루는 반대 방향 플로우는 7분 뒤 나타났다가 20분 뒤 사라졌다. 외쿠시와 아티보니트 사이의 플로우와 마찬가지로, 이 플로우의 존재 역시 양쪽 시스템 다 모른 채 지나갔다. 상호의존성단에서 전통적으로 가장 외딴 시스템이자 현재는 한층 더 외진 곳이 된 엔드 역시 잠시 드나드는 뒷문이 생겼다. 아무도 그 존재를 알지 못했고 사용할 수도 없었으나, 통로가 거기 있었다는 사실만은 변하지 않았다.

△△△

기억의 방에서 카르데니아는 초대 선지자-황제 라헬라 1세를 소환했고, 라헬라는 뭔가 묻기를 기다리며 그녀 앞에 조용히 서 있었다.

"당신은 의혹을 가져 본 적이 있나요?" 카르데니아는 물었다.

"무엇에 대해?" 라헬라 1세는 물었다.

카르데니아는 웃었다. 물론 가장 라헬라다운 대답이었다. 초대 황제를 소환해서 비전의 본질은 무엇인지, 비전을 어떻게 팔 것인지, 귀족 계급은 힘들지라도 애당초 홍보 대상인 대중에게 받아들여지려면 어떻게 해야 할 것인지 상의한 것도 이미 여러 번이었다. 카르데니아가 자신의 까마득한 조상과 이야기할 때마다, 라헬라는 고요한 자신감 외의(비유적인 의미에서도 그렇고 문자 그대로도 마찬가지였다. 기억의 방 천장에 교묘하게 설치된 조명 덕분이었다) 다른 감정을 내비친 적이 없었다.

아마 카르데니아가 보는 라헬라는 진짜 라헬라가 아니라, 특정한 순간 라헬라가 무엇을 느끼는지 알려 줄 수 있지만 직접 그 감정을 느끼지는 못하는, 인지적 인공지능이 만들어 낸 기억과 감정의 묶음이라는 사실이 그 이유의 일부일 것이다. 아버지를 포함해서 87명의 선대 황제들의 재현 역시 마찬가지다. 카르데니아는 엄밀하게 말해 이 황제들 중 누구도 실제 존재하지 않는다는 것을, 자신은 그저 새 셔츠 입듯 이전 황제의 모습을 갈아입는 기억의 방의 아바타 지위와 이야기하고 있다는 것을 알고 있었다. 그러나 라헬라 1세나 아타비오 6세가 앞에 서 있으면, 실제 인간과 대화하는 것이 아니라는 사실을 잊기 쉬웠다.

그러나 컴퓨터 시뮬레이션이건 아니건, 실제 감정이 있건 없건, 최소한 모든 황제들의 성격의 잔여는 대화를 통해 전달되기 마련이었다. 신경질적이었던 황제는 신경질적인 사람처럼 이야기하고 질문에 답했다. 거칠고 멍청한 황제는 거칠고 멍청하게 답했다. 섬뜩한 황제는 — 그런 사람도 몇몇 있었다 — 외적인 감정 표현의 부재로 인해 더욱 섬뜩하게 다가왔다.

라헬라 1세는 섬뜩하지도, 시끄럽지도, 신경질적이지도 않았다. 그녀는 그저… 라헬라였다. 자신감이 있었다. 그레이랜드도 자신감을 가장하는 법을 배워 가고 있었지만, 아직 실제로 그런 기분을 느끼지는 못했다.

그레이랜드는 라헬라 1세의 질문을 생각해 보았다. "그럼, 무엇에 대해서든 의혹을 가져 본 적이 있나요?"

"물론이지. 소시오패스나 의혹을 느끼지 못하지, 나는 살아 있을 때 소시오패스가 아니었다."

"지금은요?"

"정신과 의사를 여기 데려와서 나를 진단하라고 하면, 아마 소시오패스라는 결과가 나올 거다. 가장할 수는 있겠지만, 나는 현재 근본적으로 공감한다는 것이 불가능하니까. 이건 교과서적인 소시오패스의 정의에 해당하지. 분명 지금 현재 나는 의혹을 갖지 않아."

"하지만 살아 있을 때는 의혹을 느꼈겠죠."

"그래, 여러 번. 사람이나 사물, 사건에 대한 아주 작고 사소한 의혹부터, 보다 크고 존재론적인 의혹도 있었어. 예를 들어 상호의존성단을 건설할 수 있을까 하는 의혹."

"왜 의혹을 느꼈나요?"

"내 성격상의 이런저런 특징은 접어 두고, 의혹을 품는 것이 당연했으니까. 우리 계획이 완벽하지 않다, 우리가, 내가 미처 생각지 못했던 만약의 사태가 생길 수 있다, 그것이 이후 상황에 영향을 미칠 수 있다는 걱정은 지극히 당연했으니까."

"그랬나요? 그런 의혹들은 사실이 됐나요?"

"때로 그랬지."

"그러면 어떻게 대응하셨지요?"

"계획을 다시 최대한 잘 세우고 실행에 옮겼다."

"임기응변으로 대응한 거군요."

"그래. 우리가 갖고 있었던 한 가지 유리한 점은, 내가 도입한 사고방식, 계획이 목표 그 자체가 아니라는 인식이었지. 목표는 목표, 우리는 어떻게든 그 목표를 실현시킬 결심이었다. 그러기 위해 계획을 수정해야 한다면, 때로 한창 계획을 실행하는 중이라도, 우리는 그렇게 했어."

"자랑스러운 것 같군요." 카르데니아는 말했다.

"자랑스러웠어."

"아니, 지금 현재도 자랑스러운 것 같다고요. 당신이, 시뮬레이션이."

"그렇지 않아. 하지만 라헬라는 그랬다. 그 자부심이 네 눈에 비치는 것도 이해가 돼. 내가 황제가 된 것은 그 때문이었어. 나는 원래 황제가 될 운명이었어, 분명히 해 두어야 할 것 같지만. 우 가문은 국가와 교회에서의 역할 사이에서 균형을 잡을 수 있는, 앞에 내세울 얼굴이 필요하다는 점을 늘 알고 있었다. 양쪽에 유용한 간판이. 그러나 나는 동지들에게 계획이 우리의 목표가 아니라는 사실을 끊임없이 일깨우는 사람이었으니 단순한 간판 이상이었지. 우리는 그것 때문에 성공했어."

"당신의 예언이 과연 실현될까 의심해 본 적도 있나요?"

"가끔. 우리끼리 만든 계획이 세상에 나가서 실패하면, 수정하거나 때로 아예 폐기하기도 했다. 예언은 포부를 담은 것이지, 미래에 대한 예측이 아니라는 말은 이미 했었지. 노력해서 실현시킨 뒤에야, 예언은 필연처럼 보이게 됐어. 우리는 대단히 노력했다."

"예언을 하고, 그걸 성공적으로 널리 퍼뜨리는 것은 내가 예상했던 것보다 훨씬 힘든 작업이에요." 카르데니아는 인정했다.

"아주 힘든 일이야." 라헬라도 동의했다. "나는 실질적으로 필요없게 되자마자 예언을 버렸다. 네 앞의 어떤 황제도 예언을 하지 않았어. 그럴 이유가 없었으니까. 그들은 이미 황제였고, 규칙을 세우는 힘든 일이 이미 다 되어 있었지. 그저 규칙을 유지하기만 하면 됐어. 국가의 도구를 거쳐 통치하는 것이 수월하도록 우리가 이미 체계를 세웠다."

"그럼 나도 예언은 하지 않는 게 나았다는 거군요."

"그런 말은 아니야."

"당신은 사실 인간이 아니고, 내가 당신에게 말하는 내용 외에는 관심이 없으니까 그렇겠죠."

"그건 그렇다. 또한 네 제위는 나를 포함하여 다른 어떤 황제의 통치 시기와도 같지 않아. 나는 상호의존성단을 건설하기 위해 부단히 노력했지만, 그때 나는 황제가 아니었다. 대부분의 측면에서 황제 자리에 올랐을 때, 내 위기는 — 상호의존성단의 건설은 — 끝났어. 우 가문은 성공했다. 네 위기는 상호의존성단의 해체이지. 너는 인류의 시스템들이 혼자 살아 가야 하는 세상에 대비하도록 해야 한다. 그 일을 하는 데 네겐 국가라는 도구가 있지만, 국가의 도구만으로는 분명 충분하지 않겠지. 그러니 이제 너는 교회의 도구도 이용해야 해. 교회는 그렇기 때문에 존재하는 거다. 네가 이용하라고 내가 만들어 놓은 거야. 너만을 위한 것이 아니라, 이런 입장에 처하는 어떤 황제든지 이용하라고."

카르데니아의 눈이 가늘어졌다. "플로우의 붕괴를 예측하셨다고요."

"아니." 라헬라 1세는 말했다. "나는 플로우란 것을 완전히 이해해 본 적이 없어. 내게는 언제나 그냥 복잡한 수학이었고, 대신해 줄 사람들이 많았다. 하지만 나는 황제에게 단순히 황제라는 사실 외에 다른 선택지가 필요한 시점이 있을 거라고 예상했다. 선지자라는 망토를 뒤집어써야 하는 시점이. 너는 두 번째 선지자-황제야."

카르데니아는 움츠러들었다. "아, 난 나 자신을 그렇게 부르지 않아요."

"왜 안 그러는지 모르겠구나."

"그냥 약간… 오만하잖아요. 게다가 내가 나 자신에게 내릴 칭호 같지는 않아요. 다른 사람이 제일 먼저 사용해야겠죠."

"마케팅의 관점에서 보면, 네 생각은 틀렸어. 다른 사람들이 그 칭호를 사용해 주기를 바라면, 네 자신이 먼저 사용해야 해. 최소한 선전 담당자들을 통해 뿌리든가."

"요즘은 국정홍보처라고 불러요."

"뭐든지. 그쪽을 통해서 미리 뿌려 놔. 네 생각보다 큰 도움이 될 거다."

"전 의혹이 있어요." 카르데니아는 말했다.

"나는 마케팅을 한 사람이야. 알고 있다."

"아니요. 그 말이 아니고요. 더 큰 의혹 말이에요. 모든 것에 대해서."

"당연하지. 넌 인간인데."

"알아 주셔서 감사합니다."

"지금 넌 내게서 뭔가 지혜를 얻고 싶은 거로구나."

"그런 식으로 말씀하시면 김이 빠지고요."

"다음에 만날 때는 보다 유기적으로 접근하기로 하지."

"고맙습니다."

"어쨌든 지혜를 듣고 싶으냐?"

"네." 카르데니아는 말했다. "네. 듣고 싶어요."

"이거다. 자신감은 내가 옳다는 확신에서 생기는 것이 아니야. 자신감은 내가 옳게 만들 수 있다는 확신에서 생기는 거다. 의혹이란, 그 의혹이 타당하기 때문에 갖게 되는 거야. 내게도 타당한 의혹들이 있었다. 하지만 계획이 곧 목표가 아니라는 점을 명심하거라. 네 목표는 뭐지?"

"가능한 모든 방법을 동원해서 최대한 많은 사람들을 살리는 거예요."

"그 목표에 대해 자신감을 갖거라. 다른 건 따라올 거야."

"고맙습니다." 카르데니아는 잠시 후 말했다. "자신감에 대해 하신 말씀은 제게 타당해요."

"천만에." 라헬라 1세는 말했다. "나도 예전에 어느 책에서 읽었다."

△△△

기억의 방에서 나와 보니 오벨리스 아텍이 카르데니아를 기다리고 있었다. 아텍의 얼굴에는 은근히 불안한 표정이 떠올라 있었다. 황제의 개인 아파트에 들어오면 사생활 침해라고 느껴 언제나 불편하기 때문이기도 했고, 기억의 방이 무엇인지 모르기 때문에 신경이 쓰이기도 했다. 카르데니아는 일종의 휴식처라고 설명했고 때로 그 말이 맞기도 했지만, 그 설명은 아텍의 불안감을 조금도 달래지 못하는 것 같았다.

카르데니아는 비서에게 미소 짓고, 심호흡을 한 번 하고, 다시 그레이랜드 2세가 되었다.

"다음 약속이 와 있나?" 그레이랜드는 물었다.

"네, 폐하. 집무실에서 기다리고 있습니다." 아텍은 황제에게 앞장서라는 뜻으로 손짓을 했다.

레이디 키바 라고스는 황제 집무실에서 의자에 깊숙이 기대앉아 한쪽 발을 편안하게 흔들거리며 기다리고 있었다. 그레이랜드는 이 광경이 흥미로웠다. 대부분의 접견자들은 황제 집무실과 수 세기 동안 쌓인 흉물에 압도되기 마련이었지만, 키바는 '음, 여기 뭐 같은 물건 많네. 그래서 어쩌라고.'식으로 생각하는 기색이었다. 물론 그레이랜드도 이런 생각에 전적으로 동감이었다.

아텍은 점잖게 헛기침을 했다. 키바는 그쪽을 돌아보고, 아텍이 최대한 알아듣기 쉽게 '썩 일어나지 못할까.'라는 신호를 보내는 것을 보고, 일어나서 허리를 굽혀 절했다.

"레이디 키바, 다시 만나게 되어서 반갑소." 그레이랜드는 인사를 건네며 아텍을 방에서 내보냈다. "다시 앉으시오."

"천장을 바라보고 있었습니다, 폐하." 키바는 다시 앉으며 말했다. "한 곳에서 이보다 많은 금박을 본 적이 없는 것 같습니다."

"많지."

"황제로 사는 특권 중 하나겠군요."

"그럴 거요. 솔직히 그리 자주 그 생각을 하지는 않아. 요즘은 거의 천장을 쳐다볼 일이 없소."

"가끔 쳐다보십시오. 상당히 인상적입니다."

"당신 친구는 좀 어떤가? 미안하군, 마침 그 이름이 생각나지 않는데."

"세니아 펀다펠로난입니다."

"기억하기 쉽지 않은 이름이군."

"처음 만났을 때 저도 똑같은 말을 했습니다. 그녀는 덕분에 많이 좋아졌습니다, 폐하. 감사드립니다. 브라이튼 궁에서 보호해 주신 것도 감사합니다. 그녀도 훨씬 안전하다고 느꼈습니다."

"그랬군. 그리고 당신은? 친구는 부상을 당했다고 들었는데, 총알은 창문을 뚫고 지나갔다면서."

"방탄 기능이 더 좋은 창문으로 교체했습니다." 키바는 말했다. "하지만 저는 계속 제 집에서 지냅니다. 절 만나고 싶은 사람은 언제든지 찾아오면 됩니다."

"용감한 건지 어리석은 건지 모르겠소, 레이디 키바."

"당연히 어리석은 거지요, 폐하. 하지만 절 죽이려고 그렇게까지 수고를 하는 사람이 있다면, 제가 어디서 자는지는 중요한 문제가 아니지 않겠습니까. 그러니 그냥 집에서 푹 자는 편이 낫습니다. 게다가 누가 범인인지 잘 알고 있으니까요. 이미 불쾌감도 표했습니다."

"친구가 총에 맞은 같은 날 밤 노하마페탄 백작의 비서실장이 자기 침대에서 폭행당했다는 소문을 들었소."

"그 소문에 대해서는 아는 바가 없습니다, 폐하."

"그러시겠지." 그레이랜드는 붕대를 감은 키바의 손을 고갯짓으로 가리켰다. "손은 어떻게 된 거요, 레이디 키바?"

"이거요?" 키바는 손을 들어 보였다. "어디 멍청한 물건에 부딪혀서 부러졌습니다."

"그럴 만한 가치가 있는 일이었나?"

"그럼요, 폐하."

"그럼 잘했군. 계속하시오."

"저도 기꺼이 그렇게 할 생각입니다. 그리고 말이 나왔으니 말인데….” 키바는 팔을 뻗어 의자 옆에 놓아 둔 서류 뭉치를 집어들더니 황제의 책상에 떨어뜨렸다. “빌어먹을 노하마페탄 가문에 대해 제가 알아낸 정보 이야기를 하시지요.”

그레이랜드는 이 말에 눈썹을 치켜올렸다.

“아, 젠장. 제가 방금 욕설을 했나요?” 키바가 말했다.

그레이랜드는 웃었다.

“죄송합니다.” 키바가 말했다. “최대한 예의바르게 행동하려고 애썼는데요, 폐하.”

“당신은 그냥 당신답게 행동하는 게 좋겠소, 레이디 키바.”

“그리 말씀하신 걸 후회하시지 않도록 노력하겠습니다, 폐하.”

“후회할 리는 없을 거요. 특히 그 정보를 가지고 오신 이상.”

“이걸로 뭘 하실 생각인지, 혹시 여쭈어도 될지요.”

“정보? 아직 아무것도.” 그레이랜드는 키바의 표정을 알아차렸다. “하지만 약속하건대, 레이디 키바, 당신의 수고가 허사로 돌아가는 일은 없을 거요. 분명히 사용하지. 효과적으로.”

“그럼 살펴보시죠.” 키바는 종이를 꺼냈다. “이것부터.”

“그건 뭐요?”

“나다쉬 노하마페탄의 비밀 은행 계좌입니다. 다른 사람이 절대 발견하지 못할 거라고 생각했던 거죠. 한데 이게 흥미롭습니다.”

“어째서?”

“열두 시간 전에, 폐하, 누군가 이 계좌에서 돈을 옮겼습니다.”

# 20장

"모두 준비됐나요?" 제네티 핸튼은 오베르뉴 호의 함교를 둘러 보며 물었다. 우주선은 허브로 통하는 플로우 출구에서 나가기 직전이었다.

매복이 있다면, 우주선이 일반 시공으로 전환하는 순간을 노릴 것이다. 우주선이 플로우에서 나가는 순간에는 운동량이 전혀 없다. 어떤 미사일이나 빔 무기, 거친 욕설도 맞기 좋은 손쉬운 표적으로 우주 공간에 정지한 상태가 된다. 마르스의 계획대로 가짜 정보를 담은 드론을 보내기는 했지만, 이 계획이 성공하느냐는 전혀 다른 문제다. 오베르뉴 호의 임시 승무원들은 이제 곧 알게 될 참이었다.

"빔 무기를 준비해 두고, 움직이는 물체는 뭐든지 사격할 태세를 취하겠습니다." 세네버트가 말했다.

핸튼도 이 말에 고개를 끄덕였다. "이쪽으로 골칫거리가 다가오는지 제가 살펴보죠."

"고맙습니다, 핸튼 박사." 셰네버트가 대답했다. "미사일이 날아오는지 특히 잘 봐 주십시오."

마르스는 셰네버트가 친절하다고 생각했다. 셰네버트는 컴퓨터이고 사실상 우주선 그 자체다. 어른이 프로젝트를 수행하면서 유아에게 공구를 건네 달라고 부탁할 필요가 없듯이, 날아오는 물체를 포착하는 데 굳이 인간의 도움이 필요할 리가 없었다. 그러나 셰네버트는 이 순간 핸튼이 뭔가 할 일이 필요하다는 것을 이해하고 기꺼이 일거리를 주었던 것이다.

마르스는 컴퓨터 이전 시절, 지각 있는 우주선이 되기 전에 셰네버트가 어떤 인물이었을지 다시 궁금해졌다. 귀향하는 8일 동안 대화할 때마다, 셰네버트는 유독 이 주제만 나오면 모호하고 수다스럽게 말을 돌려 상호의존성단에 대한 화제로 마르스를 유도하곤 했다. 셰네버트는 성단에 대해 무한한 호기심을 보였고, 오합지졸 탐사 팀이 셰네버트와 오베르뉴 호를 성단까지 억지로 끌고 가게 된 이상 마르스도 최대한 많은 최신 정보를 알려 주는 것이 당연하다고 생각했다.

마르스가 셰네버트에 대해 알아낼 수 있었던 개인적인 정보에는 우선 아주 부유했다는 점이 있었지만, 자수성가했는지 가문의 재산을 물려받았는지는 확실치 않았다. 어느 날 셰네버트와 그의 친한 친구 200명은 각자 가진 재산과 소지품의 상당 부분을 오베르뉴 호에 싣고 유람 여행길에 오르기로 했다. 여행 당일, 그들은 세네버트의 고향 시스템에서 갑작스럽게 서둘러 떠나야 하는 상황에 처했고, 결국 달라시슬라 우주에 표류해서 돌아갈 수 없는 신세가 되고 말았다.

"그럼 피난민이군요."

"우리는 일시적 해외 거주자 정도로 생각했습니다." 세네버트는 말했다. "언젠가 당연히 돌아갈 생각이었습니다만, 물리적 현상이 생겨 버렸죠."

"달라시슬라로 올 때 통과했던 플로우가 붕괴했군요."

"네." 세네버트는 미간을 찡그렸고, 마르스는 그의 시뮬레이션이 실제 인간 흉내를 정말 잘낸다고 생각했다. "그때 당신이 우리와 같이 있었다면 얼마나 좋았을까요, 마르스 경. 제가 아는 어느 누구보다 이런 문제를 잘 이해하시는 것 같습니다."

"저만큼 잘 알던 사람이 하나 더 있었어요." 마르스는 말했다.

"물론이지요. 로이놀드 박사 일은 유감입니다, 마르스 경. 마음 아파하신다는 거 알고 있습니다. 목숨을 잃은 브랜시드 호 승무원들도요."

마르스는 고개를 끄덕였다. "당신은, 무슈 세네버트? 같이 여행을 떠난 친구들이 그립지 않습니까?"

"네, 그럼요. 이제 워낙 오래되긴 했지만."

"당신에게는 그리 오래된 일이 아닐 텐데요. 지난 300년 동안 계속 잠들어 있었다고 하셨잖습니까."

"대체로 수면 중이었지요, 맞습니다. 제 두뇌의 작은 부분은 이따금 깨어 우주선을 점검하고 운행했습니다. 간지러울 때 잠시 깨어 코를 긁은 뒤 곧장 다시 잠드는 행동과 비슷하다고 생각하시면 됩니다."

"그래도."

"네. 그런데 제 경우는 말이죠, 마르스 경, 우주선 동료들이 날 버린 뒤에 저도 그들을 떠났습니다. 잘된 일이었어요. 그들은 달라시슬라를 재생시킬 방법을 찾아냈고, 명맥을 유지하고 있던 시스템 원주민들도 같이 살자고 초대했거든요. 더 나은 살 곳이 생겨서 떠난 것이라, 저도 기쁘게 보냈습니다."

"어떻게 그렇게 했습니까? 달라시슬라를 다시 재생해요? 그때 이미 수 세기 동안 죽은 상태였을 텐데."

셰네버트는 고개를 저었다. "죽은 상태가 아니었습니다. 휴면 상태였죠. 정착지가 어떻게 붕괴했는지는 몰라도, 물리적인 설비 문제는 아니었습니다. 아, 우리가 도착했을 때 정착지는 손상되고 약탈도 당한 상태였어요. 제 동료들이 달라시슬라를 재생했다는 말은, 이전 상태에 비교해서, 한정된 상태로 복구했다는 뜻입니다. 하지만 제 승무원들, 그리고 당시 비슷한 정착지와 우주선에 흩어져 살아남아 있던 천여 명의 달라시슬라 인 정도는 쉽게 수용할 수 있었어요."

"사람이 있었다는 게 놀랍습니다. 그렇게 오랜 고립에서 사람들이 살아남았다는 것이."

"네, 놀랍지요. 그러나 동시에 우울하지 않습니까, 마르스 경? 한때 수백만 명의 달라시슬라 인이 부유하고 편안하게 살고 있었는데, 그중 고작 몇몇만이 살아남아 근근이 명맥을 유지한 겁니다. 바깥 우주와 차단되었기 때문이 아니라, 결정적인 초기 몇 년 동안 집단지성을 잃어버렸기 때문이겠지요. 혹은, 집단지성을 유지하고 있던 사람들이 그렇지 못한 사람들을 상대하느라 소중한 시간을 허비하는 바람에 상황 전체를 바라볼 여유가 없었든가."

"인간은 문제가 될 수 있습니다." 마르스도 동의했다. "하지만 당신 동료들은 그런 문제가 없었던 것 같군요."

"처음에는 안 그랬습니다." 세네버트는 말했다. "그러나 달라시슬라는 아주 잠시, 겨우 몇 십 년 활동했다고 하셨잖습니까. 달라시슬라 원주민들에게 닥쳤던 혼돈이 제 동료들에게도 찾아온 것 같습니다."

"그때 당신은 잠든 상태였나요?"

"네. 동료들이 정착지를 잘 가동시키는 것을 확인할 때까지 한참 깨어 있다가, 스스로 잠에 들었습니다."

"그 변신은." 마르스는 세네버트 쪽을 가리켰다. "언제 하셨습니까?"

"거의 도착한 직후에요. 출발할 때 나는 이미 죽어 가고 있었습니다, 마르스 경. 내가 모세 같다는 농담을 즐겨 하곤 했어요. 우리 민족을 이집트에서 데리고 나와 약속의 땅으로 인도하는, 그러나 자신은 결국 그곳에 도착하지 못하는. 멜로드라마 같다는 핀잔도 들었고, 그 말도 전적으로 맞습니다. 전 가끔은 멜로드라마를 좋아해요. 게다가 크게 걱정되지도 않았습니다. 내 육체가 언제 죽을지 알고 있었고, 이렇게 대비도 해 두었으니까. 죽음이 덜 충격적으로 다가오더군요."

"놀랍군요."

"이건 아주 오래된 기술입니다." 셰네버트가 말했다. "약간의 기술 개선이 이루어졌지만, 기본적으로는 한 세기 전 설계예요. 당신의 반응을 보니, 상호의존성단에는 이런 것이 보편적이지 않은 모양이군요."

"전혀요."

"음, 아주 비싸고 귀찮기도 해요. 정말 원해야 합니다. 나는 원했고, 고향을 떠날 때 가지고 와서 우주선에 결합시켰습니다."

"우주선으로 사는 건 괜찮습니까?"

"대체로 대단히 쾌적합니다." 셰네버트는 말했다. "육체적인 어떤 것들이 그립기도 합니다. 식사, 섹스. 때로 어떤 것이 더 그리운지 혼자 따져 보기도 하지요. 지금은 먹는 일 쪽이 더 그립습니다. 하지만 무엇보다 아직 살아 있는 것이 좋습니다."

"그런데도 스스로 잠들었습니까?"

"음, 그건 현실적인 판단이었습니다. 우리를 달라시슬라에 가둔 플로우가 언젠가 다시 열릴지도 모른다, 그렇게 되면 승무원 중 살아남은 사람은 돌아가서 상황이 나아졌는지 확인하고 싶어할지도 모른다는 가정하에 작동했지요. 혹은 다른 사람들이 찾아와서 무슨 이유에서든 우호적이지 않을 때, 무기를 장착한 우주선이 대기하고 있다면 도움이 될 것이기도 하고요. 2, 30년 단위의 미래를 예측한 것이지, 300년이 흐를 줄은 몰랐지요."

"직접 깨어날 수도 있었잖아요."

"전 수면을 즐겼습니다. 인간이던 시절에는 그렇게 푹 잔 적이 없었어요. 지금은 실컷 잔 것 같습니다."

"달라시슬라 인들은 — 지금 달라시슬라 인 말입니다 — 당신 일행 말로는 다른 우주선이 또 올 거라고 했다고 기억했습니다. 우리가 도착했을 때 그리 놀라지 않은 이유 중 하나였지요. 그들에게는 그것이 무슨 예언 같았습니다."

"우리가 그런 식으로 들리도록 의도하지는 않았던 것 같은데요." 셰네버트는 말했다. "플로우가 다시 열리면 더 많은 사람들이 올지도 모른다는 뜻만 전달했던 것 같습니다. 시간은 사실을 묘하게 왜곡해요, 마르스 경. 하지만 어쨌든 그들이 필요로 할 때 마침 당신이 도착하지 않았습니까. 당신의 선물이 그들에게 상당한 시간을 벌어 줬고요."

"난파한 우주선 한 대와 곧 동력이 떨어질 셔틀 두 대죠."

"달라시슬라 인들은 대단히 영리하니까 그렇게 빨리 동력이 다 떨어지지 않을지도 모릅니다. 달라시슬라 인들만큼 임시변통으로 근근이 잘 사는 사람들도 없을 거예요. 제 때도 그랬고, 말씀을 들어 보니 지금도 그런 것 같습니다. 당신이 여기 온 것이 신의 뜻이 아니었을지는 몰라도, 하필 지금 당신이 여기 왔다는 사실, 그들에게 생존에 필요한 도구를 그렇게 많이 남겼다는 사실은 내겐 기적처럼 보입니다. 그렇다면 그 '예언'은 그들에게 실현된 거겠죠. 제 경험상 예언이란 것은 원래 그렇게 돌아가는 겁니다."

"예언에 경험이 많다고요?" 마르스는 물었다.

"충분히 있죠, 이 경우에는." 셰네버트가 말했다. "말이 나왔으니, 당신 세계의 상호의존성단 교회에 대해 더 이야기해 주세요."

그리고 두 사람은 셰네버트의 생전 이야기는 최대한 제외하고 다른 모든 화제에 대해 대화를 이어갔다.

허브 우주에 들어서기 전 우주선이 카운트다운에 들어갔을 때, 마르스는 셰네버트가 이전 생에 어떤 인물이었는지는 몰라도 이번 생에서는 상당히 괜찮은 사람이라는 결론을 내렸다.

"갑니다." 핸튼이 모니터를 보며 말했다. "그리고… 도착했습니다. 이제 여기는 허브 우주입니다."

"살인 의도가 있는 물체가 날아오는 것 같지는 않군요." 셰네버트가 핸튼에게 말하고, 몇 초 뒤 물었다. "당신은?"

"날아오는 건 없습니다." 핸튼도 동의했다. "플로우 입구 옆으로 작은 물체 세 개가 떠 가는 게 보입니다."

"저도 보고 있습니다." 셰네버트가 말했다. 오베르뉴 호의 카메라가 초점을 맞추자, 조종 모니터에 물체 중 하나가 모습을 드러냈다.

"감시 장비로군요." 셰릴 병장이 말했다. "거의 모든 플로우 출구에 있는 겁니다. 우주선과 그 도착 시각을 기록해서 신고된 일정과 대조하지요."

"이 우주선은 일정이 없을 텐데요." 마르스가 말했다. "이 출구 자체도 마찬가지고."

"이건 상호의존성단 장비일까요? 아니면 우 가문이 설치한 걸까요?" 개미스 이등병이 말했다.

"어쨌든 모두 우 가문이 제작하는 거지." 핸튼이 말했다. "우주선 제작은 그들의 독점 산업이야."

"어느 쪽이든, 우리는 포착됐어." 셰릴이 대답하고 마르스를 돌아보았다. "어떻게 할까요?"

"당당하게 행진해야 할 것 같은데요." 마르스가 말했다.

"네?"

"시안 관제탑에 전갈을 보내 황제에게 직속 첩보 우주선 사무엘 3세 호가 비밀 임무에서 귀환했다, 도킹한 뒤 결과를 보고할 준비가 돼 있다고 전하라고 하세요." 마르스가 말했다. "공개 통신으로 보내십시오."

"무슨 첩보 우주선이 그렇게 합니까." 개미스가 말했다.

"여기서 시안까지 가는 도중에 우 가문의 장거리 미사일에 맞는 위험을 무릅쓰기 싫으면 그렇게 해야지."

"사무엘 3세?" 셰네버트가 물었다.

"그건 저와 황제만 아는 농담입니다." 마르스는 그에게 말했다. "나중에 설명하지요."

"둘만 아는 농담이 있을 정도로 황제와 가까운 사이라니 대단하네요."

"음, 그게." 마르스는 어색하게 말했다. "폐하는 아주 스스럼없는 분입니다."

"그렇군요." 셰네버트는 마르스를 재평가하는 기색이 역력했고, 마르스는 평가당하는 이 상황이 대단히 불편했다.

"그 전갈을 보내 주시겠습니까?" 마르스는 화제를 돌렸다.

"이미 보냈습니다. 시안 관제탑에서 먼저 신호를 보내 왔어요."

"시안으로 제대로 보냈습니까?" 개미스가 물었다. "당신은 여기 처음이잖아요."

"같은 채널에서 오가는 다른 신호도 점검했습니다." 셰네버트
가 대답했다. "당신 친구 우 가문이 우리를 유인하려고 보낸 엉터
리 신호였다면, 대단히 정교한 음모를 꾸미고 있는 거겠지요."

"그래도 모르잖습니까." 개미스는 방어적으로 답했다.

"모르죠. 네." 셰네버트는 말했다. "하지만 이 경우에는 그럴 가
능성이 별로 없습니다. 방금 황제 전용 선창으로 들어가라는 허가
가 떨어졌어요. 우리를 호위할 특무대가 파견되었다는 전갈도 들
어왔습니다." 셰네버트는 마르스를 돌아보았다. "그 둘만 아는 농
담 제게도 가르쳐 주셔야 합니다."

△△△

오베르뉴 호가 황제 개인 선창에 들어가니 황실 호위대가 잔뜩
탄 셔틀이 기다리고 있다가 선체를 맨 앞부터 끝까지 검사하고 세
개의 선실에 나뉘어 상당히 편안하게 여행한 프린세스 호 승무원
들을 끌어냈다. 호위대의 작은 소대만 뒤에 남기고 프린세스 호
승무원들이 셔틀 편으로 출발하자, 두 번째 셔틀이 들어왔다. 이
번에는 황제와 여러 명의 근위병들이 타고 있었다.

"마르스 경." 그레이랜드는 셔틀에서 내리며 말했다. "다시 만
나서 반갑소."

"폐하." 마르스는 말했다. 그는 그레이랜드가 황실 호위병의 존
재 때문에 황제를 가리키는 '우리'라는 대명사를 사용하며 격식을

갖춘다는 것을 알고 있었다. 이 근엄한 순간에도 카르데니아와 자신이 침대에 벌거벗고 함께 누워 있던 장면이 뇌리를 스쳤다. 원래 뇌란 것은 그렇기 마련이니까. 자신의 뇌가 싫었다. "저 역시 폐하를 다시 뵈어 반갑습니다."

그레이랜드는 주위를 둘러보고 다시 마르스에게 시선을 주었다. "사무엘 3세 호, 그렇군."

"사실은 오베르뉴 호입니다."

"마르스 경, 이건 그대가 타고 떠난 우주선이 아니잖나."

"아닙니다, 폐하."

"갖고 있다는 것을 우리조차 미처 몰랐을 정도로 은밀한 첩보 우주선이 있다니 기쁜 일인데, 올리비어 브랜시드 호와 그 승무원들은 어떻게 되었는지 염려되는군."

"브랜시드 호는 습격당했고, 승무원도 잃었습니다. 저와 다섯 명만 살아남았습니다."

"누가 습격을?"

"허브 우주에서 따라온 우주선이었습니다, 폐하. 저희가 승무원을 잡아서 같이 데려왔습니다. 황실 호위대가 여기보다 더 경비가 삼엄한 곳에 가두기 위해 우주선에서 데려갔습니다."

"그리고 당신 친구, 로이놀드 박사는?"

마르스는 바닥을 내려다보며 말없이 고개를 저었다.

"심히 유감이오, 마르스 경." 그레이랜드가 말했다.

"황공합니다, 폐하."

"그대와 의논하고 싶은 일이 많이 있지만, 셔틀 착륙장은 그러

기에 최적의 공간이 아니겠지. 황궁으로 같이 가서 이야기를 계속
하시겠소?"

"네, 폐하. 하지만 그전에 우선 잠시만 이쪽으로 와 주십시오."

"무슨 일로, 마르스 경?"

"우주선에 만나 보셔야 할 사람이 있습니다."

"그도 황궁으로 동행하게 하시오, 마르스 경. 나머지 승무원들
모두."

"감사합니다, 폐하. 그런데 그게 그렇게 간단한 일이 아니라."

몇 분 뒤, 나머지 승무원을 간략하게 소개하고 나서, 그레이랜
드와 마르스는 함교로 들어섰다. 호위병 한 사람이 동행했지만,
그레이랜드는 고갯짓으로 그를 물리쳤다. 호위병은 인상을 썼지
만, 물러갔다.

"마르스, 로이놀드 일은 정말 안됐어." 그레이랜드는 조용히 말
했다. "당신한테 중요한 사람이었다는 걸 알아."

"고맙습니다, 폐…." 마르스는 중간에서 말을 멈추고 미소 지었
다. "아까 다른 사람들 앞에서 당신을 카르데니아라고 부를 뻔했
습니다."

"그러지 마. 그럴 뻔한 건 상관없어. 괜찮아. 하지만 그냥, 그러
지는 마."

"기억하지요."

그레이랜드는 주위를 둘러보았다. "누굴 만나 봐야 한다고?"

"네." 마르스는 말했다. "무슈 셰네버트, 이제 나오십시오."

셰네버트의 영상이 일렁거리며 나타났다. 마르스의 눈에는 상

당히 자랑하는 듯한 효과였다. 영상을 보던 그레이랜드의 눈이 커졌다. 셰네버트는 그레이랜드에게 다가가더니 한껏 예를 갖춰 절했다. "폐하." 그는 말했다.

그레이랜드는 멍하니 바라보다가 미소 짓더니, 마르스가 전혀 예상하지 못한 행동을 했다. 그녀는 비슷하게 예를 다해 절했다. "전하." 그녀는 셰네버트에게 말했다.

셰네버트는 기뻐했다. "들통났군!" 그는 외쳤다. "이렇게 일찍. 마르스 경은 전혀 의심하지 못했는데요."

"그는 내가 아는 것을 모르니까요." 그레이랜드가 말했다.

셰네버트는 마르스를 돌아보았다. "왜 당신이 그녀를 좋아하는지 알겠습니다. 나도 벌써 마음에 들어요."

"어… 뭐죠?" 마르스는 두 사람을 향해 말했다.

"여기 당신 친구는…." 그레이랜드는 셰네버트를 다시 돌아보았다. "죄송합니다, 이름을 못 들었어요."

"토마 레이놀드 셰네버트."

"당신 친구 토마 레이놀드 셰네버트는 왕족이야. 왕? 황제? 혹은 대공?"

"그저 왕입니다, 폐하."

"그저 왕일 뿐이시지요." 그레이랜드는 가볍게 놀렸다.

"나는 누구처럼 여황제가 아닙니다. 여기서는 '여황제'라고 부르지 않지요?"

"황제(emperox). 성별을 따로 지칭하지 않습니다."

셰네버트는 마르스를 가리켰다. "이 친구는 경이고, 그 아버지는 백작이더군요."

"귀족 칭호에 논리를 기대하십니까?"

"그건 그렇습니다."

"당신이 왕이라고요?" 마르스는 세네버트에게 말했다.

"그래요, 음." 세네버트는 손짓을 해 보였다. "예전에 그랬지요. 지금 나는 죽었고, 전통적으로 왕권은 사망시 소멸합니다. 게다가 나는 폐위당했어요. 그러니 살아 있을 때 내가 계속 왕이었는가 하는 문제에 대해서도 논란의 여지가 있겠지요. 나는 그렇다고 생각하지만, 그거야 당연한 거고."

"여기도 나를 그렇게 하고 싶어하는 사람들이 있습니다." 그레이랜드는 말했다. "폐위하는 것 말이에요."

"그러지 말라고 조언하고 싶은데요." 세네버트는 조언했다.

"그리 좋은 경력 전환이 아니겠지요?"

"일정은 넉넉해지는데, 솔직히 말해 그 점은 정말 좋습니다. 하지만 황제를 밀어낸 사람들은 보통 그런 뒤 죽이려 들지요. 그건 불편한 일입니다. 아직 암살 기도는 없었습니까?"

"두 번."

"음, 그 분야 경험은 아직 초보자군요." 세네버트가 말했다.

"내가 여기서 잠시 끼어들어도 될까요." 마르스가 말하고 그레이랜드를 돌아보았다. "그가 왕이라는 걸 어떻게 아셨습니까? 왕이었다는 걸?"

그레이랜드는 세네버트 쪽으로 손짓했다. "이런 모습이니까."

"왕이라는 것과 이런 모습이 된 게 무슨 관계가 있지요?"

"폐하도 이런 걸 갖고 계시지요." 셰네버트는 그레이랜드에게 말했다. "똑같이 멋지고, 똑같이 비싸고, 똑같이 외과 수술이 필요한 기술."

그레이랜드는 고개를 끄덕였다. "나는 기억의 방이라는 걸 갖고 있습니다. 역대 황제 모두가 그 안에 있어요. 최소한 그들의 기억들이. 하지만 당신은 다르군요. 그들은 기억을 갖고 있어서 특정 시점에 해당 황제가 무엇을 생각하거나 느꼈는지 말해 줄 수 있지만, 그 자체가 감정을 갖고 있지는 않습니다. 하지만 당신은 전부 다 그 안에 들어 있는 것 같군요."

"나는 전부 다 있습니다. 최소한 내면에서 내가 그렇게 느낍니다. 내 가문은 오랜 시간 소프트웨어를 개량했어요. 폐하는 아주 초기 모델을 사용하고 있을 겁니다."

"난 항상 라헬라가 이 기술을 만들었을 거라고 추측했어요. 우리 초대 황제 말입니다."

셰네버트는 고개를 저었다. "우리가 갖고 있던 것과 같다면, 그건 그때보다 훨씬 이전에 제작된 겁니다. 그 기술은 원래 지구로 거슬러 올라갑니다. 당신 국민들과 우리 국민들은 파열(Rupture) 직전에 그 기술을 얻었어요."

"뭐라고요?" 마르스가 물었다.

"파열. 우리를 지구와 그 인근 플로우 네트워크, 그리고 이쪽 성단에서 분리시킨 사건을 그렇게 불렀지요." 그는 마르스와 그레이랜드를 보았고, 두 사람은 그를 멍하니 응시했다. "왜? 그 사건을 여기서는 뭐라고 부릅니까?"

"특별히 지칭하지 않습니다." 마르스가 말했다. "1500년 전에 우리 성단이 지구와 소통이 끊겼다는 건 알고 있지만, 지구 주변 우주에도 따로 플로우 네트워크가 있는 줄은 미처 몰랐습니다."

"따로 플로우 네트워크를 지닌, 완전히 독립된 시스템들의 집단이 하나 더 있다는 것도요."

두 사람을 바라보던 셰네버트의 얼굴에 미소가 떠올랐다. "흥미롭군요." 그는 말했다. "여긴 말 그대로 암흑기를 거쳤군요. 모든 걸 잊어버리다니. 파열에 대해서. 우리에 대해서. 지구와 그 시스템에 대해서."

"그쪽은 우리에 대해 아셨습니까?" 마르스는 물었다.

"물론이지요." 셰네버트는 말했다. "애당초 내가 이쪽 우주 공간에 넘어 들어온 것도 그 때문이었는데요. 원칙적으로는 내가 여기 있는 것 자체가 조약 위반이지만, 고향에 돌아가면 목이 매달리는 상황인지라 난 기꺼이 이쪽을 택했습니다. 게다가 여기서 우리와, 지구와 조약을 맺었다는 것조차 잊어버렸다면, 걱정할 필요는 없겠군요."

"우리가 그쪽과 조약을 맺었다고요."

"네. 음, 물론 구체적으로 나와 맺은 건 아닙니다. 내 행성 퐁티유가 속한 어셈블리(Assembly)와 맺었지요. 소속 시스템은 모두 스무 개. 그리고 지구의 제국에는 열다섯 개 시스템이 속해 있습니다. 그리고 당신들이 상호의존성단이라고 부르는 이곳 시스템 집단은 '자유 시스템'이라고 불렸습니다. 자유 시스템 집단은 어셈블리나 지구보다 시스템 수는 많지만 인구는 적었는데, 우리 시스템들은 대체로 인간이 살 수 있는 행성이 있었고 여기는 대부분…
그렇지 않았으니까요."

마르스와 그레이랜드는 말문이 막혀 다시 서로 쳐다보았다.

"당신들은 정말 모르는군요?"셰네버트가 말했다.

"완전히 금시초문입니다."그레이랜드가 말했다. 마르스도 고
개를 끄덕였다.

"아시겠지만, 역설적인 사실이 있는데."셰네버트가 말했다.
"아니, 모르시겠군요."

"역설적인 사실이 뭡니까?"

"애당초 시스템들을 세 구획으로 나누는 조약을 밀어붙인 것은
자유 시스템이었습니다. 고립 상태가 충분하지 않다고 생각해서
파열을 만들어 낸 것도."

"파열을 만들어 내요?"마르스가 말했다. "우리가 플로우 붕괴
를 '시작했다'는 말입니까?"

"맞습니다. 아니, 당신들의 조상이."

"그건 물리적으로 가능한 일이 아닙니다."

"뭐라 말씀하시든, 그런 일이 일어났어요."

"붕괴를 어떻게 일으키는지 아십니까?"그레이랜드는 셰네버
트에게 물었다.

"저요? 전 모릅니다. 퐁티유와 어셈블리의 과학자들? 내가 아
는 한, 300년 전에는 그들도 몰랐어요. 당신들이 뭔가 갖고 있었는
데, 다른 집단들과 공유하지 않았습니다. 난 당신들이 원하지 않
는 거라고, 우리를 고립시키고 싶은 거라고 생각했어요. 한데 이

제 보니 당신들도 그 지식을 잃어버렸군요. 이걸 나쁜 일이라고 말해야 할지, 마르스 경. 폐하."

"혹시 입증할 수 있습니까?" 마르스는 말했다. "당신이 말하는 이 역사 말입니다."

"우리 역사책에 다 나와 있어요."

"가져오셨나요?" 그레이랜드는 물었다.

세네버트는 미소 지었다. "폐하, 퐁티유를 떠나 올 때, 나는 영원히 그곳과 하직할 생각이었습니다. 전부 다 가지고 왔어요."

## 21장

"자유 시스템에 대해 아는 게 있나요?" 카르데니아는 기억의 방에서 라헬라 1세에게 물었다.

"상호의존성단의 전임 성단 중 하나였지." 라헬라 1세가 말했다. "하지만 우리가 상호의존성단을 건설하고 있을 때는 아무도 그렇게 부르지 않았다."

"왜요?"

"그 시스템의 느슨한 연합체는 이미 몇 세기 전에 붕괴된 상태였어."

"그건 왜 그랬나요?"

"많은 연합체들이 붕괴되는 것과 같은 이유지. 이해관계의 충돌, 경제적 열의 상실, 어리석거나 부패한 통치자, 단순한 방치, 혹은 그중 몇 가지의 조합."

"나는 상호의존성단의 황제예요." 카르데니아는 말했다. "내 어머니는 역사가였어요. 내가 어떻게 자유 시스템에 대해 모를 수가 있죠?"

"알고 있었지만, 그 특정 명칭을 모르고 있었던 거지. 교수법은 시대에 따라 달라. 네가 어릴 때 자라던 곳에서는 중요하지 않은 사실로 여겨졌을 수도 있어."

"회피하는 걸로 들리는군요." 카르데니아는 말했다.

"네 목소리에 적의가 담겨 있다는 걸 알고 있다." 라헬라 1세는 말했다. "하지만 나는 어떤 방식으로든 네 앞에서 뭔가를 회피하려고 하지 않아. 내겐 상처받을 자의식도 없고, 나나 타인의 행동을 정당화할 필요도 없다는 것을 기억하렴. 내 말이 네게 회피하는 것처럼 들린다면, 네가 현재 네 감정 상태에서 회피하는 것처럼 들리는 형태로 질문을 던지고 있을 가능성이 있어."

"문제는 당신이 아니라 나다, 이런 말이군요." 카르데니아는 말했다.

"기본적으로."

"사실, 오늘 한 인간의 컴퓨터 시뮬레이션을 만났어요. 원한다면 회피적인 태도를 보일 수 있는."

"그랬군." 라헬라는 말했다. "하지만 나는 그럴 수가 없다."

카르데니아는 심호흡을 하고 이성을 찾으려고 애썼다. 빌어먹을, 라헬라가 맞았다. 지금 그녀는 약간 적대적이었고, 그 때문에 잘못된 질문을 던지고 있었다. 라헬라의 영상은 컴퓨터 시뮬레이션답게 조용히 서서 기다렸고, 잠시 후 그녀는 다시 질문했다.

"재위 중에 자유 시스템이 존재했던 시기의 역사에 대해 가르치는 것을 중단하려고 한 시도가 혹시 있었나요?"

"아니, 나도 내 동시대인들도 생각해 본 적이 없는 일이다."

"역사를 검열하거나 바꾸려고 해 본 적은 있나요?"

"황제가 된 후, 내 선전관들은 우리가 미래에 남기고 싶은, 특히 전에 말했듯이 예언에 대한 존경을 담은 상호의존성단 창조설을 대중에게 전파하려고 노력했다. 내가 죽을 때쯤에는 우리의 창조설이, 혹은 그것과 매우 가까운 것이 일반적으로 널리 인정되는 역사관이었어. 물론 대체 버전도 있었지만, 그런 것은 주류도 아니었고 주장하는 사람들도 최고의 학교에 재직하지 않았다. 게다가 우리는 신성 모독법을 만들었어. 자주 사용하지는 않았지만, 의도했던 대로 공식적인 역사를 한층 단단히 자리 잡게 하는 역할을 했다."

"하지만 상호의존성단 이전 역사를 변화시키거나 조작하려고 적극적으로 시도하지는 않았군요."

"상호의존성단 직전의 역사만. 우리가 성단을 창조하려고 노력하던 시기 말이다."

"어셈블리에 대해 들어본 적이 있나요?"

"모호한 질문이야. '어셈블리'는 여러 가지를 지칭할 수 있어."

카르데니아는 뺨 안쪽의 살을 깨물며 라헬라 1세에게 쏘아붙이지 않으려고 애썼다. 어차피 상대는 신경 쓰지도 않을 것이고, 이쪽만 더 화날 뿐이다.

"현재 상호의존성단이라고 불리는 제국에 속하지 않고 과거에도 속하지 않았던, 성단 시스템 독립 국가들로 구성된 어셈블리라는 정치적 주체를 알고 있나요?" 그녀는 아주 구체적으로 물었다.

"아니."

"삼분할 조약에 대해 들어 본 적 있나요?" 카르데니아는 셰네버트가 알려 준 조약의 정확한 명칭을 사용했다.

"아니."

"자유 시스템을 다른 인간의 성단에서 고립시킨 파열이라는 사건에 대해 들어 본 적 있나요?"

"아니."

"지구는 어떻게 해서 상호의존성단 시스템과 분리되었죠?"

"지구를 오가는 플로우가 붕괴했다."

"그 붕괴는 어떻게 일어났죠?"

"그건 자연재해였다." 라헬라 1세는 말했다.

"지금 거짓말을 하는 건가요?"

"나는 의도적으로 거짓말을 하지 않아. 네가 잘못되었다고 생각하거나 그렇게 알고 있는 정보를 내가 말하고 있을 수는 있지만, 그렇다면 그것은 개인적인 경험을 통해 얻은 정보가 부정확했기 때문이지, 의도적으로 꾸며내고 있는 것은 아니다."

"어딘가에 다른 인간의 시스템이 있지 않을까 생각해 본 적 있어요? 지구 말고?"

"스쳐가는 상념처럼, 있지. 내가 살아 있을 때 플로우에 대해 알았던 정보를 생각해 보면, 새로운 시스템으로 가는 길이 열리고 지구의 인류가 방문하는 일도 가능할 것 같았다. 내 시대에 가장 인기 있었던 오락물의 플롯이기도 했지. 〈오즈의 마법사〉라고. 하지만 깊이 생각해 본 적은 없어. 당시 일만 해도 바빴으니까."

카르데니아는 잠시 생각에 잠겼다. "당신이 기억의 방에 보관된 최초의 인물인가요? 그러니까, 황제들 외에 여기 혹시 다른 사람들의 기억과 생각도 보존되어 있나요?"

"아니." 라헬라 1세는 말했다. "기억의 방은 특별히 황제를 보관하기 위한 공간이다. 나는 황제가 아닌 다른 사람들이 이 방을 운용하는 기술을 사용하지 못하도록 금지했어. 단지 이 특정 기술의 구현뿐만 아니라, 같은 의도와 효과를 낳는 다른 어떤 구현 방식도."

"하지만 당신이 사용하기 전에 이미 존재하던 기술이잖아요."

"그렇다. 지구에서 유래한 아주 오래된 기술이야. 나도 이런 목적의 기술을 개발할 생각이었는데, 다양한 문서 보관소를 확인하던 연구원 중 하나가 발견했다. 내가 알기로 그 이전에는 사용된 적이 없었어. 소요되는 구현 비용이 국가이거나 국가 단위의 부를 활용할 수 있는 자가 아니면 불가능할 정도니까."

"이 방을 운용하는 데는 얼마나 들죠?" 카르데니아는 물었다.

"현재는 극히 소액이야. 대부분의 비용은 과거에 투입됐어. 이 방을 유지하는 동력과 기반 시설은 애당초 황제가 사용할 목적으로 존재하는 시안 정착지 전반의 유지 비용에 포함된다. 유지 및 보수를 위해 특별한 비용이 발생할 경우, 황실 재무부가 그냥 필요한 예산 항목을 신설해서 재정을 투입하면 돼."

"그런 일이 합법적일 리가 있나요."

"내가 법으로 그렇게 만들었으니까 합법적이야." 라헬라 1세가 말했다. "보다 넓은 시각에서 보자면, 정부는 자신의 목적을 위해 돈을 찍어내지. 이것도 그중 하나다."

"그러면 이 방 이전에 이 기술이 사용된 실례는 전혀 없다는 거군요."

"내가 아는 한, 없다."

"우리의 과거 중 그렇게 많은 부분이 알려져 있지 않다는 사실이 신경쓰이지는 않았나요?"

"알려져 있지 않은 건 아니지." 라헬라 1세는 말했다. "역사의 큰 부분을 잃어버렸을 수는 있겠지만."

"어떻게 그런 일이 일어났죠? 우리 성단은 태동부터 고도의 기술을 지닌, 우주를 여행하는 문명이었는데요. 상호의존성단이 지구처럼 불과 바퀴, 로켓부터 발명해야 했던 문명은 아니잖아요."

"그런 건 모두 기술이지." 라헬라 1세는 말했다. "역사는 기술이 아니야."

"'기억의 방'이란 곳에 있으면서 그런 말씀을 하시다니요." 카르데니아는 믿기지 않아 대답했다.

"기억의 방은 '기억'이 아니야. 기억을 보존하는 도구이지. 도서관은 정보가 아니다. 정보를 보존하는 도구일 뿐이야. 기억이나 정보를 저장하기 전에는 항상 무엇을 저장할지 결정해야 한다. 누군가 선택해야 해. 누군가 큐레이팅을 해야 한다."

"'당신의' 생각은 여기서 큐레이팅된 게 아니잖아요." 카르데니아는 지적했다. "당신의, 그리고 이후 계승자들의 기억과 생각, 감정 전부가 여기 들어 있어요. 그렇게 돌아가는 거잖아요."

"그래." 라헬라 1세가 말했다. "천 년 동안 겨우 87명의 기억과 생각과 감정 전부지. 그간 살다 간 헤아릴 수 없는 인류 하나하나의 기억과 생각과 감정은 더 이상 아무 데도 존재하지 않는다. 그들은 사라졌어. 우리는 남았다. 그게 큐레이션이야."

"그럼 누군가 우리 역사의 한 시대를 통째로 큐레이팅해서 날려 버린 거군요."

"꼭 의도적이거나 악의가 있었다고 볼 수는 없어. 가르침에 대해 아까 말했듯이, 시대마다 서로 다른 우선순위가 있다. 각자 고르고 선택하다 보면, 놓치는 것들이 생겨. 그렇게 놓쳐 버리면, 다음 세대는 어떻게 다시 찾아 모아야 할지 알 수 없겠지."

"물론 누군가 의도적으로 꾸민 일일 수도 있고요."

"그래." 라헬라가 말했다. "하지만 과거를 숨기는 것보다는 그냥 무시하는 편이 더 결과가 좋지."

"무슨 뜻이죠?"

"뭔가를 숨기면 항상 반대자가 생기기 마련이고, 나중에 다른 사람이 의도적으로, 혹은 우연히 찾을 수 있도록 보존하려는 사람이 생기기 마련이다. 내가 대체 역사를 숨기려고 노력하지 않은 것이 그 때문이었다. 그렇게 하면 후세 역사가들은 더 이끌리게 마련이니까. 대신 나는 그런 역사들을 공식적인 역사의 층위로 눌렀어."

"숨기지 말고, 압도하라." 카르데니아는 농담처럼 던졌다.

"내 경우는 통했다." 라헬라 1세는 말했다.

카르데니아는 고개를 끄덕이고 라헬라 1세에게 작별 인사를 했다. 라헬라는 윙크하며 사라졌다. 늘 그렇듯 가구가 없고 휑한 방에 앉아, 카르데니아는 상호의존성단 이전 시대의 실제 역사를 어디서, 어떻게 구할 수 있을까 생각했다. 모종의 어리석음과 고집 때문에 후세들에게 혼돈 속으로 자유 낙하하라는 무시무시한 선고를 내린 자유 시스템의 역사. 만약 그런 사람들이 직계 선조라면, 카르데니아 자신도 그들의 역사를 묻어 버리고 싶을지 모른다는 점은 인정하지 않을 수 없었다.

그러나 그녀는 알아야 했다. 셰네버트, 퐁티유의 왕 토마 7세나 그가 가져온 정보를 신뢰하지 않아서가 아니었다. 그는 그녀나 마르스에게 거짓말을 할 특별한 이유가 없었다. 그러나 유별난 주장에는 유별난 증거가 필요하고, 셰네버트의 주장은 카르데니아가 평생 들어 본 것 중에 가장 유별난 소리였다. 주장을 뒷받침할 근거가 있어야 한다.

그런데, 어떻게 입증할 것인가? 상호의존성단에서 가장 큰 허브폴의 황실 도서관은 라헬라 시대부터 인쇄물 및 전자출판 형태로 출간된 장서 5억 권을 보유하고 있었다. 시안의 황실 도서관에는 주로 황제의 삶과 통치에 관련된 책 2000만 권이 소장되어 있었다. 이 두 도서관 중 규모가 작은 쪽부터, 직접 관련된 좁은 분야만 훑는다 해도 카르데니아 혼자의 시간으로는 어림없을 것이고, 상호의존성단이 붕괴하기 전까지 조사를 끝낸다는 것도 불가능하다. 게다가 성단 전역에 문자 그대로 수십 억 권의 다른 책과 문서, 논문이 널려 있다.

숨기지 말고, 압도하자. 카르데니아는 생각했다. 숨겨진 역사를 찾으려고 할 사람은 누가 있을까? 그때 다른 생각이 떠올랐다.

아니, 난 기억의 방에 있잖아.

"지위." 카르데니아는 나이나 성별을 특정할 수 없는 기억의 방 대표 아바타를 불러냈다. 지위가 나타나서 카르데니아 앞에 서서 기다렸다.

"이 방에는 전 황제들의 기억과 생각이 저장되어 있지." 카르데니아는 말했다.

"그렇습니다."

"그 외에는 무엇이 저장되어 있지?"

"보다 구체적으로 말씀해 주시면 도움이 되겠습니다."

"파열에 대해 저장된 게 있나?"

"다음 중 어떤 것을 말씀하십니까? 3세기 유명 음악 그룹? 877 년작 영화? 자유 시스템이 지구와 어셈블리와 연결을 끊은 상호의 존성단 이전의 역사적 사건?"

△△△

"그럼 사실이었군요." 마르스는 그날 밤 침대에서 카르데니아에게 말했다.

"그냥 사실이 아니라 숨겨져 있었어." 카르데니아는 대답했다. "지위 말로는 파열 직후 50년 동안 그 일을 자유 시스템이 추진한 사건이 아니라 자연재해로 거론하는 것이 정책으로 합의되었다는

군. 아무도 책임을 지고 싶지 않았던 거야."

"기술을 끔찍하게 오용한 실례였기 때문에?"

"자유 시스템 연합은 거의 굶는 지경이었기 때문에. 연합 내부 시스템끼리는 물론이고, 어셈블리 소속 시스템과 지구 연합에까지 경제적으로 의존하는 상황이었어. 당시 많은 사람들이 이 점을 지적했지만, 정치적 이유 때문에 다른 두 연합에 등을 돌리게 된 모양이야. 서로 자축한 것도 잠시, 식량과 자원 폭동이 잇달았어. 수십만 명이 죽고 자유 시스템들이 서로 습격하기 시작하자, 상황을 수습해야 했지."

"자신들의 어리석음을 깨달은 거군요."

"아니, 늙은 지도자들이 죽자, 다음 세대는 절대 그 일을 입 밖에 내지 않기로 결의했어. 대체로 잘됐지."

"그런데 지위는 그 일을 어떻게 알아냈습니까?"

"그 대답은 당신 마음에 별로 들지 않을 거야." 카르데니아는 말했다.

"아니, 저는 지위가 존재한다는 사실, 당신이 수백 년 전 죽은 조상들과 대화를 나누는 비밀의 방에 산다는 것을 오늘 막 알았으니, 다른 무슨 말씀을 하신다 해도 그 이상 놀랍진 않을 겁니다."

"지위는 사람들의 정보를 뒤져."

"아, 당신 말이 맞군요. 마음에 안 듭니다." 마르스는 말했다. "도대체 어떻게요?"

"지위는 천 년 넘게 살았고, 정보를 기억하는 임무를 맡고 있어. 상호의존성단 내 모든 네트워크에 첩자처럼 접속해서 사람들이 정보를 저장하고 접속하는 공간들을 샅샅이 찾아내. 단지 모든 정보가 아니라, 사람들이 적극적으로 숨기고자 하는 정보. 작은 프로그램들을 전송하면, 그 프로그램이 정보를 찾아내서 지위한테 다시 보내지. 지위는 그걸 저장하는 거야. 영원히."

"왜 비밀 정보를 찾아내죠?"

"비밀이 아닌 정보는 이미 어디서나 접근 가능하니까. 지위의 프로그래밍은 그런 정보를 검색할 필요를 인식하지 않아. 숨겨진 정보만 습득하지. 라헬라가 그런 식으로 프로그래밍했어. 아니면, 프로그래밍을 시켰든가. 그녀 자신이 프로그래머는 아니었던 것 같으니까. 오늘 라헬라에게 그 부분을 물어봤어. 그녀는 '뭔가를 숨기면, 항상 반대자가 있기 마련'이라고 했어. 아마 그녀가 처음이었을 거야."

"그러면 왜 라헬라는 지위가 천 년 동안 그런 일을 하고 있었다는 사실을 당신에게 그냥 말해 주지 않았을까요?"

"사람이 아니니까. 그녀는 프로그램이고, 물어본 질문에만 대답해. 나는 지위가 그 정보를 갖고 있는지 그녀에게 묻지 않았어."

"회피하는 것처럼 들립니다."

"나한테도 그렇게 들려."

"그러면 지위는 모든 것을 다 알고 있겠군요."

"아니, 지위는 숨겨진 모든 것을 다 알고 있어. 숨겨진 정보가 아니라면, 필요가 없으니까 기록하지 않아. 나나 당신처럼 언제든지 그 정보에 접근할 수 있으니까. 하지만 숨겨진 정보는 사라질 수 있어. 지위는 그걸 원하지 않고. 지위가 숨겨진 모든 것을 즉각 알아낸다는 건 아니야. 마술이 아니니까. 지위는 여기 있고 그 에 첩자가 사방에 퍼져 있는데, 돌아오려면 시간이 걸려. 하지만 지위는 우주의 그 어떤 존재보다 인내심이 많아. 찾고자 하는 모든 것을 언젠가는 찾아내. 수십 년 이상 걸릴 수도 있어. 하지만 결국에는 찾아내지."

"이 부분에 대해 질문이 정말 많습니다만." 마르스는 말했다. "전부 기분 좋은 질문은 아닙니다."

"나도 마음에 들지 않아." 카르데니아는 인정했다. "하지만 지위가 없었다면, 나는 우리의 과거에 대한 진실을 알 수 없었겠지."

"그건 사실이 아닙니다. 정보는 어딘가 있었어요. 지위가 찾아낸 겁니다. 언젠가는 당신 힘으로도 찾을 수 있었을 거예요."

카르데니아는 고개를 저었다. "아주 오래전에는 어디엔가 있었겠지. 하지만 지금 그 정보가 지위 내부 외의 다른 곳에 과연 현존할까?"

"으스스하군요, 카르데니아."

"맞아. 정말 묘한 점은, 내가 아는 한 라헬라 외의 다른 황제는 아무도 지위가 그런 활동을 하고 있다는 걸 몰랐다는 거야. 그저 지위를 다른 황제들을 불러내는 기능으로만 사용했어."

"당신도 오늘까지는 그랬죠." 마르스가 지적했다. "기억의 방의 역할이 그것이라고 들었기 때문에. 게다가 이름부터 '기억의 방'이잖습니까. '숨겨진 정보의 방'이 아니라."

"다른 황제들이 이 사실을 알았다면 상황이 어떻게 달라졌을까 궁금해."

"끔찍한 상황이 벌어졌을 겁니다. 황제가 이미 지닌 절대권력에 더해, 일종의 절대지를 소유하는 겁니다."

"내겐 절대권력이 없어." 카르데니아는 항의했다.

"무슨 말씀이십니까." 마르스가 말했다. "황제가 상호의존성단의 미래에 대해 신비주의적인 비전을 내놓았을 때, 다들 왜 걱정했겠습니까? 황제가 의회에서 연설한다고 발표했을 때, 다들 왜 계엄을 선포할지도 모른다고 염려했을까요? 절대권력이 없는 보통 사람이 마음 내킬 때 그런 일을 할 수 있던가요?"

"난 내게 절대권력이 있다고 느끼지 않아." 카르데니아는 고쳐 말했다.

"당신 아이들에게 지위가 그런 일을 할 수 있다는 말을 하지 말아 주세요." 마르스는 말했다. "당신은 노하마페탄과 결혼할 뻔했습니다. 그 일족 중 누군가 그 사실을 알아낸다면 무슨 일이 벌어질지 생각만 해도 두렵습니다."

"나쁜 소식이 더 있어."

"세상에."

카르데니아는 목 뒤쪽을 가리켰다. "내 몸과 두뇌에는 네트워크가 이식되어 있어. 내가 생각하고 느끼고 말하고 행동하는 모든 것이 기록돼. 내가 죽으면, 그것도 전부 기억의 방으로 들어가. 그러니 내가 아이들에게 그 말을 하지 않아도, 아이들이 내게서 그 이야기를 못 듣는 건 아니야. 물론 내가 죽은 뒤겠지."

"그건 정말 신경쓰이겠는데요." 마르스는 잠시 생각해 보다 말했다.

카르데니아는 어깨를 으쓱하고 마르스의 품에 파고들었다. "약간. 하지만 장점도 있어. 난 어렸을 때 아버지와 시간을 보낸 적이 별로 없거든. 물론 아버지를 사랑했고, 아버지도 날 사랑했지만, 우린 서로를 전혀 몰랐어. 그런데 이제 기억의 방에 들어가면, 내가 원할 때 매일같이 아버지와 대화할 수 있어. 아버지를 다시 얻은 기분이야. 그건 축복이지."

"그렇군요." 마르스도 동의했다.

"부모님을 좋아하는 사람에게는, 그렇지." 카르데니아는 말했다. "아버지는 자기 어머니와 그리 자주 대화하지 않았을걸. 아버지와 우주 전체에 대해 끔찍한 분이었다고 들었어."

"그분과도 이야기해 보셨습니까?"

"한번 그분이 제정한 정책에 대해 구체적인 질문이 있어서 불러낸 적이 있어. 5분 정도 이야기하고 나니, 다시는 대화할 일이 없을 거라는 생각이 들더군."

두 사람은 잠시 침묵을 지켰다.

"그럼… 지금도 기록되고 있는 겁니까?" 마르스는 물었다.

"난 항상 기록 중이야." 카르데니아는 중얼거렸다.

"그럼, 음…"

"아니, 섹스하는 장면을 기록하진 않아. 아니, 물론 그렇지." 카르데니아는 고쳐 말했다. 마르스의 얼굴에 가볍게 당황하는 기색이 스쳤다. "그런 식으로 녹화하는 건 아니고, 내가 섹스에 대해, 당신에 대해, 이 순간에 대해 어떻게 느꼈는지 기록하는 거야."

"그럼 당신의 유령은 질문자에게 뭐라고 대답할까요?"

"방금 말한 것들이 다 훌륭했다고 대답하겠지."

"그냥, 부탁인데요. 구체적으로 대답하지는 마세요."

"어쩌면 질문자는 당신 아이가 될 수도 있을걸." 말이 떨어지자마자, 카르데니아는 이런 말이 실제로 자기 입에서 나왔다는 것을 믿을 수가 없었다. 하지만 너무 늦었다. 대응하는 수밖에 없었다.

"당신이 저와 결혼하다니요." 마르스는 가볍게 말했다. "저는 계급이 한참 낮지 않습니까. 사실상 귀족도 아니에요. 명목상의 지위만 있을 뿐이지."

카르데니아는 짐짓 화난 척 그의 가슴을 가볍게 때렸다. "무엇을 할 수 있다 없다 감히 말하지 말라, 마르스 경! 우리는 황제다! 우리에게는 절대권력이 있다! 우리가 원한다면 그대와 결혼할 것이다!"

"네, 그러세요, 폐하." 마르스는 말했다. "죄송합니다, 폐하. 혼인의 의무를 다하겠습니다, 폐하."

"아직은 아니고. 지금은 시험 단계야."

"마음껏 시험하세요. 하지만 제발 그 '우리'라는 어법은 그만하세요. 너무 변태적으로 들립니다."

카르데니아는 웃음을 터뜨리고 마르스의 몸을 타고 앉아 키스하기 시작했다. 곧 그녀는 모든 것을 잊고 푹 빠져들었지만, 두뇌의 작은 한 부분은 이렇게 말하고 있었다. 이봐, 이제 정말 절대권력과 절대지를 가졌잖아. 이제 한번 써 보면 어떨까.

좋아, 그래. 생각해 보지. 카르데니아는 대답했다. 지금은 입 좀 닥쳐. 바쁘다고.

두뇌는 입을 다물었다.

그러나 두뇌는 몇 시간 뒤 깨어나서 다시 그녀에게 말하기 시작했다. 카르데니아는 귀를 기울이고 있다가 잠시 후 머리카락을 쓰다듬어 마르스를 깨웠다. "이제 준비가 된 것 같아."

"아, 네." 그는 몽롱하게 답했다. "무슨 준비요?"

"일을 진척시킬 준비. 날 도와주겠어?"

"그럼요. 하지만 꼭 지금이어야 합니까? 저는 좀 더 자고 싶은데요."

카르데니아는 그가 다시 잠들도록 내버려 두고 침대에서 일어나 기억의 방으로 향했다. 그녀는 안으로 들어갔다.

## 22장

모든 사람들의 모든 계획에는 시간이 많지 않았다.

대주교 군다 코르빈이 시안 대성당 단지 안의 작은 정원에 앉아 아침 차를 마시고 있는데, 황제가 그날 오후 6시에 의회에서 연설할 예정이라고 발표했다. 코르빈은 공고를 읽고, 고개를 끄덕이고, 차를 다 마신 뒤, 우베스 이시에게 노하마페탄 백작의 비서실장 틴다 루엔틴투에게 전화를 연결하라고 지시했다.

틴다 루엔틴투는 전화를 받았고, 코르빈 대주교와 겨우 몇 마디 아주 간략하게 통화한 뒤, 인사를 끝으로 전화를 끊었다. 루엔틴투는 이어 블레임 호에 틀어박혀 있는 노하마페탄 백작에게 전화를 걸었다. 루엔틴투의 목소리는 의기양양했다.

블레임 호의 노하마페탄 백작도 득의만만한 목소리로 대답하고, 누구에게, 어떤 순서로 연락할 것인지 비서실장에게 지시했다. 그 사람들 역시 각자 가장 먼저 연락할 사람이 있을 것이고, 다음으로 중요한 사람, 그다음으로 중요하지는 않지만 안전한 숫자와 정족수를 채워 줄 사람들에게 차례대로 연락이 닿을 것이다. 그런 뒤 백작은 제이신 우에게 연락했다.

이때 제이신 우 역시 의회 연설 소식을 들어 알고 있었고, 마침 비슷한 비밀 전화를 돌릴 참이었다. 백작은 그가 상호의존성단에서 가장 크고 중요한 가문의 경영 책임자가 아니라 자기 수하이기라도 한 것처럼 뻔히 알고 있는 내용을 다시금 일깨웠다. 그러나 제이신은 장기적인 동맹과 계획의 가치를 이해했기 때문에 짜증을 꾹 눌렀다. 통화가 끝나자 그는 연락해야 할 사람들에게 전화를 걸기 시작했고, 그중에는 제국 해군의 엠블라드 장군도 포함되어 있었다. 비서에게도 데란 우의 비서에게 연락해서 잠시 할 이야기가 있으니 사촌을 사무실로 초대하도록 지시했다.

역시 연설 소식을 알고 있던 데란 우는 사촌의 사무실로 갔다. 비서가 나가고 문이 닫히자, 두 사람은 노하마페탄 백작이 알고 있는 계획과 관계는 있지만 별개인 자기들만의 계획에 착수해서 연락망을 가동했다. 노하마페탄 가문과 편의상 동맹을 맺고 있을지는 몰라도, 이것은 동등한 세력 사이의 동맹이 아니라는 점, 귀족 가문으로서나 곧 개조하게 될 황가로서 우 가문은 예전에도 앞으로도 항상 상위 동맹 세력이라는 점을 조용하지만 확실한 방식으로 분명하게 해 둘 필요가 있었다.

사촌의 사무실을 나선 데란 우는 상의한 대로 자신의 연락망을 가동하고, 도시 반대편에서 급한 약속이 있으니 오늘 일정을 모두 미루라고 비서에게 지시했다. 엘리베이터를 타고 자기 차로 내려가면서, 그는 암호화된 기밀 메시지를 나다쉬 노하마페탄에게 보내서 계획을 진행한다고 알리고 일이 성공하고 나면 둘이서 축배를 고대한다는 내용의 익살스럽고 육감적인 농담을 덧붙였다. 이어 데란은 자신이 온다는 것을 미처 모르고 있는 사람을 만나러 출발했다.

나다쉬 노하마페탄은 데란 우가 보낸 두 번째 메시지를 약간 역겨운 기분으로 읽은 뒤, 우 사촌 중 덜 중요한 쪽에 대한 생각을 잠시 머릿속에서 밀어냈다. 보다 긴급한 걱정거리가 있었기 때문이었다. 비밀 계좌에서 1억 마크 가까운 예금을 인출해서 블레임 호에 보관한 휴대용 보안 데이터 금고에 이체하는 일이었다. 규모가 더 작은 비밀 계좌 두 개가 동결되어 압수되었을 때는 가벼운 심장마비가 올 뻔했다. 지금이야말로 현금을 인출할 때다.

1억 마크라는 돈은 그녀가 소유한 노하마페탄 가문 기업 지분에 비하면 아무것도 아니었지만, 지금은 필요에 의해 한시적으로 불편한 사망 상태를 유지해야 하기 때문에 합법적인 계좌에 접근하는 것은 거의 불가능했다. 어머니가 그 지분을 자기 자산으로 편입시키겠지만, 아직 그렇게 하지 않았기 때문에 이 시점에서 현금 1억 마크는 없는 것보다 나았다.

물론 모든 일이 계획대로 된다면, 우선 나다쉬부터 곧장 저승에서 돌아올 것이다. 그러나 그 부분은 대체로 데란에게 달려 있었고, 나다쉬가 그의 끔찍한 메시지를 일단 참은 것은 그 때문이었다. 계획의 나머지 부분은 전혀 다른 사람에게 달려 있었다. 바로 제국 해군의 엠블라드 장군이었다. 나다쉬는 그에게 전화를 걸 시간이라고 판단했다.

론슨 엠블라드 장군은 죽은 여자에게서 메시지를 받고 깜짝 놀랐다. 그러나 일단 신원 인증 해쉬가 확인되고 장난전화도, 해군 정보부나 수사국 요원도 아니라고 장군이 확신하자, 두 사람은 이런저런 약속과 돈이 오간 거래, 이미 오래전 시작된 계획에 대해 길고 유익한 대화를 나누었고 나다쉬는 계획을 빠르게 진척시키고 싶다는 뜻을 밝혔다. 나다쉬가 전화를 끊자, 엠블라드 장군은 죽은 사람에게서 온 메시지에 대해서, 어느 편에 거는 것이 좋을지에 대해 곰곰이 생각에 잠겼다. 우 가문이냐, 노하마페탄 가문이냐. 아직 몇 시간 결정할 여유가 있었다. 엠블라드 장군은 장교 회관에 가서 술 한잔하며 생각하기로 했다.

돈을 인출하려는 사람이 어떻게 나오는지 두고 보자는 심산으로 나다쉬의 작은 계좌에 장난을 친 장본인 키바 라고스는 목에서 호흡기를 제거한 것을 축하하기 위해 세니아 펀다펠로난을 찾아갔다가 황제의 의회 연설 소식을 들었다. 계획이 진행되고 있다는 것을 알기 때문에, 키바는 이 소식에 미소 지었다. 앞으로 펼쳐질 상황은 흥미진진할 것이다.

그동안 그녀는 펀다펠로난에게 오늘의 소식을 들려주었다. 요즘 펀다펠로난은 노하마페탄에 대한 사랑이 전혀 남아 있지 않았기 때문에 그들의 고생담을 듣는 것이 즐거움이었고, 게다가 키바는 그녀와 이야기하는 것이 좋았다. 자신이 펀다펠로난에 대해 특별한 감정이 생긴 게 아닌가 하는 생각이 들었다. 아주 키바답지 않은 일이지만, 사실 생각해 보면 그녀가 무슨 글쟁이 마음대로 행동하는 소설 속의 등장인물도 아닌데 '키바답지 않으면' 또 어떤가.

펀다펠로난도 키바를 향해 미소 지었다. 그녀 역시 키바가 상당히 좋았다.

마르스 클레어몬트는 결정이 내려진 순간 그 자리에 있었기 때문에 굳이 통보를 받을 필요가 없었다. 아직도 놀랍고 어안이 벙벙한 일이었다. 황제가 결정을 내린 순간 거기 있었다는 사실보다는, 그 결정이 내려진 장소 — 황제의 침대 — 와 그 순간 두 사람은 아주 만족스러운 아침 섹스를 끝내고 벌거벗은 채 누워 있었다는 사실이 더욱 그랬다. 이제 마르스는 자신이 카르데니아와 약간 깊게 사랑에 빠졌다는 것을 알고 있었다. 그녀가 황제라서가 아니라(그 부분은 솔직히 말해 무서웠다) 두 사람 다 상호 보완적인 방식으로 서툴렀기 때문이었다.

사랑에 빠져 행복했지만, 마르스의 감정 저편에는 항상 아련한 애수가 깔려 있었다. 두 사람이 잘 어울리지 않아서가 아니라, 카르데니아가 황제이고 그는 한참 아래 계급이기 때문에 언젠가 비극으로 끝날 관계라는 것을 알고 있기 때문이었다. 황제는 사랑 때문에 결혼하지 않고, 명목상 귀족에 불과한 사람과 결혼하지 않는다. 어려운 시기가 다가오고 있고, 카르데니아는 힘든 선택을 해야 할 것이다. 마르스는 카르데니아가 내려야 하는 힘든 선택이 다름 아닌 그 자신이 될 때에 대비해 작은, 거의 무의식적인 마음의 준비를 하고 있었다.

그러나 그때가 올 때까지, 그는 그녀가 지시한 일을 하고 있었다. 그와 로이놀드가 달라시슬라에서 수집한 데이터를(아니, 사실은 거의 로이놀드의 데이터였잖아, 그의 뇌가 말했다) 취합하고, 이미 갖고 있던 데이터에 추가하고, 이어 셰네버트가 가져온 어셈블리와 지구, 심지어 자유 시스템의 플로우에 관한 어마어마한 분량의 과거 데이터까지 합하는 일이었다. 문제의 데이터는 모두 300년 이상 흐른 과거의 현상이었고, 심지어 1500년 이상 된 데이터도 있었다. 그러나 이는 플로우의 전반적인 지형학에 대한 마르스의 이해 수준이 세 배로 늘어난다는 것을 뜻했으며, 이런 정보를 통해 플로우가 상호의존성단 우주 공간 내에서 어떻게 이동하고 있는가 하는 점에 대해서도 새로운 이해를 더할 수 있었다. 셰네버트가 가상의 인간만 아니었어도, 마르스는 그를 껴안았을 것이다.

솔직하게 말하자면 그리 부당하게 왕좌에서 밀려났다고 할 수 없는 토마 레이놀드 셰네버트, 전 토마 7세는 의회 연설 소식을 알고 있었지만, 이 사건이 현재 그의 관심사와 대단한 관계가 없었기 때문에 별 신경을 쓰지 않았다. 지금 그는 자신이 가상 테스트 환경에 격리시켜 둔 작은 스파이 프로그램에 집중하고 있었다. 이 스파이 프로그램은 오베르뉴 호에 접속을 시도했지만, 완전히 다른 프로세싱 환경 때문에 — 이 우주에서는 유례가 없었다 — 당황했다. 프로그램을 포착해서 코드와 프로그램을 순식간에 분석한 셰네버트는 이것이 바로 황제 그레이랜드 2세가 말한 반자율적인 인공지능의 첩자라는 사실을 깨달았다.

셰네버트는 이것으로 할 수 있는 일들을 모두 생각해 본 뒤, 이 시점에서는 차근차근 단계를 밟아 가는 것이 최선이라고 결정했다. 그는 한번 만나자는 초청장과 함께 첩자를 자기 보스 인공지능에게 돌려보냈다.

아직 초청장을 받지 못한 지위는 그레이랜드 2세가 그날 이른 아침 상당히 오랫동안 기억의 방에서 선대 황제, 특히 라헬라 1세와 아타비오 6세와 의논하고 지위 자신에게도 선대 황제들의 지식 영역 밖에 있는 정보를 요청했기 때문에 의회 연설에 대해 알고 있었다. 지위는 황제의 기록된 생각과 감정에 접속하고 아바타를 통해 그 외모를 현재 황제에게 묘사할 뿐 스스로 감정이나 느낌이 없었고, 의회 연설에 대해서도 자기 의견이 없었다. 누가 어떻게 생각하는지 물어본다면, 아마 현 황제 그레이랜드 2세가 죽고 그 후계자가 어떻게 생각하느냐고 물어볼 때까지 기다리라고 대답했을 것이다.

아직 죽지 않은 현 황제 그레이랜드 2세는 의회 연설 당사자이고 다른 모든 사람에게 예정 시각을 알린 장본인이기 때문에 물론 통보받을 필요가 없었다. 연설 소식이 세상에 전파되기까지 시간도 충분히 지났다. 그레이랜드는 한 가지 다른 지시도 내렸다. 오후 4시에 황궁 연회장에서 시작하는 특별 연회의 개별 초대였다. 연회는 짧을 예정이었고, 곧이어 황제를 포함한 모든 사람들은 황궁에서 시안 정착지 반대편에 위치한 의회로 향하게 된다. 그러나 초대장은 잊지 못할 연회가 될 것이라고 장담하고 있었다.

개별 초대장은 황제가 직접 쓴 작은 인쇄물이었다. 귀하의 개인적인 업적과 상호의존성단에 대한 봉사를 기리기 위해 초대한다고 적혀 있었다. 황제의 명령에 따라 오후 4시 10분 전까지 필수적으로 참석하기 바란다는 내용이었다.

그레이랜드는 참석에 대해서는 아무 걱정이 없었다. 초대된 사람은 절대 놓치고 싶지 않을 자리일 것이라고 확신했다.

△△△

키바는 명령대로 정각 오후 4시에 우스꽝스러운 바지 정장 차림으로 도착했다. 무슨 영문인지 요즘 유행하는 스타일이어서, 정확히 뭔지는 알 수 없지만 이런 행사에 어울릴 만한 복장이었다. 그레이랜드의 비서는 자세한 내용에 대해서는 말을 아꼈지만, 황제가 직접 키바에게 참석 명령을 내리셨다고 힘주어 말했다. 뭐, 그러지. 좋아. 서로 머리라도 매만져 주면서 키득거리며 남자애 이야기나 할 수도 있겠지.

이 생각을 하니 마르스 클레어몬트가 떠올랐다. 키바는 그가 황제의 요즘 잠자리 상대일 거라고 거의 확신했다. 키바는 마르스를 좋아했다. 아주 상상력이 뛰어나다고는 할 수 없어도 믿을 만한 애인이었고, 품위라는 것을 높게 치지 않는 세상에서 품위 있는 인간이었다. 그러니 근본적으로 품위 있는 인간이자 그리 모험적이지 않아도 믿을 만한 잠자리 상대로 짐작되는 황제와는 잘 어울리는 한 쌍일 것이다. 모든 사람이 모험적인 잠자리 상대가 될 수는 없다. 모든 사람이 모험적인 잠자리 상대가 될 필요도 없다.

그런데 마르스는 방 안 어디에도 보이지 않았다. 연회장은 성단

**358**

의 정계, 재계 거물들로 순식간에 가득 찼다. 의회의 중요한 구성원들, 귀족 가문의 수장이나 이사진들, 여기저기 육해군 장성들, 심지어 대주교 코르빈을 포함한 주교 몇몇. 술이나 다과를 접대하는 시종들을 제외하고 파티장에 있는 모든 사람들은 키바보다 훨씬 지위가 높았다. 이 점이 키바에게 이제 황제의 친구 같은 사이가 돼서 초대받은 거라는 심증을 굳혀 주었다.

뭔가 반짝거리는 것이 키바의 시선을 끌었다. 돌아보니 빌어먹을 노하마페탄 백작이 제이신 우와 엠블라드 장군과 활기차게 이야기하고 있었고, 제이신과 장군은 정중하게 귀를 기울이고 있었지만, 그녀가 나불거리는 이야기에는 아무 관심이 없는 기색이 역력했다. 키바는 지금 이 연회장 한복판에서 백작을 두들겨 패면 어떤 골칫거리가 생길까 따져 보기 시작했다. 계산 결과는 그녀에게 유리하지 않았다. 키바는 술을 한 잔 마시며 혹시 변수가 바뀌나 두고 보기로 했다.

술을 나르는 시종을 부르려는데, 연회장 옆문 중 하나가 열리고 황제가 입장한다는 목소리가 울려퍼졌다. 모두 일어나 박수를 쳤고, 그레이랜드 2세는 연회장에 들어와서 갈채를 받으며 연회장 앞 화려한 강연대로 향했다. 황제는 간단한 발언을 할 모양이었고, 아마 아무 쓸데없는 상도 나누어 줄 것 같았다. 키바는 속으로 한숨을 쉬었다. 이런 행사라는 것을 알았더라면, 빠졌을 것이다. 연회장을 둘러보니, 200명의 진짜 중요한 인물들이 똑같은 생각을 하고 있다는 것을 알 수 있었다.

"대충 해." 키바는 속으로 중얼거렸다. "의회에서 빨리 연설하고 본격적으로 싸워 보자고."

박수가 잦아들 때까지 기다리는 동안, 그레이랜드는 인파 속에서 몇몇 얼굴을 발견하고 손을 흔들거나 미소 짓거나 손가락으로 가리켰다. 그녀는 마침내 키바를 찾아내고 미소 짓더니 시선을 돌리며 뭔가 다른 행동을 했다.

잠깐, 방금 날 보고 윙크한 건가? 키바는 혹시 다른 사람에게 윙크한 게 아닌가 싶어 다시 방을 둘러보았다. 하지만 키바 근처에는 그레이랜드가 관심을 둘 만한 사람이 아무도 없었다. 아니, 이건 분명 키바를 향한 윙크였다.

술을 미리 받아 둘걸 하는 생각이 들었다. 어쩐지 곧 필요할 것 같았다.

"안녕하십니까, 친애하는 친구들." 그레이랜드는 박수 소리가 잦아든 뒤 입을 열었다. "오늘 많은 분들이 이 자리에 나와 주셨습니다. 상호의존성단 최고의 리더십과 연맹에 대한 헌신을 대변하는 여러분을 보니 기쁘기 한량없습니다. 모두들 내가 의회 앞에서 어떻게 망신당할지 빨리 구경하고 싶은 마음일 텐데." 이 말에 의무적인 웃음소리가 일었다. "그전에 우선 시상 몇 가지를 하도록 하겠습니다. 부디 너그러운 마음으로 지켜보시길. 레이디 키바 라고스, 연단으로 나와 주겠습니까?"

이게 뭐야? 키바는 대단히 정중한 박수 소리를 들으며 연단으로 향했다.

"레이디 키바, 비록 아주 짧은 시간이었지만 그대는 날카로운 통찰력과 탁월한 사업적 능력을 보여 주었소." 그레이랜드가 말했

**360**

다. "내가 그대에게 노하마페탄 가문의 사업 경영인 역할을 맡겼을 때, 아무도 그대가 조직 내 회계를 정리하고 수입과 지출까지 다시 맞출 거라고는 생각하지 못했소. 그대는 진정 귀족 가문이 할 수 있는 최선을 보여 주었소. 그래서 나는 그대를 현재 공석으로 남아 있는 상호의존성단 집행위원으로 임명하오. 축하하오, 레이디 키바."

이 말에 박수가 일었고, 어느 여자가 무슨 크리스탈 같은 것을 들고 키바에게 다가왔다. 키바는 한 팔로 유리를 멍하니 받아들고 다른 팔은 그레이랜드 쪽으로 내밀었다. 황제는 연단에서 잠시 물러나 키바와 악수했다. 키바는 그녀 쪽으로 상체를 기울였다.

"난 이 따위 일 싫습니다, 폐하." 그녀는 조용히 그레이랜드의 귀에 대고 속삭였다.

"알아." 그레이랜드는 말했다. "하지만 나는 그대가 필요해. 미안하군."

키바가 이 말에 히죽 웃고 다시 자리로 돌아가려는데, 그레이랜드가 그녀의 팔꿈치를 잡았다. "가지 말고, 여기 연단 뒤에 잠시 서 있어."

"알겠습니다, 폐하."

"이건 그대도 놓치고 싶지 않을 구경일 거야." 그레이랜드는 말하고 다시 연단으로 돌아가 코르빈 대주교를 불렀다.

대주교는 연단으로 나왔다. 정식 주교복처럼 보이는 옷차림이었는데, 키바는 예전에 한 번 성당 안에서 섹스를 한 적이 있을 뿐 규칙적으로 교회에 다니지 않았기 때문에 정확히 알 수 없었다.

성당은 춥고 메아리가 울리는 분위기를 좋아한다면 괜찮은 공간이었지만, 그녀의 마음에는 별로 들지 않았다.

"오늘 여기서 나와 한 가지 문제를 논의하고 싶다고 하셨소." 그레이랜드는 대주교에게 말했다. "이제 그 기회가 왔습니다, 대주교."

대주교는 연단에 서서 군중 속의 여러 얼굴들에 떠오른 표정을 확인했다. 불확실함과 혼란. 몇몇은 다른 사람들에게 뭐라 중얼거리고 있었다. 어떤 사람들은 그냥 탐탁지 않은 표정이었다.

"폐하, 지난달 내내 폐하의 행동에 대해 심각하고 중대한 염려가 있었습니다." 대주교는 말했다. "상호의존성단의 미래에 대한 폐하의 비전은 많은 신도들에게는 위안이었으나, 교회 안팎의 힘 있는 사람들에게는 폐하의 정신에 대한, 네, 폐하가 과연 제정신인가 하는 정당한 근심을 불러일으켰습니다."

두런거리던 소리가 갑자기 커졌다….

"그 부분에 대해, 상호의존성단 교회가 어떤 입장인지 한 치의 모호함도 없이 밝히고자 합니다."

…아까처럼 갑자기 침묵이 찾아오고 몇 초 계속되었다.

빌어먹을, 시간 끌지 마. 키바는 생각했다. 빨리 계속 말하라고.

"상호의존성단 교회는 이 비전의 본질과 방식이 우리의 교리와 믿음에 부합함을 천명하며, 그 강대하고 장엄한 계시력을 전적으로 지지합니다." 대주교가 이렇게 말하자 웅성거리는 목소리는 다시 커졌다. "또한 저는 마찬가지로 폐하가 변함없이 우리 교회의 수장임을 천명합니다. 우리는 폐하의 인도를 따르겠습니다."

이 말과 함께 대주교는 연단에서 물러나 그레이랜드 2세 앞에 무릎을 꿇고 그녀의 오른손에 키스했다.

연회장에 함성이 일었다.

그레이랜드 2세는 대주교에게 일어나서 키바 옆에 서 있으라고 청했다. 키바는 대주교를 흘끗 쳐다보았지만, 대주교는 시선을 마주치지 않았다. 대주교가 땀투성이인 것이 키바의 눈에 띄었다.

진작 술을 한 잔 마실걸, 키바는 생각했다. 시중드는 직원들은 어느새 모두 연회장에서 사라졌고, 키바가 아직 왼팔로 안고 있는 크리스탈을 갖다 준 여자 역시 보이지 않았다. 키바는 유리를 내려놓기로 결정했다.

그레이랜드는 연단으로 돌아가서 조용히 하라는 뜻으로 두 손을 올렸다. 그녀는 말을 이었다.

"마지막 부분에 여러 사람들이 놀랐으리라는 것을 알고 있습니다." 그레이랜드는 말했다. "이 다음 부분도 그러할 것입니다. 오늘 초대된 분들은 모두 상호의존성단에 대한 그간의 봉사를 기린다는 편지를 읽었을 것입니다. 지금부터 치하하기로 하겠습니다. 친애하는 친구들, 간단하게 끝내지요. 이 연회장에서, 지금 내 앞에 서 있는 사람들을 모두 반역죄로 체포합니다."

쿵 소리와 함께 연회장 문이 모조리 열리더니, 무장한 황실경비대가 사방에서 쏟아져 들어왔다. 혹시 누군가 어리석게도 황제에게 덤빌 위험에 대비해, 그들은 연단 바로 앞에 한 줄로 도열했다.

아무도 덤비지 않았다. 몇 마디 비명과 외침이 오가더니, 명망높은 반역자들은 돌처럼 놀라 정적에 싸였다.

"지금 그대들이 무슨 생각을 하고 있는지 압니다. 감히 어떻게 우리를? 하지만 그대들의 죄를 알아낸 것은 내가 아닙니다, 친구들." 그레이랜드가 옆문 쪽으로 고갯짓을 하자, 문이 열리고 데란 우가 나왔다. 격앙된 외침이 일고 인파가 데란에게 몰려들었지만, 황실경비대가 무기를 들어 겨누자 순식간에 제압되었다. 데란은 무표정하게 서 있었다.

"데란이 다행히도 음모 전체를 우리에게 알려 주었습니다." 그레이랜드는 말했다. "극적인 전개는 인정하지 않을 수가 없어요. 코르빈 대주교가 의회 앞에서 나를 비난하고 축도를 올리며 교회의 분립을 선언한다. 노하마페탄 백작이 일어나서 내가 자기 딸 나다쉬 암살을 주도했다고 비난한다."

"당신이 죽였잖아!" 노하마페탄 백작이 외쳤다. "내 딸은 당신 때문에 죽었어!"

"나다쉬는 오늘 아침 내가 메시지를 보낼 때만 해도 살아 있었습니다." 데란 우가 말했고, 인파는 헉 하고 숨을 들이쉬었다. "지금 그녀는 당신 우주선에 있어요."

"엠블라드 장군." 그레이랜드가 말했다. "그대가 제국 해군은 더 이상 내 지휘를 받지 않겠다고 선언할 예정이었고, 이어 마지막 일격으로." 그녀는 장군 옆에 서 있는 남자에게 시선을 향했다. "그대, 제이신 우가 일어나 우 가문, 다름 아닌 내 가문도 더 이상 나를 황제로 지지하지 않는다, 수십 개 다른 가문이 뜻을 같이한다고 발표할 예정이었습니다. 그 가문의 대표자들이 지금 여기 다 나와 있군요."

이런 세상에, 대단하군. 키바는 생각했다. 연회장 안에는 멍한 침묵만이 메아리칠 뿐이었다.

"그러고 보니 잊고 있었군." 그레이랜드는 옆문 쪽으로 다시 고갯짓을 했다.

"하느님, 이번에는 또 뭐지." 코르빈 대주교가 말했다.

"사촌이여, 캐브 폰소드 함장을 기억하겠지. 그대가 여기 노하마페탄 백작 대리로 이 우주선을 고용해서 엔드의 마르스 클레어몬트 경이 탄 우주선을 파괴하라고 지시했어. 백작은 마르스 경이 내게 중요한 인물이라고 생각했기 때문에, 그를 죽이면 나를 상처 입힐 수 있다고 생각했기 때문에 그런 짓을 저질렀지."

키바는 노하마페탄 백작을 바라보았다. 백작은 무표정한 얼굴을 유지하려고 안간힘을 쓰고 있었지만, 마르스 클레어몬트가 산산조각이 났을 거라는 생각으로 미소를 감출 수 없는 모양이었다.

못 참겠군, 키바는 생각했다. 내가 아작을 내 줘야지.

그때 옆문으로 다시 한 사람이 들어왔다. 마르스 클레어몬트였다. 그는 백작을 바라보았다.

"아쉽게도 실패하셨습니다." 그는 말했다. "하지만 내 승무원 거의 대부분을 죽였어요. 그건 당신이 책임져야겠지요, 백작." 그는 그레이랜드 뒤로 물러섰다. 키바는 그가 그녀를 바라보는 눈길을 보았다. 아, 그래. 틀림없이 같이 자는 사이군.

"이제." 그레이랜드 2세는 연단에서 말했다. "오늘 내가 여기 온 이유는 다 말씀드린 것 같고. 이제 여러분이 온 이유를 말해 봅시다. 당신들은 내가 당신들이 생각하는 상대라고 여겼기 때문에

이 자리에 왔을 것이오. 약하다고 여겼기 때문에. 순진한 어린아이라고 여겼기 때문에. 플로우의 붕괴에 대한 내 근심이 당신들의 사업과 권력을 향한 야심에 방해가 된다고 여겼기 때문에. 비전을 주장하는 것을 보고 내가 불안정하거나, 망상을 앓거나, 냉소적인 인간이라고 여겼기 때문에. 자격이 없음에도 불구하고 어쩌다 황제가 된 존재라고 여겼기 때문에. 그 모두, 혹은 그중 일부가 사실이라고 여겼기 때문에. 그렇게 생각했기 때문에, 여러분은 나를 쫓아내려고 공모했습니다. 내 사촌 제이신을 내 자리에 올리기 위해. 플로우가 허락하는 한 현상을 유지하고, 앞으로 일어날 일에 대해 걱정하는 일은 다른 사람에게 미루기 위해.

친구들이여, 지난밤, 나는 비전을 보았습니다. 새로운 비전. 그 비전에서 나는 그대들의 모든 계획을 보았습니다. 모든 음모를 보았습니다. 모든 기만과, 모든 사기와, 극비 사업과, 극비 은행 계좌를 보았습니다. 겉으로 내세우는 모습이 아닌, 여러분 모두의 진정한 본질을 보았습니다. 그 비전에서 나는 여러분이 여기 내 앞에 모여 있는 광경을 보았습니다. 바로 지금처럼.

말해 보시오. 성단에 최선의 인물이 될 수 있음에도 불구하고, 그렇게 하지 않기를 선택하는 자가 누구인가? 이제 누가 약한가? 누가 순진했는가? 누가 냉소적인가? 여기서 누가 황제인가?

그대들은 나를 의심했습니다. 더 이상 의심하지 말기를. 그대들은 나를 파괴하러 왔습니다. 나는 파괴당하지 않았습니다. 그대들은 나를 불태우러 왔습니다. 나야말로 여러분을 태우는 화염입니다. 불타는 것이 어떤 기분인지 여러분은 느끼게 될 것입니다.

이것이 나의 비전, 나의 예언이었습니다. 이제 그것은 여러분의 것입니다."

그레이랜드가 여운을 남기며 명연설을 마치자, 키바는 팔뚝에 소름이 돋는 것을 느꼈다.

그때 갑자기 그녀는 손뼉을 쳤다. "자, 좋습니다. 나는 의회에서 연설을 해야 하니⋯."

"내가 그를 죽였어!" 노하마페탄 백작은 그레이랜드를 향해 외쳤다.

"뭐라고?" 그레이랜드는 말했다.

"당신 오빠! 레너드! 내가 그의 차를 조작했지!" 백작은 그레이랜드 쪽으로 걸어 나왔고, 황제는 움직이지 않았다. "그가 그 벽에 차를 들이받은 것은 바로 나 때문이야. 내가 그를 죽였다니까. 당신이 황제가 된 것은 바로 내 덕분이지. 당신은 내게 빚을 지고 있다고!"

그레이랜드는 묵묵히 생각하며 연단에서 물러나더니 백작에게 다가가서 눈을 똑바로 쳐다보았다.

"백작, 난 당신에게 아무 빚도 없어."

이어 그녀는 연회장을 나섰다.

"최고의 파티군." 키바는 마르스에게 말했다.

"그래서 네가 이겼구나." 아타비오 6세는 기억의 방에서 말했다. "대가문들은 너무나 많은 수가 반란에 가담하는 바람에 혼란에 빠졌어. 교회는 완전히 네 수중에 들어왔고. 군은 대대적인 숙청 작업에 들어갔고. 너는 계엄을 선포했고."

"전 계엄을 선포하지 않았어요." 카르데니아는 말했다. "앞으로 6개월 동안 성단 차원에서 플로우 붕괴에 대비하는 계획을 수립하라고 의회에 말했어요. 의회가 못하면, 임무를 다시 빼앗을 거예요. 6개월 뒤에는 스무 개의 플로우가 더 붕괴할 거예요. 지금보다 상황이 더 나빠져 있겠죠."

"네 친구 마르스 경은 각개 시스템이 소실류를 이용해서 시간을 좀 더 벌 수 있을 거라고 했지."

"마르스 경은 낙관적으로 생각해도 되겠죠. 하지만 나는 그러면 안 돼요. 최악의 시나리오를 가정해야 해요. 최악의 시나리오는 의회가 정신을 차리지 못해서 상호의존성단이 전혀 대비가 안 되어 있는데, 행성 표면에서 인간이 살 수 있는 유일한 행성을 다른 노하마페탄 일족이 가로막고 있는 상황이에요."

"엔드에 보낸 건 아직 겨우 우주선 한 척이잖니." 아타비오 6세가 말했다.

"그건 큰 우주선이에요, 아빠." 카르데니아는 말했다. '라헬라의 예언' 호는 해병을 최대 만 명까지 수용할 수 있고, 플로우 입구에서 나오는 우주선 중에 마음에 안 드는 것이 있으면 뭐든지 산산조각 낼 수 있을 만한 화력을 갖추고 있었다.

"그래도 어쨌든 아직 하나야."

카르데니아는 고개를 저었다. "이제 아니에요. 엠블라드 장군이 체포되었을 때, 그보다 작은 해군 함정이 플로우 입구로 들어갔어요. 전부 네 척이죠. 엔드의 그레니 노하마페탄이 추가 병력을 확보한 거예요. 게다가 누가 알아요? 나다쉬도 거기 있을지 몰라요."

체포되기 전에 나다쉬는 데이터 저장 장치에 1억 마크의 현금을 저장해서 '유 캔 블레임 잇 올 온 미' 호에서 도망쳤다. 뒤에 남긴 것은 "엿 먹어라, 데란 우."라고 적힌 쪽지뿐이었다. 데란이 그녀가 아직 살아 있다고 선언한 데 놀란 모양이었다.

데란 우는 음모에 대한 정보가 가득 찬 데이터 저장 장치를 들고 정보국에 자진 출두해서 거래를 요청했기 때문에 몰락을 모면하게 되었고, 정보국은 카르데니아에게 미처 알리기도 전에 거래에 합의했다. 카르데니아는 데란의 정보가 필요없었기 때문에 짜증이 났다. 그가 갖고 있던 모든 것은 지위가 이미 다 알아낸 정보였다. 데란이 올리비어 브랜시드 호를 파괴하고 마르스도 죽일 뻔한 우주선을 고용하는 데 가담했다는 것을 알고 있었기 때문에, 생각 같아서는 그 역시 사촌과 같은 감방에 집어넣고 싶은 마음이었다. 그러나 마술처럼 온갖 데이터를 갖고 있는 모습은 사람들에게 보이지 않는 것이 좋을 것 같았다. 지위의 정보 수집 방식은 엄밀하게 말해서 합법적이지는 않았다. 데란의 증거는 법정에서 인정될 것이다.

어쨌든 데란은 황제 폐위 음모를 밝히기 위해 정보 수집 목적으로 음모에 가담했다는 핑계로 이제 영웅 대접을 받고 있었다. 말도 안 되는 이야기였지만, 어쨌든 이 일 덕분에 그는 우 가문 최고이사진에 올라설 것이다. 제이신이 앉아 있던 바로 그 자리였다. 데란이 진정 원했던 것은 처음부터 그것뿐이었던 모양이었다.

어쨌든 그가 어디 있는지는 알고 있잖아, 카르데니아의 뇌가 그녀에게 말했다. 반면 나다쉬는 아직 종적을 감춘 상태였다. 노하마페탄 가문의 자금에도 접근할 수 없었지만 — 노하마페탄 백작이 완전히 정신을 잃고 레너드를 살해했다고 자백한 뒤, 카르데니아는 노하마페탄 가문의 모든 계좌를 동결해서 회계 감사를 실시하라고 지시했다 — 아직 1억 마크가 나다쉬의 수중에 있으니 많은 문제를 일으킬 수 있었다.

네가 엔드에 갔기를 바라, 카르데니아는 생각했다. 그러면 당분간은 골치를 썩이지 않겠지.

**370**

"다른 생각을 하는 모양이구나." 아타비오 6세가 카르데니아에게 말했다. "이런저런 문제를 생각하느라, 죄송해요."

"나는 기다려도 아무 상관없어."

"아무것도 상관 않으시죠." 카르데니아는 미소 지었다. "난 아버지와 이야기하는 것이 좋아요. 살아 계셨을 때 이렇게 더 많이 이야기를 나누었다면 좋았겠지만. 그래도 이것도 좋아요."

"고맙다." 아타비오 6세는 말했다. "내가 뭔가 좋아할 수 있는 최대한으로, 나도 좋구나."

카르데니아가 기억의 방에서 나와 보니, 마르스는 태블릿에서 메시지를 읽고 있었다.

"방금 당신에 대해 이야기했어." 카르데니아는 그에게 다가가며 말했다.

"상상 속의 친구들하고요."

"상상 속의 존재는 아니야. 실재하지 않을 뿐이지."

"아주 미묘한 차이군요."

"그럴 거야."

"뭐라고 하던가요?"

"당신은 플로우 역학에 대해 낙관적으로 생각할 수 있지만, 나는 그럴 수 없다는 이야기."

"제가 플로우에 대해 낙관적인지는 모르겠습니다." 마르스는 말했다. "흥분했다고 할 수는 있겠지요. 플로우에 대해 몇 달 전보다 훨씬 많은 지식을 갖고 있으니까요. 원하신다면 지금 제가 무슨 생각을 하고 있는지 말씀드릴까요."

"해 줘." 카르데니아는 다정하게 말했다. 마르스가 연구에 푹 빠져 지껄이는 모습을 바라보는 것이 좋았다.

"현재 일어나고 있는 플로우 붕괴는 최소한 부분적으로 파열의 영향을 받았다는 직감이 듭니다."

"무슨 뜻이지, 영향을 받았다는 건?"

"제 말은, 파열이 이 일대 우주의 플로우 흐름의 안정성에 뭔가 역할을 했다는 뜻입니다. 자극을 준 거죠. 흔들어 놓은 겁니다. 파열이 일으킨 압력파 같은 것이 플로우를 통해 전파되고, 그 결과 불안정성이 우리 눈에 보이고 있는 겁니다."

"압력파."

"음, 정확히 압력파는 아닙니다." 마르스는 말했다. "사실은 전혀 다른 겁니다. 하지만 인간의 언어로 설명할 수가 없어요. 언어로 표현하자면 '압력파'가 가장 가깝긴 합니다. 수학을 언어처럼 말할 수 있다면, 설명해 드릴 수 있을 텐데요."

"하티드 로이놀드가 당신과 수학으로 대화했지."

마르스는 고개를 끄덕였다. "그랬죠. 아주 잘했습니다."

"그녀가 죽어서 안타까워."

"저도요. 어쨌든, 이건 모두 무모한 추측에 불과합니다. 근본적으로 파열이 어떤 현상이었는지 제가 모르니까요. 셰네버트가 준 당대의 데이터에서 그 영향을 볼 수 있지만, 그 과정은 모릅니다. 영향에서 과정을 추산해 보려고 노력 중이지만, 사실 연구에 그리 좋은 방식은 아니죠. 혹시 파열에 관련된 수학적 기록이 뭐라도 있는지 지위에게 물어보셨습니까? 아니면, 파열을 일으키기 위해 만든 문서라든지?"

"기록은 없었어." 카르데니아는 거짓말을 했다.

"음, 불편하군요." 마르스는 계속 말을 이었다. "하지만 지금까지 우리는 인간이 플로우에 영향을 줄 수 있는 방법은 없다고 생각해 왔습니다. 한데 어쩌면 할 수 있을지도 몰라요. 플로우를 폐쇄하는 방법이 있다는 건 알고 있으니까요."

"새로 만들 수도 있다?"

"플로우를요?"

"그래."

마르스는 고개를 저었다. "플로우를 닫는 건 비교적 쉽습니다. 그냥 플로우 입구에서 잘라 버리면 되니까요."

"그냥."

"비교적 쉽다고 했잖습니까." 마르스는 지적했다. "플로우를 새로 여는 건, 그 안에 들어가서 매질을 따라 움직이는 것까지 포함하기 때문에 훨씬 어렵습니다. 이런 거죠. 플로우 흐름을 닫는 것은 문을 닫는 것과 같습니다. 플로우를 만드는 것은 산에 터널을 뚫는 것과 같아요."

"나는 당신이 인간의 언어로 말할 때가 좋아." 카르데니아는 말했다.

"제가 두 번째로 좋아하는 언어죠."

카르데니아는 태블릿을 가리켰다. "여기서 보던 건 플로우에 대한 내용이야?"

"아뇨. 전혀 다른 겁니다. 전에 폐하도 만나신 셰릴 병장이 보냈어요."

"기억해."

"퇴역한 파이버 선 한 대가 달라시슬라로 출발한답니다." 그는 태블릿을 들어 메시지를 보여 주었다. "식량과 씨앗, 수경재배 시설, 기술, 요즘 예술과 오락물 같은 것들을 가득 싣고요. 황제의 명령 한마디에 파이버 선 한 대가 얼마나 빨리 가득 차는지 놀라울 지경이에요."

"당신이 그들에게 필요하다고 했잖아."

"정말 절실합니다." 그는 태블릿을 내려놓았다. "그 우주선을 직접 보셨어야 해요."

"나도 가고 싶다고 했었지."

"가시지 않은 게 다행입니다. 계속 여기 계신다는 뜻이니까요."

카르데니아는 미소 지었다. "달라시슬라 인들에게서 배운 것 중에 우리에게 도움이 될 만한 게 있나?"

"살아남는 것 외에 다른 선택의 여지가 없을 때, 인간은 예상보다 더 오래 생존할 수 있다는 것을 배웠습니다." 마르스는 말했다. "대단한 교훈인지는 모르겠지만, 어쨌든 교훈이지요. 하지만 아주 소수의 인간에게만 통했습니다. 수백만 명을 살리려고 한다면, 그보다 더 크게 생각해야겠지요. 그리고 현실적으로 우리가 그 일을 해내는 유일한 길은 인간을 엔드로 데려가는 방법뿐입니다."

"그러려면 반란을 일으킨 대형 우주선을 뚫고 지나가야 해." 카르데니아는 말했다. "상대가 탄약이 떨어질 때까지 우주선을 그냥 플로우 밖으로 내보내는 방법 말고 다른 길을 찾는다면, 난 당신을 엔드의 대공으로 임명하겠어."

"그러실 필요 없어요."

"내게 황제 노릇을 어떻게 하는지 가르치려는 건가, 마르스 경?" 카르데니아는 농담을 던졌다.

"죄송합니다, 폐하."

"당연하지. 그리고 엔드로 몰래 뚫고 들어가는 방법도 찾아보는 게 좋을 거야."

"음, 여기 이런 게 있는데요." 마르스는 태블릿을 집어들어 문서 하나를 열었다. "도움이 될지도 모릅니다."

[상호의존성단 시리즈 3편 The Last Emperox에서 계속됩니다]

# 타오르는 화염

**1판 1쇄 인쇄** 2019년 9월 16일
**1판 1쇄 발행** 2019년 9월 25일

**지은이** 존 스칼지
**옮긴이** 유소영

**발행인** 김지아
**표지 및 본문 디자인** Miso

**펴낸곳 구픽**
**출판등록** 2015년 7월 1일 제2015-27호
**주소** 서울시 광진구 동일로 459, 1102호
**전화** 02-491-0121
**팩스** 02-6919-1351
**이메일** guzma@naver.com
**홈페이지** www.gufic.co.kr

ISBN 979-11-87886-44-0  03840

※ 이 책은 구픽이 저자와의 계약에 따라 발행한 것이므로
　본사의 서면 허락 없이는 어떠한 형태나 수단으로도 이 책의 내용을 이용하지 못합니다.
※ 책값은 뒤표지에 있습니다.